STRANGE

Für Alain Delon

Originalausgabe

Umschlaggestaltung: Ralf Berszuck
Satz und Layout: Silvia Kasper
Druck und Bindearbeiten: Ebner Ulm

http://www.f-shop.de
http://www.strange-verlag.de
Printed in Germany 2004

dark zone

EIN NOIR-READER

Herausgegeben von
Martin Compart

STRANGE

INHALT

TRUE CRIME

MUSIK

TeleVision

etc.

VORWORT

Nie war es für den Noir-Fan schwieriger als heute in den deutschen Buchveröffentlichungen anspruchsvolle, düstere Thriller zu entdekken. Sicher, man kann gezielt nach seinen Lieblingsautoren suchen (in der Hoffnung, dass diese auch weiterhin einen deutschen Verleger finden), aber um einen neuen Star zu entdecken, bedarf es meist des Tipps durch seinen Kriminalbuchhändler. Denn falls es mal eine lohnenswerte Veröffentlichung gibt, geht diese meist im Brei der Allgemeinen Reihen der Taschenbuchverlage unter. Und die Intelligenzbestien in den Verlagen wundern sich dann, dass das Buch „sein Publikum" nicht gefunden hat. Warum ist das heute so? Wo sind die goldenen Zeiten der 80er geblieben, in denen sich der Interessierte ganz auf die Reihe seines Vertrauens verlassen konnte? Wie überall in der Wirtschaft hat auch in den Buchverlagen das Marketing seit den 90er Jahren die Macht übernommen. Die Folge war und ist ein Bestsellerwahn, in dem immer weniger Bücher immer mehr Umsatz und Gewinn einfahren müssen. Das Lektorat ist oft verkommmen zu einer Arbeitsbeschaffungsmaßnahme für junge Literaturwissenschaftler, die vielleicht eine Anthologie mit moderner Lyrik zusammenstellen können, aber von demokratischer Kultur – der Pop-Kultur – keinen Schimmer haben. Sie bekommen „von oben" meist nur als Anweisung, sich an den jeweiligen Trend azuhängen: Laufen gerade „Frauen, die Prosecco kotzen"-Titel, dann werden eben ähnliche Bücher solange gemacht, bis sie keiner mehr sehen kann. Für den Kriminalroman heißt das: Laufen systemimmanente Weichspülgeschichten mit ein wenig grüner Sozialkritik und einer Kommissarin mit Menstruationsbeschwerden, dann machen eben alle Verlage Weichspülgeschichten mit ein wenig grüner Sozialkritik und Kommissarinnen mit Menstruationsbeschwerden. Damit wird dann ein bestimmtes Publikum weiterhin infantilisiert und die anspruchsvollen Leser bleiben im Regen stehen, ziehen sich auf die wenigen Autoren ihres Vertrauens zurück. Die Verlage haben Anfang der 90er Jahre ohne Not ihre Reihen gekillt, weil sie glaubten verschiedene gutgängige Autoren in den Allgemeinen Reihen besser vermarkten zu können. In dem einen oder anderen Fall hat das auch funktioniert. Aber wie kurzsichtig! Mit dem Tod der Reihen nahmen sie neuen Autoren die Chance, sich in einer klar umrissenen Zielgruppe ein Publikum aufzubauen. James Ellroy brauchte fünf Romane in der gelben Krimi-Reihe bei Ullstein, bevor er für Jahre zum Bestsellerautor aufstieg. Nach heutiger Verlagsstrategie hätte er nicht die geringste Chance: Man würde ihn lieblos ediert und schlecht übersetzt in einer Allgemeinen Reihe veröffentlichen (wo ihn kein Noir- oder Hardboiled-Fan entdecken würde) und nach maximal drei schlecht verkauften Titeln wieder fallen lassen. Und er hätte nur wenige Chancen von einem anderen Verlag weitergeführt zu werden, da er entweder als verbrannt gelten oder von anderen Lektoren nicht mal gekannnt würde. Wie pervers das Geschäft geworden ist, habe ich am Beispiel von Joe Lansdale einmal mehr erleben dürfen. Lansdale wurde in verschiedenen Verlagen herausgebracht ohne große Aufmerksamkeit zu erregen. In meiner kurzlebigen Reihe *Dumont Noir* verkaufte sein Roman aber innerhalb von zwei Monaten die komplette Auflage (Dumont druckte nicht nach, da die Reihe eingestellt werden sollte). Trotzdem setzt kein deutscher Verlag Lansdale fort. Weitere Beispiele gäbe es ohne Ende. Ich habe noch ein ganzes Silo voll mit solchen zickigen Histörchen. Die Verlage – Ausnahmen bestätigen die Regel – reagieren auf Noir-Literatur wie tote Batterien. Es muss da so etwas wie eine spezielle Verleger und Lektoren-Hirnwelle mit sehr niedriger Frequenz geben. Sie ermorden wichtige Literatur und schmücken damit ihre Gräber. Wahrscheinlich verstößt es gegen ihre Religion, gute Noir-Romane zu veröffentlichen.

Die Hoffnung, dem Noir-Liebhaber (wenn er denn noch nicht ganz zur fremdsprachigen Lektüre abgewandert ist, wovon die immer umfangreicheren Angebote nicht nur in Krimi-Buchhandlungen künden) ein paar neue Lesevergnügen zu bereiten oder einen neuen Autor oder Film entdecken zu lassen, hat die Produktion dieses Buches motiviert. Der gute Verkauf des ersten Noir-Readers (trotz aller Schwierigkeiten) war für ein sekundärliterarisches Buch fast sensationell. Was beweist, dass die Verlage eine potente Kundschaft und ein großes Potential nicht nutzen, dafür aber gerne darüber jammern, dass der sogenannte Mittelbau (Bücher, die sich ständig aber nicht bestsellermäßig verkaufen) weggebrochen sei. Dabei wäre alles so einfach: Rückkehr zu den Reihen, die jeder Leser sofort identifizieren kann. Reihen mit skandinavischen Psychokrimis, Reihen mit Detektivromanen, Reihen mit historischen Krimis, meinetwegen auch Reihen mit Weichspülgeschichten mit ein wenig grüner Sozialkritik und Kommissarinnen mit Menstruationsbeschwerden ... Aber, zum Teufel, auch Reihen mit harten Polit-Thrillern und Noir-Romanen, die belegen das unsere Zivilisation auf Kains Mord aufgebaut ist.

Der Herausgeber

P.S.: Sie finden in dem Buch Artikel sowohl in alter wie neuer Rechtschreibung, da wir die individuellen Entscheidungen der einzelnen Autoren respektieren. Was nicht heißt, dass wir die sogenannte Rechtschreibreform unterstützen, die uns von Politikern aufgezwungen wurde, die eh nur ihre Diätenabrechnungen lesen und Diätenerhöhungsanträge schreiben.

L'HOMME SOLITAIRE

ALAIN DELON –

MYTHOS, EROTIK, EREIGNIS

von
HANS GERHOLD

Jeanne: „Ich hab' noch nie gesehen, dass jemand einen Fisch so getötet hat wie Sie."
Roger Sartet: „Sie haben vieles noch nie gesehen."
Le Clan des Siciliens (1969)

„Der Mann ist ein langsam reifendes Tier.
Er wird zum Menschen,
wenn die Frau aufhört, Frau zu sein."
Alain Delon (5.12.1991)

„Ich verliere niemals. Niemals wirklich."
Le Samourai" (1967)

I
Er ist.

Er ist suspekt, gefährlich, fremd, unergründlich. L' homme solitaire.

Der Dämon als Charmeblitz. Der schönste Killer der Kinogeschichte.

Was nichts heißt. Aber:

Alain Delon ist der einzige Weltstar, der sich selbst erschuf, ein Mythos des Ultra-Coolen, mit der geschmeidigen Körperlichkeit erotischer Spannung in den Bewegungen, die perfekte Form; vor der Kamera pure Kinomagie und in seiner Präsenz das Ereignis an sich.

Um Alain Delon zu verstehen, muss man Klischees wie „kühl kalkulierender Profi" oder „das parabolische Rätsel mit dem sehnsuchtsvoll verschlossenen Blick" oder „Masken, längst reif für die Häutung" oder „seine Augen kennen keine Blicke, keine Neugier" oder „schönes Biest" abschmettern wie Alain Delon noch jede eindeutige öffentliche Anzüglichkeit hinsichtlich Wesen, Persona und Aura.

Man muss Alain Delon werden.

Einzigartig. Ein Geschenk der Götter. Unenträtselbar.

II

Da ist der Blick. Er ist einfach und intensiv genannt worden. Weil er nie nach außen geht. Delon nimmt wahr, aber was andere Schauspieler mühevoll in den Prozess des Erkennens übersetzen und oft genug protzend herausstellen, hat dieser Aristokrat der Lässigkeit längst begriffen. Delon hat nie nötig zu prahlen. Er sieht. Deshalb ist er, selbst im Untergang, Herr der Lage Delons Augen verraten ihn nie, sie geben nie preis, auch das Gegenüber nicht: Das adelt ihn doppelt.

Delons Augen kokettieren nie, sie halten Stand, sie versiegeln. Das ist Kunst der Wahrheit: ohne Psychologie, ohne Analyse, ohne sichtbare Anstrengung, ohne Mühe. Man hat das statuesk genannt, versteinert. Nichts wäre falscher: Statuen sind tot, leblose Monumente. Delon aber, der subtil charmante Mephisto des vereinnahmenden Blicks, belebt: die Fantasie, die Möglichkeiten, die Abgründe, die Verachtung.

III

Mag Jean-Pierre Melvilles „Le Samourai – Der eiskalte Engel" (1967) die filmische Apotheose von Delons Schaffen sein, die ultimative Szene aller Delon-Filme stammt aus Henri Verneuils Gangsterfilm „Der Clan der Sizilianer" (1969). Sie koppelt Sexualität, Gewalt, Tod, Verachtung, den Blick und den Mythos Delons.

Roger Sartet (Delon), entflohener und entkommener Häftling, der im von Jean Gabin geführten Malanese-Clan Unterschlupf findet, angelt mit Sonnenbrille, schwarzer Hose und weißem Blouson auf den Felsen in der Gischt der Brandung am Meer. Zum akzentuierenden Stahlgitarren-Score von Ennio Morricone fängt er einen Aal, schmettert ihn auf die Steine, wieder und wieder. Nicht weit entfernt hat sich Gabins Schwiegertochter Jeanne (Irina Demick) aufreizend ausgezogen. Nackt räkelt sie ihren kecken Po dreist in sein Blickfeld – sie wird sichtbar erregt über sein Tun. Als Sartet sie seelenruhig mit dem Aal passiert, kann Jeanne nicht umhin zu bemerken: „Ich hab noch nie gesehen, dass jemand einen Fisch so getötet hat wie Sie." Sartet: „Sie haben vieles noch nie gesehen." Was er demonstriert. Er stürzt sich

auf sie, gibt ihr den gewünschten tierischen Sex. Keine sichtbare Regung.

Die heute noch provozierend wirkende Szene ist von weiblicher Seite als Ausdruck von Jeannes Verführungskunst (?) und als Angst vor Gabin[1] dummgedeutet worden. Im Gegenteil: Der Sex, den Delon sich nimmt, ist Arbeit und Verachtung, kaltes Knacken femininer Arroganz. Keine Erotik, Sex. Was völlig mit Delons damaliger Anweisung an Kameramann Henri Decae konform geht: „Zeig mich so schmutzig wie möglich, so hart wie möglich ... Puste in mein Gesicht, es kümmert mich nicht."
Ein Kerl.

Frauen werden Alain Delon nie verstehen. Männer auch nicht.

IV

Alle verfallen Delon als trägem Tier der Lüste. Beispielhaft die Anfangsszene aus Jacques Derays „Der Swimmingpool" (1968). Da liegt Delon am Rand des Beckens, lässt die letzten Tropfen des Drinks mühelos aus dem Glas in den Mund gleiten, einer der Momente vollkommener Übereinstimmung zwischen Physis und Psyche, der entspannte Tiger. Als Romy Schneider ins Becken plantscht, sich auf ihn wirft und beider Liebesspiel beginnt, wird die immense Körperlichkeit von Delons beherrschter und enthemmter Sexualität deutlich. Das längste Vorspiel der Filmgeschichte setzt sich im Becken fort, bis er es abbricht.

Delon braucht gleichberechtigte Frauen, selten genug in seiner Filmografie, aber es gab sie: Claudia Cardinale in „Der Leopard" (1963) und „Sie fürchten weder Tod noch Teufel" (1965), mit einer erinnerungswürdigen Strandszene, in der Delon die Cardinale küsst und sich beide nehmen, nicht er sie; oder Simone Signoret in „Der Sträfling und die Witwe“ (1971), die als verwitwete Bäuerin den Eindringling aufnimmt und sich des wesentlich jüngeren streunenden Wolfs auch sexuell bedient.

„Und dann gibt es natürlich die, wie man sagt, intimen Szenen. Die langweilen mich. Liebesszenen, Kußszenen ... ich ziehe es vor zu kämpfen.“ (Delon).

Nur selten stürzt sich Delon auf Frauen, auf die seltsam unbewegliche dralle Senta Berger in Bett und Gartenliege in „Mit teuflischen Grüßen“ (1967), die geschmeidige Mireille Darc in „Eiskalt wie das Schweigen“ (1974) oder, eher spielerisch am Strand, Dalila di Lazzaro in „Killer stellen sich nicht vor“ (1980). Sie kommen zu ihm, bieten sich an, strecken sich wie wollüstige Katzen: Annie Girardot in „Der Schocker“ (1973) oder die junge Marianne Faithful in „Nackt unter Leder“ (1967), der er beinahe in Zeitlupe den Reißverschluss der ganzkörperhaften Ledermontur aufzieht. Sie werden auf ihrer Harley Davidson mit 200 km/h in den Tod rasen.

V

Der Tod ein Triumph. Keiner stirbt so schön wie Alain Delon. Niemand ist wie Alain Delon gestorben, seine Leinwandtode sind ästhetische Erfüllung. Den zum geflügelten Wort gewordenen „unheimlich starken Abgang“ hat er variiert, durchdekliniert, perfektioniert. Delon stirbt in Schönheit. Nicht weil der Tod sein Freund wäre oder er todessehnsüchtig wäre, das ist Ein-Dollar-Freud. Vielmehr erweist Delon dem Ende aller Geschichten seine Reverenz, nicht fatalistisch, sondern konsequent als Geste eines, der Tod häufig genug selbst gebracht hat und sich stellt, ohne Ausflüchte.

Die Möglichkeiten des Todes: In Robert Enricos „Die Abenteurer“ (1966) wird er im Lauf auf der Rotunde von Fort Boyard von einer Kugel getroffen, fällt, richtet sich auf, läuft, fällt, richtet sich wieder auf, läuft, fällt erneut und stirbt in den Armen von Lino

Ventura. In Melvilles „Vier im roten Kreis“ (1979), wo ihn die Bullen von hinten abknallen, weil er flieht – und das nur auf bitten des Freundes, denn ein Delon stellt sich immer – variiert er diesen Lauf.

Den poetischen Kinotoden steht in „Der Clan der Sizilianer“ das knorrige Sterben gegenüber. Von Jean Gabin erschossen, taumelt er kurz zurück, knickt ab und fällt mit halber Kehrtwendung, die Pistole und den Geldkoffer verlierend, bäuchlings auf den Sandhügel einer Baustelle. Der Blitztod: In „Der Antiquitätenjäger“ (1977) stirbt er in einem Lokal am Herzinfarkt, rutscht plötzlich unter den Tisch. In „Killer stellen sich nicht vor“ (1980) wird ihm eine Pistole in den Mund geschoben; während er sie greift, wird geschossen und ins Schwarz des Bildes geschnitten.

Der ungewöhnlichste Tod: In „Der unheimliche Fremde“ (1978) wird er von Kindern umgebracht. Der megalomanische Tod: Hoch über den Köpfen der Freunde schwebend, die er nach Mexiko in seine Villa geladen hat, sprengt er sich in „Der Tag und die Nacht“ (1997) in seinem Fesselballon in die Luft. Nur unsichere Regisseure haben dieses Potenzial vergeben: Jean Herman schneidet im entscheidenden Moment in „Jagd auf Jeff“ (1969) auf sein Gegenüber. Das hat Delon nicht verdient.

Die Apotheose: der selbstgewählte, selbstbestimmte und selbstritualisierte Tod im Nachtclub, vor den Augen der Flics, die dem Profikiller Jeff Costello, der durch Verrat zwischen die Fronten geraten ist, in Jean-Pierre Melvilles „Der eiskalte Engel“ (1967) auflauern. „Jeffs Rituale ... kulminieren in seinem Harakiri. Ohne Hut und Mantel, aber mit weißen Handschuhen ... geht er auf die schwarze Pianistin zu, zeigt ihr seinen Revolver, aus dem er die Patronen entfernt hat, sagt „Keine Angst. Es geschieht ihnen nichts“, wird von den Schüssen der Polizei getroffen, greift mit beiden Händen an seinen Hals und sinkt unendlich langsam in die Knie; dann erst bricht er zusammen.“[2] Der Tod ein Triumph.

VI

Noch ein Mal der Blick: Er ist nie wirklich kalt, er ist despotisch in dem Sinn, dass er abschätzt und tötet. Der Takeshi-Kitano-Blick. Ein Hauch des Todes.

Ein Mal weicht er aus. In Luchino Viscontis „Der Leopard“ (1963) streichelt der Fürst von Salina (Burt Lancaster) leicht die Wange von Claudia Cardinale. Da kann Delon die milde Geste der Zärtlichkeit des alten Mannes seiner Verlobten gegenüber nicht ertragen, wendet sich ab.

Zehn Jahre später erschießt er Burt Lancaster in Michael Winners Agententhriller „Scorpio“. Vorher hat er seinen ehemaligen Ausbilder und Freund durch Wien und eine Großbaustelle gehetzt. Als er ihn in einer Tiefgarage getötet hat, ist er schon selbst im Visier.

Agenten sterben einsam.

VII

In seinen frühen Filmen konnte Delon fröhlich sein, albern, bis hin zum Backpfeifen-Duell mit Dean Martin in der Western-Posse „Zwei tolle Kerle in Texas“, er ist komisch als Anarchist in „Halt mal die Bombe, Liebling“ oder in der Doppelrolle als „Die schwarze Tulpe“, ein Mantel-und-Degen-Film um intrigante Adelige und gerechte Degenduellanten. Er kann sympathisch wirken, als Ga-

nove in „Lautlos wie die Nacht" oder „Millionenraub in San Francisco". Er ist tragisch als sich für die italienische Familie aufopfernder Boxer in Viscontis „Rocco und seine Brüder".

Immer aber triumphiert seine immense Körperlichkeit. Wenn er in „Les Félins – Wie Raubkatzen" (1963) mit dem Tennisracket durch die Hotelhalle läuft und es, ohne hinzusehen, wirft und auffängt, dreht und balanciert, ist er voll und ganz bei sich. Wie in seinem schönsten Film „Die Abenteurer", der weit vor der Zeit Sonnenbrillen zum Kultobjekt machte. Da geht er mit Lino Ventura, da gehen Alain und Lino, die einzigen,die Jean Gabin zu seinen legitimen Nachfolgern erklärte, mit Joanna Shimkus, die Delons Lebensgefährtinnen Nathalie Delon und Mireille Darc ähnelt, auf Schatzsuche. Auf ihrer Segelyacht spielen sie Äquatortaufe, ausgelassen bis zum Abwinken. Aber göttlich.

Trotzdem ist Delon in Deutschland nie wirklich beliebt gewesen. Der Kerl war nur was für Kenner. Die alten Deutschen hassten den Verführer, der ihre süße „Sissi" Romy Schneider in den bisexuellen Welten von Luchino Viscontis Theater- („Schade, dass sie eine Hure ist") und Filmkosmos Erfahrungen aussetzte, die man im Wiederaufbauland als schockierend empfand. Die jungen Deutschen waren schlichtweg neidisch auf sein unangestrengtes Charisma. Eine Göttergabe.

VIII

Delons Charisma als Gangster, Killer und Cop entsteht teils durch die Konsequenz, mit der er dem Handwerk nachgeht, das er traumwandlerisch sicher beherrscht, teils durch seine Haltung dem Metier gegenüber. Deutschlands Krimi-Experte Martin Compart: „Die Figuren, die Alain Delon so eindrucksvoll verkörpert, sind dadurch motiviert, ihre einsame Integrität zu wahren. Es sind aristokratische Außenseiter, die einem Kodex verpflichtet sind, der nicht immer den bürgerlichen Konventionen entspricht.“[3]

Delon hat diese Haltung des „homme solitaire“, wie ihn Jean-Pierre Melville genannt hat, entschieden geliebt. Die Einsamkeit ist nicht Ergebnis sozialer Isolation, sie ist selbstgewählt, aus Stolz und Stabilität dessen dessen Blicke auf die Welt nicht zu durchschauen sind. Er ist unangreifbar. Insofern hat er auch nichts zu verlieren. Im Gegenzug wirkt Delon unvoreingenommen, es sei denn, einer verstößt gegen den Kodex von Freundschaft und Loyalität.

An der Seite von Charles Bronson, ein großer Schweiger wie er selbst, verbringt Delon in Jean Hermans „Adieu l‘ami – Bei Bullen singen Freunde nicht“ (1968) zwangsweise ein Wochenende im Tresor, den sie leeren wollen. Der Coup gelingt, die beiden werden verhaftet, es ist ihnen nichts nachzuweisen, sie kennen sich nicht. Der Inspektor erzwingt eine unverhoffte Begegnung im Flur des Kommissariats. Da hat Charlie eine kalte Zigarette im Mund. Im Moment des Vorbeigehens hält ihm Delon das bereits gezündete Streichholz hin. Charlie zieht: „Jaa!“, geht weiter. Kein Verrat. Bei Bullen singen Freunde nicht.

Durch Verrat endet Delon bei Melville. Sowohl „Der eiskalte Engel“ als auch „Vier im roten Kreis“ beinhalten Momente der Verletzung des Regelkreises von Loyalität und Freundschaft, die durch Verrat für immer beendet ist. Das ist die eigentliche Tragik, falls die Kategorie überhaupt trägt. Dem Verrat entspricht als logische Konsequenz das Misstrauen. „Sie kommen unschuldig auf die Welt. Aber sie bleiben es nicht.“ Die Quintessenz des vom obersten Polizeichef formulierten Satzes führt alle in den unausweichlichen Tod.

Delon selbst, dessen nie bestrittene Verbindungen zu Gangstern und zwielichtigen Figuren ihn zum Objekt einer dankbaren Heuchelpresse machten, war 1968 in Sexaffären verwickelt, an denen auch französische Regierungskreise teil hatten. Er überstand in der Mordsache Markovic ein dreitätiges, nach anderen Quellen 14-stündiges Polizeiverhör. Und damals waren die Methoden der Polizei geheim und drastisch. Ein Kerl. Der das alles in den Tod mitnehmen wird. Ein Delon singt nicht.

IX

Geht man Delons Rollenkanon durch, schleicht sich ein übersehenes Motiv ein: Delon spielt die abgebrühtesten Killer intelligent süffisant. Nicht eingebildet oder arrogant, was ja nur die Spitze des Stolzes ist, den er nie ablegt – es gibt keinen Delon-Film, in dem er weinerlich, weibisch oder wehmütig wäre –, sondern klug selbstgefällig im Sinne einer Könnerschaft, die Stümper und Scharlatane – mit Recht – verachtet.

In „Der Clan der Sizilianer" fragt ihn die nach dem erotischen Gangster Sartet gierende Jeanne: „Was empfinden sie eigentlich, wenn sie schießen?" – Sartet: „Ich will es Ihnen sagen. Es macht Bumm in den Ohren." Selbst das berühmte Paradoxon „Ich verliere niemals. Niemals wirklich.", das ihn in Melvilles „Le samourai" als philosophischen Held charakterisiert, dessen Tod Vollendung bedeutet, hat süffisante Züge einer Überlegenheit, die Delon lässig aus den Ärmeln seiner Trenchcoats und Mäntel schüttelt. Der Mann hat alles gesehen, ihm kann man nichts vormachen.

Die proletarische amerikanische und britische Variante „Erzähl mir nichts, Baby!" wird aufgehoben, reduziert auf Schweigen, es zählen Gesten und Blicke. Eine Frage des Stils. Der filmischen Aristokratie. Das hätte Carter (Michael Caine) aus „Get Carter" (1970) gefallen, dessen Zynismus Delon in den französischen Variationen des Gangsterfilms in pure Süffisanz übersetzt.

Sein süffisantester Killer ist Martin Terrier aus Robin Davis' „Der Schock" (1982, nach dem Roman „Die Position des schlafenden Killers" von Jean-Patrick Manchette). Wieder siegt Delon über die Inszenierung, die aus dem Gipfeltreffen Delon – Catherine Deneuve nur eine grottige Liebesszene herausholt. Aber Delon als Killer macht sich über Gegner lustig, indem er ihre Waffen schlicht ignoriert, mit seinem Blick negiert. Ein Erbe des „Samourai" („Ich spreche nie mit einem Mann, der mich mit der Waffe bedroht."). Und dann reagiert: mit dem Wurfmesser direkt in den Kopf eines Killers, der eben noch seinen Revolver in den Mund von Delons Freundin geschoben hatte, die ohnmächtig wird. Alles vor Quentin Tarantinos Killerkomik. Es war der Tribut an die 80-er Jahre, als das Star-Kino auf die Anarchos traf. Merkwürdige Mesalliancen.

X

Der definitive Blick. Er stammt aus Jean-Pierre Melvilles „Vier im roten Kreis". Corey (Delon) ist aus dem Gefängnis entlassen worden, hat unterwegs den geflohenen Gangster Vogel (Gian Maria Volonté) in den Kofferrraum seines Wagens steigen sehen. Auf freiem Feld stoppt er. Vogel hält ihn mit der Waffe auf Distanz, fordert Corey mit der Knarre auf, die Hände zu heben.

Die folgende Nahaufnahme Delons (das Titelbild des Readers), eins der seltenen Male, in denen er einen Schnurrbart trägt, sagt alles. Der wirklich bedrohliche Mann ist hier der, der die Hände hebt. Die Zigarette immer noch lässig zwischen Mittel- und Ringfinger (!), die Hände nicht wirklich oben, sondern auf halber Höhe, ist Delon der unaufgeregt Überlegene, dessen Blick von außerordentlicher Gelassenheit spricht. Das Abschätzen des unbekannten Vogels geht ohne Mühe vor sich, Delon behält die Übersicht, gibt nichts von sich preis, lässt sich nicht mal sein Ritual (die Zigarette) nehmen. So einer ist brandgefährlich.

XI

Der Anfang von Delons Karriere ist beispielhaft. Er erschafft sich in René Cléments Patricia-Highsmith-Adaption „Plein soleil – Nur die Sonne war Zeuge“ (1959) aus dem Nichts selbst. Keine Erklärung der Herkunft, kein Algerienkrieg, keine Fremdenlegion. Als Tom Ripley fälscht er zu Beginn unter dessen Augen die Unterschriften seines besten Freundes, den er später töten wird, um seine Identität anzunehmen. Delon wies immer darauf hin, wie Clément ihm alles erklärte, aber seine eigene Präsenz überwiegt. Das Spiel ist bereits vollendet, er ist traumwandlerisch sicher. Als Tom Ripley erleidet er Demütigungen durch Maurice Ronet, er wird sich tödlich rächen, ihm Leben, Yacht, Besitz und die Freundin nehmen. Zur Mimikry wird Ripley gezwungen, er kann gar nicht anders als seine Herkunft vergessen und sich neu erfinden.

Die damals völlig neue und heute noch revolutionäre Variante des von Delon kreierten Typus ist umso bewundernswerter und sensationeller, als das US-Remake „Der talentierte Mr. Ripley“ (2000) einen Rückschritt bedeutet. Ripley als schwuler Aufsteiger wird mühsam psychologisch erklärt und tragisch verklärt und besetzt ein Terrain, für das Delon wohl nur Verachtung übrig hätte. Was 1959 künstlich und gewollt erschien, die Metamorphose dieser eiskalten Kellerassel, ist als Akt reinen Willens vielleicht seelenlos, aber von ungeheurer Überzeugung als unbedingte Voraussetzung für einen Mythos. Das ist umso spannender, als Delon, der sich selbst erfindet, 1954 - 1956 drei entscheidende Jah-

re in Indochina erlebt hatte, die er als „Abenteuer" ansieht und über die er nie ausführlich berichtet hat.

In „Der Swimmingpool" tötet Delon neun Jahre später Maurice Ronet noch ein Mal. Wie Delon ihn tötet, auch das hatte man so noch nicht gesehen. Fast gleichmütig, ohne sichtliche Anstrengung oder Erregung taucht er ihn wieder und wieder ins Wasser, löscht ihn wie in einer Versuchsanordnung aus. Seine eigene Existenz in diesem Film benötigt keine Erklärung. Da ist Delon, mit dem „Samourai" bereits hinter sich, endgültig im Olymp der Mythen angelangt.

XII

Das Auslöschen formender Erfahrungen in neuer Aktion und die Erfindung neuer Identitäten mysteriöser Schweigender, Autisten und Solipsisten, die sich in Ritualen realisieren und verbergen und den Durchblick wahren, das ist Alain Delons große filmgeschichtliche Leistung. Vor ihr versagt jeder soziale oder psychoanalytische Ansatz: „Sie haben vieles noch nie gesehen."

Anmerkungen:

1 *Annette Kilzer:* „Le Clan des Siciliens". In: Alain Delon. Hommage. Henschel Verlag 1995. S. 46 (Retrospektive Internationale Filmfestspiele Berlin 1995). Vergriffene Essay-Sammlung.

2 *Hans Gerhold:* Kommentierte Filmographie: Le Samourai. In: Jean-Pierre Melville. Reihe Film 27. Carl Hanser Verlag München Wien 1982. S. 188. Vergriffene erste und einzige deutsche Monographie zu Jean-Pierre Melville.

3 Martin Compart: Der Kinomythos Alain Delon als Fernsehstar. In: Funkkorrespondenz 12/2004, S. 18. (Aufsatz zur dreiteiligen ZDF-Krimireihe „Frank Riva").

P.S. Delons Filme laufen ständig in den öffentlich-rechten wie privaten Fernsehanstalten. Einige selten (wie Melvilles „Vier im roten Kreis"), einige schändlich gekürzt (wie Henri Verneuils „Lautlos wie die Nacht"), einige in miserabler Farbqualität, einige farbrestauriert (wie „Zwei tolle Kerle in Texas").
Am 8. November 2005 wird Alain Delon siebzig Jahre alt. Zeit, seltene Filme (wie „Oktober in Rimini") zu präsentieren oder „Doucement les basses", in dem er einen Priester (!) spielt.
Im Euro-Western „Rivalen unter roter Sonne (1971, von James-Bond-007-Regisseur Terence Young) erschießt Delon den Über-Samurai Toshiro Mifune in einem blühenden Weizenfeld. Das hatte keiner vor ihm gewagt.

Global Players

CLINT und DELON

Ein transatlantisches Zwiegespräch durch Filme

von Michael Molsner

Mit siebzehn Jahren ging Alain Delon als Fallschirmjäger nach Indochina. Als er 1956 wieder in Frankreich auftauchte, hatte die französische Kolonialarmee eine der schwersten Niederlagen ihrer Geschichte erlebt. Delon hielt sich in Paris eine Weile mit Zufallsjobs über Wasser – auch zweifelhaften, wie immer wieder glaubhaft berichtet worden ist – und Vietnam ging allmählich in die Kontrolle der USA über. Während der folgenden Jahre macht Delon eine aufsehenerregende Karriere als Filmstar, und der Krieg in Vietnam eskaliert unaufhörlich. Amerikas junge Männer, vom Rock'n'Roll auf Lebenslust und Rebellion eingestimmt, sehen ihre Altersgenossen in Plastiksäcken aus Asien heimkehren. Der Vietkong kennt kein Erbarmen. Die Regierung Johnson auch nicht. Beide Seiten haben nur ein Ziel, die Freiheit der Vietnamesen. Jede Seite bezeichnet das, was die andere unter Freiheit versteht, als Unterdrückung.

Schweigende Männer

In den amerikanischen Kinos läuft ein seltsamer Western an. Der Regisseur ist Italiener, der Komponist ebenfalls, die *leading lady* eine Deutsche, und der eigentliche Urheber des Plots die japanische Regie-Legende Kurosawa; mit ihm haben die Produzenten drei Jahre lang prozessieren müssen, ehe sie, nach Abgeltung von Story-Rechten, ihren Film in den USA vorführen dürfen. Wenigstens der hölzern agierende Held ist Amerikaner. Allerdings kannte ihn bisher kaum jemand, er hatte in unwichtigen Fernsehfilmen den netten jungen Mann gegeben, der das Mädchen nicht kriegt.

Er ist nicht mehr so nett. Er trägt einen schäbigen Poncho. Sein Muli ist eine Schandmähre, klapprig und dürr. Der Qualm des Zigarillo, auf dem er beständig kaut, scheint seine blauen Augen noch mehr zu peinigen als das ewig gleißende mexikanische Sonnenlicht. Die Lider zu schmalen Sehschlitzen gekniffen, beobachtet er eine schöne junge Frau. Sie muß sich primitiven Grobianen fügen, ohne daß jemand ihr hilft. So ein Dorf ist das also.

Unser Mann reitet weiter. Vier müßig lungernde Halunken machen sich einen Spaß, indem sie sein Muli durch Revolverschüsse in Panik versetzen. Der Fremde verzieht sich in den Schatten einer Kneipe und erkundigt sich nach den örtlichen Machtverhältnissen. Wenige Sätze nur werden gewechselt, trotzdem kennt er sich schnell aus.

Zwei Familien kämpften um die Macht. Sie unterhalten bewaffnete Milizen. Der Verdrängungswettbewerb wird hier konsequenter geführt als üblich. Man nimmt einander das Leben, nicht nur die Existenz.

Folgerichtig fordert er die vier Rowdies, die sein Muli beleidigt hatten, zu einer Schießerei auf der Hauptstraße heraus. Er legt die Halunken am hellen Tag um, für jedermann sichtbar, ohne erkennbare Gemütsregung.

Damit hat er sich eine vielverspechende Ausgangsbasis geschaffen. Die rivalisierenden Clans wollen den Revolvermann anheuern. Scheinbar auf die Wünsche der Mächtigen eingehend, hetzt er sie gegeneinander auf und befreit, nachdem sie sich gegenseitig dezimiert haben, die junge Frau, die ihm anfangs gefallen hatte. Er gibt sie ihrer Familie, Mann und Kind, zurück. Dann verläßt er das Dorf so allein, wie er gekommen war

Was soll das? Wer ist dieser Mann? Warum hat er das getan? Was ist das überhaupt für ein Film, in dem der Gute so skrupellos tötet wie die Bösen? Gibt es denn keinen Unterschied mehr zwischen Gut und Böse, oder legen die feindlichen Parteien das in ihrem eigenen Interesse fest, wie in Vietnam?

In demselben Jahr 1967 wird aus einem auffallenden Jungtalent des französischen Films eine Ikone der Moderne. Alain Delon prägt sich dem Weltpublikum als „eiskalter Engel“ ein. Auch dieser Stoff, nebenbei gesagt, variiert eine Vorlage Kurosawas, der Originaltitel „Le samourai“ erinnert daran.

Delon war etwas jünger als Clint, 32 zu Clints 37 Jahren. Seine Leistungsbilanz war trotz der geringeren Anzahl der Arbeitsjahre unvergleichlich viel positiver.

Alain Delon in „Der eiskalte Engel“

Die Anfänge: Clint

Clint war ein Niemand gewesen, bevor der Spaghettiwestern ihn über Nacht berühmt machte. Delon hatte mit erstrangigen Regisseuren wie Verneuil, Visconti, Clément große Filme neben Partnern wie Gabin und Burt Lancaster gedreht. Sein Talent war erkannt. Wenn er in „Lautlos wie die Nacht" die Figur des jungen Kriminellen innerhalb eines Auftritts hinstellt, komplett mit der problematischen Vergangenheit, der schäbigen Gegenwart und der düsteren Zukunft, sind Zuschauer wie Kritiker gleichermaßen fasziniert. Die Figur trägt den Keim des Scheiterns in sich, das sein erfahrener Komplize (Jean Gabin) trotz eines minutiös ausgetüftelten Plots nicht verhindern kann. Am Ende befinden sich die aus der Spielbank von Nizza geraubten Millionen nicht in Delons Reisetasche, sie schwimmen in einem Pool.

Aber erst in der Rolle des Auftragskillers Jeff Costello wurde Delon zum Weltstar, seither vertritt er Alt-Europa gegenüber dem andern großen Coolen aus Amerika.

Noch nackter, noch unverhüllter als der Namenlose in Mexiko verdient Jeff sein Geld damit, daß er tötet. Warum sein Opfer sterben soll, interessiert ihn erst, als seine anonymen Auftraggeber vertragsbrüchig werden. Statt ihn zu bezahlen, wollen sie ihn umbringen. Um das zu verhindern, muß er sie ausfindig machen, und eben deshalb, weil die Killer sich gegeneinander wenden, kann dieser tiefschwarze Krimi als Metapher des Kalten Krieges verstanden werden.

Costello rettet niemand, nicht einmal den kleinen Vogel, den er im Käfig hält und jedes Mal liebevoll füttert, bevor er seine Absteige verläßt. Das piepsende kleine Federbällchen muß dran glauben wie jedes lebendige Wesen, das in den Bannkreis des Killers gerät.

Mit Jeff nimmt es das vorhersehbare Ende. Zwar kann er den betrügerischen Auftraggeber erledigen, doch er wird der Polizei nicht entgehen. Statt der Verhaftung wählt er den Tod im Kreuzfeuer von Kriminalbeamten. War es zuvor Costello, der seinen Lebensunterhalt damit verdiente, daß er tötete, so sind es nun die

Polizisten. Wer der Böse ist, Costello oder sein beamteter Jäger, überläßt Meisterregisseur Jean-Pierre Melville dem Urteil des Zuschauers.

Grausame Männer

Die Schwierigkeit, wenigstens als Polizist zu den Guten zu gehören, und als guter Polizist das Böse eindeutig zuzuordnen, demonstriert Delon acht Jahre später in „Flic Story". Einen unterbezahlten Fahnder in schäbigem Jackett legt Delon zunächst als netten Kerl an, als Gemütsmenschen fast. Dieser weiße Rabe wendet sich energisch dagegen, daß ein Kollege Verdächtige in die Eier tritt, „bis sie faulen oder du gestehst". Nur daß Delon halt gerne selber Chef würde, um endlich seine Freundin heiraten zu können. Weil er aufsteigen will, muß er Erfolge vorweisen, und weil er den Erfolg will, muß er mit den Wölfen heulen.

Er wirbt einen Ganovenwirt, der sich erpreßbar gemacht hat, durch massiven Druck gegen dessen Willen als Spitzel an. Der Segen der bösen Tat bleibt nicht aus. Der Wirt verpfeift den Gewaltverbrecher Buisson. Doch der erste Zugriff mißlingt, Buisson entkommt, wittert den Verrat des Wirts und erschießt ihn. Die Witwe dankt es dem Flic nicht.

Er wirbt einen weiteren Komplizen Buissons als Spitzel an. Der wehrt sich vergeblich. Seine Frau hat Tbc und braucht ein Medikament, das auf dem freien Markt nicht zu bekommen ist. Der Flic kann es ihm beschaffen und fragt nachsichtig, was dem andern lieber sei, das Leben seiner Frau oder …?

„Widerlich ist das alles", begehrt Paolo, der Bomber auf.

Delon als Flic: „Das finde ich auch. Aber wir haben keine andere Wahl. Du nicht. Und ich auch nicht."

„Ich wollte, ich wäre Emile Buisson!" ruft er in einem Augenblick der Frustration aus. Der Flic will Verbrecher sein – nicht irgendeiner, in den gefürchteten Mörder, den er sucht, wünscht er sich hinein. Buisson muß sich von keinem vorgesetzten Brüllaffen demütigen lassen. Aber mit diesem Wunschtraum verliert der Flic sich selbst.

Politisch steht Buisson rechts, er kommentiert eine Schlagzeile: „Die sollten mich regieren lassen, dann würde den Faultieren die Lust zu streiken vergehen." Über den Verräter Paolo sagt er: „Ich würde ihm kalt lächelnd die Kehle durchschneiden. Aber schön langsam, daß er es auch richtig genießen kann."

Doch der Flic findet, nachdem er Buisson verhaftet und fast ein Jahr lang verhört hat, sympathische Züge an dem Soziopathen. „Wir sind gute Kumpel. Beinahe verstehen wir uns, besonders wenn wir uns über Regen oder Sonnenschein unterhalten." Und vor der Hinrichtung: „Ich wundere mich, wie ungerührt Emile scheint!" Er nennt ihn beim Vornamen.

Am Ende des Films erscheint auf der Leinwand die Zeile: Am 28. 2. 56 hingerichtet.

Was der Flic vorführt, ist die Falle, in der er sitzt. Sein Chef sorgt dafür, daß er nie vergißt, wo der Speck hängt: am Eingang zu dieser Falle.

In einem seiner besten Filme war Delon selbst der Chef und handelte entsprechend. Einen zart gebauten, androgynen Spitzel im Fummel, dessen Information zwar korrekt war, aber nicht zum Erfolg führte, schlägt er zu Boden. Keiner seiner Mitarbeiter geht dazwischen. Einen Bankräuber aus der Bande, die er verfolgt, foltert er mit der Hilfe der ihm unterstellten Beamten, bis das gewünschte Geständnis vorliegt.

Kann der kleine Flic, der Buisson faßt, sich immerhin noch Skrupel leisten, so darf ein Chef sich keine Niederlage erlauben. So einfach ist das Leben. Es geht um Erkenntnisse elementarer Art, und die Elemente setzt Regisseur Melville denn auch in „Der Chef" (1972) konsequent ein, um seinen Film in Gang zu bringen. Meeresbrandung rauscht sturmgepeitscht gegen die von Zweitwohnungskästen entstellte Küste. Wieder und wieder. Fatalität der Natur-Gewalt. Wer könnte das Meer aufhalten.

In dem Melville-Film verliert er alles – die wunderschöne Cathérine Deneuve, die er sich mit dem Gangster geteilt hat, und diesen selbst: Er gibt dem Unbewaffneten den Gnadenschuß, um ihn vor eben der Justiz zu bewahren, der er ihn auszuliefern hätte. Das tut er dem Stolz des Rivalen nicht an. Mit dem steinernen Gesicht, das wir vom eiskalten Engel kennen, verläßt der Chef uns, todtraurig. Der Sieg ist die Niederlage.

Filmisch weniger stark, aber dafür eindringlich dialogisiert, weist „Der Fall Serrano" auf die dunkle Seite der Siege hin. Im Stil kid-kompatibler action-Reißer erledigt Delon als Anwalt praktisch eigenhändig eine international operierende Bande, die Politiker und Geschäftsleute korrumpiert, nämlich voneinander abhängig macht. Zum Schluß fragt ihn seine Freundin bang, ob es denn jetzt besser werde. Delons bitterer Sarkasmus zerstört ihre Illusionen: Zunächst würden einige der meist belasteten Politiker abtauchen. Um nach einiger Zeit wieder aufzutauchen. „Sie werden ihre demokratische Maske aufpoliert haben, wie alte Huren sich die Hinterbacken liften lassen... Schlaft in Frieden, Bürger von Paris. Es ist alles in Ordnung."

Nichts ist in Ordnung, verstehen wir nur zu gut – ohne von einem rettenden Ausweg zu hören.

In diesen siebziger Jahren, in denen Delons Flics alles verlieren, sich selbst, die Geliebte, den Freund und die Hoffnung, siegt Inspektor Callahan von der Mordkommission San Francisco, Dirty Harry genannt, glorios. Mit jedem erfolgreichen Einsatz gewinnt er sich selbst, vernichtet den Abschaum, verachtet seine politisch korrekten Vorgesetzten noch etwas mehr und darf trotzdem immer wieder antreten. Man braucht ihn zu dringend, um ihn feuern zu können.

Ein Killer mit androgynem (schon schlecht) Engelsgesicht hatte ein 14 jähriges Mädchen lebendig begraben und forderte Lösegeld. Er wollte, als Clint ihn stellte, nicht sagen, wo er sein Opfer gefangen hielt. Statt dessen winselte er, Clints Kugel in seinem Knie tue höllisch weh, er habe Anspruch auf ärztliche Hilfe und auf Rechtsbeistand.

Was bleibt da übrig, „natürlich" muß Clint dem Mistkerl aufs angeschossene Knie treten, und das so lange und so nachdrücklich, bis der das Versteck preisgibt. Hätte er der Bestie Kaffee anbieten sollen?

Er habe sich an die Gesetze zu halten, mahnen seine Vorgesetzten, sie reden ihm zu bis sie heiser sind, bis sie röcheln. Der Inspector Callahan meint: Warum nicht. Solang die

Gesetze greifen. Doch wenn sie nicht mehr greifen, handelt er nach seinem eigenen Gesetz.

Die Menschen hätten sich machtlos gefühlt, interpretieren die Filmemacher rückblickend den kolossalen Erfolg ihrer Serie. „Harry hat einen gärenden Zorn da draußen angesprochen!“ Der einfache Mann am Tresen will nicht von Eierköpfen erklärt bekommen, warum der Täter zur Bestie wurde; er will das Untier erledigt sehen wie einen streunenden Wolf, möglichst ohne prozessuale Fisimatenten.

Make my day

Es waren Western, die in der Stadt spielten – und Dirty Harry niemand anderer als der Cousin des Namenlosen in Mexiko.

„Make my day!“ drängt er den Lumpen, der noch ängstlich zögert, zur Waffe zu greifen. Mach mir einen schönen Tag und zieh, damit ich dich kalt machen kann. Er macht ungern Gefangene, wie es an sich seine Pflicht wäre. Er de-eskaliert nicht, wie die Polizeipsychologen es ihm raten. Er polarisiert. Ein Mann = ein Schießeisen. Und eine Vision davon, was falsch ist und was richtig, was Recht und was Unrecht. So wars im alten Westen, und wenn dort auf jedem zweiten Friedhof ein Grabstein die Inschrift trug „unschuldig gehängt“, nun ja, shit happens. Der unverbildete Kumpel am Tresen verachtet Paragraphenreiter.

Aber Beweise, die durch Folter gewonnen wurden, können nun einmal vor Gericht nicht vorgelegt werden. Die schockierende Auskunft des vor Wut bebenden Staatsanwalts („Ich klage Sie wegen Körperverletzung an!“ – „Was?!“) bremst einen Dirty Harry, der seinen Weg bis zu Ende geht, nur kurzzeitig. Wenn er den Killer nicht weisungsgemäß unschädlich machen kann, dann eben befehlswidrig durch eine Kugel aus seiner Magnum 44. Die spielt in diesen Filmen eine tragende Rolle, sie wird von Regisseur Don Siegel als selbständige Persönlichkeit behandelt.

Am Schluß steht Callahan als Sieger da, weil er zwar mit seinen Vorgesetzten über Kreuz, mit sich selbst aber im Reinen ist.

Liebende Männer

Julien Dandieu steht vor dem wichtigsten Schritt seiner politischen Karriere, er will die linkssozialistische Partei in ein Kabinett mit den Konservativen führen – also eine Art großer Koalition wagen, als Zwischenschritt zur Macht. Sein bester Freund, der sich als aufrechter Linker aufspielt, droht mit Parteispaltung. Bald hat Dandieu-Delon das Gezänk so satt, daß er seine Freundin anruft, Creezy, obgleich sie ihn verlassen hat. Das Telefon klingelt in Creezys leerer Wohnung. Delon spricht eine inständige Bitte in den Hörer: „Geh ran, Creezy, dann pfeif ich auf alles."

Seiner mütterlichen Beraterin Jeanne Moreau gesteht er: „Ich bin nicht verzweifelt. Ich bin fertig." Er hat es nicht geschafft, Creezy in sein von Terminen vollgestopftes Leben zu integrieren – sie aber mag nicht nur fünftes Rad am Wagen eines Machtmenschen sein. Erinnert an Margret Trudeau.

1971 heiratete Kanadas Premierminister Pierre Trudeau mit 50 Jahren die 22jährige Margaret Sinclair. In der Ehe begann es schnell zu kriseln, weil die junge Frau mehr sein wollte „als eine Rose im Knopfloch" ihres Mannes. Das Scheitern der Verbindung im Jahr 1977 scheint der Film 1974 vorwegzunehmen.

Zu Moreau sagt Delon: „Creezy verachtet Macht."

Moreau: „Sie ist ein Kind!"

Delon: „Ich liebe sie."

Das spricht er selten in seinen Filmen aus.

Zu seinem Sohn sagt Dandieu als Begründung für den „Arbeiterverrat" durch die beabsichtigte Koalition mit den Bürgerlichen: „Generell und besonders in der Politik zählt nur eins, du mußt Erfolg haben. Und wenn du keinen Erfolg hast – durchhalten! Und dann plötzlich hast du Erfolg und bist am Drücker."

Creezy ist eine wunderbar natürliche, erregend schöne junge Frau. Von Beruf Model, ist sie mit kaum zwanzig Jahren schon reich und berühmt auf eigene Rechnung. Sie verlangt von Dandieu, daß er ihre Beziehung zur Hauptsache macht, will nicht mit öden Politbonzen um ihr Leben betrogen werden.

Für beide ist es ein Kampf um die eigene Identität gegen die des andern. Als Dandieu gesteht: „Ich bin ihr verfallen", müßte er auf den Ministerposten im nächsten Kabinett folgerichtig verzichten. Da das unmöglich ist – ein vierzigjähriger Politiker auf der Schwelle zur Macht wird weder seine Wähler vor den Kopf stoßen noch sich von der politischen Vernunft verabschieden – macht Creezy auf die radikalste Art Schluß, die möglich ist, wenn sie zugleich beweisen will, wie groß ihre Liebe ist. Sie vergiftet sich.

In „Jet Set" sehen wir den eiskalten Engel am Ende weinen, obgleich er von Creezys Tod noch gar nicht weiß. Er fühlt nur, daß er sie verloren hat, und daß damit Glück und Wahrhaftigkeit aus seinem Leben verschwinden. Lügen und die Langeweile des politischen Alltags erwarten ihn statt dessen und werden an seiner Substanz nagen, bis er tot sein wird.

Clint sehen wir, soviel ich weiß, erst in einem Alterswerk weinen, in „Die Brücken am Fluß". Als Fotograf in die Provinz verschlagen, erlebt er vier intensive Tage mit einer Farmersfrau, die zwar Mann und Kinder hat, aber zum ersten Mal wirklich liebt und von diesem Erlebnis nahezu verstört ist. Er will sie in sein sehr anderes Leben mitnehmen. Aber beide sehen ein, daß die Geliebte nicht ein beliebiges Irgendwo verlassen würde, sondern

ihr Heim, nicht gleichgültige Menschen, sondern ihre Familie. So verzichten beide auf die gemeinsame Zukunft – und gewinnen sie, indem sie verfügen, daß nach ihrem Tod ihre Asche vereinigt werden soll. So geschieht es.

Clint ist ein Boy, der sein Girl am Ende kriegt, selbst wenn dafür ein diesseitiges Paradies geschaffen werden muß, das gemeinsame Bett für ihre Asche.

Auch in „Honky Tonk Man" verfehlt er im Leben, was er sich am sehnlichsten gewünscht hatte. Als Schwindsüchtigen sehen wir ihn durch das Ohio der Dreißigerjahre nach Nashville tingeln, wo er mit neuen Songs endlich den Durchbruch schaffen will.

„Throw your arms around this honky tonk man
And we'll get through the night as best as we can ..."

Er bekommt einen Termin zum Vorsingen bei der Grand Ole Opree, muß seinen Song aber wegen eines Hustenanfalls abbrechen und hat damit, wie es scheint, für immer die erträumte Karriere verpaßt.

Doch der Agent einer Produktionsfirma hat zugehört und ermutigt ihn, seine Songs im Studio aufzunehmen. Clint beginnt, als er tot ist, erst richtig zu leben. *„Throw your arms around this honky tonk man"* klingt aus Autoradios und Juke Boxes. Liebespaare umarmen sich zu der Melodie, und ein junges Mädchen ist vom Verstorbenen schwanger. Er wird den Ruhm haben und er wird ein Kind haben, und er hat wieder einmal gewonnen. Noch postum erreichen seine Songs die Herzen der einfachen Leute in den urigen Kneipen:

„I never feel so proud
As when I please the crowd".

Unterschiedliche Männer

Clint gewinnt noch, wenn er schon im Sarg liegt. Delon wird selbst dann gehängt, wenn er siegt, wie in „Die Schwarze Tulpe". Seine adelige Geliebte kann es gar nicht erwarten, ihn als Galgenvogel am Strick baumeln zu sehen, und derjenige, der das Bürgermädchen und den Sieg bekommt, ist nur sein Klon, sein Zwillingsbruder.

Alt-Europa hat zuviele Siege gefeiert, die als Niederlagen endeten, um noch an innerweltliche Erlösung zu glauben. Der große Coup, der das Schachern um den Verkaufswert unserer Seele, unseres Stolzes, unserer Eigenart beenden würde, ist zu oft gescheitert. Es gibt keinen letzten Coup, immer nur den nächsten. Für die Ratte in der Leistungstrommel weist Sprosse auf Sprosse den Weg nach Nirgendwo.

Wenn der unerhörte Coup dennoch versucht wird, wie in Melvilles Meisterwerk „Vier im Roten Kreis“, setzt ein kleiner Bulle dem großen Traum ein Ende, und die gesamte Starbesetzung von Delon über Montand und Gian Maria Volonte bleibt auf der Strecke.

Ganz anders verabschiedet sich das Star-Trio Clint Eastwood, Telly Savalas, Donald Sutherland von der Bank, die mitten im Krieg hinter den deutschen Linien auszurauben nur Wahnsinnigen einfallen kann. Es gelingt! Mit der Hilfe eines SS-Panzerkommandeurs bekommen sie das Gold und haben ihre Zukunft, die Freiheit und sich selbst gewonnen.

Gesetzlosen einen Erfolg zu gönnen, hat das europäische Kino selten riskiert. Unser Publikum wünscht sich amerikanische Siege und europäische Niederlagen.

„Während der ganzen Geschichte, in der es Milliarden und Milliarden von Menschen gab, hat nicht ein einziger jemals ein Happyend erlebt“, replizierte einst die witzige Dorothy Parker, die von Alteuropa geprägt war, während einer Drehbuchkonferenz Sam Goldwyn, der den Schluß eines Skripts zu düster gefunden hatte. Dann verließ sie den Raum.

Goldwyn stierte die verbleibenden Autoren perplex und zornig an. „Weiß irgendjemand hier drin, was zur Hölle diese Frau gemeint hat?“

In Delons Filmen hätte Goldwyn die Antwort auf seine Frage gefunden. Der Stolz des Einsamen, der sich selbst will und sich in einer von Regularien zugestellten Welt verheddert, ist ihr Thema; und enge, zugestellte Räume sind ihr Schauplatz. Clint aber reitet durch weites, kaum besiedeltes Land, auch in den Städten, und er kennt nur eine Regel: schneller schießen. Westlich des Pecos kein Gesetz. Westlich El Paso kein Gott. So sagte man früher. Dirty Harry durchkämmt Gegenden, wo weder Gesetz noch Moral einen Schutz bieten. Schütze dich selbst!

Und er kann es. Clint gewinnt gegen ganze Armeen (*Stoßtrupp Gold*). Delon hingegen verliert alles, nachdem der Coup gelungen ist (*Lautlos wie die Nacht*). Clint nutzt sein einschüchterndes Äu-

ßeres zu seinem Vorteil („Make my day!"). Delon wird gerade seine Schönheit zum Verhängnis (*Der Clan der Sizilianer, Jet Set*). Clint zeigt, daß ein Mann seinen Weg gehen muß, um zu siegen. Delon, daß ein Mann seinen Weg gehen muß, auch wenn er weiß, daß die Niederlage programmiert ist.

Delon agiert in einer Welt ohne Sinn und Transzendenz. Clint schafft sich den Lebenssinn, den er braucht, indem er kämpft und siegt, und sogar den Tod besiegt, was vor ihm nur einmal gelungen sein soll.

Es muß ein ehrbares Leben gewesen sein, das Clint geführt hat, wer hätte jemals Nachteiliges von ihm gehört? Als Höhepunkt hat er womöglich die zwei Jahre als Bürgermeister von Carmel, Kalifornien, empfunden. Was gibt es Schöneres für einen Mann, als an seinem Wohnsitz die Nummer eins zu sein und zu regieren?

Von Delon erfuhr ich, als ich zum ersten Mal Erkundigungen über ihn einzog, daß in Paris Fotos kursierten, die ihn mit dem Staatspräsidenten und dessen Frau in unbeschreiblichen Situationen zeigten. Und natürlich hörten wir alle, daß er unsere Romy in seinen verderbten welschen Sumpf gezogen habe.

> *„Du bist wie eine Blume*
> *So hold und schön und rein…“*

Sie war unser, wie ein Volkslied. Aber sie wollte lieber mit Delon sündigen als mit uns Biederkeit ausschwitzen. Es gibt wohl Sünden, die man begangen haben muß, um vor dem letzten Gericht zu bestehen. Vor sich selbst.

Kinomythos Alain Delon

als Fernsehstar

von Martin Compart

Inzwischen ist Alain Delon einer der letzten lebenden Superstars des europäischen Kinos. Überlebensgroß hat er die Leinwand verlassen, um das Pantoffelkino mit der Wucht seines Mythos zu adeln. Trotz aller brillanten Verkörperungen (in Klassikern von Antonioni, Visconti, Losey, Godard etc.) bleibt seine prägendste Figur die des einsamen Großstadtwolfes, den niemand perfekter inszenierte als Jean-Pierre Melville. Hans Gerhold, Autor des Klassikers KINO DER BLICKE – DER FRANZÖSISCHE KRIMINALFILM und Deutschlands führender Experte für Noir-Filme, sagte: „Alain Delon ist der einzige Weltstar, der sich selbst erschuf, ein Mythos des Ultra-Coolen, mit der geschmeidigen Körperlichkeit erotischer Spannung in den Bewegungen, die perfekte Form; vor der Kamera pure Kinomagie und in seiner Präsenz das Ereignis an sich." Spätestens mit Melvilles LE SAMOURAI war der Eisgott über Delons Seele gekommen, bis er nicht mehr menschlich war.

1999 hatte Delon seinen Abschied vom Kino verkündet. Er wolle künftig seine Ego-Artillerie aufs Fernsehen abfeuern, da dieses Medium ihm ermögliche, komplexere Geschichten zu gestalten als es derzeit im Film möglich sei. Gleich seine erste Miniserie FABIO MONTALE nach den Marseille-Romanen von Jean-Claude Izzo war ein gigantischer Erfolg. Obwohl kleinkarierte Fans der Vorlagen die Auswahl Delons wegen dessen Freundschaft mit dem Ex-Indochinakämpfer und Rechtsausleger Le Pen leichtsinnig benörgelten. Auch der Gaullist Delon war einst Freiwilliger im Indochinakrieg. Nach dem Erfolg der Marseille-Trilogie, legte Delon mit der Miniserie über den Pariser Kommissar Frank Riva nach und sorgte als Co-Produzent für ein Pastiches des eigenen Mythos.

Die Figuren, die Delon so eindrucksvoll in seinen Noir-Filmen verkörpert, sind dadurch motiviert, ihre einsame Integrität zu wahren. Es sind aristokratische Außenseiter, die einem Kodex verhaftet sind, der nicht immer den bürgerlichen Konventionen entspricht. Als professionelle Gangster lancieren sie ihre Coups, um diesen Status aufrecht zu halten. Als Cop ist Delon ein Gangster, der die Seiten gewechselt hat. Wird er nicht von Melville oder Verneuil inszeniert, ist er weniger kalt und hart. Dann kommt gelegentlich seine romanische Leichtigkeit durch und leider auch eine flache Eitelkeit.

In Deutschland war Delon nie sehr beliebt beim großen Publikum, das in ihm einen Kronprinzen des Schreckens sah. Es begann damit, dass der welsche Wüstling „unsere Sissi“ nach Paris entführte. Es gab und gibt auch keinen lebenden Schauspieler, dessen Privatleben so sehr seinen (Gangster) Filmrollen entspricht; ein französischer George Raft. Delon war immer stolz auf seine Freundschaften zu Gangstern und Unterweltfiguren. Er selbst war in einen Mordfall verwickelt: Als sein Leibwächter Markovic getötet wurde, war er zu recht der Hauptverdächtige, der auch unter einem vierzehnstündigen Polizeiverhör nichts sagte. So einer kann nicht ganz schlecht sein! Im Hintergrund spielten Sex-und Drogenpartys mit, in die Prominente wie der damalige französische Ministerpräsident Pompidou verwickelt waren. Diese Affäre machte jedem anständigen Steuerzahler klar, dass es zwischen der Person Delon und seinen Gangsterrollen reichlich Gemeinsamkeiten gab. Seinem Mythos konnte es nur nützen. Nur Künstler und Kriminelle können in der Bürgerlichen Gesellschaft ihren Lebensentwurf selbst gestalten. Bei Delon kam beides zusammen und schuf dieses unvergleichliche Charisma. Delon war nie dazu bereit, irgendwelche dubiosen Freunde zu verraten – wozu er gelegentlich von der Polizei aufgefordert wurde, denn er hatte seine Finger immer wieder in verrufenen Geschäften wie Boxveranstaltungen, Pferderennen oder gar eine Fluglinie. Ganz seinen großen Rollen verpflichtet, philosophierte der eiskalte Engel der Presse in den Schreibblock: „In der Freundschaft gibt es keine Enttäuschung sondern nur Verrat.“ Für viele Gangster ist der letzte Augenblick vor dem Tod der Augenblick des Verrats. Der Verrat ist das Zweitletzte, was Ihnen widerfährt.

Die Handlung der Riva-Serie ist eher klassisch als originell, benutzt die Genreversatzstücke und verbindet sie mit der Melodramatik des französischen Feuilletonromans. Die Selbstverständlichkeit, mit der die Klischeeregister gezogen werden, ist sympathisch und wird vom Hauptdarsteller, dessen Präsenz auch mit fast 70 Jahren ungebrochen ist, souverän über die Bühne gebracht. Dieses Charisma wird er wohl erst im Leichenschauhaus ablegen. Aus Delon ist jedenfalls noch einiges rauszuholen. Die Drehbücher des ehemaligen Comic-Autors Philippe Setbon (Pilote, MÈtal Hurlant) um den zurückkehrenden einsamen Wolf, der in einem Geflecht aus Liebe und Männerfreundschaften mit einem jungen Team einen Verbrecherclan jagt und ausschaltet, hat wenig Spannungsmomente und bleibt immer vorhersehbar. Er mischt die Genreklischees mit etwas zeitgenössischer Technologie und dem Bewusstsein, dass die Organisierte Kriminalität inzwischen Bestandteil der europäischen Gesellschaften ist mit Unternehmen, die an der Börse notiert sind. Regisseur Patrick Jamain hat das alles nett und gelegentlich mit einem Gespür für Noir-Atmosphäre umgesetzt. Ohne die Besetzung mit Delon wäre allerdings ein ziemlicher Langweiler übrig geblieben, bei dem der deus-ex-machina die vielen Handlungslöcher stopft. Der Mythos Delon schwebt über allem und hält die Trilogie zusammen.

Besonders die erste Folge wimmelt nur von Anspielungen auf Melville: Zwei Freunde, die dieselbe Frau geliebt haben, der Transvestit als Spitzel (Un Flic). Quatsch ist die in verschiedenen Zeitungen geäußerte Behauptung, Rivas Waffe wäre dieselbe Pistole, die Delon im Samourai eingesetzt habe. Im Samourai benutzte er einen Trommelrevolver und entwaffnete lediglich einen

Gangster, der ihn mit einer Pistole bedrohte. Auch andere Delon-Filme werden zitiert: Am Anfang das exotische Exil aus PAROLE DE FLIC (DER PANTHER) oder die Zärtlichkeit zu einem Kätzchen aus SCORPIO. Die Trilogie liefert Erinnerungen auf Bestellung.

Natürlich reicht die Serie mit ihrem Etat von 18 Millionen Euro nicht an Delons beste Filme heran. Aber sie ist um einiges erträglicher als einige seiner letzten Kinofilme (etwa das unerträgliche Starvehikel ALL MEINE VÄTER mit Belmondo). In seinen schlechteren Noir-Filmen war Delon so sehr damit beschäftigt seinem Pop-Mythos zu entsprechen, dass nur ein starker Regisseur ihm vor diesen peinlichen Momenten hätte bewahren können. Und gute Regisseure hatte er in den letzten zwanzig Jahren wenige. Diese Filme waren deprimierend, weil sie die determinierten Manierismen Delons wie bewusst kalkulierte Sachen aussehen ließen. Davon ist auch die Fernsehserie nicht ganz frei, aber Delon gelingt es durch eine Art zitierender Selbstironie darüber hinweg zu spielen.

Während die 2. Folge, die das Privatleben Rivas weiter melodramatisch ausleuchtet, ziemlich abfällt, gibt es im Eröffnungsteil auch schöne Dialoge:

Riva: „Ich bin seit drei Tagen hier und war schon zweimal auf dem Friedhof."

Polizeipräsident: „Glaubst du nicht, dass jeder eine zweite Chance im Leben kriegen sollte?"

Riva: „Ich glaube, dass man erstmal eine erste kriegen sollte."

Sosehr ZDF-Serienchef Klaus Bassiner zu gratulieren ist, dass er die Chance wahr nahm und in diese internationale Co-Produktion eingestiegen ist, sosehr verwundert doch die ZDF-Programmpolitik: Man hätte zuerst den stärkeren FABIO MONTALE-Dreiteiler zeigen können. Jetzt heißt es, dass dieser nur ausgestrahlt wird, wenn FRANK RIVA bestimmte Quoten-Erwartungen erfüllt. Sollte dies nicht der Fall gewesen sein, wird man die Izzo-Verfilmungen wohl auf Arte erhoffen müssen oder zur DVD greifen. Überhaupt scheint die DVD die Rettung für den Freund anspruchsvoller Crime-Serien zu sein: Ob LA FEMME NIKITA, WISEGUY oder SOPRANOS – alles da, auf gut gestalteten DVD-Editionen (mit Hintergrundmaterial). Aber das ist eine andere Geschichte. Zu hoffen bleibt, dass Delon weitere TV-Serien macht; mit besseren Storys als in FRANK RIVA.

Delons schlechteste Filme

von Martin Compart

All meine Väter

Christine

Medly

Flic Story

AIRPORT 80: Concorde

Parole de Flic

Texas across the river

Le Chock

Für Charles Bronson –
Simply the Best

We have many laws, and other regulations,
regarding killing in various forms.
This is because killing is very easy. **Burt Rapp**
(Autor selbstverlegter Schriften zum
Komplex Crime & Police, dem wir
so unverzichtbare Titel wie z. B.
„How to Drive a Getaway Car“ verdanken.)

Die Ankündigung eines deutschen Films über einen Auftragsmörder schürt vorab Neugier und löst gleichzeitig schwerste Skepsis aus (und ein wenig weckt es auch nostalgische Erinnerung an „Puma“, Ulf Miehes grandiosen Roman über einen Vertreter dieser Berufsgruppe, der trotz mehrmaliger Anläufe bisher nicht fürs Kino adaptiert wurde, was auch eine Menge über den nach wie vor mitleidserregenden Zustand der einheimischen Filmbranche aussagt). Ersteres, weil es prinzipiell hoffnungsfroh stimmt, wenn sich Produzenten, Regisseure und Autoren von den gängigen Trends abwenden und den Versuch wagen, all den tranigen Pseudoproblemfilmen und Holzhammerkomödien einmal richtiges, genregeprägtes Kino entgegenzusetzen. Zweiteres, weil die Befürchtung, dass sie es einmal mehr nicht hinkriegen, besagte Vorfreude dann doch leider übersteigt – 40 Jahre leidvolle persönliche Erfahrung mit Thrillern und Crimefilmen made in Germany, die bis zu Jerry Cotton, Kommissar X und Konsorten zurückreichen, lassen sich eben nicht so einfach aus den Klamotten schütteln.

Reden wir also von Auftragsmördern und *hitmen*. Von Profikillern, *hired guns* und *mechanics*. Von Torpedos, *trigger men* und *enforcers*. Von solchen aus dem richtigen Leben und von ihren Kinokollegen. Und davon, was die einen mit den anderen zu tun haben.

Ohne sich in geschichtsphilosophischen Betrachtungen, ob nun die Hurerei, das Söldnerwesen oder eben der Auftragsmord das älteste Gewerbe der Welt ist, zu verlieren, kann man wohl doch ohne Bedenken dem eingangs zitierten *veteran police writer* Burt Rapp zustimmen, der in seinem Standardwerk „Professional Killers: An Inside Look“ lapidar feststellt: *„Killers for hire probably have been with us as long as there have been people on earth.“* Ohne eine satte Dosis Zynismus und ein leicht pessimistisch gefärbtes Menschenbild, das machen bereits die allerersten Versuche, dem Berufsstand historisch auf die Spur zu kommen, unzweideutig klar, wird dem Thema nicht beizukommen sein. Sparen wir uns also die Exkurse ins alte Rom, in die Epoche der Renaissance (wo die Zunft erste Blüten erlebte) und in fremde Kulturen. Bleiben wir da, wo wir uns besser auskennen in der jüngsten Vergangenheit, dem 20. Jahrhundert also, und in den kapitalistisch geprägten Gesellschaften der westlichen Welt, die uns nicht zuletzt aus Filmen vertraut sind.

Es ist noch gar nicht so lange her, rund 20 Jahre, da galt der Auftragsmörder hierzulande noch als reines Fabelwesen. Damals wurden Sicherheitspolitiker, hochrangige Polizeifunktionäre und selbsternannte Experten nicht müde, immer wieder unters gutgläubige Volk zu streuen, es gäbe in Deutschland weder irgendwelche Erscheinungsformen der Organisierten Kriminalität (von den ominösen Rückzugs- und Ruheräumen einmal abgesehen) noch Mordfälle, die von bezahlten Killern verübt wurden, denn „bei uns herrschen ja keine Zustände wie in Chicago oder Palermo". Was es nicht geben durfte, das gab es in der betriebsblinden Realitätswahrnehmung dieser Leute auch nicht, ganz egal, dass jeder vom Wirt seiner Stammpizzeria wusste, dass der Schutzgeld bezahlt, und die angeblich so tolle Aufklärungsrate bei Morddelikten (auf die unsere Kriminalbeamten so unheimlich stolz waren und sind) schon nicht mehr ganz so toll war, wenn man die reinen Beziehungstaten abzog. Und weil es in der offiziellen Außendarstellung der Strafverfolgungsbehörden keine OK und keine Auftragsmorde gab, kamen sie auch nicht in den Hervorbringungen jener Produzenten von populärer Kultur vor, die sich die Beschäftigung mit Mord und Totschlag auf die Fahne geschrieben hatten. Im biederen deutschen (Fernseh)krimi sollten der deutsche Heinz und die deutsche Helga nach vollbrachtem Tagwerk und ohne große Anstrengung mitraten, wer der Mörder ist und der kam fast immer aus der Familie oder der Nachbarschaft, handelte aus Habgier, Rache oder Eifersucht (den allgemein anerkannten „niederen Beweggründen") und war nie, wirklich nie, Teil eines streng hierachisch strukturierten, mit raubtierkapitalistischen Methoden nach Marktdominanz strebenden Mobs, der neben anderen Waren und Dienstleistungen eben auch den Mord auf Bestellung im Sortiment hatte. Was vorsätzlich verhindert werden sollte, war die rückhaltlose Information der eingelullten Bundesbürger darüber, welche flächendeckenden Strukturen der Großkriminalität es in unserem schönen Vaterland natürlich längst gab und alles andere wäre in einer der reichsten und ökonomisch potentesten Nationen der Welt auch so etwas wie ein eklatanter Widerspruch gegen die menschliche Natur gewesen. Natürlich spielten in diesem Zusammenhang noch andere Faktoren eine wichtige Rolle, etwa der Ungeist der unseligen Generation der 68er, für die Gesetzesbrecher härtesten Kalibers ja vorrangig stets nur Opfer (ihrer selbst, einer schweren Kindheit und ganz allgemein „des Systems") waren und nie etwas, das eine gut aufgestellte und ausgerüstete Polizei konsequent zu bekämpfen hat. Und nicht außer Acht gelassen werden darf außerdem die unumstößliche Tatsache, dass es – um auf die Darstellung dieser Gesetzesbrecher in Filmen, im Fernsehen und auch in der Gebrauchsliteratur zurückzukommen – in Deutschland leider nie eine nennenswerte, im internationalen Vergleich konkurrenzfähige Crime-Tradition gegeben hat.

Heute ist der Auftragsmörder eine uns bestens vertraute Figur, glücklicherweise weniger aus eigener Erfahrung, aber doch vom Rumzappen und von der allmorgendlichen Lektüre der „Mord und Totschlag"-Seite der Tageszeitung her. Er taucht in Kriminalromanen einheimischer Produktion auf, treibt inzwischen sogar schon in Vorabendserien sein Unwesen (wobei er gerne osteuropäischer Herkunft ist) und glotzt einen (wie vor wenigen Tagen geschehen), dabei leicht debil wirkend, beim Einkaufsbummel von riesigen Plakatwäden an, um für das neue Play Station Spiel „Hitman: Contracts" zu werben. Er hat, was das Interesse der Populärkultur an seinem Typus anbetrifft, gerade Konjunktur, so wie der sexuell motivierte Serienmörder, der inzwischen nicht mehr schockt, sondern nur noch nervt, vor einigen Jahren Konjunktur hatte. Es ist also alles anders geworden, und der Grund dafür hatte einen Namen.

Am 29. Juli 1986 zelebrierte Werner „Mucki" Pinzner seinen großen Auftritt, durch den die Republik schlagartig eine andere wurde, zumindest hinsichtlich der öffentlichen Wahrnehmung von Kapitalverbrechen dieser Art. Bevor Mucki – abgebrochene

Schlachterlehre, Rausschmiss bei der Bundeswehr, kurz zur See gefahren, Kellner auf St. Pauli, zehn Jahre Knast wegen eines Raubüberfalls, bei dem der Filialleiter erschossen worden war – im Hamburger Polizeipräsidium mit einer von seiner Strafverteidigerin eingeschleusten 38er Smith & Wesson erst einen Staatsanwalt, dann seine Frau Jutta und schließlich sich selbst ins Jenseits beförderte, hatte er als Auftragsmörder klassischen Zuschnitts fünf Kiezgrößen liquidiert (oder, wie er selbst es zu nennen pflegte, „putgemacht“) und sich vor den ihn vernehmenden Strafverfolgern sechs weiterer Morde (die nie einwandfrei geklärt wurden) bezichtigt. Wie längst allen Insidern sonnenklar war und wie nun nicht länger bagatellisiert werden konnte, weil die Boulevardmedien vorübergehend kaum noch ein anderes Thema kannten, gab es in Deutschland also doch jenes furchteinflößende Toplevel der OK, das mit einheimischem Personal besetzt ist und wo mit härtesten Bandagen um Marktanteile gekämpft wird und zu dem nun einmal die Aktivitäten bezahlter Killer gehören. Der längst überfällige Beweis, den niemand mehr unter den Teppich kehren konnte, dass der Auftragsmörder auch in unseren Gefilden alles andere als ein Hirngespinst einiger Hysteriker ist, war also erbracht. Eigentlich sollte man dem guten Mucki, auch wenn er jetzt sicher in der Hölle schmort, dafür noch postum ein Denkmal setzen. Er hatte zweifellos für ein reinigendes Gewitter gesorgt, weshalb fortan die Schwätzer aus der Innenministerkonferenz und die Schreibtischhengste vom BKA die Bevölkerung nicht mehr ganz so dreist darüber belügen können, welche bedrohlichen Ausmaße das Treiben der organisierten Kriminalität bereits angenommen hatte.

Inzwischen ist der Auftragsmord wahrlich ganz unten und auch sonst überall in unserem Gemeinwesen angekommen; er ist, nicht zuletzt durch die Billigstkonkurrenz aus Osteuropa, für beinahe jedermann erschwinglich geworden, was Zyniker als Beleg dafür nehmen, dass wir tatsächlich auf dem Weg zur Dienstleistungsgesellschaft sind. Es fehlt eigentlich nur noch, dass ihn irgendeine Innung zum offiziellen Lehrberuf deklariert. Auch bieten Auftragsmörder ihre Tätigkeit noch nicht in den Gelben Seiten an, aber der Normalbürger muss längst nicht mehr über persönliche Kontakte zu kriminellen Subkulturen verfügen, um sich die Dienste eines bezahlten Killers zu sichern. Ein Hit, der inzwischen schon für den Preis eines gebrauchten Mittelklassewagens in Auftrag gegeben werden kann, ist eben doch endgültiger als eine Scheidung und, falls Erbschaften und hohe Versicherungssummen winken, auch erheblich lukrativer. *„Contract killing"*, meint Burt Rapp, *„has entered a new, domestic phase"* und es ist wahrlich irre und beänstigend zugleich, wer inzwischen alles glaubt, einen nahen Angehörigen, Nebenbuhler oder unliebsamen Arbeitskollegen beseitigen lassen zu müssen. Einem gescheiterten britischen Hitman entfuhr bei seiner Verhaftung der Stoßseufzer: *„I couldn't believe it. Nearly everybody wanted someone killed. They wanted me to kill their wives, mothers, fathers and girlfriends."* Die Motive, die Lösung irgendeines Konflikts an einen Auftragsmörder zu delegieren, werden jedenfalls immer profaner und trivialer. In Berlin z.B. ließ vor einigen Jahren ein Hausbesitzer eine Mieterin, die ihre mietpreisgebundene Wohnung nicht freiwillig aufgeben wollte (damit er sie luxussanieren kann), von zwei Killern mit einer abgesägten Schrotflinte umnieten. Es war nur Kommissar Zufall (seit jeher der erfolgreichste Mann der nach wie vor auf Kreisligaformat verharrenden Hauptstadtpolizei) zu verdanken, dass dieses widerliche Verbrechen Jahre später aufgeklärt werden konnte. Mit dem Niveau der Killer fallen die von ihnen verlangten Preise, wodurch sich noch mehr Zeitgenossen animiert fühlen dürften, ihre Dienste in Anspruch zu nehmen. Die Spirale dreht sich folglich immer weiter, und der Auftragsmörder frisst sich wie ein Krebsgeschwür durch alle Teile der Gesellschaft.

Es ging und geht in Deutschland gelegentlich also doch zu wie früher in Chicago und anderen amerikanischen Städten. Und wie die dortigen Auftragskiller zu Werke gingen, bestimmt, stark vermittelt vom Kino, noch immer weitgehend unsere Vorstellungen von diesem Berufsstand.

Mit der Prohibition wurde in den USA das urbane Verbrechen volljährig und griff von den Rändern der Gesellschaft auf dessen Zentrum über. Die Ära der überwiegend locker strukturierten und meist nur situationsbedingt operierenden Straßenbanden war damit definitiv vorbei. Die Verstöße gegen jenes Gesetz, das Herstellung und Vertrieb von Alkohol verbot, stellten zwar gigan-

Murder Inc(orperated)

tische Profite in zuvor ungeahnter Höhe in Aussicht, verlangten aber, neben einer erhöhten Konzentration und Zentralisierung des eingesetzten Kapitals, auch ganz neue Formen der Arbeits- und Marktteilung. Dieser Markt war einfach zu riesig und der für seine Sättigung erforderliche Organisations- und Kapitalaufwand zu gewaltig, um von nur einer Gruppe alleine kontrolliert zu werden.

In verblüffend kurzer Zeit trat das organisierte Verbrechen seine bis auf den heutigen Tag anhaltende Herrschaft an und mit dieser quantitaviven Ausdehnung ging auch ein qualitativer Wandel einher. Neben immer mehr Kapital (für die Beschaffung der zur Alkoholproduktion notwendigen Rohstoffe und die Aufrechterhaltung der Vertriebswege, aber auch für Waffen, Schmiergelder und die Entlohung des eigenen Personals) benötigten die stärksten Gruppen des organisierten Verbrechens, die sich rasch zu Syndikaten zusammenschlossen, um den brutalen Wettbewerb untereinander zu minimieren, bald auch – vom LKW-Fahrer, der die illegalen Schnapsladungen auf abenteuerlichen Routen zum Konsumenten beförderte bis zum Buchhalter, der mit tausend Tricks die Steuerbehörden leimte – immer mehr Mitarbeiter, die über die Fähigkeiten von Facharbeitern verfügen. Der zur Einschüchterung und Elimination der Konkurrenz und Bestrafung von Verrätern aus den eigenen Reihen eingesetzte Contract Killer mag der mit Abstand anrüchigste, risikofreudigste und geheimnisvollste dieser Fachkräfte des Verbrechens sein. Innerhalb der Strukturen und der Hierachie seiner Organisation ist er aber nüchtern betrachtet nur einer von vielen Spezialisten, dessen Qualitäten intern zwar anerkannt (und entsprechend bezahlt) werden, dessen Aufgabengebiet aber eng umrissen und dessen Macht daher stark beschränkt ist. Ihm, wie in zahlreichen Romanen und Filmen geschehen, beinahe übernatürliche Fähigkeiten, die Rolle eines mystischen Einzelgängers oder ein besonders kompliziertes Seelenleben anzudichten, erscheint daher reichlich absurd.

Auftragsmörder sind also Facharbeiter des organisierten Verbrechens, oder sie agieren (was hier allerdings vernachlässigt werden soll) im Staatsauftrag als Angehörige militärischer Eliteeinheiten (und werden, ob das offiziell zugegeben wird oder nicht, von so ziemlich jeder Armee der Welt ausgebildet).

1931 wurde die amerikanische Unterwelt zur Republik, in der es keinen Platz mehr für einen feudalistischen *capo di tutti capi* geben konnte. Eine junge, vorwärtsschauende und die alten ethnischen Feindschaften überwindende Generation italienischer und jüdischer Gangster, die sich in den Jahren der Prohibition ihre Sporen verdient hatte und die im Gegensatz zu ihren Vorgängern wirklich im modernen Kapitalismus des 20. Jahrhunderts angekommen war, revolutionierte, teils mit visionären Ideen wie der Etablierung der „fünf Familien", teils durch die dreiste, aber logische Übernahme der Organisationsstruktuten und Wettbewerbsmodelle legaler Konzerne und Kartelle das kriminelle Wirtschaftssystem, wodurch die Unterschiede zwischen etwa den großen Stahlproduzenten und den Verbrecherholdings langfristig immer marginaler wurden. Das bis heute gültige Bild vom modernen amerikanischen Gangster, eben „jene vollkommene Mischung aus Eleganz und Gewalt, Bluff und Bravour, Raffinesse und Brutalität" (Rich Cohen in „Tough Jews, Fathers, Sons and Gangsters' Dreams"), das umgehend von Romanautoren und Filmregisseuren aufgegriffen wurde, stammt aus diesen Tagen. Die neuen Denker hatten die Schlacht der Ideen gewonnen, zur Aufrechterhaltung ihrer Macht benötigten sie ganz neue Typen von Soldaten. Jeder, der sich für die Geschichte des amerikanischen Gangstertums interessiert, kennt Lucky Luciano, Meyer Lansky, Louis „Lepke" Buchalter, Albert Anastasia, Ben „Bugsy" Siegel und Frank Costello, die Gründungsväter und ersten Vorstands- und Aufsichtsratsmitglieder des ersten überregional agierenden Crimesyndikats made in USA. Die Truppen, die sie befehligten, sind längst im Dunkel der Geschichte verschwunden. Zu

Bugsy Siegel

den nicht unbedeutendsten ihrer Fußsoldaten zählten die *contract killer*, die Luciano, Meyer & Co aus bisher verfeindeten Banden rekrutierten und in der schlagkräftigen, jederzeit landesweit einsatzbereiten Spezialeinheit *Murder Inc(orporated)* zusammenfassten, die ausschließlich für das Syndikat tötete und ihre Dienste nicht etwa zahlungskräftigen Normalbürgern zur Verfügung stellte. In diesem Kontext ist es recht aufschlußreich, dass der Kriminalhistoriker Carl Sifakis in seiner „Mafia Encyclopedia" mutmaßt, durch diese von oben verordnete Selbstbeschränkung auf geschäftlich unabdingbare und nach gründlicher Diskussion gemeinschaftlich mit kühlem Kopf beschlossenen Tötungen sollten Syndikatsmitglieder aller Ebenen aus nicht-geschäftlichen, also privaten Bewegründen morden (lassen), sei die Zahl der innerhalb der Unterwelt verübten Morde insgesamt gesunken. Die ersten Hitmen des Mobs hießen Red Levine, Bo Weinberg, Buggsy Goldstein, Happy Maione, Frank Abbandando oder Abe „Kid Twist" Reles. Ihre Namen mögen vergessen und allenfalls noch den *true crime buffs* geläufig sein, die modi operandi, mit der sie ihre Mordtaten begangen, bestimmen noch immer die Darstellung ihres Gewerbes in Romanen, Filmen und Fernsehserien und mit einer gewissen Wahrscheinlichkeit orientieren sich auch etliche ihrer gegenwärtig aktiven Nachfolger an ihrem Auftreten.

„Kid Twist" Reles

Werfen wir daher einen etwas genaueren Blick auf einen ausgewiesenen frühen Champ der blutigen Zunft, sozusagen den Meister aller Klassen der ersten Stunde, dem dennoch nicht die anhaltende und nicht nur negative Popularität seiner Befehlsgeber vergönnt war und dem nie ein eigener Film gewidmet wurde. Reden wir von Harry Strauss, dem seinerzeit legendären „Pittsburgh Phil", der auch einfach nur als „Pep" bekannt war. In der New Yorker Unterwelt seiner Zeit so bekannt wie ein bunter Hund und mit einem physischen Erscheinungsbild bestraft, das stark an Frankensteins Meisterstück gemahnte (äußerlich also alles andere als unauffällig), schaffte er es dennoch, in seinen 13 Berufsjahren zu einem der profiliertesten und, rein statistisch gesehen, erfolgreichsten Hitman aller Zeiten aufzusteigen. Die 123 Morde (für die er jeweils mit einem Blutgeld zwischen 1000 und 5000 Dollar entlohnt wurde), die ihm seriöse Quellen nachweisen, dürften einen Rekord für die Ewigkeit darstellen. Vielleicht waren es ein paar mehr oder ein paar weniger (von weniger als 100 spricht jedoch kein TC - Historiker), auch wenn die „rund 500", von denen Jay Robert Nash in „Bloodletters and Badmen", der ersten personenbezogenen und immer noch den Charakter eines Standardwerkes genießenden Enzyklopädie über das Organisierte Verbrechen in den USA, spricht, doch grotesk übertrieben sein dürften. Auch das Ende auf dem elektrischen Stuhl (am 12.6.1941, nachdem er erfolglos während seines Prozesses versucht hatte, den Geisteskranken zu mimen) kann rückblickend seinem Nimbus nichts anhaben, der verlässlichste, mit tödlicher Präzision zuschlagende, wenn erst einmal auf die Spur eines Opfers gesetzte Enforcer gewesen zu sein, den *Murder Inc.* jemals in den Reihe gehabt hatte. Pittsburg Phil bestätigt und widerlegt gleichzeitig fast alle Klischees, mit dem in den Mob eingebundene Hitmen in den Werken der Populärkultur bis auf den heutigen Tag porträtiert werden. Er mag ein schlichtes Gemüt gewesen sein, eine Art Künstler war er dennoch. Kurt Rapps These lautet, dass es bei jedem zur Ausführung anstehenden Auftragsmord einen Spielraum der individuellen Interpretation gibt.

So agierte Harry Strauss (wie übrigens kaum einer seiner Berufskollgen) nicht als zirkusreifer Kunstschütze, er war meist ohne Schusswaffe unterwegs und mordete mit allem, was sich beim Heranpirschen an sein Opfer anbot, etwa den handlichen Feuerwehräxten, die in amerikanischen Städten fast in allen öffentlichen Gebäuden leicht zugänglich an den Wänden hängen. Er drosch seine *bums* (wie die Mordopfer im kodierten Gangstersprech hießen) mit Holzknüppeln, Bleirohren und diversen Küchenwerkzeugen (viele Hits wurden ja in gastronomischen Einrichtungen ausgeführt) zu Tode und konnte sich, wenn kein brauchbares Mordwerkzeug herumlag, auch auf die eigenen Hände, die die Ausmaße von Klodeckeln gehabt haben sollen, verlassen. Andere Opfer strangulierte er mit einer Garrotte Marke Eigenbau. Darüber hinaus besaß er ein breites Sortiment äußerlich ziemlich unverdächtig wirkender Stichwaffen. Sein eigentliches Markenzeichen jedoch war der kleine Eispick, den er sich gern aus dem Sektkübel einer höherrangigen Mobcharge fischte, bevor er zur Tat schritt. Er war sich auch nicht zu schade, irgend einen armen Teufel einfach mit dem Auto zu überfahren oder vor einen einfahrenden U Bahn-Zug zu stoßen. Natürlich war er gegen Schießeisen nicht allergisch und benutzte sie auch (ohne Rüksicht auf die Lärmentwicklung und eine mögliche Gefährdung Unbeteiligter), wenn es die Umstände nicht hergaben, sich dem Opfer bis auf Armeslänge zu nähern. Eine seiner weiteren Spezialitäten war es, nach dem Mord im Großstadtgewühl unterzutauchen und die Tatwaffe heimlich einem ahnungslosen Passanten in die Manteltasche zu schieben. Weitgehend verpönt war übrigens damals schon der Einsatz von Schalldämpfern, die nämlich, sollte der Hitman vor der Tat zufällig in eine Polizeikontrolle geraten, viel mehr Verdacht hervorrufen als jede Handfeuerwaffe. Der britische TC-Autor Frank Jones weist in diesem Zusammenhang in seinem Buch „Paid To Kill – True Stories About Today's Contract Killers" darauf hin, dass meistens ahnungslose Amateure am Werk waren, wenn in Filmen Auftragskiller einen Schalldämpfer auf ihre Knarren schrauben, denn diese Zusatzteile sind relativ sperrig und vermindern außerdem die Zielgenauigkeit. Außerdem gibt es angeblich nicht wenige Hitmen, die die allgemeine Konfusion, die oft durch den Schusslärm entsteht, zu schätzen wissen, weil er ihre Flucht begünstigt.

Wie die anderen ausführenden Organe von *Murder Inc.* war Pittsburgh Phil ein hemdsärmeliger Pragmatiker. Warum auch sollte sich ein erfolgreicher Auftragsmörder die Berufsausübung durch einen selbstauferlegten Ehrenkodex (der sich vielleicht noch an einer fernöstlichen Philosophie oder Religion, die gerade in Mode ist, orientiert) schwerer machen als nötig? All der halbgare Samurai-Schmonzens und all das verquaste pseudopsychologische Gefasel von einsamen Racheengeln und geheimnisumwitterten Einzelgängern entspringt, so toll die Produkte oft auch sein mögen, der überreizten Phantasie von Roman- und Drehbuchautoren, die meinen den Hitman, weil das, was er zwecks Broterwerbes tut, schon so unmoralisch ist, mit an der Psyche nagenden Selbstzweifeln und gelegentlichen Gewissensnöten, zumindest aber einem unangebracht komplexen Innenleben ausstatten zu müssen. Pittsburgh Phil und Konsorten vertrauten auf Gott, allein weil das auf jeder Dollarnote zu lesen steht. Harry Strauss dürfte sich auch keine Minute seines Lebens diffusen Aussteigerphantasien hingegeben haben, hegte keine Träume vom Aufstieg innerhalb der Unterweltshierache und ließ es daher auch nie an der überlebensnotwenigen Loyalität gegenüber seinen Auftraggeber fehlen, die im Gegenzug natürlich ganz genau wussten, was sie an ihm hatten. In nicht wenigen Filmen, die um einen Auftragsmörder kreisen, kommt nur ein Plot in Gang, weil die einfachsten Spielregeln nicht mehr eingehalten werden. Pittsburg Phil war eine rücksichtslose, aber weisungsgebundene kriminelle Fachkraft mit einem eng umrissenen Aufgabengebiet. Natürlich soll man einen solchen Mann weder glorifizieren, noch zum Superkiller, der über rational nicht erklärbare Kräfte des Bösen verfügt, stilisieren, denn schließlich konnte Harry Strauss ja glücklicherweise das blutige Handwerk gelegt werden. Allerdings nur, weil Abe „Kid Twist" Reles vor der Polizei auszupacken begann (was so ziemlich die gesamte erste Generation von *Murder Inc.* ans Messer lieferte), woraufhin er prompt unter nie geklärten Umständen aus einem Fenster des Hotels in den Tod segelte, in dem ihn die Bullen unter Verschluss hielten. Diese Mordmethode hatte Pittsburgh Phil ausnahmsweise nicht im Programm.

Nur wenige Monate nachdem die ausführenden Organe von *Murder Inc.* (inklusive einige ihrer Befehlsgeber wie Louis „Lepke" Buchalter und Mendy Weiss) in Sing Sing durch die grüne Tür gegangen waren, entstand in der Traumfabrik an der anderen Küste bei Paramount „THIS GUN FOR HIRE" („Die Narbenhand"), ein

This Gun for Hire

düster-fatalistischer Fetzer von kompakten 80 Minuten Länge, der inhaltlich eigentlich mehr ein *war time melo* ist. Dennoch ist er eine Art Urahne sämtlicher späterer Hitman Filme. Regisseur Frank Tuttle (der in den 50er Jahren übrigens bei den Mc Carthy-Hearings zu den auskunftsfreudigsten aller „freundlichen Zeugen" zählte und unzählige Filmschaffende denunzierte) schert sich in der wüst überzeichneten Rachegeschichte, die auf Graham Greenes Roman „A Gun For Sale" („Das Attentat") basiert (Drehbuchbearbeitung: W. R. Burnett) und durch die Alan Ladd, der den charismatischen Killer Philip Raven verkörperte, über Nacht zum Star avancierte, wenig um eine halbwegs realistische und psychologisch stimmige Darstellung des Berufsalltages eines Hitman. Dafür hat er ein paar nette, (vor allem in Frankreich) längst zum Klischeebild geronnene Überraschungen hinsichtlich seiner Kostümierung parat, wie den hellen, stets bis oben zugeknöpften Trenchcoat und den breitkrempigen, immer tief in die Stirn gezogenen Hut. Der Auftragsmörder, der im Handlungskonstrukt des Films, das sich um den während des Krieges illegalen Verkauf von Giftgas an die schurkischen Japaner dreht, eigentlich kaum mehr als eine prägnante Nebenfigur bleibt, trägt zwar durchaus pathologische Züge, die in imponierender Weise an die Grenzen des seinerzeit moralisch Vertretbaren gingen, handelt jedoch eher aus einem Motiv persönlicher Rache heraus, denn als Erfüllungsgehilfe einer dritten Partei. Nicht gerade das, wodurch sich echte

Profis auszeichnen. Innerhalb der enggeknüpften Konventionen damaliger Genrefilm ist das schlimme Ende selbstverständlich von Anfang an vorgezeichnet, weshalb vielleicht, wie bei so vielen seiner Berufskollegen in späteren Filmen auch, immer mal wieder kurz der nackte Selbsthass aus ihm hervorbricht und er ein nicht unerhebliches Maß an (unterbewußtem) Verlangen nach Bestrafung mit sich herumträgt. Mit einer solchen psychischen Disposition wurde versucht, das ungefiltert Böse seiner zuvor verübten Mordtaten zu relativieren und ihm die befürchtete Attraktivität zu nehmen. Im Extremfall gipfelt das darin, dass er zum Finale hin einen Paradigmenwechsel vornimmt und sich selbstlos für die Sache des Guten aufopfert. Im Gegenzug ist ihm dann dafür ein „schöner Tod" vergönnt, wie hier, wo Raven sein bei objektiver Betrachtung doch recht nichtsnutziges Leben mit dem Kopf in den Schoß der schönen Veronica Lake gebettet aushaucht, wozu „Variety" spitz anmerkte: *„Better men have died with their heads in less pleasant places."* Wäre der Film nur ein Jahr früher gedreht worden, dann hätte sich Pittsburgh Phil sicherlich über solchen Schmus köstlich amüsiert.

Kino steht für Eskapismus und Entertainment. Wenn dort eines nicht erwünscht ist, dann eine auch nur einigermaßen realistische und glaubwürdige Darstellung der Arbeitswelt. Das trifft auch auf die Tätigkeit des Auftragsmörders zu. Jeder Film, so viel kann man vorab schon einmal ganz allgemein behaupten, der wirklich daran interessiert wäre, zu zeigen, wie die Vertreter dieses Berufsstandes tatsächlich vorgehen, wäre zwangsläufig ziemlich langweilig und er würde sich auch durch eine keinem Zuschauer zumutbare Überlänge auszeichnen. Die Konsequenz ist, dass Hitmen im Kino immer schon nach Kräften romantisiert oder dämonisiert wurden. Zwar treiben sie in unzähligen Crime- oder Copfilmen ihr Unwesen, meistens jedoch nur als Randfigur und Transmissionsriemen der in Gang gesetzten Handlung. Nur relativ wenige Filme haben es bisher gewagt, einen Auftragsmörder in den Mittelpunkt der Geschehnisse zu rücken und dem Zuschauer so Einblick in eine Weltsicht zu gewähren, die frei ist von allen bürgerlichen Moralvorstellungen, in der es aber strenge Verhaltensmaßregeln gibt. Dafür gibt es mehrere gute Gründe.

Der wichtigste davon ist, dass ein aus der Perspektive einer Figur, die immer wieder den Tabubruch begeht, sich für Geld zum Herrscher über Leben und Tod aufzuschwingen, erzählter Film Gefahr läuft, dem Zuschauer ein Maß an Identifikation mit dieser Figur anzubieten, das schlichtweg unerwünscht ist.

Jetzt also „Lautlos", der eingangs erwähnte Hitmanfilm aus deutschen Landen. Inszeniert von einem gewissen Mennan Yapo, von dem man noch nie etwas gehört, geschweige denn gesehen hat und von dem das Presseheft immerhin zu berichten weiß, dass er, wie so entsetzlich viele Regieneulinge heutzutage, zuvor Werbeclips gedreht hat. Eine Information, die bei älteren Semestern die Vermutung aufkommen lässt, dass er sich einen zu dieser Profession passenden Künstlernamen zugelegt hat. Gleich im ersten Absatz fährt besagtes Presseheft allerschwerste Geschütze auf: Von einem schweigsamen Todesengel ist die Rede, der seine Aufträge stets mit – natürlich – eiskalter Präzision erledigt, von

einer – natürlich – geheimnisvollen Frau und von einem Profiler (eine kriminalistische Modefloskel, die auch nicht fehlen darf), der sich – natürlich – erbarmunslos an die Fersen des bezahlten Killers heftet. Noch bevor es im Kinosaal dunkel wird, überfliegt man diese marktschreierischen Zeilen und kann nicht verhindern, dass dadurch Bilder und Szenen aus mindestens einem Dutzend thematisch verwandter Filme aus den Tiefen des Langzeitgedächtnisses emporschießen.

Vince Edwards qualvolles Warten auf den nächsten Auftrag in Irving Lerners „Murder By Contract", Charlie Bronsons minutiösdetailversessene Mordvorbereitungen in der ersten Viertelstunde in Michael Winners „The Mechanic" oder Jean-Louis Trintignants, der in Jacques Derays „Un homme est mort"/„Brutale Schatten" als französischer Killer in den USA vom Jäger zum Gejagten wird. Von Alan Ladd „This Gun For Hire", Edward Fox in „The Day of the Jackal" von Fred Zinnemann oder Alain Delon in

Jean-Pierre Melvilles „Le Samourai", den drei Säulenheiligen des Subgenres Hitmanfilm, gar nicht erst zu reden.

Kein Zweifel, die Messlatte liegt verdammt hoch. Man kann sie nicht ignorieren, auch wenn deutsche Filme, die mit den Versatzstücken klassischer Genres hantieren, immer wieder meinen, dies unbedenklich tun zu können. Denn ganz anders als in der profanen Realität des wirklichen Verbrechens umgibt den Auftragskiller im Kino die unentrinnbare Aura des Geheimnisvollen, der tödliche Gefahr ausstrahlt. Dann geht der Vorhang auf, und ziemlich bald erscheint Joachim Król, an dem dann aber gar nichts geheimnisvoll ist, auch wenn er sich sichtlich viel Mühe gibt, so zu wirken. In der „Lautlos" begleitenden, nicht sehr aufwendigen Pressekampagne und bei Talkshow-Auftritten des Hauptdarstellers konnte man vernehmen, dass Herr Król in Vorbereitung auf den Film regelmäßig Krafttraining betrieben hat, um nicht mehr ganz so arg als der Hänfling rüberzukommen, der ihm doch immerhin das Image eines „neuen Heinz Rühmann" (der uns, als ob der alte nicht schon schlimm genug war, ja gerade noch gefehlt hat) eingebracht hat. Man honoriert bereitwillig, dass er sich anstrengt und hält ihn bestimmt auch nicht per se für einen schlechten Schauspieler. Trotzdem haut es vom ersten Moment an nicht hin, spürt man, dass er in Schuhe zu schlüpfen versucht, die ihm einfach nicht passen wollen. Es hilft auch nicht, dass das Erscheinungsbild des *tough guys* (bei dem sich hinter der hartgesottenen Fassade natürlich – wir befinden uns ja in einem deutschen Film – ein weicher Keks, äh Kern und eine Hammerdosis Verletzlichkeit verstecken) noch durch einen offenbar mit der Heckenschere vorgenommenen Haarschnitt à la Bruce Willis verstärkt wurde, wodurch die Kopfform nun bedenklich ins Kartoffelhafte spielt. Mit stoischer Mimik gibt er, vor allem nachdem noch eine Frau ins Spiel gekommen ist, auf ein Minimum reduzierte Dialoge von sich, die nicht unbedingt cool, aber auf mehrdeutige Weise tiefsinnig und welterfahren wirken sollen, jedoch immer auf dem Niveau von Kalenderspruchweisheiten bleiben. Und wie bei allen unseren in unzähligen schrottigen TV-Movies gestählten Möchtegern- und Gelegenheitsmachos, die Seriosität für sich beanspruchen, also nicht die reinen Knallchargen wie Martin Semmelrogge, Ralf Richter oder Claude Oliver Rudolph, sondern diese verhinderten Vertrauenslehrer vom Schlag Heinz Hönig, Heino Ferch oder Altmeister Götz George, die alle nicht einmal ahnen, was physische Präsenz und Charisma wirklich sind, wird es endgültig ein wenig strange, wenn er anfängt mit Waffen zu hantieren.

Wenn man, um einen anderen Ansatz zu versuchen, 1972 Charlie Bronson, der ja nun wahrlich nicht der größte Schauspieler war, in „The Mechanic" gesehen hat und vielleicht gar nicht wusste, dass er momentan der populärste und bestbezahlteste Kinostar der Welt ist, dann konnte man sich trotzdem gut vorstellen, dass er, wäre sein Lebensweg nur ein klein wenig anders verlaufen, seine Brötchen wirklich mit dem verdient, was er da gerade auf der Leinwand treibt. Bei Joachim Król, und da muss man solche Machwerke wie „Der bewegte Mann" oder „Rossini" noch gar nicht einmal kennen, stellt man sich vielleicht dann doch eher vor, wie er sich, ganz der nette Kerl, der er unter Garantie ist, im „Stern" über die Probleme dieser Welt kundig macht und bei Bedarf in eine Lichterkette stellt.

Was die besseren Hitmanfilme so faszinierend und gleichzeitig beängstigend macht, ist die pure Selbstverständlichkeit, mit der die Tätigkeit der Killer vorgeführt wird. Konsequent wird dort mit der verlogenen Mär aufgeräumt, dass es a) eine schrecklich schwierige, oft auch mit moralischen Skrupeln einhergehende Angelegenheit sei, einen anderen Menschen zu töten, und dass b) derjenige, der diese Hürde überspringt, anschließend von massiven Gewissensnöten und psychologischen Nachwehen heimgesucht würde. Es gehört zum Kitt, der zu allen Zeiten alle Gesellschaften zusammengehalten hat, dass Politiker, Religionsführer und selbsternannte Moralapostel den Menschen genau dies immer wieder einzutrichtern versuchen (nicht zuletzt, um sie mit dieser Androhung von Seelenpein zur Unterwürfigkeit zu manipulieren). Aber jeder erfahrene, mit Mordangelegenheiten vertraute Polizist kann einem sagen, was für ein Quatsch das ist, weil nur sehr wenige Mörder nach der Tat echte Reue zeigen. In den besagten Filmen ist die moralische Entscheidung des jeweiligen Auftragsmörders, gegen Bezahlung ausgesuchte Mitmenschen gewaltsam vom Leben in den Tod zu befördern, längst gefallen. Es geht nicht darum, sie rückblickend zu analysieren, zu verdammen oder gar zu rechtfertigen. Wenn aber doch, dann sollte man sich Erklärungsmuster einfallen lassen, die halbwegs Sinn ergeben und die den Zuschauer nicht für dumm verkaufen.

Neben einer gewissen körperlichen Robustheit und dem waffentechnischen Know how braucht es nicht besonders viel, um die Berufslaufbahn des Hitman einzuschlagen, jedenfalls gewiss keine außergewöhnliche individualpsychologische Disposition. Erwartungsgemäß ist das in einem deutschen Film, der ja generell dazu neigt, alles und jeden im Übermaß zu erklären, anders. Hier darf eine solche Figur sich nicht selbst genügen, d.h. einfach ein *Professional* sein, der aus freier Entscheidung seine Qualitätsarbeit abliefert. Nein, sie muss, damit es angeht, einen solchen Protagonisten des Bösen ins Zentrum der Geschehnisse zu rücken (und, soviel sei vorweggenommen, am Ende auch noch mit dem Leben davonkommen zu lassen), in ihrer Vergangenheit einen wirklich schlimmen Knacks wegbekommen haben und zwar schon in allerfrühester Jugend. Man hat, hinsichtlich der tiefenpsychologischen Abfederung, einiges erwartet. Dass es dabei aber so toll getrieben wird, haut einen dann doch fast aus dem Kinosessel, denn auf die folgende Backstory muss man erst einmal kommen: Hitman Victor, wie der von Król gespielte Charakter heißt, begann seine Karriere nämlich schon im zarten Alter von 9 Jahren, als er den Mörder seiner Eltern – der Vater war in dubiose Waffengeschäfte verwickelt – mittels eines raffiniert ausgedachten und eiskalt durchgezogenen Manövers umlegt, das man keinem Kind der Welt abnehmen würde. Von einem ehemaligen Kriegskameraden seines Erzeugers (der von da an als sein Mentor und Jobbeschaffer fungiert) instruiert und in die Spur gesetzt, gibt er sich gegenüber den Bodyguards des Mannes, der ihn zum Vollwaisen gemacht hat, äußerlich entsprechend zurechtgemacht, als dessen etwa gleichalteriger Sohn aus und erhält so Zugang zum schwerbewachten Bungalow. Nach Vollzug des Racheakts verlässt er dann seelenruhig den Ort des Geschehens, gerade noch rechtzeitig bevor der echte Sohn aus der Schule heimkehrt. Von da an, suggeriert der Film, war er im Geschäft und konnte damit beginnen, seine Blutspur quer durch Europa zu ziehen. Eine Art Kindheitstrauma (wodurch er immer auch ein bisschen Opfer bleibt), das so nebenbei dazu führt, dass der angehende

Auftragskiller seine Talente früh entdeckt. So schwerstplausibel kann es nur im der Vulgärpsychologie verfallenen deutschen Gegenwartskino zugehen, das sich freilich an realitätsentrückte und stilsicher überhöhte Kunstwelten, in denen der Zuschauer das vielleicht noch akzeptieren würde (wie etwa Luc Besson in „Nikita" und „Leon") nicht herantraut, sondern solchen Kokolores ganz bierernst in einer verwackelten Rückblende zeigt, um eine Polizeirecherche visuell zu untermauern und dem bösen Killer schon quasi vorab mildernde Umstände zuteil werden zu lassen. Jene Mitglieder der Filmförderungsgremien, die nach Feierabend gerne in der neuesten Nummer von „Psychologie Heute" blättern, werden vor Begeisterung ganz laut aufgequiekt haben, jeder normale Mensch greift sich an den Kopf. Von den 60er Jahren an hat Victor durch diesen Frühstart also eine typisch bundesrepublikanische Successstory hingelegt, war sozusagen als vorweggenommene Ich-AG aktiv, unterstützt lediglich von seinem treuen Förderer Hinrich (Peter Fitz), der noch auf dem Sterbebett neue Mordaufträge von sinsister und mit schlecht gefaktem Akzent raunenden Russen (wem auch sonst) entgegennimmt.

So gehen dann die Jahre ins Land und Victor steigt – während der Film nach der abstrusen „Wie alles anfing"-Lektion wieder in die Gegenwart zurückkehrt – schier unaufhaltsam in die europäische Spitzenklasse seiner Zunft auf. Längst darf er auch bei den ganz harten Nüssen ran, d.h. er wird auf Opfer angesetzt, die ganz doll schwer und sogar rund um die Uhr be- oder überwacht werden. Beim ersten Kandidaten handelt es sich um einen Bullen, der irgendwie auf die schiefe Bahn geraten und richtig schlimm korrupt geworden ist, auf jeden Fall verfügt er auf einmal über „zu viel Geld". Genaueres erfährt man ebenso wenig wie den Auftraggeber des Hits. Dafür ist es dann so wie in mindestens hundertfünfzig schlechten Fernsehkrimis zuvor, denn genau gegenüber der Hochhauswohnung des nichtsahnenden Opfers hat sich ein Obeservierungsteam in einem zufällig gerade freien Apartment eingenistet, um den vom schnöden Mammon verführten Kollegen mit all dem hypermodernen Schnickschnack, den die Überwachungstechnik bereithält, auszuspähen und zu belauschen. Schwer zu sagen, ob diejenigen, die sich das ausgedacht haben, dabei eher von übersteigertem Wunschdenken oder von purer

Naivität stimuliert worden sind. Denn damit wie die Polizei in diesem Land tatsächlich gegen schwarze Schafe in den eigenen Reihen vorgeht, hat dieser grotesk übertriebene Aufwand herzlich wenig zu tun. Victor, der – wie später zu sehen sein wird – gemeinhin seine Opfer aus größtmöglicher Distanz auf die Kimme nimmt (wodurch „Lautlos" ein weiterer Film ist, der irrtümlicherweise davon ausgeht, dass der Auftragsmörder ein Scharfschütze mit olympiareifer Trefferquote zu sein pflegt), muss sich unter diesen verschärften Bedingungen näher als üblich an seine Beute heranpirschen und den Nahkampf riskieren. Und zwar nur, weil der Film das partout so will, um Victor gegen alle Plausibilität als ganz gerissenen Hund einzuführen. Einmal ganz abgesehen von der Tatsache, dass das Mordopfer ja nicht unter Hausarrest steht und folglich jeden Tag die Wohnung verlassen dürfte (z. B. muss er ja irgendwo seinen *one night stand*, der gleich den Ablauf der Geschehnisse komplizieren wird, aufgelesen haben), wobei sich mit hoher Wahrscheinlichkeit dabei für Victor eine wesentlich günstigere und risikolosere Gelegenheit ergeben würde, den Anschlag zu begehen, hält die Exposition des Films auch noch weitere Ungereimtheiten parat. So muss der Zuschauer einfach glauben, dass Victor auch als gemeiner Wohnungseinbrecher über Topqualitäten verfügt. Rein von der Logik her müsste doch ein Bulle, der krumme Dinger dreht, zumindest seine eigenen vier Wände besser sichern als Hinz und Kunz es tut. Wie dem auch sei, Victor gelangt ins Innere der Wohnung und weiß, weil er fleissig seine Hausaufgaben gemacht und die Gewohnheiten des Opfers gewissenhaft ausgekundschaftet hat, auch gleich, wo er sich auf die Lauer legen muss. Die Gewohnheiten des zum Abschuss freigegebenen Gesetzeshüters sind tatsächlich die eines Beamten, denn er pflegt, mitten in der Nacht, aber immer auf die Minute genau zur selben Zeit, einen Drink zu sich zu nehmen und zwar auf dem Balkon, also exakt im Blickfeld des Spähtrupps, von dem Victor weiß, er selbst aber nichts ahnt. Das mag alles ganz schön hingetrimmt und über fünf schräge Ecken ausgedacht sein, sorgt aber zumindest dafür, dass Victor gleich zum Auftakt dem Titel des Films gerecht werden muss, gilt es doch, um alarmierende Geräusche zu vermeiden, den späten Zecher aus allernächster Nähe mit nur einer Kugel aus der schalldämpferversehenen Pistole zu erledigen, dessen leblosen Körper aufzufangen und dabei

auch noch dafür zu sorgen, dass das Whiskyglas in die weiche Pflanzenerde des an der Balkonbrüstung hängenden Blumenkastens plumpst. Es sei verraten, dass Victor diese kniffelige, nicht gerade aus der vorstellbaren Realität gegriffenen Prüfung mit Bravour besteht. Aber dann bekommt die mit solch „eiskalter Präzision“ agierende Tötungsmaschine als Auslöser für alle wirklichen Unglaubwürdigkeiten, die der restliche Film noch bereithält, eine Überraschung serviert, bei der es sich, man ahnt es, um eine Frau handelt. Denn im Lotterbett des Opfers suhlt sich, offenbar frisch durchgenudelt, dessen letzter *one night stand* und summt im süßen Schlummer ein melancholisches Kinderlied. Als Profi müsste Victor nun eigentlich diese Beinahezeugin ebenfalls beseitigen. Vor allem, weil zu seinem Auftrag auch gehört, die Tapete hinterm Bett aufzuschlitzen und ein dort verstecktes Couvert mit „wichtigen Unterlagen“ zu sichern (dieses an sich ganz pfiffige retardierende Element verliert der Film aber umgehend wieder aus den Augen). Ein langer und intensiver Blick auf die unschuldig ratzende Maus genügt, und Victor beginnt dumpf zu realisieren (d.h. Król bringt seine gefürchtetste Waffe, den Dackelblick zum Einsatz), dass es in seiner bisherigen Existenz als weitgehend fremdbestimmter Hitman gehörige emotionale Defizite gegeben hat. Er lässt Nina (gespielt von einer Nadja Uhl, die ganz offenbar aus dem unerschöpflichen Reservoir sich stets unterkühlt gebender Blondköpfchen stammt, die die unsäglichen „TV Filme der Woche“ bevölkern und denen anempfohlen sei, dass sie, zwecks besserer Unterscheidung, zukünftig bei der Arbeit

Rückennummern tragen) also am Leben und verschwindet unbemerkt vom Ort des so nervenzerfetzenden Geschehens. In eklatanter Verletzung sämtlicher Sicherheitsmaßregeln beginnt Victor von nun an, dieser, laut Presseheft, angeblich so „archaischen, rätselhaften und charakterlich kaum greifbaren“ Person (davon auszugehen, dass eine weder fundiert angelegte, noch schlüssig weiterentwickelte Figur gleich „rätselhaft“ und damit für den Zuschauer interessant ist, zählt zu den elementaren Schwächen des Films) nachzustellen. Da er sich seinen Wunsch nach Annäherung anfangs selbst nicht eingesteht, trifft es sich bestens, dass die geheimnisvolle Dame gleich nach ihrer Befragung durch die Kriminalpolizei (bei der sie glaubhaft versichern konnte, das Mordopfer kaum gekannt und daher mit dem Verbrechen nichts zu tun zu haben, weshalb es dann tatsächlich rätselhaft ist, weshalb die Bullen sie später immer wieder erneut ins Gebet nehmen) – warum auch immer – einen Selbstmordversuch unternimmt (indem sie sich in klassischer Kristina Söderbaum-Manier in die Fluten stürzt), was Victor natürlich durch mutiges Hinterherspringen im letzten Moment zu vereiteln weiß. Damit sind dann die Voraussetzungen geschaffen, es zwischen den beiden menscheln zu lassen (wobei jeder von ihnen so seine spezifischen Schwierigkeiten hat). Von da an will „Lautlos“, als ob diese Hürde nicht schon hoch genug gewesen wäre, mit Brachialgewalt mehr sein als einfach nur ein Film, der – ob nun glaubhaft oder nicht – aus dem Berufsleben eines Auftragsmörders berichtet. Es geht, inkonsequenterweise, ohne dass die Erzählebene, die besagtes Berufsleben thematisiert, aufgegeben, bzw. sukzessive runtergefahren wird, um die Seelenverwandtschaft zweier Menschen, die ihr bisheriges Dasein nur als leer und öde empfinden konnten, und um deren gemeinsame Suche nach so etwas wie der verlorenen Unschuld, die in sattsam bekannten, überstrapazierten und altbackenen Bildern und Metaphern (viel Wasser) beschworen wird. Es geht dabei mitunter fürchterlich prätentiös zu (und wenn der Film sich über Gebühr bemüht, die Lakonik möglichst wortkarger Kommunikation zu evozieren, auch mal unfreiwillig komisch) und erwartungsgemäß sehr deutsch. Der im Grundsatz löbliche, im Pressematerial von sämtlichen Beteiligten vehement postulierte Anspruch, „Lautlos“ solle im Gegensatz zu fast allem, was diese Beteiligten (besonders die Produzenten) sonst so auf dem Kerbholz haben, einfach nur ein gut funktionierender Genrefilm sein, wird dadurch ständig unterlaufen.

Ob es am Drehbuch, der Inszenierung oder der trotz allem gegenteiligen Bemühens nach wie vor störenden Nettigkeit des Hauptdarstellers liegt, die die Welt des Hitman (im Kino!) gemeinhin prägende Einsamkeit und seine Entfremdung bleiben Behauptung. Alle ihm zugeordneten Tugenden wie Selbstgenügsamkeit, Härte und die Hingabe an vorgegebene Rituale schales Imitat, weshalb Victor nicht wie ein enigmatischer Todesbote und *homme solitaire* wirkt, sondern wie ein richtig solider bundesrepublikanischer Facharbeiter, dem man jederzeit zutrauen würde, auch den Meisterbrief der Handwerkskammer und ein SPD-Parteibuch in der Tasche zu haben. Vom ersten Bild an umgeben ihn die treudeutschen Wesenszüge von Gründlichkeit und Pflichtbewusstsein, nicht die Aura einer charismatischen Kinofigur, die tödliche Gefahr ausstrahlt. Der ermittelnde Kriminalist, der Victor das Handwerk zu legen versucht, wird später auf die Frage, wie alt der gesuchte Killer wohl sei, bedeutungsschwer und vulgärpsychologisch gut geschult murmeln „Er hat sehr viel Erfahrung... Nicht jünger als Vierzig. Er ist kräftig und schnell. Nicht älter als Fünfunvierzig.“ Das klingt dann, als hätte das Arbeitsamt um die Ecke ein Anforderungsprofil entworfen. Denkt man an das berühmte, wenn auch gefakte Bushido Zitat, mit dem Melville „Le Samourai“ einleitet, dann könnte man sagen, Victor springt als Tiger ab und landet als Bettvorleger.

Es ist sicherlich ein unfairer, weil von der falschen Erwartungshaltung ausgehender Vorwurf, wenn man feststellt, dass „Lautlos“ ein reines Phantasieprodukt ist, das mit voller Absicht nicht das Geringste damit zu tun hat, wie an einem ganz konkreten Ort (Deutschland) zu einem ganz konkreten Zeitpunkt (heute) ein ganz spezifisches Delikt der Schwerstkriminalität (Auftragsmord) gewohnheitsmäßig verübt wird. „Lautlos“ aber könnte überall und nirgends angesiedelt sein, was den Film aber nicht zeitlos und allgemeingültig, sondern nur indifferent macht. Denn leider ist es nun einmal so, dass diesbezügliche Beliebigkeit, der freiwillige Rückzug auf die Ebene des „Im Kino ist doch alles möglich“, Genrefilmen noch nie gut getan hat, weil man von ihnen, im

Gegensatz zu Werken mit selbstgefälligem Kunstanspruch, verlangen kann, dass sie hinsichtlich ihrer Einbettung in eine konkrete soziale Wirklichkeit überzeugend und möglichst wahrheitsgetreu sind.

Man muss wohl schon selbst ziemlich infantil sein, um zu erwarten, der Zuschauer würde glauben, jemand hätte schon im Schulkindalter unbehelligt damit begonnen, Menschen umzubringen. Man muss sich nur einmal näher anschauen, wie und von wem Victor mit Mordaufträgen versorgt wird. Da gibt es einen alten, inzwischen auf dem Krankenbett dahinsiechenden Mann namens Heinrich (Peter Fitz), dem ebenfalls eine mehr als abenteuerliche Backstory angedicht wird. Irgendwie mit Victors ermordetem Vater verbandelt und ein versierter Waffenschmied, der seinem Protegé in Handarbeit das jeweils geeignetste Mordinstrument bastelt, agiert der alte Knabe eher wie ein Laienpsychologe, der Victor hilft, sein durch den gewaltsamen, frühen Tod der Eltern erlittenes Kindheitstrauma zu bewältigen. Das Verhältnis zwischen den beiden Männern soll irgendwie extrem komplex sein, unsichtbare Bande beinhalten. Insgesamt wirkt es, gerade im Rahmen des übrigen Plots, nur verschwurbelt und wirr. Man kann sich beim besten Willen nicht vorstellen, dass ein Dienstleistungsnehmer – und schon gar kein russischer – auf die Idee kommt, ausgerechnet dieses seltsame Duo für einen Mord zu engagieren.

Streng genommen hört „Lautlos“ schon nach rund 20 Minten auf, ein einigermaßen glaubhafter Film über einen Hitman zu sein.

Schon 1982 fragte Martin Monestier in seiner weitgehend auf die damaligen französischen Verhältnisse bezogenen Untersuchung „Tueurs à Gages“ („Die Killer – Gespräche mit gedungenen Mördern“): „Sind professionelle Mörder besondere, undurchschaubare Wesen, deren psychologischer Mechanismus sich jedem unverdorbenen Geist entzieht? Sind sie Entartete, überspannte Geisteskranke oder fanatische Roboter? Auf jeden Fall erscheinen sie in den Augen des Publikums, der Gesellschaft, wie einzigartige Individuen, wie Monster von einem anderen Planeten, wie mythische Figuren aus der unterirdischen Welt des Verbrechens". Man könnte andererseits, so wie es oft genug von Polizeiseite her geschieht, wiederrum mit Monestier, fragen: „Sind professionelle Mörder in den allermeisten Fällen nicht einfach nur unreife Gewalttäter mit stark überreizten Machoallüren, durchgeknallte Waffennarren und Möchtegern-Revolverhelden, die außer zum Abdrücken zu kaum etwas fähig sind oder gescheiterte, oft hochverschuldete Existenzen, die zum allerletzten Strohhalm greifen und die nichts als Verachtung verdienen?" Victor passt in keine der beiden Kategorien, er ist eine wenig überzeugende Kunstfigur, ein reiner Pappkamerad, eine Kopfgeburt, die mit der real existierenden Welt da draußen nichts zu schaffen hat. Um ihn am Schluss mit heiler Haut und an der Seite der Blondine davonkommen lassen zu können – was die Eigenwerbung des Verleihs als höchst wagemutigen Entschluß feiert – muss er als Auftragsmörder zum weitgehend fremdbestimmten, fast schon ferngelenkten Werkzeug stilisiert werden, das mindestens ebenso stark Opfer wie Täter ist und sich nun aus dieser Abhängigkeit befreit – was nicht unbedingt das ist, was sich *crime buffs* unter einem Hitman vorstellen.

Entweder weisen den Hitman Habitus und Auftreten als Angehörigen der Unterwelt aus, denn jeder Berufsverbrecher unterwirft sich den ungeschriebenen, aber formellen Verhaltensregeln seines Milieus, oder er ist ein eindeutig militärisch geprägter Charakter, vielleicht ein ehemaliger Söldner oder Ex-Angehöriger eines Elitekommandos. Victor dagegen, und so gesehen ist dann Joachim Król doch schon eine Idealbesetzung, hat den Habitus eines strebsamen Büroleiters aus dem Katasteramt, was die an sich schon abstrusen, überkandidelten und willkürlich an den Haaren herbeigezogenen Situationen (der zweite Mordanschlag im Hotel, der in aller Ausführlichkeit gezeigt wird; das finale Zusammentreffen mit der Polizei auf dem Friedhof), in die ihn der Film zwingt, noch unglaubwürdiger macht. Angehöriger der Unterwelt oder militärisch geprägter Charakter, beides lässt sich in deutschen Filmen mangels Tradition zugegebenermaßen nur schwer überzeugend darstellen, aber von ein klein wenig weiter unten hätte der gute Viktor ruhig kommen können.

„Barroom Commandos" nennt Burt Rapp das unterste Qualitätslevel, auf dem sich in den USA Auftragsmörder finden lassen, quasi das Lumpenproletariat des Gewerbes. Zu dessem besseren Verständnis beschreibt er ein sinister-schäbiges Milieu aus *storefront karate schools*, in denen im Schnellverfahren fünftklassige Body Guards ausgebildet werden, aus versoffenen und körperlich völlig untauglichen „Soldier of Fortune"- Abonnenten, die auch der bekloppteste Drittwelt-Warlord mit Putschabsichten nicht anheuern würde, aus dem gastronomischen Sumpf der Biker- und Truckerkneipen an den Ausfallstraßen der Großstädte und aus dem menschlichen Bodensatz der Einwanderergettos, wo es von jungen Typen wimmelt, die zu dumm und unfähig oder drogenbedingt zu unkontrollierbar sind, um in den lokalen Gangs ihrer ethnischen Zuordnung mitzumischen. Und wer nun behauptet, zu all dem gäbe es hierzulande nichts Vergleichbares, der kann nur mit Blindheit geschlagen sein.

Wenn aber „Lautlos" schwerpunktmäßig gar kein Film über einen Auftragsmörder ist, was ist er dann? Er ist über weite Strecken ein selten verquastes Beziehungsdrama zwischen zwei emotional ziemlich gestört wirkenden Menschen (und diesbezüglich hat das deutsche Kino der jüngeren Vergangenheit ja nun wahrlich eine imponierende Tradition vorzuweisen), auf das man innerhalb des hier gesteckten Rahmens nicht näher einzugehen braucht. Auch deshalb nicht, weil, um nur ein abschreckendes Beispiel zu nennen, in diesem schwiemeligen Sektor, unmittelbar vor dem ersten – nicht gezeigten – Fick von Victor & Nina, Dialoge des Kalibers „Hast du Angst? – Nein – Ich auch nicht" zu vernehmen sind.

In nicht unerheblichem Maß ist „Lautlos" aber auch noch ein Polizeifilm, der, ständig die Erzählperspektive wechselnd, der Jagd nach dem Killer kaum weniger Zeit widmet als dessen eigenen Aktivitäten. Dass nun die Staatsbüttel bei dieser Hatz letztlich leer ausgehen, ist grundsätzlich sympathisch. Nicht etwa, weil in tabubrecherischer Absicht das Diktat des *crime doesn't pay* unterlaufen werden würde, sondern weil man solche Schlappen von Altzausel Derrick, Kommissar Obermoos oder den ganzen Lemuren vom immer ungenießbareren „Tatort" nun wahrlich nicht geboten bekommt. Allerdings kommt der Misserfolg nicht von ungefähr. Denn die Beschreibung der Polizeiarbeit erinnert an die Tagebucheintragungen eines heftigst pubertierenden Schulmädchens. Wie sonst ist aus dem Mund eines Cops folgendes Statement erklärbar: „Wenn ich die Augen schließe und mich konzentriere, erfahre ich etwas über die Gründe, warum Menschen sind, wie sie sind, warum sie tun, was sie tun". Wenn auch ein einziger Kriminalist so an seine Arbeit herangehen würde, dann sollte es auch legitim sein, dass Sie und ich morgen als Gehirnchirurg anfangen.

Für den Fall des korrupten, von seinen Kollegen überwachten Bullen ist eigentlich eine Beamtin der lokalen Kripo zuständig. Sie heißt Carla Strassmann (Lisa Martinek) und wird im weiteren Verlauf der Ereignisse als kühl kalkulierende Pragmatikerin geschildert, die sich streng an die Beweislage hält und der jedweder Hang zu Spekulationen fremd ist. Als Kinofigur ist sie dadurch nicht sonderlich aufregend (was auch gar nicht nötig ist), aber zumindest verhält sie sich, wie man es von einer Kriminalistin erwartet. Aber natürlich bricht sich der Film schwer einen ab, um ganz schnell überdeutlich klar zu machen, dass normale Polizeiarbeit nicht ausreicht, eine Killerspitzenfachkraft wie Victor zur Strecke zu bringen. Folglich muss für ihn ein angemessenerer Gegenspieler, eine Art Nemesis her, der ebenfalls außerhalb des Koordinatensystems vermeintlicher Normalität angesiedelt ist. Daher reitet, vielleicht vom BKA, vielleicht aber auch vom Mars her kommend, Herr Lang (Christian Berkel) in der namentlich nicht genannten Großstadt ein und reißt umgehend die noch junge Ermittlung an sich. Man hat sich große Mühe gegeben, Lang ein paar markante, möglichst orginelle Wesensmerkmale zu verpassen und obendrein noch die obligate kleine persönliche Makke, ohne die deutsche Film- und Fernsehbullen scheinbar nicht auskommen können. Er zeichnet sich durch einen ausgeprägten Schuhtick aus, wischt und wienert ständig an seinen Tretern herum (wodurch er eventuell als Analcharakter entlarvt werden soll) und gönnt sich für jeden neuen Fall, an den er angesetzt wird, ein neues Paar.

Nun ja, der alte Kommissar Veigl – Gott hab ihn selig – hatte seinen Dackel Oswald und unser aller Idol Robert „Das Reichssicherheitshauptamt habe ich altersbedingt leider verpasst" Heines aus „Kommissar" Kellers Greiftrupp war billardsüchtig. Wesentlich wichtiger für den weiteren Gang der Dinge in „Lautlos" ist jedoch, dass Lang nicht nur, wie schon an einem prägnanten Beispiel belegt, Gedanken lesen kann, sondern sich auch, unter konsequenter Ausschaltung jeder Denktätigkeit, ganz auf seine sinnliche Wahrnehmung verlässt, nimmt wie ein guter Schweißhund Witterung auf. Hypersensibel ist nicht nur sein Geruchsempfinden, sondern auch seine Wahrnehmung der jeweils herrschenden Lichtverhältnisse, was dadurch zum Ausdruck kommt, dass er ständig unter dem Geflacker irgendwelcher Neonröhren leidet.

Das heißt, gelegentlich denkt er doch nach, allerdings über Dinge, die herzlich nebensächlich sind. Seine erste Begegnung mit Kollegin Carla (ein bisschen Kompetenzgerangel zwischen den beiden so schrecklich unterschiedlichen Bullen wird natürlich auch durchexerziert), die als Zitat dem 150 Seiten-Büchlein „Laulos – Sein letzter Auftrag" entnommen ist (das als eine inzwischen fast jeden Filmstart begleitende *novelisation* des Drehbuchs auf den Markt geworfen wurde), im Film aber vergleichbar abläuft (nur dass man dort eben Langs bizarre Interpretationen dessen, was Carla auf seine Fragen erwidert, nicht so drastisch mitbekommt) kann als trefflicher Beleg hierfür dienen:

„...‚Wie heißen Sie?'

‚Strassmann'. Sie drehte sich auf ihrem Bürostuhl hin und her, ganz leicht nur. ‚Hat man Ihnen doch sicher gesagt.' ...

‚Ihr Vorname?', sagte Lang und spürte, dass Frau Strassmann nicht wusste, ob sie es sich erlauben konnte, die Information zu verweigern. Gleichzeitig überlegte sie, ob die Einforderung dieser Vertraulichkeit eine Grenzüberschreitung darstellte. Aber sie hatte natürlich von ihm gehört. Sie wusste um seinen Ruf, und sie wusste, dass man vor jemandem wie ihm nicht zimperlich sein durfte.

‚Carla', sagte sie.

Lang stand auf und ging um den Tisch herum. Carla war bestimmt früher mit den Jungs auf Bäume geklettert. Jeden Tag mit zerrissenen Klamotten nach Hause gekommen. Der Vater hatte sich einen Jungen gewünscht.

Lang zog sein Sakko aus und hängte es über den Stuhl. Versuchte sich weiter auf sie zu konzentrieren ...

Jemand wie Carla musste bei der Polizei landen, dachte er. Das kompensierte die Niedlichkeit des Namens. Lang begriff jetzt auch, warum ihr das unangenehm war: Carla klang kuschelig, und deswegen kläffte sie den Namen, warf ihn ihm vor die Füße wie etwas Widerliches.

‚Carla', wiederholte Lang und bemühte sich, seiner Stimme einen verträumten Klang zu verleihen… ‚Wie erklären Sie sich das alles, Carla?' Sie verschränkte die Arme. ‚Ich dachte, für die Erklärungen sind Sie zuständig. Man hat sie doch geholt, um uns zu erklären, was wir nicht verstehen.'

Lang ignorierte ihren Spott und entschloss sich, sie zappeln zu lassen. Er blickte an der Wand des grell erleuchteten Raums umher wie ein Elektriker, der sich fragt, wo die Leitungen verlaufen sollen.

‚Man hat mich geholt, um zu erklären, *warum* etwas passiert', sagte er. ‚Nicht, *wie* etwas passiert. Dabei müssen Sie mir helfen, Carla.' "

Egal, um was es im weiteren Verlauf der überkonstruierten Geschichte auch gehen mag, Lang erklärt, mutmaßt und interpretiert, dass die Fetzen fliegen, aber nie auf der Basis gesicherter Erkenntnisse, sondern immer aus dem hohlen Bauch, bzw. Kopf heraus. Er weiß prinzipiell mehr als diejenige Person, mit der er sich gerade auseinandersetzt, über sich selbst, und über hellseherische Fähigkeiten verfügt er offenbar auch.

Als er zusammen mit Carla im Fall des ermordeten Kollegen den Tatort inspiziert und der Leser/Zuschauer noch so gut wie nichts über Person, Beweggründe und Umfeld des Toten weiß, entfährt ihm, während die „normale" (und Victor daher nicht gewachsene) Kriminalistin Carla etwas von Akten und forensischen Berichten daherfaselt, urplötzlich der Geistesblitz:

„Der Täter ist wahrscheinlich ein Profi. Ein Auftragskiller. Er hat die Tat mit größter Präzision geplant und durchgeführt." Als ob jemand, der Bezug zum Opfer und ein persönliches Motiv hat, nicht auch so gehandelt haben könnte. Das Konzept, zwei so grundverschieden angelegte Gesetzeshüter – den allwissenden, nur seiner unfehlbaren Intuition vertrauenden, leicht entrückt wirkenden Mastermind und seine etwas biedere, streng nach Dienstvorschrift vorgehende Zuträgerin, die für die nachträgliche Untermauerung der Langschen Geniestreiche durch den leider unerlässlichen Faktenkleinkram verantwortlich zeichnet, wird gnadenlos durchgezogen und ist natürlich alles andere als neu oder orginell. Schon in der Kriminalliteratur des frühen 20. Jahrhunderts wimmelte es von solchen Gespannen, die aber wenigstens unterhaltsam waren und nicht unbedingt den Anspruch erhoben haben, die gegenwärtig üblichen Methoden der Polizeiarbeit zu praktizieren. Ein gewisser Ausgleich wird Carla, die ihrerseits bei der Arbeit so viel Glück hat wie ein Lottokönig (findet sie doch, weil die neuzeitliche Wunderwaffe der Strafaufklärung, die DNA-Analyse, en passant auch noch miteinbezogen werden soll, nach rund 40 Jahren in einem Abbruchhaus auf Anhieb ein Haar von Victor) nur dadurch vergönnt, dass sie – weil sie ja schließlich eine Frau ist und damit doch die bessere Menschenkennerin – Lang hin und wieder dezent darauf hinweisen darf, dass er im Grunde genommen ein ähnlich neurotischer Zwangscharakter ist wie der Mann, dem sie das Handwerk legen wollen. Leider nur führt diese an sich richtige Erkenntnis bei Carla zu so absonderlichen Gesprächsbeiträgen wie: „Liebe ist kein geschlossener Raum. Es gibt genug Luft darin. Genug Licht. Und es ist auch nicht so, dass Ihnen jemand die Schlüssel wegnimmt“. Was soll man dazu noch sagen, außer vielleicht, dass man noch nie von der Behauptung gehört hat, Liebe sei ein geschlossener Raum. Der abermalige Hinweis, dass „Lautlos“ eben ein Film aus einheimischer Produktion ist, erübrigt sich an dieser Stelle wohl. Die tendenzielle Gleichsetzung von Jäger/Polizist und Gejagtem/Gesetzesbrecher gehört, was ihre charakterliche Grundausrichtung anbelangt, in Cop- und Crimefilmen spätestens seit den frühen Siebzigern zum Standardrepertoire. Sogar in manch zahnlosem Fernsehkrimi wird man schon seit langem mit der vollmundigen, aber selten eingelösten Ankündigung genervt, dass der Bulle dort mindestens so besessen oder ähnliches sei wie sein krimineller Gegenpart.

Einmal ganz abgesehen davon, dass in Deutschland, auch historisch bedingt, die Rolle der Polizei in der Gesellschaft kaum mit der vergleichbar ist, die sie etwa in den USA ausfüllt (die Differenzen reichen vom äußeren Erscheinungsbild – deutsche Streifenbeamte erinnern nach wie vor an bewaffnete Landbriefträger – bis zur öffentlichen Akzeptanz), scheitert hierzulande der Versuch, diesen einmal innovativen, aber längst schon ziemlich ausgelutschten Ansatz einfach zu kopieren meist schon daran, dass wir einfach nicht die Darsteller haben, um glaubhaft eine Haltung zu verkörpern, die sich radikal vom Beamtentum unserer wirklichen Bullen abgrenzt. Womit sich der Kreis schließt und wir wieder zum Ausgangspunkt der Argumentation, warum „Lautlos" alles in allem nicht so überzeugend ist, zurückgekehrt wären.

II

Leichtfertig mit der Absichtserklärung zu kokettieren, eine Tradition fortschreiben zu wollen, die es zum einen hier nie gegeben hat (auch wenn es in diesem Lande vor wenigen Jahren tatsächlich ohne Einschreiten der Geschmacksgestapo möglich war, dass eine Dumpfkuh wie Iris Berben im untauglichsten aller denkbaren Versuche, ihren Serienunfug „Rosa Roth" zu pushen, folgendes Statement von sich gab: „Es wäre schön, an den Film Noir, an Melville, anknüpfen zu können. Er ist ein Vorbild für das Genre, das ich hier bedienen möchte.") und deren Handvoll wahrer Volltreffer man möglicherweise überhaupt nicht kennt. Sich somit also versuchsweise mal auf eine bestimmte Seite schlagen zu wollen. Die gute oder vielleicht auch nicht so gute Absicht allein zählt im Kino nichts und damit sind wir schon bei der Frage, wo sie denn nun sind, die guten, echten und wahren Hitmanfilme. Zehn von ihnen und zwar solche, an die man schätzungsweise nicht zuerst denkt, wenn das Thema aufgerufen wird, sollen auf den nächsten Seiten näher vorgestellt werden. Es handelt sich dabei nicht unbedingt und ausnahmslos um große und zeitlose Meisterwerke der Filmkunst, aber doch überwiegend um interessantes, weil eigenwilliges Zeug (das, was sich an den Rändern jedes Genres eben so ansammelt), das ein wenig mehr Aufmerksamkeit verdient, als ihm gemeinhin zuteil wird – *„you know, it's not a very good film, but a helluva movie"* formuliert es ein englischer Gewährsmann immer. Daher also keine Zeile über „Le Samourai" (über den einem beim besten Willen nichts einfallen würde, was nicht schon oft genug gesagt wurde) oder Politthriller („The Manchurian Candidate"; „The Killer Elite"; „Suddenly" oder „In the Line of Fire", „The Parallex View"), „The Day of the Jackal". Bewusst außen vor bleiben auch Luc Bessons fulminanter Doppelschlag „Nikita"/„Leon" (der durchaus zu einem eigenständigen Text dieser Länge reizen würde) und mit „Ghost Dog" von Jim Jarmusch und Sam Mendes' „The Road to Perdition" zwei weitere Filme aus der jüngsten Vergangenheit, die jemermann bestens bekannt sein dürften. Und schließlich fehlt, weil es bei einer Top Ten der entlegeneren Beiträge zum Thema bleiben soll und er als Komödie doch ein wenig aus dem Rahmen fällt, der auf seine Art vielleicht beste Hitmanfilm aller Zeiten: „L'emmerdeur"/„Die Filzlaus" von Edouard Molinaro.

1. THE ASSASSINATION BUREAU LIMITED/ Mörder GmbH

GB, 1968 / Regie: Basil Dearden

Vor und neben den Filmen sind immer die Bücher, womit weder die Drehbücher zu diesen Filmen, noch die schon erwähnten, hier relevanten Nonfiktionwerke von Autoren wie Rapp, Cohen oder Monestier gemeint sind, sondern Romane wie „Bloodbath"/„Blutbad" und „Crystal"/„Crystal" (beide in den 80er Jahren bei Ullstein erschienen) des Südafrikaners William Wingate, die alles andere, was es auf diesem Sektor gibt, turmhoch überragen und in denen man wirklich lernen kann, wie genau die internationalen Topleute der Branche arbeiten.

Crystal, so der Deckname von Wingates ideologisch völlig ungebundenem Profikiller, ist zwar für die Aufklärungsdienste wechselnder Großmächte tätig – weshalb die packenden und vor allem begnadet recherchierten Bücher eigentlich in die Schublade Politthriller gehören. Aber Crystals Arbeitsmethoden dürften sich kaum von denen unterscheiden, die die Spitzenkräfte aus der Welt des „normalen" Verbrechens praktizieren. Auf der leicht trivialeren Schiene darf keinesfalls die „Quarry"-Serie der kriminalliterarischen Allzweckwaffe Max Allan Collins unerwähnt bleiben, schon weil die vier in der ersten Person geschriebenen, in den USA ab 1976 erschienenen und in Deutschland wohl aus Berührungsangst vor dem damals noch tabuisierten Berufsfeld nie veröffenlichten Teile „Quarry“, „Quarry’s List“, „Quarry’s Deal“ und „Quarry’s Cut“ * für die Akzeptanz des Themas in der populären Kultur enorme Schrittmacherdienste geleistet haben. Auch wenn Collins bekanntlich stilistisch nicht gerade in den Fußstapfen von Dostojewskij wandelt (in seinen späteren Fiktionalisierungen berühmter amerikanischer Kriminalfälle etwa, in deren Mittelpunkt immer der Privatschnüffler Nate Heller steht, schreibt er um einiges reifer), sind die knochentrockenen Arbeitsprotokolle des wahrlich illusionslosen Vietnam Veteranen Quarry (*„He asks for neither pity or understanding, he simply does his job.“*) nicht nur ein wahrer Leckerbissen für den Liebhaber etwas deftigerer Crime-Kost, sie liefern auch durchaus glaubwürdige Einblicke in die wirklich unappetitlichen, anderswo oft überblendeten Betätigungsbereiche des organisierten Verbrechens und zwar nicht unbedingt dem der ersten Liga. Auf jeden Fall sind die „Quarries“ den drei (oder waren’s vier?) Werken des Kollegen Loren D. Estleman („Kill Zone“ und „Roses are Red“ z. B.) vorzuziehen, die uns den Hitman Peter Macklin näher zu bringen versuchen. Sie sind, was die Figur, ihren Background und ihre modi operandi anbelangt, zwar auch alles andere als schlecht (*„Er hatte Arterien wie Popcorn platzen hören, wenn er mit der Garotte zudrückte; er hatte sehnigen Widerstand, weiches Nachgeben und heißes Blut gefühlt, wenn seine Klinge größere Organe durchbohrte; er hatte sich die Nasenlöcher mit Korditgestank verbrannt, wenn seine Kugeln die Schädel seiner Opfer zertrümmerten.“*), aber die Plots, wie oft bei diesem Autor, arg konstruiert.

Alle literarischen Phantasieprodukte jedoch, die sich Hitmen und Auftragsmördern widmen, müssen sich an Jack Londons „The Assassination Bureau, Ltd.“ („Das Mordbüro“) messen lassen, für Ernest Mandel („Ein schöner Mord – Sozialgeschichte des Kriminalromans“) der „einzige wahrhaft philosophische Kriminalroman“. Selten nur ist der in Londons Todesjahr 1916 (er nahm sich kurz vor Vollendung des Buches das Leben), also in der Mitte des Ersten Weltkrieges, sich überdeutlich abzeichnende Rückfall des Kapitalismus in die Barbarei („Ein Menschenleben ist die gängigste Handelsware, die es gibt.“) in einem auf den breiten Massenmarkt abzielenden Prosawerk so rasiermesserscharf-zynisch analysiert worden wie in dem Duell zwischen Iwan

*Hier irrt mein Freund Ulli. Ich hatte die Bücher als Hrsg. 1986 eingekauft, und sie sind bis Ende der 80er Jahre bei Bastei Lübbe erschienen. Viel Spaß bei abe-books.de

Dragomiloff, dem nihilistischen („Aus der richtigen Perspektive betrachtet, verdient jeder Mensch den Tod.“) Leiter des in New York ansässigen Mordbüros (Es steht jedem offen, führt aber nach eingehender Prüfung nur Aufträge aus, bei denen das Opfer den Tod auch verdient hat) und seinem als strafende Gerechtigkeit auftretenden und marxistisch denkenden Widerpart Winter Hall. Mandel: „Es ist ein Kampf der Gehirne zwischen zwei Individuen, die gegensätzliche Tendenzen in der Philosophie und in der radikalen Bewegung repräsentieren. Der eine verkörpert den Versuch, das gesellschaftliche Böse durch die Ermordung böser Individuen zu eliminieren. Der andere sucht nach einer Lösung der sozialen Frage durch die Selbstorganisation und Selbstbefreiung der Unterdrückten.“

Basil Deardens ziemlich unbekannte, obwohl aufwendige Verfilmung aus dem Jahr 1969 ist ein Paradebeispiel für eine Adaption, die für sich genommen gar nicht einmal so übel ist, die man aber keinesfalls an der literarischen Vorlage messen darf, denn mit der hat sie kaum noch etwas zu tun. Bei Jack London steht nicht die Art und Weise, wie die einzelnen Mordtaten ausgeführt werden, im Mittelpunkt, sondern – neben der Einsicht, dass bei den ausführenden Organen der „Mörder GmbH“ (deutscher Verleihtitel) die Geldgier allemal stärker ausgeprägt ist als die moralischen Prinzipien und Weltverbesserungsabsichten – die sehr subtile Vermittlung einer möglichen intellektuellen Rechtfertigung. Die im trashigen Sixtieslook daherkommende Verfilmung dagegen beschränkt sich auf eine Nummernrevue dezent scheußlicher, stellenweise aber doch recht pfiffiger Meucheleien. Doch was will man ernsthaft gegen eine knallbunte, toll ausgestattete Ganovenkomödie, die in jeder Einstellung vor schwarzem Humor und beißender britischer Ironie trieft, einwenden? Und die überdies noch Oliver Reed in Höchstform und Diana Rigg in der Blüte ihrer Jahre zu bieten hat.

2. BLAST OF SILENCE/Explosion des Schweigens
USA, 1960 / Regie: Allen Baron

„Blast Of Silence“, ein Film, der phasenweise zu aufdringlich damit hausieren geht, dass er den, vom Regisseur höchstselbst

gespielten, Auftragskiller psychologisch vertiefen und so den vereinsamten und verstörten modernen Mensch hinter der Fassade des Gangsters sichtbar machen will, ist ein derbes, aber auch ziemlich selbstgefälliges Stück Vulgärexistentialismus mit einem Touch Kunstfilmanspruch. Also der ideale Hitmanfilm für Leute, die für gewöhnlich Gangsterfilme hassen und folglich wenig Ahnung haben, warum und wie echte Gangster tun, was sie im richtigen Leben nun mal tun. Kein Wunder also, dass ihm spätestens bei seiner Wiederentdeckung in den 80er Jahren in gewissen Kreisen das Attribut „Kultfilm" umgehängt wurde wie ein Lebkuchenherz. Baron, der weder davor noch danach einen weiteren Film gedreht hat (was ja oft bei Cineasten die Legende vom verkannten Genie fördert) hat zwar eine atmosphärisch-dichte, finster-angeschmuddelte Schwarzweißfotografie vom winterlichen New York seines Entstehungsjahres zu bieten (quasi den Gegenentwurf zum süßlichen Bilderkitsch von „Breakfast at Tiffany's"), hangelt sich aber inhaltlich von einem Konstruktionsfehler zum nächsten. Frankie Bono, ein „Fachmann aus Cleveland" im Killer-Standardoutfit (heller Überzieher, tief in die Stirn gezogener Hut), der dem Zuschauer gleich zum Anfang den inneren Monolog „Der Tod ist käuflich und bei mir kann man ihn erwerben" entgegenkräht, wird von seinen Auftraggebern, über die der Film nichts näheres verrät, nach New York beordert, um ein hochrangiges Mitglied des lokalen Mobs, immerhin „zweiter Chef des Syndikats", zu eliminieren. War und ist es nun eine überlebensnotwendige Faustregel innerhalb des überregional operierenden organisierten Verbrechens, nur auswärtige Killer in Marsch zu setzen, die an ihren jeweiligen Einsatzorten völlig unbekannt sind, scheint Frankie eine Art *homeboy*, den es zwischenzeitlich in die Fremde verschlagen hat, zu sein, dem ständig alte Schulkameraden oder verflossene Liebschaften über den Weg laufen, mit denen er sich auch sofort zu einem Stelldichein verabredet. Das stört zwar seine sowieso wenig professionell wirkenden Mordvorbereitungen massiv, gibt dem Film aber ausführlich Gelegenheit, sein eigentliches Ziel anzusteuern. Und dieses Ziel ist nicht, einen Hitman möglichst detailfreudig bei der Arbeit zu zeigen, sondern den von Zweifeln und Selbsthass zerfressenen Frankie mit diesen leider auch noch überaus klischeehaft gezeichneten Randfiguren, die für die Wohlanständigkeit des braven und angepaßten Bürgers stehen, in Gespräche zu verwickeln, bei denen er sich darüber auslassen darf, wie leer, nichtig und sinnlos doch sein Leben eigentlich ist, ach was, das Leben in der modernen Welt ganz allgemein. Und als würden diese Szenen nicht schon Barons Absichten überdeutlich herausstreichen, sind alle anderen, also die, in denen der Killer vom Rest der Menschheit isoliert umherschleicht und der ganze altvertraute Emotionsmix aus Entfremdung und schleichender Paranoia, der damit einhergeht, beschworen werden soll (mit Betonung auf soll), mit einer Sturzflut aus Voice over-Gequalle unterlegt, in denen sich Gossenpsychologie und der Gangsterslang einer längst vergangenen Epoche auf bizarre Weise mischen, und wo es mehr als einmal unfreiwillig komisch wird. Besonders in der deutschen Synchronisation, wo Zigaretten Glimmstengel, Gefängnis Kahn und Mädchen wilde Hummeln genannt werden, erinnert das an die seligen Zeiten, in denen man sich das urbane Amerika und seine Spitzbuben noch bereitwillig von Jerry Cotton erklären ließ. Frankie tönt zwar selbstgefällig, sich als Auftragskiller bereits solche Meriten erworben zu haben, dass „ihn die Polizei durchs halbe Land gejagt hat“, verlässt sich aber zumindest bei diesem Auftrag mehr auf seine Raubtierinstinkte als auf durchdachte Planung – was er dem zunehmend belustigten Zuschauer folgendermaßen mitteilt: „Aufpassen, Frankie! Gefahrensignale! Elektrische Ströme wie hundertfache Blitze. Prasselndes, dunkelglühendes Feuer. Kreisende Spiralen vor deinen Augen. Heulende Sirenen, die in deinem Kopf kreischen“. Solche Wahrnehmungsstörungen müssen natürlich zu einem schlimmen Ende führen. Nachdem er noch zusätzlich den Lieferanten seiner Mordwaffe, der ihn erpressen wollte, hat umbringen müssen und selbstzweifelgeplagt vorübergehend sogar von seinem Auftrag zurücktreten wollte (was er – einsamer Höhepunkt seines unprofessionellen Verhaltens – die Hintermänner telefonisch auch noch wissen läßt), befördert Frankie das auserkorene Opfer tatsächlich ins Jenseits, doch seine Tage in diesem Job und auf dieser Welt sind natürlich längst gezählt und diesbezüglich kann man den Mob, der es sich nicht leisten kann, solche Jammerlappen, die mehr über ihr verpfuschtes Leben lamentieren als professionell ihren Job zu erledigen, für sich arbeiten zu lassen, auch bestens verstehen. Dass der Film, der allein schon deshalb einen Sympathiebonus genießt, weil ihn Baron außerhalb der Industrie im Ein Mann-Verfahren auf die Beine gestellt hat (weswegen er auch in den frühen Neunzigern auf vielen Festivals die Rolle eines gütigen Opas der Indieszene spielen durfte), dann bei neuerlicher Betrachtung doch nicht so negativ rüberkommt, wie es hier vielleicht den Eindruck erwekken könnte, ist wohl in erster Linie dem Nostalgiefaktor zu verdanken, liegt aber auch an der unumstößlichen Tatsache, dass vor Baron sich kaum jemand so rigide auf den Hitman als Facharbeiter der Unterwelt eingelassen hat. Und diese Tatsache sollte man sich, wenn man fair bleiben will, immer mal wieder ins Gedächtnis zurückrufen, nur allzu ernst sollte man „Blast of Silence“, zumindest inhaltlich, trotzdem nicht nehmen.

3. COHEN AND TATE / Hitman – In den Händen der Entführer

USA, 1989 / Regie: Eric Red

In „Cohen and Tate“ sind die Namen der beiden Auftragskiller, die man ausgiebigst bei der Ausübung ihres blutigen Handwerks beobachten kann, sogar titelwürdig. Aber auch darüber hinaus hat der klaustrophobisch beklemmende, eine hundertfach gesehene Ausgangssituation raffiniert nuancierende Billigschocker fast alle Vorzüge klassischer B Pictures zu bieten: er ist knapp und präzise erzählt, sicher in jedem Effekt und dabei immer von frappierender Unlogik, die kaum weiter stört. Wer hier tiefschürfende Charakterstudien erwartet, hat definitiv das falsche Video aus dem Schrank geholt. Cohen (Roy Scheider in seiner vielleicht bisher letzten guten Rolle) und Tate (Adam Baldwin aus dem kaum noch überschaubaren Clan der Speckschwartenvisagen) sind nichts als Schablone. Das müde, alte Frontschwein der OK, das vom Mordgewerbe längst die Schnauze voll hat und (vielleicht weil es nie einen Schalldämpfer benutzt hat) inzwischen ein Hörgerät tragen muss, aber trotzig die Fassade des emotional unbeteiligten, kühl und kalkuliert killenden Profis alter Schule aufrecht zu erhalten versucht als eine Hälfte des Gespanns und als Ergänzung der ungestüme Jungspund, der sich erst noch seine Sporen verdienen muss. Wer's im Kino gern schlicht gestrickt hat und weiß, dass das nicht zwangsläufig mit dumm gleichzusetzen ist, wird hier hervorragend bedient. Eindimensional könnte man die beiden Burschen abwertend nennen, andererseits ahnt man aber auch, dass da draußen im richtigen Leben sehr viele Leute frei rumlaufen, die verdammt eindimensional sind. Wenn man beim Frühstück die Boulevardzeitung seines Vertrauens durchblättert und zur Kenntnis nimmt, dass mal wieder ganz in der Nähe irgendein Kretin auf die glorreiche Idee gekommen ist, irgendjemanden, der ihm nicht passt, gegen (meist lächerlich lausige) Bezahlung umlegen zu lassen, dann kann man sich gut vorstellen, dass es Typen wie Cohen und Tate (na ja, wohl eher wie Tate) waren, die den Job übernommen haben.

Ironisch und ein klein wenig von den Kriterien, die wir uns hier eigentlich auferlegt haben, abweichend ist die Tatsache, dass der Auftrag der beiden Titelhelden streng genommen gar nicht auf Mord lautet. Sie sollen durch eine Entführung verhindern, dass ein kleiner Junge vor Gericht die eine oder andere texanische Mobgröße belastet. Wofür ein Peter Weir mit „Witness" einen ganzen überlangen und schwiemeligen Mainstream Film braucht, geht hier in nicht einmal einer Viertelstunde über die Bühne: Der neunjährige Travis (Harley Cross) wurde in Houston zufällig

Zeuge eines Mordes des Syndikats und anschließend zusammen mit seinen Eltern ins Zeugenschutzprogramm gesteckt. Jetzt haust die Familie, in Erwartung des Gerichtsprozesses und bewacht von Bullen, die längst auf der Lohnliste besagten Syndikates stehen, mitten in der Prärie Oklahomas in einem Trailer. Nach 5 Minuten steht die Exposition, nach 10 – Auftritt Cohen & Tate – bläst die Shotgun Papa und Mama durch die Küchentür und der kleine Racker landet auf der Rückbank der Limousine, mit der die Killer ihn nach Houston zur Befragung, was er wirklich gesehen hat und weiß, zurückbringen wollen.

Verteufelt schnell und dadurch etliche Ungereimtheiten des Drehbuchs überspielend wird klar, dass der eigentliche Konflikt zwischen den beiden Killern ablaufen wird. Lässt man zwei statt nur einen Hitmen antreten, hat man natürlich Dialogpartner (und kann wohltuenderweise auf innere Monologe aus dem Off verzichten). Aber meistens (das Duo Travolta/Jackson in „Pulp Fiction" ist ein gutes Beispiel) führt das nur dazu, dass die hohe Dosis der dargestellten Gewalt mit einer Unmenge flapsiger und auf cool getrimmter Sprüche konterkariert, wenn nicht gar abgefedert wird. Hier, wo genrebedingt moralische Urteile völlig außen vor sind, macht es tatsächlich Sinn, dass der alte Kämpe Cohen erstmals in seiner langen Karriere einen zweiten Mann zur Seite gestellt bekommt.

Der Rest des Films ist eine Reise durch die Nacht und spielt zu zwei Dritteln im Auto, wobei die üblichen Zwischen- und Zwangsstops an Servicestationen und Straßensperren höchst geschickt als Retardierungen eingesetzt werden und natürlich auch noch der eine oder andere Tankwart und Highwaycop ins Gras beißt. In manch einer Review wurde „Cohen and Tate" hochtrabend als zeitgenössische Variation von O. Henrys berühmter Kurzgeschichte „Ranson of Red Chief" bezeichnet, doch im Grunde ist der Film, abgesehen davon, dass die beiden urban geprägten Hitmen im Hinterland der texanischen *flatlands* wie moderne Nachfahren ihrer Berufskollegen aus Hemingways/Siodmaks „The Killers" wirken, zuerst und zuletzt so etwas wie die Hardcore Version von „Home Alone" („Kevin – Allein zu Haus"). Allerdings mit den beiden gravierenden Unterschieden, dass das Zuhause schon nach wenigen Augenblicken nicht mehr existiert und es ausnahmsweise einmal ein amerikanisches Filmkind zu bestaunen gibt, das kaum nervt. Die Elle „psychologische Glaubwürdigkeit" darf man freilich nicht anlegen, wenn der vom brutalen Mord an den Eltern keineswegs traumatisierte Travis über weite Strecken des Films die Killer, deren jeweilige Schwächen er blitzschnell registriert, geschickt gegeneinander ausspielt und schließlich in einen für beide tödlichen Zweikampf hetzt. Eric Red interessiert sich in seinem Regiedebüt genau wie bei Robert Harmons „The Hitcher", einer ähnlich strukturierten Sumpfblüte des modernen B Films, für die er das Drehbuch schrieb, weniger für die Entwicklung der Figuren als für ein variantenreiches „Spiel mit latenten, nie beendeten und unerwartet immer wieder auftauchenden Gefahren", denen er Schockmomente abgewinnt, die wahrlich in Erinnerung bleiben. Über das Selbstverständnis dieser nicht einmal vor dem Mord an einem Kind zurückschreckenden Auftragskiller (die spontan Erinnerungen an die Nebendarsteller-Ikone Richard Rust wachrufen, der in Sam Fullers „Underworld USA"/„Alles auf eine Karte" zur Einschüchterung des Vaters mit dem Auto ein kleines Mädchen auf ihrem Dreirad überrollt) erfährt man so gut wie nichts, was mehr erklären würde, als dass sie jeden Mordbefehl mit blindem Gehorsam ausführen, was einerseits ein Manko sein mag, zum anderen aber dafür sorgt, dass dieser hingerotzte kleine Actionthriller frei bleibt von all den längst zu Klischees geronnenen Selbststilisierungen des Hitmans, die man zur Genüge aus jenen Filmen kennt, die ihn eher seriös anzugehen versuchen.

4. ASSASSIN(S)/Mörder

Frankreich, 1996 / Regie: Mathieu Kassovitz

Monsieur Wagner (Michel Serrault) ist ein schwer in die Jahre gekommener Auftragsmörder, dessen Sehkraft nachgelassen hat und dem bedenklich die Schusshand zittert, der aber, obwohl ohne eigenen Nachwuchs, seinen Erfahrungsschatz im Mordgewerbe dennoch gerne an die nachwachsende Jugend weiterreichen möchte. Also nötigt er den von ihm beim Einbruch in seine Wohnung überraschten Gelegenheitsgauner Max (den Autor und Regisseur Mathieu Kassovitz höchstpersönlich spielt), bei ihm in eine harte Lehre zu gehen. Die Probleme der Nachwuchsre-

krutierung und die in der Branche offensichtlich üblichen Initiationsriten (hier wird behauptet, in Frankreich sei es gute Tradition, dass der Trainée den ersten Mord für lau begeht, was man glauben kann, aber nicht muss) in aller Ausführlichkeit abzuhandeln, ist in unserem Subgenre wahrlich nichts Neues (man denke etwa an Michael Winners Klassiker „The Mechanic", an „Nikita" von Luc Besson, an die nicht unspaßige Klamotte „Cold Blooded" von Wallace Wolodarsky, an den russischen Beitrag „Brat" oder an Louis Llosas „The Sniper", eine der vergessenen Trashfilmperlen der faden 90er Jahre). Neu ist allerdings, dass Kassovitz – die Klammer im Originaltitel „Assassin(s)" zeigt, dass es nicht etwa darum geht, ein Geheimnis daraus zu machen – die Schraube noch eine Umdrehung weiterdreht. Max erweist sich nach zwei, drei Bluttaten, bei denen er mehr oder weniger zur Jagd getragen werden musste, als ungeeignet (eher schusselig als etwa labil) für den von Wagner in Aussicht gestellten Dauerjob, weshalb der strenge Lehrherr den Azubi kurzerhand über den Haufen knallt. Unbeabsichtigt hatte Max aber zuvor schon seinen eigenen Nachfolger aufgetan, der sich prompt als der wesentlich geeignetere Kandidat erweist. Wohl auch, weil er wesentlich jünger ist als der ungefähr zwanzigjährige Max. Mehdi (Mehdi Benoufa), der kleine Bruder von Max' bestem Kumpel, ist ein beinharter TV- und Videojunkie von etwa 12 Jahren. Vielleicht ist ja Eric Cantona an allem Schuld, denn plötzlich sieht man in voller Länge und direkt von einem Fernsehbildschirm abgefilmt den berühmten Nike-Spot, in dem das ehemalige Enfant terrible des europäischen Fußballs dem Batman-Monster im gegnerischen Tor den Wanst durchlöchert. Von solchen direkt aus anderen Bildmedien übernommenen „Fremdbeiträgen" gibt es einige, wodurch „Assassin(s)" ein wenig gestreckt wirkt. Die Szene, in der sich Mehdi, neben seinem ersten Mordopfer sitzend, durch mindestens 25 Fernsehprogramme zappt, in denen ausnahmslos gewaltgesättigte oder pornografische Bilder zu sehen sind, sagt alles aus, was ausgesagt werden muss, dient aber Kassovitz, der immer an der viel wahrheitshaltigeren Oberfläche des reinen Kinos bleibt, das mal auf die Magengrube und mal aufs Zwerchfell zielt, angenehmerweise gerade nicht als plumpes sozialpsychologisches Erklärungsmoment. Ihm genügt es, wie schon in „La Haine" („Hass"), der 24-Stunden-Vorstadt-Chronik, mit der er auch außerhalb Frankreichs für Furore sorgte, mit Rasanz, Engagement und Sarkasmus Atmosphäre einzufangen und den richtigen Ton zu treffen, was in „Assassin(s)" gelegentlich auf Kosten der erzählerischen Plausibilität geht. So erfährt man weder, wie Wagner, der überhaupt als Figur nicht besonders stimmig ist, in die kriminellen Strukturen der Unterwelt eingebunden ist, noch von wem er seine Mordaufträge erhält. Er zählt mit Sicherheit zu den sonderbarsten Freelancern, die in einem Film dieser Gattung ihr Unwesen getrieben haben. Auch dass er einen alten Mann überfällt und halb dilettantisch, halb sadistisch zu Tode quält, passt kaum ins Bild vom professionellen Hitman, der doch ohne innere Anteilnahme tötet. Allerdings bleibt der Film, wenn er schon keine tiefschürfenden neue Erkenntnisse über das Wesen des Hitman zu vermitteln mag, außer vielleicht der, dass auch sie immer jünger werden, immer so ehrlich (vielleicht könnte man es sogar radikal nennen), seinem Thema angemessen hässlich, schäbig und abstoßend auszusehen (weshalb er wohl auch in Frankreich ein gigantischer Flop war, der dem Regie-Shooting Star Mathieu Kassovitz einen vorübergehenden Karriereknick bescherte). Aufgesetzte Effekte und der leichtfertige *kill for a thrill* (nicht einmal, wenn Mehdi noch vor den beiden Wirrköpfen aus Littleton und Steini aus Erfurt so nebenbei mal seinen Klassenlehrer umbläst) sind ihm jedenfalls gänzlich fremd. Mehdi ist wahrscheinlich der jüngste Hitman, der je einen Film unsicher gemacht hat, jünger noch als Nikita, aber

weil er eine Kunstfigur ist, kann er – Opfer hin, Täter her – nicht frei von sympathischen Zügen bleiben. Keine Frage aber, dass Killer-Kids wie Mehdi überall und auch unter uns sind, man braucht nur mal beim Morgenspaziergang zwischen erstem und zweitem Frühstück unseren Schulhöfen einen Besuch abstatten, statt sich abends in eine Lichterkette zu stellen.

5. THE KILLERS/Rächer der Unterwelt

USA, 1946 / Regie: Robert Siodmak

Al und Max sind, sieht man von Raven in Frank Tuttles vier Jahre früher entstandenem „This Gun for Hire" ab, vielleicht *die* Prototypen des Hitmans made in Hollywood. Was sowohl ihr geckenhaftes, alles andere als unauffällige Outfit als auch ihr selbstsicher-arrogantes und einschüchterndes (allerdings nicht sonderlich cleveres) Auftreten anbelangt, waren sie ohne Zweifel Vorbilder für unzählige Vertreter ihrer Zunft, die spätere und meist schlechtere Filme bevölkerten. Sie sind über die Jahrzehnte in Erinnerung geblieben, obwohl sie nur eine knappe Viertelstunde auf der Leinwand sind, und bei Erwähnung der Namen der beiden Schauspieler, die sie damals verkörperten, Charles McGraw und William Conrad, schnalzen die Liebhaber des klassischen Film Noirs noch immer mit der Zunge. Kleines Beispiel gefällig?

Vor bald 20 Jahren fand in Zürich, im Rahmen der berüchtigten (weil bis zu 8 Filme täglich zu bewältigen waren) „Film Marathons", eine komplette Anthony Mann Retrospektive statt. Dabei hatte ein italienischer Filmhistoriker, der übrigens kein Wort Englisch verstand, einen legendären Auftritt, weil er, in der ersten Reihe sitzend, jedes Mal, wenn Charles McGraw auf der Leinwand zu entdecken war (und er spielt in etlichen von Manns Nicht-Western mit), aufsprang und mit wild rudernden Armbewegungen sowie Gebrüll, das viel besser in ein Fußballstadion gepasst hätte, auch die übrigen Zuschauer zu spontanen Beifallskundgebungen zu animieren versuchte. Eine solche Langzeitwirkung wäre kaum möglich gewesen, hätten sich Al und Max auch in Robert Siodmaks überaus freier Adaption von Ernest Herminways vielleicht berühmtester Nick Adams-Kurzgeschichte „The Killers", in der sicheren Gewissheit, dass das zum Abschuss

freigegebene Mordopfer in spe schon bald durch eines anderen Mörders Hand sein vorbestimmtes Schicksal ereilen wird, einfach wieder unverrichteteter Dinge davongemacht, weil der verdammte Schwede einfach nicht wie jeden Tag im Imbisslokal auftauchen will. So und nicht anders läuft es nämlich bei Hemingway – dem es weniger um das in der Dorfschänke einfallende und dort Angst und Schrecken verbreitende Killerduo oder den fatalistisch seiner Hinrichtung entgegendämmernden Ole ging, sondern darum, was der unvermutete Einbruch großstädtischer Gewalt(bereitschaft) in das idyllisch-friedfertige Provinznest im sensiblen Gemüt Nicks anrichtet. Aber ein Gangsterfilm, der „The Killers" heißt und in dem besagte Killer nicht killen, obwohl sie genau das gegenüber drei Zufallszeugen ziemlich großspurig angekündigt hatten, sondern tatenlos wieder Richtung Großstadt verschwinden, das wäre dann doch ziemlich seltsam und an der Erwartungshaltung des Publikums vorbeilaufend gewesen. Also suchen Al und Max, nachdem sie vergeblich im Diner, wo der Schwede gewöhnlich sein Abendessen einnimmt, gewartet haben, ihn in seinem Pensionzimmer auf (was angesichts der Zeugen, die von dieser Absicht wissen und die sie unverständlicherweise unbeaufsichtigt im Restaurant zurücklassen, nicht sehr gescheit ist und auch wohl kaum der Vorgehensweise richtiger Hitmen entsprechen dürfte) und schießen ihn dort über den Haufen. Also beginnen Siodmak und sein Drehbuchautor Anthony Veiller nach gut zehn Minuten ihre eigene Geschichte zu erzählen (damaligen Film NoirGepflogenheiten entsprechend in einer komplizierten, nicht-linearen, mit Rückblenden gespickten Erzählstruktur, die von den Aktivitäten eines Versicherungsagenten bestimmt wird, den es bei Hemingway gar nicht gibt), die durchaus ihre Qualitäten besitzt, aber nicht das geringste mit der Orginalstory zu tun hat. Allerdings ist auch dessen lakonisch-nüchterne Schilderung des Wartens in „Henry's Lunchroom" nicht frei von gravierenden Unglaubwürdigkeiten und voll von befremdlichen Handlungsweisen der Hitmen, die jedes Mitglied von Murder Inc. als Beleidigung des eigenen Berufsstandes angesehen hätte. Zurückzuführen ist das wohl darauf, dass der Öffentlichkeit 1927, als die Kurzgeschichte entstand, die genauen Arbeitstechniken der Handlungsreisenden in Sachen Mord noch weitgehend unbekannt waren. Ganz anders sah es 1946 aus, dem Entstehungsjahr von Siodmaks Film, als die erste Generation Murder Inc. bereits zerschlagen war und seine Mitglieder in einer Reihe aufsehenerregender Prozesse abgeurteilt worden waren. Über Siodmaks Adaption von „The Killers" ist unendlich viel geschrieben worden, der Film zählt mit Sicherheit zu den am häufigsten analysierten Genrefilmen überhaupt, wobei die unterschiedlichsten Ansätze zum Tragen kamen, allerdings bisher noch keiner, der das Agieren von Al und Max auf seine Plausibilität hin untersucht.

Rich Cohen in „Tough Jews, Fathers, Sons and Gangster's Dreams": „Die meisten Morde wurden außerhalb der Stadt verübt, an irgendeinem weit entfernten Ort. Gewöhnlich meldete sich ein Gangster aus einer Stadt wie Chicago oder Detroit bei Lepke, Lucky oder Lansky mit einem Problem, ein Rivale etwa, der sich nicht an die Spielregeln halten wollte ...Ein paar Tage darauf sind ein oder zwei Killer mit dem Zug unterwegs nach Westen, Räder rattern über Schienen, Bahnsteige huschen vorbei. Die Killer werden von einem Mitglied der örtlichen Mafia abgeholt ...In die kleinen, einfachen, von der Wirtschaftskrise gebeutelten Farmerstädtchen Mittelamerikas kamen die Gangster in dunklen Kaschmirmänteln mit Hüten, Lederhandschuhen und seidenen Schals."

Wie Hemingway, akzentuiert Siodmak den Gegensatz zwischen der Großstadt und einem noch unschuldig wirkenden ländlichen Amerika, wobei ihr äußeres Erscheinungsbild, dass die beiden Auftragsmörder sofort zu Fremdkörpern werden lässt, jeweils das markanteste Mittel ist. Ihre Mäntel, die sie auch im Inneren des Lokals nicht ablegen, sitzen so eng, weil die Killer darunter ihre abgesägten Schrotflinten (die seinerzeit auf der Leinwand nicht gezeigt werden durften, weshalb bei Siodmak mit 38ern geballert wird) versteckt haben und mit folgender, oft zitierten Passage von der letzten Seite der Kurzgeschichte, die die enge Verquickung von Gangstertum und Showgeschäft vorwegnahm, bewies Hemingway geradezu hellseherische Qualitäten: „Die beiden gingen zur Tür hinaus. George beobachtete durch das Fenster, wie sie unter der Bogenlampe gingen und dann die Straße überquerten. Mit ihren engen Überziehern und Melonen sahen sie wie ein Varietégespann aus."

In der Filmversion erreichen Al und Max ihren Einsatzort bei einbrechender Dunkelheit mit dem Auto, was in Wirklichkeit aus diversen pragmatischen Gründen unüblich war, aber nachvollziehbar ist, weil die beiden Killer sich von (wahrscheinlich) New York in die fiktive Kleinstadt Brentwood im benachbarten New Jersey bequemen müssen. Weiter Rich Cohen: „Die Killer wurden von einem Mitglied der örtlichen Mafia abgeholt... Dieser ortsansässige Ganove sollte sie begrüßen, ihnen aber auch helfen. Schließlich hatten die Gangster einen Mann umzubringen, dem sie noch nie begegnet waren, also musste ihnen der heimische Ganove das Opfer zeigen. Meistens wies er ihnen das Ziel aus einiger Entfernung, deutete über eine überfüllte Straße hinweg auf einen Mann, der aus einem Laden oder einem Restaurant kam ...In den nächsten Tagen studierten die Killer dann die Gewohnheiten ihres Opfers – Wo geht er hin? Mit wem trifft er sich? – und arbeiteten einen Mordplan aus."

Al und Max haben offensichtlich sämtliche Vorbereitungen bereits hinter sich gebracht und benötigen daher kein Empfangskomitee aus der lokalen Unterwelt, das man sich in dem friedvollen Städtchen, so wie der Film es zeigt, auch kaum als existent vorstellen kann. Al und Max wissen, dass ihr Opfer, der in Brentwood untergetauchte und jetzt an einer Tankstelle beschäftigte Ex-Boxer Ole Andreson, regelmäßig in einem kleinen Esslokal sein Nachtmahl einnimmt. Dem Opfer zu einem bestimmten Zeitpunkt an einem bestimmten Ort zu begegnen, stellt für die Killer also kein Problem dar. Da fragt man sich als Leser der Kurzgeschichte und Betrachter des Films doch unwillkürlich, warum in drei Teufels Namen sie ihren Wagen nicht in Sichtweite des Lokaleingangs abstellen, dort warten, bis Andreson anmarschiert kommt und ihn abknallen, bevor er das Restaurant überhaupt betritt. Auf diese Weise hätten sie relativ sicher sein können, dass es, abgesehen von zufällig vorbeikommenden Passanten (allerdings macht Brentwood, nachdem es dunkel geworden ist, einen ziemlich ausgestorbenen Eindruck), keine Zeugen der Bluttat gibt. So wie Al und Max aber tatsächlich vorgehen – ins Lokal gehen und dort den Mord gegenüber den drei anwesenden Männern (Nick Adams, Lokalinhaber George und Sam, dem schwarzen Koch) großspurig ankündigen – verhalten sie sich alles andere als professionell. Knapp zwei Stunden (die der Film geschickt auf etwa zehn Minuten komprimiert) später, nachdem sich herausgestellt hat, dass sich das Opfer an diesem Tag nicht an seine Gewohnheiten hält, hat sich die Situation für die beiden Killer völlig verfahren. Um die Chance zu wahren, Andreson vor die Mündung ihrer Knarren zu bekommen, müssen sie das Lokal wieder verlassen und das geht natürlich mit der Frage einher, was mit den drei Männern geschehen soll, die inzwischen praktisch ihre Geiseln sind. Jeder Hitman, der halbwegs bei Sinnen ist, müsste jetzt drei weitere (unbezahlte) Morde begehen, aber Al und Max lassen es bei ein paar Einschüchterungen bewenden, bevor sie sich auf den Weg zu der Pension machen, in der Ole logiert. Natürlich wäre es etwas anderes, vor allem hinsichtlich des Engagements, mit dem die Strafverfolgungsbehörden anschließend zu Werke gehen, wenn unschuldige Bürger, die nichts mit dem organisierten Verbrechen zu tun haben, ums Leben kommen, dennoch ist es aus Sicht der Killer kaum zu verstehen, dass sie sich auf dieses Risiko einlassen – ganz abgesehen davon, dass ihre Auftraggeber davon auch nicht begeistert sein dürften. Fast noch unsinniger ist jedoch, dass keiner von den drei unverhofft freigekommenen Geiseln umgehend die Polizei alarmiert, sondern sich Nick, quasi im Wettlauf mit den Killern, ebenfalls zur Pension begibt, aber – nach menschlichem Ermessen geht es dabei um Sekunden – weniger, weil er den in höchster Lebensgefahr schwebenden Schweden warnen will (dass der aber gar nicht mehr die Kraft und den Willen hat, um um sein Leben zu kämpfen, weiß man zu diesem Zeitpunkt noch nicht), sondern um ihn einseitig in ein umständliches Gespräch zu verwickeln, warum und wieso jemand hinter ihm her ist. Abermals Rich Cohen: „Das Syndikat hatte den Mord auf Bestellung erfunden. Ein Fremder kommt an, tötet und ist verschwunden. Der Polizei vor Ort bleibt nichts, woran sie sich halten kann – kein Motiv, kein Verdächtiger – einfach nichts. Wie der Trapper oder Holzfäller wurde der Mörder auf Bestellung Mitte der dreißiger Jahre zur landesweit bekannten Gestalt, ein Mann, der eine Seite der amerikanischen Persönlichkeit verkörperte. Für manche war er eine Art existentieller Cowboy, der auf der Grenzlinie zwischen Sein und Nichtsein galoppierte, Mark Twains geheimnisvoller Fremder, der den Tod in der Tasche trug. Für andere war er eine Missgeburt der Großstadt, ein katholischer oder jüdischer Einwanderer, der aus seinem Slum ausgebrochen war, um einen protestantischen Landstrich zu schänden.“

Trotz des mehr als fragwürdigen Vorgehens der Titelfiguren war „The Killers“ Hemingway von allen filmischen Adaptionen seiner Werke angeblich mit Abstand die liebste. Nachdem ihm Produzent Mark Hellinger eine Kopie geschenkt hatte, ließ er in einem seiner Anwesen einen Projektionsraum einrichten und nötigte jeden Besucher, der sein Haus betrat, sich mit ihm zusammen den Film anzuschauen. Meistens jedoch schlief Ernie dabei schon nach der ersten Viertelstunde (also dem für uns hier relevanten Teil) ein, was jedoch alkoholbedingt war und nicht daran lag, dass er Siodmaks Darstellung der Auftragsmörder inzwischen nicht mehr so überzeugend fand.

Don Siegels zweite Verfilmung des Stoffes aus dem Jahr 1964

rückte noch weiter von Hemingways Vorlage ab und war ursprünglich als TV-Movie intendiert, doch das Ergebnis geriet (für damalige Verhältnisse) so gewaltgeladen – *„93 minutes of sock-em-in-the-mouth rough stuff that beats the original story to a bloody pulp“* urteilte etwa „Newsweek“ – , dass die Produktionsfirma Universal umdisponierte und den Film im Kino auswertete. Die von Lee Marvin (unvergessen, wie er gleich am Anfang die blinde Sekretärin malträtiert) und Clu Gulager gespielten Auftragsmörder traten nur eingangs als solche auf, ziemlich schnell überschreiten sie ihre Kompetenzen und versuchen, sich die Kohle (Beute aus einem Raubüberfall), um die es letztlich geht, (wobei Ronald Reagan in seiner letzten Rolle imposant wie eh und je den die Fäden ziehenden Oberschurken gibt) unter den Nagel zu reißen, weshalb der Film – so toll er ist – hier vernachlässigt werden kann.

6. THE DISAPPEARANCE/Sein letzter Mord
Kanada/GB, 1976 / Regie: Stuart Cooper

„Oh, the gangster looks so fright'ning, with the Luger in his hand, but when he gets home to his children, he's a family man“, sang Mick Jagger vor mehr als 30 Jahren (in „Jigsaw Puzzle“), und von der ganzen geballten Wucht jener, den Tod nicht wirklich ausschließenden Emotionen, die den Kern der Unvereinbarkeit vorn Arbeits- und Familienleben bestimmen, handelt einer der besten, weil ungewöhnlichsten, aber leider auch unbekanntesten Hitmanfilme.

Der typische Vertreter unseres hier zur näheren Untersuchung anstehenden Berufsstandes muss nicht zwangsläufig ein kontaktgestörter Einzelgänger, selbstgenügsamer Loner oder gleich ein Soziopath sein. Er kann durchaus auch mit wahnhafter Besessenheit lieben und nicht wenige Hitmanfilme sind im Grunde verkappte Familienstücke. Ob nun, wie in George

Armitages „Grosse Point Blank"/„Erst der Mord, dann das Vergnügen", dem jung-dynamischen, mit allen abstoßenden Attributen eines über Leichen gehenden Nachwuchsmanagers aus unserer Epoche des Turbokapitalismus ausstaffierten Profikiller erst bei einem Klassentreffen die Wiederbegegnung mit seiner Jugendliebe die Augen über die sinnentleerte Einsamkeit seiner bisherigen Existenz öffnet (und das bringt der Film, unter der Oberfläche einer in Stil und Stimmung schalen Tarantino Imitation, durchaus anrührend rüber), wehalb er im letzten Moment noch die Kurve kriegt. Oder ob, wie in „Little Odessa" von James Gray, quälend langsam und alle Gepflogenheiten üblicher *crime movie* unterlaufend, der unaufhaltsame Zerfallsprozess einer russischen Einwandererfamilie geschildert wird, deren ältester Sohn (Tim Roth in einer seiner intensivsten Leistungen) im osteuropäisch geprägten Gangstermilieu seines New Yorker Immigrantengettos als Auftragskiller zunächst vom sozialen Aufstieg träumen kann, ziemlich schnell aber fatale Fehler begeht und von einer lokalen Mobcharge zum Abschuss freigegeben wird: Im letzten Jahrzehnt tauchten erstaunlich viele Kino-Hitmen auf, denen die Pflege familiärer Bindungen ebenso viel Energie wert war wie die Ausübung ihrer Profession. In ganz anderen, nachgerade elitären Zirkeln lebt und mordet Jay Mallory (Donald Sutherland). Er steht im Ruf, die verlässlichste Killerfachkraft einer nicht näher benannten und daher geheimnisvoll-sinister wirkenden „Organisation" zu sein und kommt – gut aber nicht zu auffällig gekleidet und in einem Familienwagen der gehobenen Mittelklasse – nach vollbrachtem Tagwerk in sein Heim zurück wie ein leitender Angestellter irgendeines Konzerns. Diesen ersten, bewusst in die Irre führenden, die gediegene Atmosphäre bürgerlicher Wohlanständigkeit beschwörenden Bilder wird jedoch gleich nach Mallorys Ankunft in seinem Apartment, das Teil eines futuristisch-abweisenden, an ähnliche architektonische Entgleisungen in den frühen Filmen von David Cronenberg erinnernden Gebäudekomplexes ist, der in eisig-erstarrter Winterlandschaft direkt am Ufer eines Sees liegt, der Boden unter den Füßen weggezogen. Denn Mallory muss feststellen, dass seine Frau Celandine (Francine Rancette) spurlos verschwunden ist, ihn aber keinesfalls, wie er bei seinen Nachforschungen über ihren Verbleib mehrfach betont, aus freien Stücken verlassen hat. Der radikal aus seiner subjektiven Perspektive erzählte Film ist durchsetzt mit Rückblenden, oft nur kurze Erinnerungspartikel, die in Mallorys Bewußtsein vorstoßen, was hier kein cineastischer Taschenspielertrick, sondern dem Stoff angemessen ist. Denn mittels dieser narrativen Technik lässt sich schnell, nachvollziehbar und ohne viel Gerede vermitteln, dass der Auftragsmörder, der bei der Arbeit ja stets kühl und kontrolliert handeln muss, privat von Misstrauen, völlig übersteigerten Besitzansprüchen und krankhafter Eifersucht zerfressen wird, also extrem widersprüchlichen Anforderungen an sein Innenleben ausgesetzt ist, die nicht miteinander in Einklang zu bringen sind und letztlich den Tod, erst den seelischen und dann den durch eine Kugel, bedeuten müssen. Mallory ist nicht das arrogante Arschloch, das die Vorgaben der Rolle leicht hergegeben hätten, Donald Sutherlands (zumindest in den 70er Jahren) singuläre Fähigkeit, seine Mimik mit einer Mischung aus Verwirrung und verletzter Eitelkeit aufzuladen, gestatten es dem Zuschauer bei etwas Wohlwollen jederzeit, an seinem Gefühlsdilemma Anteil zu nehmen. Daran, dass er um seine individuelle Vorstellung von Glück kämpft und eine Ehe, die, wie die sukzessive Aufdeckung einer raffinierten Intrige ans Licht befördert, nie die war, für die er sie gehalten hat. Mallorys Situation verschärft sich bald noch dadurch, dass die „Organisation" erneut seine Dienste anfordert, er aber, so lange Celandines Schicksal ungeklärt ist, keinen weiteren Mordauftrag ausführen will, andererseits aber auch die bereits geleistete Anzahlung (für die er seiner Frau eine Diamantbrosche gekauft hat) nicht zurückerstatten kann. Wie in den meisten Thrillern Derek Marlowes, auf dessen Roman „Echoes of Celandine" der Film basiert, wird zwischen sämtlichen auftretenden Figuren ein engmaschiges Netz geknüpft, durch das bald alles mit allem und jeder mit jedem zusammenhängt. Wie in den besten von ihnen (etwa „A Dandy in Aspic", wo ein Doppelagent von beiden Seiten in die Situation manövriert wird, Selbstmord zu begehen) liegt ihm eine höchst orginelle Idee zugrunde, nämlich die, dass die Frau, also Celandine, den Mord an ihrem Liebhaber in Auftrag gibt, um sich selbst eine Entscheidung abzunehmen. Es würde zu weit führen, hier sämtliche Verästelungen eines Plots ausbreiten zu wollen, in dem einige tonangebende Mitglieder der „Organisation" (grandios gespielt von David Warner, David Hemmings und Peter Bowles, drei dieser Fast-Stars einer Generation, die jetzt auch schon tot oder kaum noch aktiv sind), ohne dass darüber alle rätselhaften Andeutungen aufgedeckt werden. Wichtig ist, dass es dem Film perfekt gelingt, die sich zunehmend steigernde Verstörtheit seines zentralen Charakters spürbar zu machen, wodurch auch der Zuschauer in den Sog zunächst unerklärbar scheinender Ereignisse hineingezogen wird. Das ist es, was „The Disappearance" als Thriller zu bieten hat, dass der Film entsprechend disponierte Zuschauer (es mögen, zugegeben, nicht viele sein) aber viel direkter angeht, liegt an etwas ganz anderem. Weil in den allermeisten Hitmanfilmen immer wieder darauf hingewiesen wird, dass der professionelle Killer aus Gründen mordet, die nicht persönlicher Natur sind, wird die Neugier geweckt, welche persönlichen Motive – außer Geld – antreiben, welches Lebensziel, welche Vorstellungen von individuellem Glück er verfolgt. Was „The Disappearance" nun in dieser Hinsicht, in den schlaglichtartigen Erinnerungsmomenten Mallorys bietet, ist, so zurückgenommen es auch inszeniert sein mag, schlichtweg ergreifend und sorgt für einen Grad der Identifikation, der einem selbst nicht ganz geheuer ist. Zum einen ist da dieser starke Kontrast zwischen der Winterkälte der Außenwelt und der Geborgenheit am wärmenden Kaminfeuer, das die Frau (die, ganz am Anfang, mit der wohltuenden Bemerkung „Ich könnte nie einen Mann lieben, der nicht raucht" schon klar angedeutet hatte, dass es hier um einen etwas anderen Lebensentwurf zu zweit geht) während des Wartens auf den Mann vorbereitet hat, der, nachdem er mal wieder seinen Teil dazu beigetragen hat, das Böse aus der Welt zu schaffen, zu ihr nach Hause kommt. Dieser Mann, Mallory, der wenig später den bemerkenswerten Satz „Vom 33. Geburtstag an denkt man jeden Tag über den Tod nach" sagen wird. Es fehlt eigentlich nur, weil es um die Nähe von Liebe und Tod geht und weil es ein kanadischer Film ist, daß dazu Leonard Cohen singt.

Stattdessen folgt die Szene, in der Celandine, vielleicht als kleines Gedächtnistraining für den Profikiller, der bei seiner Arbeit ja auch scharf beobachten und sich eine Vielzahl von Details einprägen muss, auf einem Tablett eine kleine Zufallsauswahl persönlicher Gegenstände und Erinnerungsstücke arrangiert. Die darf sich Mallory eine Minute anschauen und muss sie ihr dann mit abgewendetem Blick in der richtigen Reihenfolge nennen.

„Von links nach rechts: Die blaue Miniaturtasse, die Puppe, die Karte mit dem Gewehr, Dominics Karte mit dem Boot, Schlüsselanhänger, die Murmel, der Elefant, der halbierte Peso, Geldschein mit Kopf nach oben, die Postkarte mit dem Bild der badenden Lady, mein Feuerzeug, Manschettenknöpfe, deine leere Parfumflasche, die Muschel, die Glocke, die ungarische Briefmarke mit dem Schiff und dem Schloss in der Mitte und die Pillendose mit dem Ziffernblatt ohne Zeiger.“ Das kann man, wenn „The Disappearance“ für einen gemacht ist und man ihn deswegen immer wieder sieht, irgendwann auswendig. Das, denkt man sich dann, könnte ein Moment des perfekten Glücks sein, das man auch haben möchte und für das man durchaus den einen oder anderen Mord zu begehen bereit wäre.

7. MURDER BY CONTRACT/ Der Tod kommt auf leisen Sohlen

USA, 1958 / Regie: Irving Lerner

In zahllosen früheren Gangsterfilmen agierten Auftragskiller als schießwütige Desperados oder nicht näher charakterisierte, fast anonyme und immer weisungsgebundene Fußsoldaten der immer komplexer gezeichneten Organisationen, die die Unterwelt beherrschten. Stand ein Hitman einmal – wie Alan Ladds Raven in „This Gun For Hire“ – im Mittelpunkt eines Films, was selten genug vorkam, dann wirkte er wie ein düster-romantischer, schicksalsergeben auf sein vorgezeichnetes böses Ende zuschreitender Todesengel, der bewusst nur wenig mit seinen Berufskollegen aus dem richtigen Leben zu tun hatte. Später kamen, zunächst nur in zaghaften Ansätzen, die reinen Profis, denen es zwar auch ums Geld ging, immer aber auch darum, eine möglichst schwierige Herausforderung zu meistern. Claude ist anders, nämlich ein nüchtern kalkulierender Technokrat, der sein Fachwissen und seine Fähigkeiten unter konsequenter Ausschaltung aller moralischen Skrupel dem Meistbietenden zur Verfügung stellt, sich dabei aber immer einen Rest von Unabhängigkeit bewahrt. Heute mag eine solche Typisierung lapidar und nur allzu vertraut wirken, für einen amerikanischen Film aus dem Jahr 1958 aber ist es eine ganze Menge. Was das Figurenarsenal des Gangsterfilms anbelangt, fast schon ein Quantensprung.

Wäre der Film zur Zeit seiner Erstaufführung in den USA bekannter geworden als es leider der Fall war, dann hätte er einen Leckerbissen für Soziologen und ähnliche Zeitgeistanalytiker abgeben können.

Claude ist kein Kinoheld, kein Filmschurke und schon gar kein Anti-Held, bestenfalls eine krude B Picture-Version des *modern Mann ohne Eigenschaften* und Tiefenschärfe und zweifelsfrei der Mittelpunkt von Irving Lerners „Murder By Contract" – ein Mittelpunkt allerdings, der an ein schwarzes Loch erinnert. Vince Edwards, der wenig später mit der TV-Arztserie „Ben Casey" populär wurde und auch ein paar (schaurige) Platten besang, sieht auf oberflächliche Weise „gut" aus, bleibt aber dennoch immer ein Durschschnittsgesicht, weshalb er durchaus als Idealbesetzung angesehen werden kann. Und Lerner, ein altlinker Humanist und hauptberuflicher Cutter, der nicht oft inszenierte und später die Verfilmung von James T. Farrells „Studs Lonigan"-Triologie (die für manche Leute zu den zehn größten Werken der amerikanischen Literaturgeschichte gehört) brutalstmöglich in den Sand setzte, hat nie wieder etwas gedreht, was auch nur annähernd an „Murder By Contract" heranreicht.

Lerner folgt mit beharrlicher Konsequenz einer einzigen Idee und stülpt dem Film fast schon rabiat eine These über, was aber – und genau das macht „Murder By Contract" so besonders – nicht weiter stört. Diese These lautet in etwa: Im Grunde ist es – klammert man die Entlohnung mal aus – längst wurscht, ob man seine Arbeitskraft im „normalen", also legalen Geschäftsleben oder eben in den kriminellen Randzonen der Gesellschaft zu Markte trägt; die ganz speziellen Fähigkeiten, über die der einzelne verfügt, finden da wie dort ihren Abnehmer.

Eingangs ist Claude ein braver Bürger, der nicht das geringste mit der Unterwelt zu tun und als „Spezialist für Rechenmaschinen“, sein regelmäßiges, aber nicht sehr hohes Einkommen hat. Da er wie nicht wenige andere Zeitgenossen auch von einem Eigenheim träumt (die Burschen von der „Filmkritik“, die Anfang der 80er Jahre zwei ganze Hefte über Lerner vollschrieben, erblödeten sich in ihrem – phasenweise aber auch ganz guten – Interview nicht, dies als eine „typisch bourgeoise Idee“ zu diskreditieren), macht er die simple Rechnung auf, unter Beibehaltung seiner momentanen Einkommensverhältnissen rund 20 Jahre dafür ackern zu müssen. Was dazu führt, dass er beschließt, sich von nun an als Hitman zu versuchen. Die Verdienstmöglichkeiten sollen vorzüglich sein, und da ähnliche Präzision gefragt ist, wie die, die Claude vom täglichen Umgang mit seinen Rechenmaschinen gewöhnt ist, traut er sich den Job zu. Der Hitman in spe bietet also seine Dienste an und dieses Angebot wird von den an solchen Jobs interessierten Kreisen auch registriert. Das ist zwar einerseits ziemlich unglaubwürdig, weil damit praktisch suggeriert wird, in besagtem Milieu warte man geradezu auf solche Quereinsteiger, aber die übergeordnete Idee des Films, der selbst etwas von einer mathematischen Versuchsanordnung hat und nicht auf realistische Milieuzeichnung aus ist, kommt kurz und bündig rüber. Lerner, der freimütig einräumte, „eigentlich überhaupt keine Ahnung von diesen Leuten, von solchen Gangstern“ zu haben und den Film als *slight fantasy und tongue in cheek* verstanden wissen wollte, bürstete die gesamte Spannungsdramaturgie, mit der Mordtaten im amerikanischen Kino gemeinhin dargestellt werden, gegen den Strich und demonstrierte, dass auch und vielleicht gerade für einen Hitman ein Großteil des Lebens aus Warten besteht. Dass bei dieser Demonstration kein Moment Langeweile aufkommt, ist sicher das größte Plus des Films. Claude darf zwar hin und wieder seine Talente als Killer unter Beweis stellen (wobei einer der Morde, ein *razor job*, durchaus als direkte Anspielung auf die Exekution von Albert Anastasia, des letzten Einsatzleiters von Murder Inc, der 1957 in einem New Yorker Frisiersalon umgebracht wurde, zu verstehen ist), worauf stets ein zynisches Insert folgt, das zeigt, wie sein Bankkonto anwächst, aber die meiste Zeit verbringt er allein in seinem schäbigen Appartment und wartet auf einen Anruf, der vielleicht in zwei Minuten, vielleicht in zwei Monaten und vielleicht überhaupt nicht kommt. Er muss rund um die Uhr telefonisch erreichbar sein, immer und jeden Tag. Was natürlich nicht ohne Folgen bleibt. Dazu Lerner: „Es sollte Zeit vergehen, ja, aber als Abstraktum, als Idee von Zeit – also keine konkreten zwei oder drei oder wieviel auch immer Wochen, mit Kalenderblättern, die man von Geisterhand abreißen lässt. Sondern ein Alptraum von Zeit, oder die Zeit als Alptraum; ein sehr beherrschter Alptraum allerdings, und doch immer gerade auf der Kippe… Ich wollte, dass der Killer zwar auf der einen Seite einen ganz normalen, geradezu spießbürgerlichen Eindruck macht, auf der anderen Seite aber auch psychotisch wirken soll. Nach außen hin völlig normal, sehr diszipliniert, sehr sorgsam darauf bedacht, keinerlei Regeln oder Gesetze zu verletztten, zumal dann nicht, wenn es sich im Grunde um Bagatellen handelt. Er will nichts mit der Polizei zu tun haben, er ist stolz drauf, ein gesetzestreuer Bürger zu sein, und er ist perfekt bis hin zur Pedanterie. Töten, das ist etwas ganz anderes – töten, morden, das ist ‚normal', das ist Bestandteil dieser Welt, das ist Bestandteil dieser Gesellschaft, der anzugehören er stolz ist, das ist vor allem Bestandteil seiner Psychose…" Aus den letzten drei Jahrzehnten gibt es Dutzende Filme, die auf genau dieser Arbeitsgrundlage funktionieren, aber Ende der 50er Jahre so an einen kleinen Genrefilm heranzugehen, das war schon die absolute Ausnahme und starker Tobak. Weil jedoch mit „Murder By Contract" nun einmal auch die untere Hälfte der *double features* aufgefüllt wurde, musste Lerner seine wilden Gedanken zum Ende hin wieder stärker ins dramaturgisch übliche Korsett eines fetzigen B Pictures zwängen, damit zumindest vordergründig den herrschenden Moralvorstellungen Rechnung getragen werden konnte. Doch bevor Claude in einem verdrekkten Abflussrohr (durch das er sich Zugang zum Haus seines letzten Opfers verschafft hatte) den voraussehbaren Fangschuss verpasst bekommt, erlaubt sich der Regisseur noch einen bösen Schlenker, mit dem er die Genrekonventionen ganz nebenbei und zum krönenden Abschluss noch einmal aushebelt. Claudes letztes Opfer, das ihm zum Verhängnis wird, ist nämlich eine Frau. Und Frauen bringt er nun einmal aus Prinzip nicht um.

Dieses Prinzip basiert aber keineswegs auf moralischen Überlegungen, sondern soll nur die grundsätzliche Ablehnung, mit der er dem weiblichen Geschlecht gegenübersteht, vor sich selbst rechtfertigen. Frauen sind ihm einfach zu unkalkulierbar, und nur gegen eine saftige Erhöhung seines Blutgeldes erklärt er – das angestrebte Eigenheim ist zum Greifen nah – sich bereit, einmal eine Ausnahme von der eisernen Regel zu machen. Doch dieses Nachverhandeln ist es, das seine Auftraggeber gegen ihn aufbringt, weswegen sie ihn kurzerhand aus dem Weg räumen.

1958 standen die deutschen Verleihtitel noch im Ruf, so etwas wie eine eigenständige Kunstform zu sein. Als „Der Tod kommt auf leisen Sohlen" kam „Murder By Contract" seinerzeit in unsere Kinos, was schon deshalb absurd ist, weil das sparsame, von einer einzelnen Gitarre gespielte musikalische Leitmotiv dasjenige Element des Films ist, an das man sich auch nach Jahrzehnten noch am besten erinnern kann.

8. DIARY OF A HITMAN/ Keiner kommt hier lebend raus

USA, 1992 / Regie.: Roy London

Wieder einmal soll man Interesse für einen Auftragsmörder aufbringen, der aus dem Geschäft aussteigen und vorher noch einen allerletzten Job übernehmen will, um die schon anfinanzierte Eigentumswohnung ganz in seinen Besitz bringen zu können. Aber wie unschwer zu erraten ist, kommt dann alles ganz anders, hat aber für die Hauptbeteiligten, den Hitman und die als letztes Opfer vorgesehene Frau, einen halbwegs glücklichen Ausgang, weswegen der deutsche Verleihtitel völlig schwachsinnig ist. Ein kleinbürgerliches Lebensziel für den Mord gegen Bezahlung als Dauerbeschäftigung also, und wie ein von Schuldkomplexen beladener und permanenter Sinnkrise heimgesuchter Kleinbürger, jedenfalls nicht wie das, was man sich gemeinhin unter einem knallharten Gangster vorstellt, schleicht der Killer auch durch sein als nichtsnutzig empfundenes Leben. Es passt gut – in einem Film, in dem ansonsten wenig passt – , dass der pummelige Forest Whitaker, der immer wie ein tollpatschiges Riesenbaby wirkt, dem man nichts wirklich übel nehmen kann, diesen von Versagensängsten geplagten Zauderer spielt. So wie er angelegt ist, wirkt er sympathischer als nötig wäre, was er so treibt, bzw. wie er *en detail* seinen letzten Auftrag vermasselt, wird dadurch aber auch kein bisschen professioneller. Dekker, so heißt die Speckbulette, dürfte wohl einer der unprofessionellsten Hitmen der Filmgeschichte sein, sieht man einmal von Figuren ab, die gleich als Karikatur angelegt sind. Man denkt besser erst gar nicht darüber nach, wie es kommen konnte, dass so jemand in Pittsburgh, wo sich das Geschehen zuträgt, zum angeblich führenden Vertreter des Gewerbes aufsteigen konnte. Gleich in der ersten Sequenz nölt Dekker den Anrufbeantworter des alten Zausels, der ihn mit Aufträgen versorgt, damit voll, wie satt er es habe, ständig Leute umzulegen (da er dabei jede Menge brisanter Einzelheiten aus seiner jüngeren beruflichen Vergangenheit, Täterwissen sozusagen, preisgibt, ist man geneigt, dem wenig später eingeführten Bullen, der angeblich schon länger hinter dem Duo her ist, zu empfehlen, doch einfach mal routinemäßig ein paar Telefone anzuzapfen). In der zweiten oder dritten Sequenz sucht er einen Psychotherapeuten auf (ein Verhalten, das immer häufiger in amerikanischen Gangsterfilmen zu registrieren ist), um von seinen Alpträumen zu erzählen und bald darauf lässt er sich – unmittelbar vor dem letzten Hit! – vom Augenarzt ein Medikament in die Pupillen träufeln, durch das er vorübergehend alles doppelt sieht. Im Vorgriff auf den anstehenden Vorruhestand sucht er alsdann eine Bar auf, in der er früher regelmäßig verkehrte, muss jetzt aber feststellen, dass von seinen alten Kumpels kaum noch einer unter den Lebenden weilt. Als Reaktion auf diese betrübliche Nachricht legt er sich handgreiflich mit einem der anderen Gäste an. Kurz, Dekker verhält sich tölpelhaft, hat seine Nerven nicht unter Kontrolle und fällt in der Öffentlichkeit unangenehm auf, alles Dinge, die ein Profikiller tunlichst vermeiden sollte. Das Psychogramm, das so entworfen werden soll, ist bierernst gemeint, kommt aber gelegentlich unfreiwillig komisch rüber (da-

bei in seltenen Momenten auch mal auf wirklich orginelle und lustige Weise), was dem Film eine nicht gerade perfekt ausbalancierte Atmosphäre verleiht, aber all das ist nur ein Vorgeplänkel. Denn nach einer guten halben Stunde, wenn Dekker zur Tat schreitet, um den letzten Mordauftrag hinter sich zu bringen, wird umgehend klar, warum der Film auf einem Theaterstück („Insider's Price" von Kenneth Pressman, der auch die Drehbuchversion schrieb) basiert. Das zur finalen Liquidierung anstehende Opfer ist eine Frau (was für Dekker jedoch trotz seiner sonstigen moralischen Anwandlungen zunächst kein Problem darstellt), die ihr Gatte aus dem Weg geräumt haben will, da er sich zukünftig ungestört mit deren Schwester verlustieren möchte.

Jain (Sherilyn Fenn) öffnet Dekker unachtsamerweise ihre Wohnungstür und von diesem Moment an entspinnt sich in dem klaustrophobisch engen und höchst seltsam eingerichteten Apartment für eine satte Dreiviertelstunde zwischen den beiden ein von beiderseitig zunehmender Enthemmung gekennzeichneter Psychoblues, der mal hochnotpeinlich und mal fürchterlich nervend, psychologisch immer total unglaubwürdig, aber eben in manchen Augenblicken (z. B. wenn die recht schlicht gestrickte Jain den durch diese Verwechselung vorübergehend völlig verwirrten Dekker zunächst für den gerade von ihr bestellten Fernsehmonteur hält) auch genial witzig ist. Intensiviert wird die künstlich aufgeladene, aber nie wirklich bedrohliche Stimmung zusätzlich noch dadurch, dass ein knuddeliges, aber vorübergehend vom Drehbuch schlichtweg vergessenes Baby präsent ist, welches, laut Auftragslage, ebenfalls abgemurkst werden soll, und dass urplötzlich – und diese Retardierung ist wirklich gelungen – Jains Schwester (Sharon Stone, die in diesem fulminanten Kurzauftritt alles raushängen lässt, was sie an Dummgeilheit zu bieten hat) auf der Bildfläche erscheint. In dieser Phase, die das Filetstück des Films ist, schafft es „Diary of a Hitman" auf verblüffende Weise, sich innerhalb kürzester Zeit vom Schocker in der Tradition „Wait Until Dark" zum tranigen Problemfilm, in dem Dekker mehr als Eheberater wie als Killer agiert, und dann zur reinrassigen Dampfhammerklamotte (und den selben Weg wieder zurück) zu entwickeln.

Objektiv bewertet ist das natürlich völlig unausgegoren, aber wenn man nicht zu viel erwartet und die richtige Stimmung mitbringt, dann hat diese krude Mixtur durchaus was für sich.

Dass Auftragsmörder nicht aus persönlichen, sondern rein monitären Gründen morden, ist weniger als eine Binsenweisheit, Dekker zumindest ist bei der Selbstanalyse seines bisherigen Broterwerbs noch einen Schritt weiter gekommen und das ist ja auch schon etwas. „Für die Opfer ist es aber verdammt persönlich" bellt er beim zweiten Besuch echt erschrocken dem verdutzten Seelenklemptner, in dessen Privatwohnung er während einer Party platzt, vor der gesamten Gästeschar entgegen.

9. UN HOMME EST MORT/Brutale Schatten

Frankreich/Italien, 1972 / Regie: Jacques Deray

Deray hat sich einmal dazu bekannt, „bewusst alle Klischees und Archetypen der Schwarzen Romanserie zu benutzen und gleichzeitig bis ins Unverbindliche und Ferne zu stilisieren". Hier ist schon der Orginaltitel (obwohl auch sein deutsches Pendant ausnahmsweise mal berechtigt ist, jedoch im Singular noch mehr Sinn gemacht hätte, denn der Film zeigt über weite Strecken den Abwehrkampf eines Hitman gegen einen mit dem Terrain vertrauteren Kollegen, der nicht abzuschütteln ist) herrlich unverbindlich und damit endgültig. Es geht, im Allgemeinen, um den Zusammenprall zweier Kulturen (ein Feld also, auf dem den Franzosen die USA stets als Prellbock am willkommensten sind), und konkret darum, dass für einen Auftragskiller nach vollbrachter Mordtat der Stress manchmal erst richtig losgeht, dann nämlich, wenn sein Auftraggeber ein ganz anderer ist, als er meint, und der ihn nach Erledigung der Dienstleistung über die Klinge springen lassen will. Folglich sieht man nicht die sorgfältige und minutiöse Planung des Verbrechens, sondern ein weitgehend improvisiertes Rückzugsgefecht. Der Zuschauer erfährt erst spät, dass Lucien, obwohl er den Mord scheinbar ohne Hemmungen verübt, kein Profi im eigentlichen Sinn ist, ihn immense Spielschulden gezwungen haben, sich von Paris auf den Weg nach Los Angeles zu machen und dort eine lokale Unterweltgröße zu beseitigen. Und weil der Aufbau der erzählten Geschichte so intelligent (nicht clever und auf schnelle Wirkungstreffer aus) ist, wie die Backstory kompliziert (aber bis ins letzte Detail logisch), wird auch erst zum Finale hin klar, dass der Sohn des Opfers der eigentliche Motor der Geschehnisse ist und nur zu gute Gründe hat,

alle Spuren zu verwischen. Diese Verschiebung der Erklärungszusammenhänge nach hinten bewirkt zweierlei. Zum einen kann der Zuschauer sich ganz auf die aktuelle Situation Luciens konzentrieren, der, weitgehend abgeschnitten von jeglicher Verbindung in die Heimat, als Fremder in einem fremden Land immer aussichtsloser in die Enge getrieben wird. Und zum anderen wirkt der Film, weil die Parallelebene, warum wer hinter Lucien her ist, so lange wie möglich ausgeblendet bleibt, heute unglaublich langsam, obwohl Lucien immer irgendwelche Handlungsschritte plant und ständig etwas passiert, die Regie also nicht etwa vorsätzlich auf Leerlauf setzt, um so die Isolation der auf sich selbst zurückgeworfenen Figur zu betonen. Jean-Louis Trintignant, der Lucien spielt, verhält sich in der fast ausweglos erscheinenden Zwickmühle, in die er selbstverschuldet hineingeraten ist, immer geschickt und nervenstark. Übertriebene Souveränität oder gar Alain Delons unterkühlte Eleganz gehen ihm aber völlig ab (und Derays Leib und Magen-Darsteller Jean-Paul Belmondo hätte wahrscheinlich mal wieder augenzwinkernd den lausbubenhaften Draufgänger gegeben und wäre im kalifornischen Verkehrsgewühl von einer Motorhaube auf die nächste gehüpft), man sieht ihm in jeder Einstellung an, dass er mit dem Rücken an der Wand um sein Leben kämpft und dabei die letzten Kraftreserven mobilisieren muss. Er begeht auf seiner Flucht Fehler (z. B. verhindert er nicht, dass die biedere Hausfrau, bei der er sich vorübergehend zwangsweise einquartiert, das Telefonat belauscht, bei dem er sich in einem Nachtclub eine neue Anlaufadresse verschafft), er hat manchmal eine Riesenportion Glück (etwa wenn der auf ihn angesetzte „Kollege" aus dem fahrenden Auto heraus nicht ihn, sondern den Jesus-Freak auf dem

Beifahrersitz erschießt, den der ortsunkundige Lucien als Anhalter aufgelesen hat) und ihm wird schließlich von unerwarteter Seite Hilfe gewährt, aber er wächst auch an der übermächtigen Aufgabe, heil aus dem ihm fremden Moloch Los Angeles rauszukommen. Er ist Profi, oder sagen wir Manns genug, um länger am Leben zu bleiben, als es anfangs wahrscheinlich ist. Und weil der Film nicht übertreibt und Lucien gleich gegen eine ganze Armee von Widersachern antreten lässt (was in einem hypothetischen US-Remake nur zu leicht vorstellbar wäre), ist es auch nach so langer Zeit, die dem Film nicht übermäßig geschadet hat, immer noch ausgesprochen lohnend, Trintignant bei seiner Osyssee durch LA zuzuschauen, obwohl man den Ausgang kennt und eigentlich gar kein übermäßiger Fan des Schauspielers ist. Lohnend und außerdem auch wehmütig stimmend, weil es diese Art von kontrolliertem (Ballereien und Autojagden gibt es zwar reichlich, weil es plotmäßig Sinn macht, aber Deray versucht erst gar nicht, in diesem Bereich Außergewöhnliches zu zeigen) und intelligentem Actionkino mittlerer Preisklasse heute kaum noch gibt. Lucien hat trotz aller Entschlossenheit etwas seltsam Abwartendes, aber nicht raubtierhaft Lauerndes (wie etwa Delon), wodurch immer der Eindruck gewahrt bleibt, dass er im Grunde ein rational handelnder und kultivierter Mensch ist. Natürlich ist er in gewis-

ser Weise moralisch vorverurteilt, weil er gegen Bares einen Mord begeht (was am Ende auch nicht vergessen und mit einem Happy-end belohnt wird). Aber er verliert dann, wenn sich die Gewalt gegen ihn wendet, nicht die Beherrschung und vermeidet Kollateralschäden. Eigentlich müsste sich jeder Kunde, der einen Mitbürger zu beseitigen hat, glücklich schätzen, dieses Anliegen gerade so jemanden überantworten zu dürfen, weswegen es umso bescheuerter von der betreffenden Figur ist, gerade mit Lucien ein doppeltes Spiel zu treiben. Ganz anders jedoch verhält es sich mit Luciens Nemesis Lennie (Roy Scheider, der grandios wie meistens ist, den aber Deray vielleicht nur deshalb besetzt hat, weil er wie Belmodo eine zerdepperte Nase hat), der eine durch und durch maliziöse Ausstrahlung hat und aus reinem Lustempfinden killt. Meistens belässt es Deray bei sanfter Ironie (die heute noch sanfter wirkt als damals), wenn Lucien gelegentlich mit „typisch Amerikanischem“ konfrontiert wird. Deswegen kommt der *culture clash*, den „Un homme est mort“ ja auch zeigen will, am besten und unaufdringlichsten zur Geltung, wenn man als Zuschauer in aller Ruhe vergleichen kann, wie die beiden Hitmen sich durch die Stadt bewegen, ihre Waffen handhaben oder mit anderen Menschen umgehen. Dennoch kommt es, wenn sie die Intrige und ihre jeweilige Rolle darin durchschauen, für einen kurzen Moment zu einer irritierenden, alle Genrekonventionen sprengenden Solidarität zwischen diesen beiden Männern, die ja berufsbedingt dazu verdammt sind, sich gegenseitig auszuschalten. Schade eigentlich, dass dieser Prozess des Zueinanderfindens jäh abbricht und das Duell bis zum tödlichen Ende für Lennie fortgesetzt wird.

Und dann sind da natürlich noch die Frauen und was will man, wenn man der entsprechenden Generation von Kinogänger angehört, schon ernsthaft gegen einen Film einwenden, in dem Angie Dickinson und Ann-Margret mit von der Partie sind? Erstere ist in der Minirolle als Gattin des Sohns der umgelegten Gangsterkoryphäe zwar nur wenige Minuten zu sehen und kriminell unterfordert, aber Ann-Margret (deren Filmkarriere durch die Oscarnominierung für „Carnal Knowledge“ gerade mächtigen Auftrieb bekommen hatte) erweist sich als toughe Barbesitzerin Angie, deren Etablissement „Aces High Club“ dem französischen Killer über seinen heimatlichen Backchannel als Unterschlupf empfohlen wird, als haargenau passende Gefährtin, gerade weil das mögliche Liebesverhältnis nur angedeutet wird und in spröden Ansätzen stecken bleibt. Um so wirkungsvoller ist daher die Schlusssequenz, in der der beim wilden *Shoot out* in der Friedhofshalle angeschossene Lucien im für die Flucht gekaperten Leichenwagen verblutet (die Großaufnahme seines Gesichts dabei visuell verfremdet wie in einem billigen Undergroundfilm), während Angie am Flughafen auf ihn wartet. „The Outside Man", wie der Film in den USA hieß, war zugegebenermaßen an der Kasse ein Flop mittlerer Güte, aber das Verdikt *„If, after reams of publicity, the best you can do is support in a medium-budget French thriller, you might as well give up."* (David Shipman in seinem Beitrag über Ann-Margret in „The Great Movie Stars 3") ist eindeutig zu harsch. Jacques Deray ist oft vorgeworfen worden, dass in seinen Kriminalfilmen („Borsalino", „Flic Story") Frauen „ausschließlich Objekt bleiben und nur in Nachtclubs und Luxusbordellen zu suchen sind", aber (mal ganz abgesehen von der Frage, ob es überzeugender gewesen wäre, wenn sich Lucien in einem Woman's Lib-Seminar der UCLA nach einer diskusionswütigen Begleiterin umgesehen hätte, die geneigt ist, ihm aus der Patsche zu helfen) Ann-Margret beweist hier eindrucksvoll, dass eine Figur mit solchem Wirkungsfeld nicht zwangsläufig eindimensional sein muß. „Un homme est mort" ist weder ein übersehenes Meisterwerk des französischen Gangsterfilms, noch ein steriler Actionreißer von der Stange, sondern solides Genrekino, das europäischen Flair in amerikanischer Umgebung bietet und nebenbei noch einen der interessantesten Auftragsmörder der Filmgeschichte.

10. THE MECHANIC/Kalter Hauch

USA, 1972 / Regie: Michael Winner

Das erste Wort fällt nach einer knappen Viertelstunde. Zuvor, also noch bevor der eigentliche Plot in Gang kommt, sieht man das, worum es in einem Hitmanfilm zuerst und zuletzt gehen sollte, nämlich wie ein Auftragskiller der Spitzenklasse einen Job erledigt. Und zwar so, dass die konkrete Ausführung seine spezifische Handschrift verdeutlicht (Jeder Mord, den Arthur Bishop verübt, wird, weil er wie ein Unfall aussieht, von den Strafverfolgungsbehörden zunächst einmal gar nicht als solcher gewertet,

was dem Hitman den Rückzug erleichtert und ihm einen Zeitvorsprung von unschätzbarem Wert verschafft), aber nicht auf an den Haaren herbeigezogene Weise orginell oder kinowirksam. Die Darstellung bleibt auf das Wesentliche reduziert, ist aber so ausführlich, dass vermutlich auch noch der letzte Depp die technischen Zusammenhänge kapiert. Bishop mietet sich in einer schäbigen Pension ein, die der Wohnung des Opfers auf gleicher Höhe gegenüberliegt. Mit einer Spezialkamera fotografiert er zunächst einmal zahlreiche Details der Einrichtung des karg möblierten Appartments, wobei Bishop dem Gasherd und einem Bücherregal besondere Aufmerksamkeit widmet. Die entwickelten Bilder hängt der Hitman später in seinem Haus (dessen erlesenteuere Inneneinrichtung unterstreicht, dass seine Einkünfte beachtlich sein müssen) an eine Pinwand. Ein Pfeifchen schmauchend strapaziert er anschließend die grauen Zellen, um aus den ausgekundschafteten Gegebenheiten seinen tödlichen Plan zu entwickeln. Und der sieht so aus: Nachdem er sich erneut in der Pension einquartiert hat, verschafft sich Bishop ohne große Mühe Zutritt zu der Wohnung seines Opfers, nachdem dieser sie verlassen hat. Dadurch wird klar, dass er auch einfach zu nachtschlafener Zeit dort hätte eindringen können, um den gerade im Reich der Träume weilenden Wohnungsinhaber kurzerhand zu erschießen oder zu erdrosseln. Aber eine solche Vorgehensweise hätte sich eben nicht als Unfall kaschieren lassen und hätte damit nicht Bishops Selbstanspruch genügt. Also sorgt er durch raffinierte Manipulation des Gasherdes dafür, dass in einigen Stunden große Menge Gas ausströmen werden und tauscht dann den Teevorrat im Küchenschrank gegen eine Handvoll Aufgussbeutel aus, die alle mit einem starken Schlafmittel präpariert sind. Schließlich bringt er in einem der Bücher, das sich im nah am Bett stehenden Regal befindet, einen farblich markanten Rücken hat und folglich von der Pension aus gut durch das Zielfernrohr anvisiert werden kann, eine Ladung Plastiksprengstoff an, die ausreicht, um das ganze Haus in die Luft zu jagen. Nachdem Bishop seine Vorbereitungen abgeschlossen hat, zieht er sich auf seinen gegenüberliegenden Beobachtungsposten zurück und tut das, woraus ein beträchtlicher Teil der Existenz jedes guten und längere Zeit aktiven Auftragsmörders besteht. Er wartet. Bishop stellt zwar mit Befriedigung fest, dass das Opfer wie immer seinen Nachmittagstee zu sich genommen hat und prompt eingeschlafen ist, muss aber dennoch die Dunkelheit abwarten, wobei vielen Zuschauern auch nach Jahrzehnten bestens in Erinnerung geblieben ist, wie er dabei, wohl um die in ihm aufsteigende Anspannung zu unterdrücken, einen Klumpen jener Isoliermasse durchknetet, mit der er das Ausweichen des Gases verzögert hat und die im Herd gerade langsam durchschmilzt. Stunden später, wenn die gesamte Wohnung gasverseucht ist, löst dann ein wohlgezielter Schuß aus Bishops mitgebrachtem Präzisionsgewehr in den Buchrücken die Explosion aus, die dem Leben des Opfers unter Garantie ein Ende setzt. Und womöglich auch noch dem einiger weiterer Menschen, die das Pech haben, in diesem Haus zu wohnen, heftig genug sind die Detonation und der durch sie ausgelöste Brand auf jeden Fall. Zusätzliche Leichen, für die nicht bezahlt wird, bei der Arbeit zu produzieren, lässt sich generell ja nicht unbedingt als Ausweis von Professionalität werten, aber bei anderer Vorgehensweise hätte für Bishop zweifellos ein erhebliches Restrisiko bestanden. Denn hätte er auf die Explosion verzichtet und sich damit begnügt, das Gas seine tödliche Wirkung entfalten zu lassen, wäre eben nicht auszuschließen gewesen, dass ein anderer Hausbewohner zufällig den verdächtigen Geruch wahrnimmt, Alarm schlägt und so die Zielperson des Anschlages im letzten Moment warnt.

Diese Exposition, die heute in einem Hollywoodfilm, der sich an ein Mainstreampublikum richtet und als Starvihikel eines der populärsten Darstellers seiner Zeit angelegt ist, undenkbar wäre, macht in einer dem Thema und der Figur angemessenen Schnörkellosigkeit klar, dass es dem Film nur darum geht, wie (und auf dieser Ebene spart er kein Detail aus) der Hitman seine Arbeit verrichtet, nicht darum, warum und wieso er sich als Auftragsmörder verdingt, was ihn dazu gebracht hat. Vulgärpsycholgische Erklärungsversuche, pseudoromantische Verklärung eines weiteren einsamen Helden und verschwurbelte, bzw. keck ironische innere Monologe darf man also nicht erwarten und niemand, der halbwegs richtig tickt, hätte sie in der ersten Hälfte der 70er Jahre wohl auch in einem Film gesucht, in dem Charles Bronson die Hauptrolle spielte und in denen oft schon die Titel – „The Stone Killer", „Chato's Land", „Mr. Majestic" – alles beinhalteten, was an Erklärung des zentralen Charakters nötig war. Genau wegen dieser Selbstbeschränkung, die man auch Eindimensionalität nennen kann, ist „The Mechanic" für die einen der beste Hitmanfilm überhaupt, der Meister aller Klassen sozusagen, und für andere nichts weiter als eine weitere unangenehme Gewaltorgie des Mannes, der dann zwei Jahre später erst richtig rot sehen sollte. Aber natürlich fängt der Film nach seiner auch nach drei Jahrzehnten noch faszinierenden Eröffnung noch einmal neu an und erzählt dann eine richtige Geschichte, die von Genrekonventionen geprägt ist, also nicht nur einen Mordauftrag nach dem anderen abspult, und an deren Ende erwartungsgemäß der Tod Bishops steht, bei dem er aber noch ein allerletztes As aus dem

Ärmel zieht, dessen Langzeitwirkung ebenfalls erwiesen ist. Der Kern des Plots dreht sich darum, dass Bishop einen von Jan Michael Vincent (der als aalglattes, arrogantes Arschloch nie mehr so überzeugend war wie hier, und er hat es wahrlich oft versucht) gespielten jungen Mann als Hitman anlernt, der aber nur seine Nähe sucht, weil er plant, seinen Lehrmeister ins Jenseits zu schicken, da sein Vater zu dessen Opfern zählte. Um die existenzielle Leere, die möglicherweise der tiefere Grund dafür ist, dass Bishop den jungen Schnösel an sich heranlässt, zu verdeutlichen, genügen Bronson und seinem damals bevorzugten Regisseur Michael Winner eine Szene, die als Lehrbuchbeispiel für die erzählökonomische Brillanz dienen kann, die dieses Gespann fast immer auszeichnete. Nach einem seiner Morde kehrt Bishop nach Hause zurück und wird von seiner Ehefrau (Jill Ireland in ihrer obligatorischen Nebenrolle) liebevoll empfangen und aufmerksam umsorgt, doch gerade wenn sich der Zuschauer an diesen, auch in anderen Hitmanfilmen thematisierten Gegensatz von brutalem und gefährlichem Berufsalltag und friedvoller häuslicher Idylle nach Feierabend zu gewöhnen beginnt, stellt sich heraus, dass es sich bei der Frau um eine Nutte handelt, die der Killer dafür bezahlt, ihm in regelmäßigen Abständen Szenen eines normalen Ehelebens vorzuspielen. Als *„cold, calculating, efficient and vacuous“* wurde „The Mechanic“ seinerzeit vom „Monthly Film Bulletin“ bezeichnet, was wohl ebenso für den Film, Arthur Bishop und jeden wirklich professionellen Auftragsmörder aus dem richtigen Leben gelten dürfte.

VERFILMUNGEN, DIE LEIDER NIE ENTSTANDEN SIND

von Martin Compart

Robert B.Parkers SPENSER mit Oliver Reed

Gregory Mcdonalds FLETCH mit
Robert Redford

John D. MacDonalds TRAVIS MCGEE mit
Ray Liotta

Peter O'Donnells MODESTY BLAISE mit
Gena Gersham

Lee Childs REACHER mit Kiefer Sutherland

Adam Halls QUILLER mit Willem Defoe

William McIlvanneys LAIDLAW mit
James Mason

Irvine Welshs Bruce Robertson (FILTH) mit
Gary Oldham

Jim Thompsons Lou Ford
(MURDER INSIDE ME) mit Ray Liotta

Paul Cains FAST ONE mit Lee Marvin

Literatur

G. K. Chesterton – *auteur noir.*

Ein kleiner Versuch

von Joachim Kalka

Dans les bois profonds brillent des flambées;
Un vieux cimetière est sur un sommet;
Où Dieu trouve-t-il tout ce noir qu'il met
Dans les cœurs brisés et les nuits tombées?
Victor Hugo, „Choses du soir"

Rekapitulieren wir ganz kurz: Einst prägte die französische Filmkritik einen Begriff für ein Kinogenre, das in Frankreich mehr Bewunderung fand als in seiner Heimat. Dieser Begriff hat seither eine fast erstaunlich zu nennende Karriere durchlaufen: Der amerikanische Gangsterfilm hieß fortan „film noir", das Genre wurde als „cinéma noir" behandelt. Die Bezeichnung ging auf die entsprechende Variante des Kriminalromans über. Die hier formulierte Ästhetik verband von Anfang an auf eine eigenartig unscharfe, aber eben deshalb produktive Weise die strategisch eingesetzten Lichtvaleurs des Schwarz-Weiß-Films mit dem moralischen „Noir" einer romantischen Gesellschaftkritik, die sich für jenes Unheimliche in der Menschenbrust interessierte, das schon der Schauerroman (im Französischen *le roman noir*) inszeniert hatte. Die verwirrenden Muster des zwischen den Jalousienschlitzen hereindringenden Straßenlampenlichts oder der rhythmisch pulsierenden Neonreklame des billigen Hotels, die scharfen Sonnenstrahlen, die in ein halb abgedunkeltes schäbiges Zimmer fallen, die drohenden, riesenhaft schweifenden Schatten an den Brandmauern einer nächtlichen Seitenstraße: diese optischen Effekte hingen nun – irgendwie – zusammen mit moralisch ambiguösen oder ausweglosen Situationen, mit der Resignation oder der Unbestechlichkeit der Protagonisten, mit dem Gut und Böse einer komplizierten, eine moralisch eindeutige Stellungnahme herausfordernden, diese dann meist wieder in Ohnmächtigkeit auflösenden Handlung.

Der Begriff „noir" wird schon lange modisch-inflationär gebraucht (man kann mittlerweile kaum eine Nummer des *New Yorker* oder der *Quinzaine littéraire* aufschlagen, ohne dem Wort in irgendeinem nostalgischen oder ironischen Kontext zu begegnen – sogar eine Sammlung italienischer Micky-Maus-Geschichten von Tito Faraci erschien 2000 als *Topolino Noir*). Ist es sinnvoll, auf die Texte von Gilbert Keith Chesterton einen Blick zu werfen, der an eben dieser Begriffsperspektive entlangvisiert? Auf die Texte eines 1874 geborenen Autors, dessen erzählerische

Hauptwerke im ersten Viertel des 20. Jahrhunderts erschienen? Es kann natürlich nicht darum gehen, eine Einwirkung des *film noir* auf die Phantasie oder das Formempfinden dieses Autors zu konstatieren; selbst der Einfluß des Filmes an sich auf Chesterton scheint minimal. Man muß ohnehin vorsichtig sein, will man den Einfluß filmischer Techniken auf die anderen Künste ablesen – nichts ist erstaunlicher als der für unser Auge vollkommen „filmische" Charakter vieler überraschender Perspektiven in den topographischen Zyklen des japanischen Farbholzschnitts, vor allem bei Hiroshige: also in Kunstwerken aus den dreißiger und vierziger Jahren des neunzehnten Jahrhunderts. Andererseits gilt, was Jorge Luis Borges beim Anlaß der Wirkung von Kafka bemerkt hat: Ein großer Autor erschafft seine Vorläufer. Man mag dies auch für ein Genre behaupten.

> *Detektivromane sind jedoch ebensowenig an Maßstäben des Realismus zu messen, wie man Watteaus Schäfer und Schäferinnen im Hinblick auf die zeitgenössische Schafzucht beurteilen wollte.*
>
> **Robert Graves/Alan Hodge, The Long Week-End**

Der Begriff der „pathetic fallacy" (man könnte unscharf: „Mitgefühlsirrtum" übersetzen), den der englische Ästhetiker John Ruskin prägte, bezeichnet einen bestimmten Denk- oder Phantasie-Fehler: denjenigen, welcher der ungerührten und unrührbaren Natur menschliche Empfindungen unterlegt und beispielsweise den Regenhimmel mit dem melancholischen Helden sympathisieren läßt, die lachende Sonne mit den fröhlichen Figuren, als müsse ein Einverständnis zwischen innerer Stimmung und Szenerie herrschen. Dieser Fehler wird zunächst unwillkürlich begangen (Ruskin: „Alle starken Gefühle … verfälschen in uns die Eindrücke von äußeren Dingen auf eine Weise, die ich generell als *pathetic fallacy* charakterisieren würde"; 1856 in *Modern Painters*), dann aber von der Literatur systematisch kultiviert, da er eine wohlfeile Strategie narrativer Rhetorik abgibt. Dementsprechend weit ist diese Konvention verbreitet. F. C. Delius hat 1971 in *Der Held und sein Wetter* mit ironischer Präzision verfolgt, wie das Schema selbst im „realistischen" Roman, etwa bei Raabe und Fontane, durchgeführt wurde. Chesterton nun benutzt diese altmodische Technik mit ungerührter, ostentativer Offenheit. Er rehabilitiert die *pathetic fallacy* nicht ungeschickt: den impliziten Vorwurf der Naivität fängt er auf, wenn er Flambeau – den einstigen Meisterverbrecher und Antagonisten von Father Brown in drei der ersten Erzählungen und, nach seiner Bekehrung, den Doctor-Watson-Freund des Priesters – in der Rückschau die von ihm praktizierte Ästhetik des Verbrechens formulieren läßt. Sie besagt, daß Ort und Zeit mit der Untat harmonieren müssen. „Als ein Künstler hatte ich immer versucht, Verbrechen zu begehen, die der besonderen Jahreszeit oder Landschaft des Anlasses entsprachen, und ich suchte eine Terrasse oder einen Garten für die entscheidende Tat so aus, wie man den Punkt zur Aufstellung einer Statue wählt. So muß ein Großgrundbesitzer in einem langen holzgetäfelten Raum beschwindelt werden, während andererseits ein Jude seine plötzliche Mittellosigkeit zwischen den Lampen und Stellwänden des Café Riche erkennen sollte. Wenn ich in England einen Domherrn seiner Reichtümer berauben wollte… so legte ich es darauf an, ihn – wenn Sie verstehen, was ich meine – zu rahmen zwischen den grünen Rasenflächen und grauen Türmen eines Kathedralstädtchens. Und wenn ich in Frankreich einem argen und reichen Bauern sein Geld abgenommen hatte…, gefiel es mir, daß sein empörtes Haupt sich vor einer grauen Reihe gestutzter Pappeln abhob und vor den feierlichen Ebenen, über welchen der mächtige Geist Millets schwebt."* („The Flying Stars", 44**)

Dies ist (bis hin zur Schlußzitierung eines berühmten Malers, die sofort eine Stimmung und ein Kolorit evoziert) ein „künstlerisches" Programm, das in seiner auratischen Simplizität verglichen werden kann mit der Ästhetik des cinéma noir: Außen und Innen, reale und moralische Landschaft sind in Beziehung zu setzen, wenn es irgend geht, damit das Verbrechen ästhetisch befriedigend erscheint. Die Formulierung des Prinzips wird bei Chesterton dem Akteur in den Mund gelegt, es zielt aber natürlich auf den Rezipienten.

Chestertons Ästhetik des Wetters und der Landschaft (wobei letzterer Begriff emphatisch die große Stadt einschließt – das Gewirr der Dächer, das Labyrinth der Straßen, die unerwarteten Anblicke beim Biegen um eine Ecke) bedient sich oft derselben Reize wie die Lyrik der neunziger Jahre des neunzehnten Jahrhunderts mit ihren Titeln wie *Silverpoints* oder *London Nights*. Was Chestertons Erzählstil auszeichnet, ist eine Art Legierung aus den farb- und grauintensiven Bildern von Licht und Luft, welche diese Gedichte (die stark beinflußt sind von Malern wie Whistler) prägten – und dem Behagen der Kolportage am Grellen, Glühenden, Bunten und am Nächtigen, Düsteren, Schwarzen. Beides trägt bei zu einem gesteigerten Bewußtsein der Effektivität von Licht- und Schatten-Valeurs. Wie der Autor mit derartigen Bildern in einer ihm ganz eigenen Mixtur aus unbefangener Schlichtheit und Raffinement spielt, mögen die Anfänge einiger seiner Father-Brown-Geschichten zeigen.

> „Im kühlen blauen Abendlicht zweier steiler Straßen in Camden Town glühte das Ladenlokal an der Ecke, eine Konditorei, wie ein Zigarrenstummel. Vielleicht sollte man besser sagen: wie der Stummelrest eines Feuerwerkskörpers, denn der Lichtschein war vielfarbig und komplex, gebrochen von vielen Spiegeln und auf vielen vergoldeten und fröhlich-bunten Torten und Confiserien tanzend ...“
>
> („The Invisible Man“, 54)
>
> „Ein stürmischer Abend aus Olivgrün und Silber neigte sich, als Pfarrer Brown, eingehüllt in ein graues schottisches Plaid, an das Ende eines grauen schottischen Tals gelangte und das seltsame Schloß Glengyle vor sich liegen sah.
>
> („The Honour of Israel Gow“, 66)
>
> „Die tausend Arme des Waldes waren grau, und seine Millionen Finger silbern. An einem Himmel aus dunklem grünblaugleichem Schiefer standen die Sterne grimmig und glitzernd wie zersplittertes Eis. Die ganze dicht bewaldete und spärlich bewohnte Landschaft war starr von einem bitteren, brüchigen Frost. Die schwarzen Senken zwischen den Baumstämmen sahen aus wie unergründliche schwarze Höhlen jener skandinavischen Hölle: einer Hölle der unermeßlichen Kälte.“
>
> („The Sign of the Broken Sword“, 127)
>
> „Es war einer jener kalten und leeren Nachmittage im frühen Winter, da das Tageslicht eher silbern als golden ist und da es Zinn noch mehr als Silber gleicht. Öde in

hundert langweiligen Büros und gähnenden Salons, war er noch öder an den Rändern der flachen Küste von Essex, wo die Eintönigkeit um so unmenschlicher schien, als sie in sehr langen Abständen von einem Laternenpfahl unterbrochen wurde, der noch barbarischer aussah als ein Baum, oder von einem Baum, der noch häßlicher wirkte als ein Laternenpfahl. Ein schwacher Schneefall war bis auf ein paar Streifen weggeschmolzen (auch sie sahen eher bleiern als silbern aus), bis das Siegel des Frosts den Rest festgebannt hatte. Es hatte nicht noch einmal geschneit, aber ein Band alten Schnees lief am äußersten Rand der Küste entlang, parallel zum blassen Band der Gischt."

(„The God of the Gongs", 245)

Solche Wetter- und Beleuchtungseffekte, draußen wie drinnen, beschäftigen Chesterton unablässig; ihre glückliche Fixierung läßt oft auch seine schlechteren Erzählungen im Gedächtnis haften. „Sie waren in jene Zeit gleich nach Sonnenuntergang eingetreten, da Luft und Wasser beide hell scheinen, doch die Erde und alles, was auf ihr wächst, verglichen damit nahezu schwarz" (232); „Das Innere des Hauses führte ein Paradoxon vor, das man oft in solchen Morgenstunden bemerken kann: Die Zimmer wirkten heller als der Himmel draußen" (258). Versucht man, die Effekte zu analysieren, ergibt sich eine kühne (manche Leser werden sagen: eine tolldreiste) Kombination aus dem genauen, am „Pittoresken" geschulten Blick und der Taktik einer Kolportageästhetik, simple Ideen in ein verwirrend bengalisches Licht zu tauchen.

Die Anordnung der Menschen in diesen Szenerien entspricht der Ästhetik der Staffagefigur in der malerischen Landschaft. „Die Straße, die sie entlanggingen, war so schmal und eingeschlossen von Schatten, daß sie beim Hinaustreten in die leere freie Fläche und den weiten Himmel erstaunt waren, den Abend immer noch hell und klar vorzufinden. Eine makellose Kuppel Pfauengrün sank zwischen den sich schwärzer abzeichnenden Bäumen und den dunkelvioletten Fernen ins Gold. Die leuchtendgrüne Färbung war eben tief genug, daß ein, zwei Sterne als Kristallpunkte sichtbar wurden... Unter den schwarzen, sich zerstreuenden Menschengruppen in jener Ferne war eine besonders schwarze, die sich nicht auflöste: eine aus zwei geistlich gekleideten Figuren. Obwohl sie winzig wie Insekten erschienen, konnte Valentin sehen, daß die eine sehr viel kleiner war als die andere." Hier haben wir in der allerersten Father-Brown-Geschichte („The Blue Cross", 11) eine der typischen Himmelsbeschreibungen Chestertons, aus der sich dann eine Silhouettenperspektive entwickelt, mit Schwärze und „besonderer" Schwärze. Daß in der zitierten Passage die Menschen in der Ferne wie Insekten erscheinen, ist ein Bild, das man bei einem entschieden christlichen Autor nicht erwartet hätte, es kehrt aber gelegentlich wieder. Besonders ingeniös: „Fern hinten auf dem äußersten Kap, der äußersten Landzunge der langgestreckten Insel hatten die Duellanten bereits die Klingen gekreuzt. Der Abend stand über ihnen als Kuppel jungfräulichen Goldes, und man erkannte, so weit entfernt sie auch waren, klar jede Einzelheit. Sie hatten die Jacken abgeworfen, doch die gelbe Weste und das weiße Haar Saradines, die rote Weste und die weiße Hose Antonellis leuchteten in den ebenen Strahlen der Sonne wie die Farben kleiner tanzender Uhrwerkpüppchen. Die beiden Degen glitzerten von der Spitze bis zum Knauf wie zwei diamantene Stecknadeln. Es lag etwas Entsetzliches darin, daß die beiden Gestalten so klein und so bunt waren. Sie sahen aus wie zwei Schmetterlinge, die versuchen, einander auf eine Korkscheibe zu spießen." („The Sins of Prince Saradine", 98) Hier erblicken wir wieder eine Perspektive, die uns filmisch erscheint, die aber – sofern sie von anderen Medien als der leuchtenden Phantasie Chestertons beeinflußt ist – eher aus dem Guckkasten, der Laterna magica oder aber aus der Konvention der Landschaftsmalerei stammt.

> *...flirrte eine Menge Leben, kleingehackt, kurzweilig und beeilt, in aufspringender, zappelnd verweilender und wegzuckender Unruhe...*
>
> **Thomas Mann, Der Zauberberg**

Zu den künstlerischen Techniken, die Chesterton (der als Kunststudent begann) stets fasziniert haben und deren Bildwelt er für seine stark aufgeladenen Metaphern und Beschreibungen gerne verwendet, gehört der Schattenriß. (Auch dies verbindet

ihn mit der symbolistischen Lyrik, zu deren kanonischen Gedichten etwa Verlaines „Fantoches“ gehört: „Scaramouche et Pulcinella / Qu'un mauvais dessein rassembla / gesticulent, noirs sur la lune…“ – „Scaramouche waves a threatening hand / To Pulcinella, and they stand / Two shadows, black against the moon“, wie Arthur Symons 1896 übersetzt, in der zweiten Auflage eines

Gedichtbandes mit dem Titel *Silhouettes*). In Chestertons schöner Studie über Robert Louis Stevenson hat er – anläßlich der *Schatzinsel* – die Affinität auch jenes Autors zur Silhouette meisterhaft so beschrieben: „Das Erste an Stevensons Bildwelt ist es, daß alle seine Bilder in ganz scharfem Umriß dastehen ... Es ist etwas in ihm, das ihn später zum abrupten und eckigen Schwarzweiß des Holzschnitts hinzog." (Stevenson versuchte sich selbst als Holzschneider.) „Von Anfang an sieht man es, an der Art, wie seine Gestalten aus dem achtzehnten Jahrhundert sich gegen den Horizont abzeichnen mit Säbel und Dreispitz. ... Es ist, als seien sie selbst mit Säbeln ausgeschnitten worden wie jener unvergeßliche Holzkeil, den die Klinge von Billy Bones aus dem Wirtshausschild des ‚Admiral Benbow' hackte." Diese Schärfe des Umrisses, verbunden mit einem Faible für das moralisch Uneindeutige – das macht Stevenson gelegentlich zu einem so paradox modernen Autor; die Genauigkeit, mit der Chesterton seine Technik erfaßt, hat etwas von Identifikation. Manchmal scheint Chestertons eigene Silhouettenkunst direkt an die von Stevenson angelehnt: „Der letzte Schein des Sonnenuntergangs lag in langen Bändern von Kupfer und Gold über dem letzten dunklen Streif des Meeres, das eher schwarz denn blau wirkte. Doch schwärzer noch zogen vor dem Glanz im Westen in scharfem Umriß wie Gestalten eines Schattenspiels zwei Männer mit Dreispitzen und Degen vorbei, als wären sie soeben in einem der hölzernen Schiffe Nelsons gelandet." (*The Green Man*, 581)

Die Narrationen Chestertons sind voll von jenem Requisitenrepertoire, das wir mit dem *film noir* assoziieren. Die Schatten, die Spiegel, die Blicke der Porträts an den Wänden, das Glühen und Strahlen der auratischen Lichtquellen (etwa die bunten Lampions im nächtlichen Garten des Richters in „The Mirror of the Magistrate") und der das Licht konzentrierenden Objekte (etwa die Glaskugel mit den goldenen Fischen in „The Song of the Flying Fish") ... Die verkleinerten Figuren am Ende langer Straßen oder Korridore ... Die weiße Fläche des Schnees mit ihren rätselhaften Spuren oder ihrer rätselhaften Unberührtheit („The Dagger with Wings", „The Invisible Man"); der Versuch, durch Lichtschilderungen Temperaturen – vor allem große Kälte – zu beschwören. Man begegnet hier wieder und wieder Effekten, die ganz und gar filmisch wirken – wie die plötzlichen „Schnitte" in eine extreme Totale in „The Sins of Prince Saradine“ (a. a. O.) oder „The Head of Caesar“ (214) oder die sturzartige Vertikalsicht vom Kirchturm in „The Hammer of God“. Oder: Syme und Professor de Worms (*The Man Who Was Thursday*, Kapitel VIII) betrachten über die Themse hinweg in der lampendurchflammten Abenddämmerung das riesige Mietshaus, wo ihr Antagonist Dr. Bull wohnt, den sie aufsuchen müssen. „Syme hatte nie einen der Wolkenkratzer in Amerika gesehen, so konnte er nur an die Gebäude in einem Traum denken. – Und während er hinüberstarrte, erlosch das höchste Licht in dem unzählbar vielfach erleuchteten Turm mit einem Mal... Professor de Worms drehte sich auf dem Absatz um und schlug mit dem Stock gegen seinen Stiefel. ‚Wir kommen zu spät‘, sagte er, ‚der hygienische Doktor ist zu Bett gegangen.‘ “ Verblüffend ist auch ein so beiläufiges Detail wie die von innen gelesene Fensterscheibe des Wirtshauses, auf der statt der Bier-Anzeige ALES verzerrt das SELA der Psalmen zu stehen scheint (211). So etwas wirkt auf uns als eine rein filmische Idee. Dabei spielt der Film, ich wiederhole es, für Chesterton als Inspirationsquelle keine Rolle. Sein Interesse gehört eher den vorfilmischen Maschinchen auf Jahrmärkten und in Schaubuden; er macht auf ingeniöse Weise eine kindlich-kindisch einfache Automatenvorführung – zwei kleine Metallfiguren laufen um die Wette – zur Lösungschiffre eines Mordfalles („The Pursuit of Mr. Blue“, 596)

Das Interessante an einer Perspektive, die Chesterton versuchsweise neben den *film noir* rückt, ist, daß hierbei wieder einmal klar wird, eine wie starke Affinität zwischen der Kulissenwelt des Noir um 1940/1960 und den von Chesterton ungleichzeitig fortgeführten Detektiv- und Horror-Phantasien der viktorianischen Belle Époque besteht, den Großstadt-Phantasmagorien von Stevenson, Doyle, Arthur Machen, hinter denen schattenhaft noch das Terrain des französischen Kolportageroman à la *Les Mohicans de Paris* sichtbar wird. Die Gaslicht-Stadt jener Ära ist wie eine vorweggenommene Noir-Inszenierung: „Es ist schon seltsam, Austin, wenn man nachts alleine durch London geht – die Gaslaternenreihen erstrecken sich endlos, und es ist totenstill, und dann vielleicht plötzlich das Sausen und Klappern einer Droschke auf den Pflastersteinen, und die Funken sprühen unter den Pferdehufen!“ (Machen, *The Great God Pan*, 1894)

Dieser Nachtzauber der Metropole wird zu einem Zeitpunkt zelebriert, da die alte große Stadt, in die Machen verliebt ist, schon fast vollständig durch Abriß und Neubau verschwunden ist. Machen trauert Dickens nach; seine Figuren beschwören als fossiles Überbleibsel beispielsweise die letzten großen Wirtshausinnenhöfe à la *Pickwick Papers*. Die Gaslaternen werden in dem Augenblick poetisiert, da die Elektrifizierung der großen Städte beginnt. Das große Melodrama der Gasbeleuchtung, Patrick Hamiltons *Gaslight*, wurde schließlich 1938 uraufgeführt: In diesem Stück wird – sehr bühnenwirksam – das Licht der Gaslampe im Zimmer der verängstigten Mrs. Manningham plötzlich schwächer, wenn ihr perfider, sie terrorisierender Gatte das Haus betritt und in einem anderen Raum das Licht anzündet. (Die beiden Verfilmungen der vierziger Jahre, vor allem Cukors Version von 1944 mit Ingrid Bergman und Charles Boyer, sind stilistisch pures Noir.) An Chesterton läßt sich etwas ablesen, das die Schauerromantik des neunzehnten Jahrhunderts mit der Romantik des Noir-Hollywood verbindet. Es ist der sehnsüchtige Versuch, die chaotische Lebenswelt durch den verwirrenden, dunklen Glanz eines beunruhigenden Rätsels zu strukturieren; sie durch das Geschick eines Beleuchtungsstils moralisch wieder zu ordnen.

> *Die Lichter der Großstadt beginnen zu glühen wie unzählige Koboldaugen, denn sie sind die Wächter eines Geheimnisses – mag es noch so trivial sein – , das der Autor kennt und der Leser nicht... Diese Gestaltwerdung der Poesie Londons ist nichts Geringes.*
>
> **Chesterton, „A Defence of Detective Stories“**

Chesterton ist nicht nur deshalb ein Autor, den untergründig vieles mit der Ästhetik des Noir verbindet, weil er ein so ausgeprägtes, zugleich kindlich-abenteuerverliebtes und künstlerisch-subtiles Interesse an Wetter, Licht/Schatten und Perspektive hat. Die Analogie zielt tiefer. Wie das *cinéma noir* vertritt Chesterton eine zugleich naive und komplexe Gerechtigkeitsästhetik – in Narrationen, in welchen Figuren und auktoriale Perspektive angesichts der geschilderten Welt eine Empfindung großer Unheimlichkeit zeigen. Oft schon ist die Diagnose von Borges (der Chesterton verehrte) zitiert worden: Er hat diesen Autor in dem kurzen Aufsatz „Sobre Chesterton" in *Otras Inquisiciones* durch Zitierung zweier klassischer Texte zu definieren versucht, die wie spiegelbildliche Versionen ein und derselben Geschichte sind. Die eine ist eine Episode aus John Bunyans großer puritanischer Allegorie *The Pilgrim's Progress*: Ein Mann verschafft sich fechtend Einlaß in eine hart verteidigte Burg. Die andere ist Kafkas „Vor dem Gesetz", die Geschichte von dem Mann, der sein Leben lang vor dem Eingang zum Gesetz zögert und wartet, weil ihm der Türhüter die unüberwindbaren Schwierigkeiten hinter der Türe geschildert hat – jener Türe, die, wie er im Tode erfährt, nur für ihn bestimmt war. „Chesterton", schreibt Borges, „hat sein ganzes Leben der Anstrengung gewidmet, die eine dieser beiden Geschichten zu schreiben, aber etwas in ihm trieb ihn immer dazu, die andere zu verfassen."

Der seltsame Widerspruch von optimistischen Pointen und alptraumhaften Szenarien führt in den Beschreibungen vor allem der Father-Brown-Geschichten zu einem Überschuß an Unheimlichkeit, der durch die Narration nicht verdaut wird. Die Geschichten sind schwärzer als ihre explizite Moral. Ihr eigentliches Faszinosum liegt, sozusagen, schräg seitwärts. Dies zeigt sich beiläufig auch an einem unangenehmen Zug: dem oft mit fast entwaffnender Unschuld eingesetzten automatischen Mißtrauen gegen die Fremdheit des Ausländers (des Juden, des Negers, des Levantiners, des Asiaten). Wie in der Evokation des monströsen Geheimnisses (der Spuren des unsichtbaren Mannes, der rätselhaften Gegenstände auf Glengyle Castle, des durch die Lüfte fliegenden Mörders, des verhexten Buches), ehe es sich in eine nüchterne Erklärung auflöst (den Postboten, die naive Buchstäblichkeit eines Dienstboten, den Trick eines ingeniösen Verbrechers, den Jux eines kleinen Angestellten) – : wie in dieser Evokation die ganze Glut des Chestertonschen Erzählens aufstrahlt, die ganze liebevoll skizzierte Unheimlichkeit, so ist der Verdacht, der zunächst auf die falsche Stelle fällt (in der Regel die, wo der „Ausländer" steht), emotional stärker und schärfer aufgeladen als die Decouvrierung des wahren Täters. Der „Ausländer" nimmt im Werk dieses weitgehend un-erotischen Autors quasi die Funktion der femme fatale ein. Durch seinen schlußendlichen Freispruch legitimiert der Autor den verbotenen Genuß des zunächst überwältigend unheimlichen Verdachtes. Die von Father Brown schließlich ungeduldig dementierte falsche (magische und xenophobe) Lösung ist jedoch die „erotischere", die emotional wahre. Die Vernunft siegt tatsächlich nur (in manchen Geschichten) in dem Maße, in dem die Pointe der Auflösung wiederum so ingeniös ist, daß sie intellektuell libidinösen Charakter bekommt.

Taghelle, weite Horizonte also siedeln gerade mit der hereinbrechenden Nacht sich überall in der Stadt an.

Benjamin, Das Passagen-Werk (Dossier R/„Spiegel")

Mit den Mitteln der Auratisierung wird in den Geschichten und Romanen von Chesterton eine Welt aufgebaut, welche von der Suggestion des ubiquitären Geheimnisses bestimmt ist. So wie die Pornographie einen Blick einübt, der hinter jeder verschlossenen Tür die Obszönität vermutet („Was Nachbarinnen alles treiben"), insistiert Chesterton auf der Rätselhaftigkeit der Welt in allen ihren Einzelheiten – und demonstriert gerne das unerschöpfliche Geheimnis der Dinge an als besonders banal verachteten Gegenständen, so am Warenrepertoire des Krämerladens in *The Napoleon of Notting Hill.* Die Steigerung des Geheimnisses der Dinge und des Lebens ist ihre „Richtigkeit". Sehr schön ist folgender Satz: „Wir Menschenwesen sind an das Unangemessene gewöhnt – wir sind mit dem Geklapper des Unpassenden vertraut, zu seiner Melodie können wir einschlafen. Wenn einmal etwas wirklich Angemessenes geschieht, weckt es uns auf wie der fast schmerzhafte Klang eines vollkommenen Akkordes." („The Strange Crime of John Boulnois", 270) Diese Angemessenheit will der Erzähler Chesterton unermüdlich herbeiführen.

Daher sein Faible für die auratische „Richtigkeit" der Szenerie, für ihre dramatische Hell-Dunkel-Stimmigkeit und ihre Fähigkeit, die moralische Pointe der Geschichte zu spiegeln. Doch die Mitteilung dieser Pointe – die Auflösung des Rätsels, die Klärung des Falles – läßt meist jenen Überschuß an magischem Unbehagen unangetastet. Das steht in Einklang mit Chestertons Programm einer Wiederverzauberung der modernen Welt, das er stets betreibt, von der spöttisch-sehnsüchtigen Beschreibung der „Agentur für romantische Abenteuer" in *The Club of Queer Trades* bis zu dem metaphysischen Ernst seiner philosophischen

Schriften. Aber der Zauber ist zu oft, allen Beteuerungen eines gläubigen katholischen Autors und allen thomistischen Sentenzen seines Detektivs zum Trotz, schwarz.

„Die Engländer kennen die Erregung durch zwei miteinander unvereinbare Leidenschaften: den seltsamen Hunger nach Abenteuer, und den seltsamen Hunger nach Legalität" (noch einmal Borges: „Los labirintos policiales de Chesterton", 1935). Chestertons Anstrengung, dem Gesetz seine transzendente Geltung zu verschaffen, wird wider den Geist des Buchstabens der Textschlüsse sabotiert von der angstvollen Lust auf das Abenteuer, das heißt: auf das Unerklärliche und Unkontrollierbare. (Einzig der *Thursday*, dieser herrliche Roman, vermag es tatsächlich, die beiden Leidenschaften in widersprüchlicher und souveräner Gleichzeitigkeit zu inszenieren.) Ansonsten aber: Wie der *film noir* seine moralischen Geschichten von Schuld und Sühne subvertiert durch das uneindeutige Chiaroscuro seiner Inszenierung, so verwirrt Chesterton lustvoll die vernünftige Argumentation seines Detektivs durch den glühenden Schein des Bizarren. Von allen Vorläufern, die sich dieses Genre erschaffen hat, ist Chesterton vielleicht der leidenschaftlichste.

* Die Zitate sind vom Autor übersetzt;

** die Seitenangaben zu den Father-Brown-Geschichten beziehen sich auf die Ausgabe *The Father Brown Omnibus*, New York 1951.

Librio [noir]
Librio [noir]
Librio [noir]
Poulpe-Fiktion:
Anarcho-Pop zum Ausklang des Jahrhunderts
von Sabine Janssen
Texte intégral
Texte intégral
Librio [noir]

Krake, der; ugs. Tintenfisch, Polyp, *lat.* polypus, *franz.* poulpe: *„Als Kraken werden umgangssprachlich manchmal alle Kopffüßer benannt, korrekterweise handelt es sich allerdings nur um eine Teilgruppe von diesen, die man als achtarmige Kopffüßer (Octopodiformes) bezeichnet. ... Gerade in ... Tümpeln ... finden auch die häufigen Begegnungen mit Menschen ... statt. Diese Tiere ... besitzen ein tödliches Nervengift, das sie beim Biss freisetzen und dem jährlich einige Menschen zum Opfer fallen. Kraken ... sind extrem beweglich und können selbst durch engste Spalten und Löcher schlüpfen. Besonders bekannt sind die Kraken aufgrund ihres hochentwickelten Nervensystems. Besonders die Arme und mit ihnen die Saugnäpfe sind stark mit Nerven und Ganglien durchzogen und können sich unabhängig vom Gehirn bewegen. Sehr leistungsfähig ist auch das Gehirn, und so bewältigen Kraken viele Probleme wie etwa einen Irrgarten effektiver als die meisten Säugetiere.*[1] *Arten:* OCTOPUS MIMUS, OCTOPUS NOCTURNES, OCTOPUS REX, OCTOPUS VULGARIS ...*"*

Nein, es ist kein gewöhnlicher Krake, der im Oktober 1995 aus dem Meer der Noir-Neuerscheinungen auftaucht, um Jagd auf rechtsradikales Gesindel, korrupte Funktionäre und Mafiosi zu machen. Der Legende nach geboren in einer Bar als Hirngespinst dreier französischer Noir-Autoren und heraus gepustet von einem kleinen tapferen Verlag namens Baleine (Wal) wird „Le Poulpe" (in deutscher Übersetzung: Pulp) erstmals im XI. Arrondissement von Paris und in Dieppe gesichtet. Es soll nicht bei einer Erscheinung bleiben. Bis 2002 streckt der Pulp seine Fangarme aus. Danach geht Baleine im Mutterverlag Seuil auf und der Pulp unter. Vereinzelt wird er danach noch gesichtet, doch die Welle verebbt. Was bleibt, sind gut 170 Bände eines ungewöhnlichen und ehrgeizigen Projekts, das in Frankreich Kult-Status erreichte und nicht nur in der Noir-Literatur seines Gleichen sucht.

Der Pulp alias Gabriel Lecouvreur tritt weder als Rächer noch als Gesetzeshüter noch als Moralapostel an. Ein unabhängiger Ermittler soll er sein. Ein Zeitzeuge, der auf eigene Rechnung das alltägliche Chaos durchstöbert. Am Anfang seiner Ermittlungen steht stets eine Zeitungsmeldung aus der Rubrik Vermischtes,

[1] Auszug aus dem *Net-Lexikon*

Ausdruck „der Krankheit unserer Welt“. So steht er in jedem Klappentext beschrieben. – Na und, ein Detektiv mehr, mögen erfahrene Krimileser denken. Doch mit dem Pulp trafen seine Macher ins Schwarze: 15 000 verkaufte Exemplare bei jedem neu erscheinenden Abenteuer [2]. Ein Zufallstreffer war das nicht. Der Pulp hat Methode, ein Konzept und eine Schussrichtung.

Schund mit Niveau

Natürlich würde es einer „schwarzen Serie“ nicht gut zu Gesicht stehen, am sauberen Schreibtisch entworfen worden zu sein. Ist sie auch nicht. Jean-Bernard Pouy, Patrick Raynal und Serge Quadruppani, drei notorische Noir-Schreiber, haben den Pulp nach einer „begossenen Mahlzeit“ in einer Bar ausgebrütet. Dem Trio schwebte allerdings keine Hommage an Tintenfische vor, sondern eine Krimi-Reihe der populären Art: Massenware, aber nicht konservativ, Bahnhofsliteratur, aber mit Niveau, eine Wiederauferstehung der amerikanischen Pulp-Magazine, in denen Dashiell Hammett und Raymond Chandler deutlich ihre Spuren hinterließen, und nicht zuletzt eine ironischeVerbeugung vor Quentin Tarantinos Film „Pulp Fiction“. Die formalen Anforderungen an das Projekt „Wir rehabilitieren ein vergessenes Genre“ waren denkbar schlicht: „Ein bescheuerter Titel, ein Buchdeckel in Farbe und ein Preis unter 40 Francs“, erklärt Pouy [3], der als der geistige Vater des Pulp gilt und als „directeur de collection“ auch literarisch die Geschicke des Helden leitete.

„Der Name Pulp hat nichts mit dem Protagonisten zu tun, wir haben ihn gewählt, weil wir uns einen Spaß mit „Pulp Fiction“ machen wollten“, gesteht Pouy in einem Interview [4]. Ein Wortspiel sollte es sein, wie es Autoren halt so machen. [5] Und da der Kinofilm gerade in aller Munde war ... Den Geschmack des Verlegers habe man bei der Taufe des Pulp nicht getroffen. „Er fand den Namen klebrig, brutal und meergrün, aber er hat sich dran gewöhnt“, erzählt Pouy. [6]

Kinofilm hin, amerikanische Heftromane her. Mag der Name

[2] Vgl. u.a. *Le nouveau quotidien*, Schweiz 19.-25. April 1996: 31-33.
[3] Vgl. Olivier, Vincent: „Révolution dans le polar“. *L'Express*, 14.-20. März: 117.
[4] Vgl. Blumenfeld, Samuel: „Poulpe Fiction“. *Inrockuptibles*, Nr. 4, 7.-13. Februar 1996: 27-29.
[5] Vgl. Vayasseur, Pierre: „Un roi du polar invente la <Poulpe-Fiction>“. *Le Parisien*, 7./8 Oktober 1996.
[6] Vgl. Blumenfeld in *Inrockuptibles*, Nr. 4, 7.-13. Februar 1996: 27-29.

auch ein Wortspiel sein, mit der Idee, sich zwischen der etablierten Série Noire und der so genannten „weißen“ Literatur mit Niveau eine Nische zu suchen, war es den Urhebern des Pulp bitterernst. Auch wenn Pouy, Raynal und Quadrappani selbst in der arrivierten Série Noire von Gallimard schreiben: Ihnen fehlte etwas in der französischen Literaturlandschaft. Die Série Noire sitzt zwischen zwei Stühlen“, stellt Pouy Mitte der 90er Jahre fest. „Sie ist nicht wirklich Taschenbuch und nicht wirklich großes Format. In den Bahnhöfen gibt es kaum Série Noire. Es gibt viel Folio und viel Scheiße: SAS, Harlequin und Porno.“ [7] Die Serie Noire sei glücklich und unglücklich zugleich, findet Raynal. Durch sie hätten er und viele andere sich erst zu schreiben getraut, doch zugleich habe sie die Kreativität französischer Autoren erstickt. „Hinzu kam, dass die französische Literatur immer weißer wurde und die Schreiber der Noir-Romane zunichte gemacht wurden.“ [8] Knisterte da ein Generations- und Gesellschaftskonflikt im Blätterwald?

Meuterei im schwarzen Sektor

Autoren wie Pouy ordnen sich selbst gesellschaftsgeografisch links bis links-extrem ein – wie schätzungsweise 80 Prozent der französischen Krimiautoren [9], und sie wollten sich Mitte der 90er Jahre abheben von den gemütlichen Mittfünfzigern, die den Krimi in den Literaturhimmel hievten. Wo aber war ihr Medium? Die Série Noire konnte es nicht sein. „Ich bin nicht umsonst Sohn eines Bahnhofsvorstehers. Ich will, dass die Romane unserer Generation auch in den Kiosken liegen. Dass man sie zwischen Paris und Rennes, in drei Stunden im Zug liest. Dass sie die faschistischen Bücher wie SAS scheitern lassen“, sagt Pouy der Zeitung Libération im März 1996.

Nicht zufällig ist die Hauptfigur daher in den Mittdreißiger angelegt. Im Jahr 2000 wird der Pulp 40 Jahre alt sein, heißt es bei der Beschreibung des Protagonisten. „Er gehört nicht zur Generation der 45 bis 50-Jährigen und auch nicht zu der der 20-Jährigen. Er sitzt zwischen zwei Stühlen, ein bisschen zu alt und nicht alt genug. Er hat zwei Kulturen: die der 68er und die der Ty-

[7] Vgl. ebd.
[8] Vgl. ebd.
[9] Vgl. ebd.

pen, die heute 20 sind", erklärt der französische Noir-Schreiber Didier Daeninckx.

Mindestens so sehr wie nach einem jüngeren Ermittler sehnten sich die Autoren nach einem populären, politisch korrekten Helden. Und korrekt im Sinne von Pouy heißt: antifaschistisch, anti-LePen, anti-SAS. „Es ist Zeit, mal wieder zu meutern und kämpferische Texte zu schreiben, die nicht nur literarisch betrachtet werden", sagt Pouy [10]. Wenn also der Pulp als Zeitzeuge und unabhängiger Ermittler beschrieben wird, ist das nur die halbe Wahrheit. Richtig ist, der Pulp ist ein Zeitzeuge, und die Romane zeichnen das Panorama einer zeitgenössischen Gesellschaft Frankreichs und anderswo. Richtig ist auch, der Pulp ist nicht Partei-gebunden. Falsch wäre es jedoch anzunehmen, der Pulp sei von seinen „Vätern" ohne politische Absicht in die Ermittlungen geschickt worden. Er ist „libertär und antifaschistisch", sagt Pouy, und daher auch „gegen alt hergebrachte Ideen", folgert Daeninckx. Er ist kein Kommunist, aber er hat kommunistische Freunde. [11] „Ein Freiheitskämpfer mit anarchistischer Tendenz ... ein linker Held mit politischem Gewissen angesichts der schwerwiegenden Entwicklungen der heutigen Zeit, wie dem Aufstieg des Front National." So charakterisiert ihn Hélène Bihéry von den Editions Baleine [12]. Pouy als „alter Anarchist" geht noch weiter: „Es handelt sich um eine Kriegserklärung. ... Wir sind eine Koalition ‚Ras l'front' des schwarzen Romans. Aber Achtung, die Bücher enthalten wahre Geschichten, die durchaus Humor haben." [13] Zugleich aber hat der Pulp jenen Abstand zu den Dingen, der den Autoren seinerzeit fehlte. „Er hat eine gewisse Distanz zu dem Militarismus, dem Verrat und dem ganzen Unsinn, auf den die Leute unseres Alters hereingefallen sind", sagt Pouy 1996. „Er wird 40 im Jahr 2000, er kann also nicht die gleichen Fehler machen, die wir gemacht haben."

Jung, rockig, kämpferisch und links sollte also das neue Format sein. Bei den Editions Baleine waren Pouy, Raynal und Quadruppani da genau richtig. Dort wollte man populäre Literatur verlegen, suchte neue Leute und neue Ideen. So kam es, dass Pouy als

[10] Vgl. ebd.
[11] Vgl. ebd.
[12] Hélène Bihéry zit. in „Nouvel Enquêteur Contemporain". *Les Echos*, 31.10.1996: 47.
[13] Vgl. Sers, Alain: „Jean-Bernard Pouy et le nouvel esprit polar". *Le Relais*, April 1996: 8-9.

„directeur de la collection“, kurz vor seinem 50. Geburtstag – und zufällig auch zur 50-Jahr-Feier der Série Noire – ein Coup gelang: Mit *La petite écuyère a cafté* (*Pulp und die Petze*) schlug der Pulp im Oktober 1995 zum ersten Mal zu.

Jeder nur einen Pulp, bitte!

Die Idee Pouys, populäre Literatur, das Genre Heftroman, neu aufzulegen, brachte – per definitionem – weitere Konsequenzen mit sich. Denn Heftromane leben von wiederkehrenden Helden, von Schematisierung und von unterschiedlichen Autoren, die den vorgegebenen Rahmen mit ihren Fiktionen ausfüllen. Für Pouy stand daher fest, dass er den Pulp nicht allein würde stemmen können. Nachdem er selbst den Auftakt geschrieben hatte, übernahmen renommierte Autoren wie Patrick Raynal, Serge Quadruppani, Didier Daeninckx, Noël Simsolo, Roger Martin, Gérard Déteil und Georges Jean Arnaud die Feder. Zu den Routiniers gesellten sich aber auch „unbeschriebene Blätter“, unbekannte Autoren, fachfremde Schreiber, Journalisten, Essayisten und andere Novizen des Noir-Business wie eine Schulklasse und ein Strafgefangener. Als Faustregel gilt: Einen Pulp kann jeder schreiben. Darin sah Pouy auch das Geheimnis seines Erfolgs.

Für Pouy war die Demokratisierung des Schreibens folgerichtig und charakteristisch für die Krimi-Szene: „Es sollte eine Gemeinschaft hergestellt werden, die dem Milieu des Krimis sowieso eigen ist, nicht wie in anderen Szenen, wo jeder versucht, den anderen auszustechen. Bei uns ist keiner auf den anderen neidisch." [14] Pouy ging das Prozedere weder mit Elitedenken noch Standesdünkel noch unnötigem Ernst an: Es sei eine „lustige kleine Fete", an der die Pulp-Autoren nähmen, sagt er dem *Express*. Nur an eine Voraussetzung war der Eintritt zur Pulp-Party geknüpft: Die Autoren mussten „die Bibel" kennen.

In der spaßeshalber als „Bibel" bezeichneten vier Seiten starken Schrift sind die Basisdaten des Pulp fixiert, jene Spielregeln formaler und inhaltlicher Art, an die sich die Pulp-Autoren halten müssen. Zum unveränderlichen Inventar gehört in erster Linie der Pulp als Protagonist mit seinem Aussehen, seinem familiären Hintergrund, seinen Hobbys und Vorlieben. Oberstes Gebot ist die Einstellung des Pulp: „libertär und antifaschistisch". Abgesehen davon haben die Autoren inhaltlich und stilistisch freie Hand. Jeder kann einen Weltverbesserer seines Geschmacks zimmern, ihn in neue soziale Milieus einführen, sogar bestimmte Charakterzüge verstärken oder ändern. „Bei Simsolo ist es ein sexuell Besessener, bei Raynal ein Motorrad-Verrückter, bei Quadruppani ein Rächer, bei Daeninckx ein entnervter Antifaschist", erklärt Pouy der *Libération*.

Neben dem Protagonisten sind auch sein enges Umfeld und seine Freunde fixiert, zu denen seine Freundin Cheryl, der Wirt Gérard und seine Frau Maria, deren Küchengehilfe Vlad und deren Schäferhund Leon, der Anarchist Pedro und der Mechaniker Raymond, der am Flugzeug des Pulp schraubt, gehören. Angeblich existiert in der „Bibel" sogar eine Skizze des Flugzeugs, und angeblich hat ein Autor den Pulp in Lateinamerika ermitteln lassen, weil er die Friseurin Cheryl so unerträglich fand.

Die Ermittlungen des Pulp müssen immer in Gérards Kneipe ihren Anfang nehmen. Dort liest der Pulp Zeitung und entdeckt eine verdächtige Meldung. Dem Kapitel der Ermittlungsaufnahme ist stets als Exposition ein Kapitel voran gestellt, das – ohne zu viel zu verraten – eine Szene aus dem Verbrechenshergang schildert.

[14] Vgl. Vayasseur in Le Parisien, 7./ 8. Oktober 1996.

„Bescheuerte Titel"

In der Bibel steht noch ein stilistisches Gebot: Du sollst den Titel als Wortspiel verfassen. Dabei kann es sich um die Verballhornung eines Sprichworts oder feststehenden Ausdrucks handeln, aber auch um Klangspiele, Homophonien oder die Modifikation eines Zitats aus Literatur oder Film. Die „bescheuerten Titel", wie Pouy sie nannte, findet man nur in den französischen Originalen. In den deutschen Übersetzungen des Wunderlich-Verlags wurde die Syntax „Pulp und ..." als Standard gewählt, weil sie vermutlich oft schlicht nicht übersetzbar sind. Weil's so schön ist, dennoch einige Beispiele:

Nazis dans le métro spielt mit Raymond Queneaus *Zazi dans le métro*. Übersetzt wurde der Roman von Didier Daeninckx als *„Pulp und die alte Linke"*.

La cérise sur le gâteux (*„die Kirsche auf dem alten Sack"*) spielt mit dem französischen Ausdruck „la cérise sur le gateau", was wörtlich „die Kirsche auf dem Kuchen" und im übertragenen Sinne das Sahnehäubchen bedeutet. Übersetzt heißt der Roman *„Pulp und die Glatzen der Fraternité"*.

Auf einem Klangspiel mit den Pyrenäen („les pyrénées") baut Pascal Dessaint seinen Titel *Les pis rennais* auf, was man in etwa mit „Die Schlimmsten werden wieder geboren" übersetzen könnte. Auf Deutsch heißt der Band: *„Pulp und die Opfer der Berge"*.

Autor Michel Chevron hat bei seiner Titelsuche gleich zwei Fliegen mit einer Klappe geschlagen und einen feststehenden Ausdruck mit einem Literaten verballhornt: *J'irai faire Kafka sur vos tombes* heißt wörtlich „Ich werde Kafka auf euren Gräbern machen". Der unglückselige Kafka ist dabei an die Stelle von „caca" getreten, das jedes französische Kind aus „faire pipi"/ „faire caca" kennt.

Weitere nette Beispiele, die nicht der Erklärung bedürfen: *Je repars à Zorro* (Ich fange bei Zorro/ Zéro wieder an), *Don qui shoote et la manque*, *Zarmaggedon* und die verwandelte englische Hymne *Gab save the Di*. Doch zurück ins XI. Arrondissement von Paris, der Heimat des Pulp.

Black Box mit langen Armen

Der Pulp heißt im echten Leben Gabriel Lecouvreur. An dem Namen ließe sich einiges deuteln: Gabriel wie der Erzengel und

Lecouvreur wie „le découvreur", der Entdecker. Geboren ist er am 22. März 1960 im Bastille-Viertel, im XI. Arrondissement von Paris. Dort hat er seine Basis, und von dort startet er seine Ermittlungen. Äußere Erscheinungsmerkmale: groß, kräftig, dunkelhaarig. Früher hat er in der zweiten Reihe der Rugby-Mannschaft PUC gespielt. Auffällig an ihm sind seine langen Arme, die ihn bisweilen unbeholfen wirken lassen. (Mit Blick auf seine Genese ist es wahrscheinlich, dass sein Schöpfer sie ihm erst nach seiner Taufe angedreht hat.)

Der Pulp ist ein Waisenkind. Seine Eltern sind bei einem Autounfall auf der Route Nationale 86 ums Leben gekommen, als er fünf Jahre alt war. Der Vater arbeitete als Drucker mit dem Anarchisten Pedro zusammen. Die Mutter war gerade schwanger und erwartete ein Mädchen, als sie starb. Der Pulp hat nur vage Erinnerungen an seine Kindheit: der Vater, der nach Druckerschwärze roch, die Mutter, die ihn auf ihren Knien springen ließ. [15] Im ersten Band *Pulp und die Petze* heißt es sogar dramatisch: Der frühe Tod der Eltern habe ihn hart gemacht, ihm für immer die Tränen geraubt. [16]

Aufgewachsen ist Gabriel Lecouvreur bei Onkel Emil und Tante Marie-Claude, die einen kleinen Eisenwarenladen hatten und „den langsamen Selbstmord der Arbeit starben". [17] Sie hinterließen jedoch eine Erbschaft, die ihm seinen ungewöhnlichen Lebensstil unabhängig von den Sachzwängen normalsterblicher Bürger ermöglicht.

Der Pulp ist die Black Box in einer „gläsernen Gesellschaft". Er hat sich der statistischen Erfassung als Bürger durch die staatlichen Institutionen entzogen. Er besitzt weder eine Sozialversicherungsnummer, noch hat er einen festen Wohnsitz, noch einen Telefonanschluss, noch ein Bankkonto. Er lebt in verschiedenen Hotels. Er scheut den Kontakt mit Institutionen wie der Polizei und dem Krankenhaus, die ihn „erfassen" könnten. Er besitzt dank seines Freunds Pedro mehrere Personalausweise und gibt im Fall des Falles die Adresse seiner Geliebten Cheryl als Referenz an. Anonym und unabhängig von der Last, seinen Lebensunterhalt verdienen zu müssen, ist er ein freischwebendes Indivi-

[15] Pulp und die Petze, 1998: 29.
[16] Vgl. ebd. 1998: 114.
[17] Ebd. 1998: 40.

duum in einer reglementierten Gesellschaft. Feste Anlaufstellen sind für ihn nur Cheryl, bei der er während seiner Ausflüge sein Gepäck unterbringt, und die Stammkneipe „Au Pied de Porc à la Sainte Scolasse", übersetzt „Zum Schweinsfuß nach Rezept von Sainte Scolasse", in der er jeden Morgen immer am selben Tisch einen doppelten Espresso und drei Scheiben Brot bestellt, sich mit dem Wirt Gérard zankt und die Zeitungen liest.

Eine literaturliebende Kampfmaschine

Jenseits des sozialstaatlichen Netzes und frei von dem Zwang, Geld verdienen zu müssen, hat sich der Pulp einen eigenen Job geschaffen. Er hat es sich zur Lebensaufgabe gemacht, Dingen auf den Grund zu gehen, die der Rest der Welt (gezwungenermaßen) einfach hinnimmt. Anders als das Gros seiner literarischen Kollegen, die als Privatdetektiv oder als Polizist immer in Abhängigkeiten stehen, ist er nur sich selbst und seinem Gerechtigkeitsempfinden verpflichtet. Seine Triebfeder ist der Kampf gegen die Ungerechtigkeit, sein Maßstab sein eigenes moralisches Empfinden.

Um seine Anonymität bei den Ermittlungen zu wahren, wechselt der Pulp dank seines Freundes Pedro die Identitäten bisweilen schneller als die Hemden. Er besitzt ein ganzes Bataillon falscher Papiere, für die der anarchistische Drucker Pedro vorzugsweise die Namen alter anarchistischer Heroen benutzt. Als Deckmantel für seine Neugier gibt er sich mal als Forscher, mal als Journalist, mal als Polizist aus. Gern lässt sich der Pulp auch von seinem eigenen Namen inspirieren: Jérôme Le Prieur, Gabriel Lardoise, Inspecteur Calmar, Gabriel Van Poulpen, Charles Pulpowski. Literarisch unterwandert sind seine Pseudonyme aber seltener, wie beispielsweise Jack Eden oder Brice Pelman.

Je nach Autor besitzt der Pulp unterschiedliche literarische und musikalische Vorlieben, denn Zitate – ganz im Sinne der Postmoderne – sind Pflicht für einen Pulp-Autor. Pro Band wird in der Regel ein literarisches Werk verwurstet. So liest der Pulp mal eine Sammlung Haïkus von Matsuo Bashô, mal Paul Féval, mal Kafka, Jack London, Horace MacCoy, H.P. Lovecraft, Nasr Eddinhodja ... Die Liste wäre unendlich. In jedem Fall aber ist der Pulp gebildet. Er versteht sich aber auch vorzüglich auf die derbe Umgangssprache von Punkern, Killern und Tunten.

In seinen Ermittlungen zieht der Pulp alle Register, die seine literarischen Vorgänger erprobt haben: verkleiden, verstecken, deduzieren, induzieren, zuschlagen, schießen. Dass er intelligent ist, versteht sich von selbst. Dass er nicht immer auf der Seite des Gesetzes steht, ebenso. Doch sein schärftstes Werkzeug ist nicht sein Verstand, sondern seine Intuition. Intuitiv sucht er sich seine Fälle aus den Zeitungen aus, und intuitiv weiß er, wann er auf der richtigen Fährte ist. [18]

Die deutschen Ausgaben des Pulp betonen stärker den anarchistischen „hard-boiled" Schnüffler als den unabhängigen Zeitzeugen auf der Suche nach Antworten. Der ausführliche Klappentext ist dort verschwunden, statt dessen heißt es: „Er ermittelt auf eigene Faust und findet eine ganz andere Wahrheit als die Polizei. Wenn auch nicht immer mit ganz legalen Mitteln." Als Motto ist dem deutschen Pulp ein Zitat seines Freundes Gérard vorangestellt: „Der Pulp wird nicht leicht weich. Da muss man mit dem Hammer drauf kloppen."

Je nach Autor ist der Pulp ein mehr oder weniger melancholischer Mensch. Regelmäßig, bevor eine Reise ins Ungewisse antritt und in das „Unglück der Welt" eintaucht, überkommt ihn das Lampenfieber, die Vorfreude und die Angst vor dem nächsten Kampf: „Wie jedes Mal hatte er Angst. Wie jedes Mal versuchte er sich zu beruhigen, indem er daran dachte, wieviel Angst er erst hätte, wenn er wüsste, was ihn erwartete." [19]

Viel Bier und ein Flugzeug

Der Pulp hat – abgesehen davon, dass er weiblichen Reizen nie abneigt ist – zwei große Leidenschaften: Bier und die Restauration seiner Polikarpov, einem alten Kampfflugzeug. Wann immer sich während seiner „Feldzüge" die Möglichkeit ergibt – und sie ergibt sich oft – trinkt er Bier, vorzugsweise ausländische, herbe Sorten, deren Bitterkeit der der Welt entspricht. Die Vorliebe für Gerstensaft will so recht nicht zu einem französischen Ermittler passen, der es dem Klischee gemäß eher mit Wein hält. Doch das proletarische Gebräu des kleinen Mannes entspricht ja auch eher seinem politischen Verständnis als ein edler Tropfen Traubensaft.

[18] Vgl. ebd. 1998: 107.
[19] Vgl. Raynal, Patrick: *Arrêtez le carrelage*, Editions Baleine, 1995: 21.

Die zweite Leidenschaft des Pulp ist kostspielig: Er lässt ein altes russisches Kampfflugzeug, eine Polikarpov I-16 restaurieren. Bei einer seiner Ermittlungen hat er sie zufällig in der Scheune eines Bauern gefunden. Die Polikarpov ist ein geschichtsträchtiges Flugzeug, das im spanischen Bürgerkrieg von den Republikanern gegen die Faschischten eingesetzt wurde. Weil es klein, stark, leistungsfähig und laut war, wurde es von den Republikanern „la mosca“ und von den Faschisten „la rata“ [20] genannt. Die Polikarpov ist ein reines Liebhaberstück ohne praktischen Nutzen, eine wahre Goldschmiedearbeit. Da die Ersatzteile selten und teuer sind, geht die Restauration nur langsam voran. Sollte das Flugzeug jemals fertig werden, wäre es so wertvoll wie eine „Concorde aus Platin“ [21]. Doch eigentlich geht es bei der Schrauberei an der alten Kampfmaschine nicht um die Fertigstellung. Die Polikarpov ist Nostalgie und Utopie zugleich, ein Traum des Pulp, ein absurder zumal, da der Pulp noch nicht einmal einen Pilotenschein besitzt. Als Kampfmaschine gegen die Faschisten steht die Polikarpov für alles, wogegen auch der Pulp kämpft, und zugleich steht sie für eine unstillbare Sehnsucht. Sie verkörpert den Traum vom Fliegen, von Freiheit und einer heilen Welt. Am Ende des ersten Bandes lässt Pouy seinen Helden im Flugzeug sitzen und träumen: „Die Luft war kristallklar. Das Blau des Himmels über ihm war beinahe violett. Gleich würde er, völlig ungestraft, Bomben auf die Faschisten abwerfen. Endlich.“ [22]

Helden-Cocktail mit einem Schuss Anarchie

Miss Marple hatte ihren Strickstrumpf, Philip Marlowe seinen Whisky, der Pulp hat sein Bier, seine Zeitungen und seine Polikarpov. Doch den zeitgenössischen Accessoires zum Trotz wirkt der Pulp seltsam anachronistisch. Es ist, als habe Pouy einen Cocktail aus einer ganzen Batterie literarischer, teils auch trivialliterarischer Helden einen neuen Detektiv designt. Romantisches Einzelgängertum kombiniert mit realistischem Anti-Heldentum. Es grüßen: Auguste Dupin, Nick Carter, Jerry Cotton, Philip Marlowe, Don Quichotte, Arsène Lupin, Robin Hood, Fantômas,

[20] Paul Maugendre: „My name ist Lecouvreur Gabriel ...“. In: *L'Ours polar*. http://patangel.frei.fr/ours-polar/textes/maug02.php.
[21] *Pulp und die Petze*, 1998: 146.
[22] Ebd. 1998: 148.

Supermann und nicht zuletzt Zorro und Don Quichotte.

Wie Edgar Allan Poes Ur-Detektiv ist Gabriel Lecouvreur ein Einzelgänger, einer der außerhalb der Gesellschaft lebt. Doch dem Pulp geht es nicht darum, Siege der „Ratiocination" zu feiern. Wie die Heftroman-Dauerläufer Nick Carter und Jerry Cotton ist der Pulp ein trivialer Serienheld. Doch anders als der Pulp sind sie reine Aktionisten, Jerry Cotton noch dazu als Ordnungshüter im Auftrag von Staat und Gemeinwohl (pfui!). Wie Sam Spade und Philip Marlowe ist Gabriel Lecouvreur ein einsamer Wolf, der sich durch den modernen Zivilisationsdschungel kämpft. Doch er schnüffelt nicht für Geld in anderer Leute Privatangelegenheiten herum. Wie Arsène Lupin nimmt der Pulp das Recht selbst in Hand. Doch er ist weder Gentleman noch Einbrecher. Wie Fantômas ist er nicht zu packen, aber der Pulp ist kein Staatsfeind. Wie Robin Hood kämpft er gegen Diktatur und Ausbeutung für eine gerechte Sache. Doch Gabriel Lecouvreur ist allein und wird seinen Kampf niemals gewinnen. Wie Supermann führt er ein Doppelleben, im Bastille-Viertel mit Gérard und Cheryl und in „der Welt da draußen" als Kämpfer gegen das Böse. Doch der Pulp ist verwundbar und kann nicht fliegen.

Wahlverwandt ist Gabriel Lecouvreur auch mit demWestern-Helden Zorro. Zwar ist der Pulp anders als der elegante Mantel- und Degen-Mann aus dem spanischen Kalifornien von 1820 nicht maskiert. Dafür aber tarnt sich der Pulp in moderner Form mit Decknamen und falschen Papieren. Beide führen ein Doppelleben, beide wollen bei ihren Feldzügen für die Gerechtigkeit anonym bleiben. Anders als der Pulp kämpft der als Zorro verkleidete Edelmann Diego de la Vega gegen das herrschende System, er hat persönliche Gründe für seinen Kampf, und er wird zum Volkshelden. Besonders Pulp-Vater Pouy hat sich von dem amerikanischen Robin-Hood inspirieren lassen. Verdächtig häufig wird im Pulp-Debüt auf Zorro verwiesen („Ich, ich bin Zorro." [23]) und sei es nur, um Gabriel Lecouvreur von ihm abzugrenzen: „Denn das war Gabriel. Nicht der maskierte Rächer. Sondern einfach jemand, der die Gemeinheit der Welt ein Stück weit ausglich, der sich unfeine Kerle zur Brust nahm, Schweinehunde auf den Pfad der Erlösung führte und eine eigene Technik individuellen

[23] Ebd. 1998: 45.

Finanzausgleichs für sich geltend machte.“ [24] Auch in den nachfolgenden Bänden – nicht zuletzt *Je repars à Zorro* – taucht der alte, amerikanische Haudegen wieder auf.

Mit den neueren französischen Krimi-Protagonisten hat der Pulp dagegen wenig gemein. Nestor Burma ist zwar ein trivialer Krimi-Kollege. Doch der Pulp ist bei weitem nicht so konservativ und schon gar nicht so rassistisch, wie man es Léo Malets Kreatur bisweilen nachsagt, und er ist auch nicht so brutal deprimierend wie Daeninckx‘ Inpektor Cadin, der von Niederlage zu Niederlage eilt.

Doch das alles hätte wohl nicht ausgereicht, um aus Gabriel Lecouvreur den Kult-Pulp zu machen, der er Ende der 90er Jahre war. Das Geheimnis seines Erfolges könnte in einem ordentlichen Schuss Anarchismus liegen. Als konsequenter Individualist gehorcht Gabriel Lecouvreur nur seinem Gerechtigkeitsempfinden. Er leidet weder an parteipolitischen Überzeugungen noch an bürgerlichen Verpflichtungen. Ungeachtet des Gesetzes teilt er nach allen Seiten aus und schlägt unsystematisch zu. Nicht aus Willkür, sondern weil er in eine unüberschaubare Welt geworfen ist, gegen die das Individuum letztlich ohnmächtig bleibt: „Der Blödmann hatte lange Zeit geglaubt, das Menschengeschlecht solle sich sorgen um Wahrheit und Anständigkeit... Jetzt trudelte Gabriel ziellos an der Peripherie der menschlichen Komödie herum, eine Art Vorortbewohner, der aus den Augenwinkeln den Schuften bei der Arbeit zusah. Nur hin und wieder mischte er sich ein. Um eine Kopfnuß auszuteilen, wenn sie ihre Macht ein bisschen zu sehr missbrauchten. Oder ganz einfach, wenn ihm die Sache wirklich auf die Nerven ging.“ [25] Die „transzendentale Heimatlosigkeit“ (Lukás) der Romanhelden des 19. Jahrhunderts sei in den Pulp-Romanen zur völligen Loslösung des Individuums aus allen gängigen Welterklärungsmuster geworden, schreibt Joseph Steinbeiß [26], der die Pulp-Serie als „postmoderne Neulektüre des Anarchismus mit künstlerischem Charme“ klassifiziert. In der Welt von heute schafft selbst ein Pulp keine Erklärung. Er ist ein Zuschauer, der drauf haut, wenn es ihm zu bunt wird – und es

[24] Ebd. 1998: 48.
[25] Vgl. Vallet, Jacques: *L'amour tarde à Dijon*, 1999: 78.
[26] Vgl. Steinbeiß, Joseph: „Das Ende der Polarnacht. Le Poulpe oder der triviale Charme der Anarchie“. In: *graswurzelrevolution*, Februar 2003. www.graswurzel.net.

wird ihm oft zu bunt, der aber systemisch nichts verändert und dazu auch keinen Ehrgeiz (mehr) hat. In der „menschlichen Komödie“ erdet er das Unrechtsempfinden des Einzelnen. Bei dem Anarchisten Gabriel Lecouvreur kommt daher auch noch eine gute Portion Don Quichotte inklusive einer gewissen Ironie zum Einsatz: Der Mann, der für eine selbst gesetzte Ehre ins Feld zieht, auch wenn es letztlich keinen Sinn macht.

Unter Freunden

Das ganz alltägliche Unglück bekommt durch das private Rükkzugsgebiet des Pulp ein Gegengewicht. Gabriel Lecouvreur ist sozial verankert in einem kleinen heilen Mikrokosmos, wie man ihn sonst nur noch im guten alten Detektivroman findet. Cheryl, Gérard und Co. gehören zum Inventar eines jeden Pulp-Romans. Dabei haben die Erfinder bei der Staffage durchaus mal in die Klischeekiste gegriffen. Schließlich sind wir im populären Roman.

Cheryl, Anfang 30, ist echt blond, Friseurin mit eigenem Salon an der Rue Popincourt und hat eine Vorliebe für die Farbe Rosa, Plüschtiere und Marilyn Monroe. Sie ist die Geliebte und Freundin des Pulp. Trotz ihres bisweilen zweifelhaften Geschmacks in Kleidung und Einrichtung (rosa Schlafzimmer mit Postern und Plüschtieren) ist sie intelligent und, wie der Pulp findet, überraschend gebildet. Sie liebt Luxus, hat eine ausgesprochen gute Figur und ist der Liebling des Viertels. Gabriel Lecouvreur kennt sie bereits aus der Grundschule. Die

beiden sind nicht verheiratet. Obwohl sie sich leidenschaftlich lieben, sind Seitensprünge beiderseits nicht ausgeschlossen. Doch beim Abschied von Gabriel – bevor er verschwindet, um Jagd auf die Wahrheit zu machen – und beim Wiedersehen spielen sich heiße Szenen im rosa Schlafzimmer ab. Cheryl, die „poulpeuse", ist aber nicht nur die Geliebte, sie ist auch Kameradin und Schutzengel, wenn gleich einer mit Wutanfällen, der die Gossensprache beherrscht. Denn nicht immer fügt sie sich klaglos in die Rolle des Heimchens, das brav auf den ausgezogenen Ritter wartet. Dabei ist sie keine, die sich die Haare rauft – allein wegen ihrer Frisur würde sie das nie tun. [27] Im Laufe der Serie emanzipiert sich Cheryl vom blonden Beiwerk zur toughen Schnüfflerin. Sie betreibt Ermittlungen auf eigene Faust, und sie bekommt eine kleine Reihe Cheryl-Romane.

Neben Cheryl sind Gérard und Maria die engsten Freunde des Pulp und Inhaber seiner Stammkneipe, dem Bistro „Zum Schweinsfuß nach Rezept von Sainte Scolasse". Gérard ist ein grantiger Wirt, wie er im Buche steht. Er geht so weit, seinen Gästen vorzuschreiben, was und wann sie essen. Zu seinen lieb gewonnenen Gewohnheiten gehört es, sich lauthals und Türe knallend mit Gabriel Lecouvreur über Gott und die Welt zu streiten. Gérard stachelt den Pulp oft zu neuen Feldzügen an, indem er in den Zeitungen die verdächtigen Fälle markiert.

Gérards Frau Maria ist die Köchin der legendären Schweinsfüße. Mit ihrer sanften, mütterlichen Art versucht sie zu schlichten, wenn der Pulp und ihr Mann sich wieder mal zanken. Maria ist baskischer Herkunft. Sie verabscheut jedwede Form von Nationalismus und religiöser Spinnerei. In Patrick Raynals *Le G.A.L., l'égout* gibt sie dem Pulp entscheidende Hinweise über die baskische Befreiungsbewegung.

Zum Stammpersonal im „Schweinsfuß" gehört Vlad. Gérards Küchenhilfe war in seinem früheren Leben Arzt. Vor der Diktatur in Rumänien ist er in das Pariser Bistro geflüchtet. Der Mann aus den Karpaten ist nicht nur geheimnisvoll und hat eine undurchsichtige Vergangenheit, sondern er sieht auch noch seltsam aus: eine Mischung aus Frankenstein und Dracula. Einmal im Jahr verschwindet er plötzlich, um seine Familie zu besuchen. Im Bi-

[27] Vgl. *Pulp und die Petze*, 1998: 22.

stro ist er der Spezialist für Saucen und unverständliche Botschaften, die er lautsprachlich notiert.

In der Stammkneipe des Pulp ist außerdem noch Lèon zu Hause, ein alter deutscher Schäferhund, dessen Blick bereits leicht getrübt ist. Der Hund des Hauses hat – abgesehen von seinem strengen Geruch – leicht paranoide Züge, da er tagsüber freundlich zu Gästen und nachts ein scharfer Wachhund sein soll. Während er auf den Pulp wartet, schläft er meistens an der Tür und fängt nur an zu knurren, wenn von ihm die Rede ist. Den Pulp mag Léon besonders gern, denn er lässt manchmal verbotenerweise ein Stück Zucker unter den Tisch fallen. Dafür begrüßt er den Pulp, der eigentlich Hunde hasst, bei seiner Ankunft wild und sabbert ihn dankbar voll.

Handfeste Hilfe erhält der Pulp bei seinen Ermittlungen von seinem väterlichen Freund Pedro, der bereits mit seinem Vater befreundet war. Der alte Anarchist und Widerstandskämpfer stammt aus Katalonien. Er ist ein Ehemaliger aus der Kolonne Durruti. Unter seinem Sessel klebt ein Portrait von Puig Antich, einem anarchistischen Märtyrer während des Franco-Regimes. Noch immer lebt Pedro am Rande der Gesellschaft – auf einem Hausboot am Ufer der Marne. Der alte Drucker beliefert den Pulp nicht nur mit falschen Papieren, sondern auch mit Waffen, von denen der Pulp nie weiß, woher sie stammen und wann sie das letzte Mal benutzt wurden. Die Beiden pflegen ein herzlich-rüdes Verhältnis. In ihren Zankereien geht es nicht nur um die Wahl des richtigen Getränks –im Unterschied zum Bierliebhaber Gabriel ist Pedro Weintrinker. Dennoch kann der Pulp immer auf die Hilfe seines alten Freundes zählen.

Raymond ist eine Randfigur der Pulp-Geschichten. Er ist Mechaniker des Flughafens von Moiselles und restauriert die Polikarpov. Er sträubt sich zwar, den Vogel aus der Urzeit der Luftfahrt zu reparieren, doch gegen das entsprechende Kleingeld greift er doch immer wieder zum Schraubenschlüssel. Gern ärgert der Mechaniker den Pulp damit, dass er keinen Pilotenschein für das alte Kampfflugzeug besitzt.

Als staatlich alimentierter Gegner des Pulp taucht hin und wieder Inspektor Vergeat vom Französischen Nachrichtendienst auf. Meist ist der Pulp dem Staatsdiener natürlich eine Nasenlänge voraus, was Vergeat ärgert. Bisweilen verbündet sich Vergeat aber mit dem anarchistischen Ermittler. Das ändert jedoch nichts daran, dass die beiden eine innige Feindschaft verbindet. Immer mal wieder droht der Inspektor, die von ihm angelegte Akte über den Pulp herauszuholen. Doch so weit ist es bislang nicht gekommen.

Globale Übelkeit

Jedes Mal, wenn der Pulp aufs Neue eine Reise ins Ungewisse startet, ist zumindest eines gewiss: Er blickt in menschliche und gesellschaftliche Abgründe, Bezüge zur Realität nicht ausgeschlossen. Dabei begegnet er nicht nur der rechtsradikalen Elite Europas und katholischen Fanatikern wie in *La petite écuyère a cafté*, Neo-Nazis, die ein Dorf tyrannisieren wie in *L'ordure, hein!*, und von der Extrem-Linken zur Rechten konvertierten Radikalen wie in *Nazis dans le métro*. Der Anti-Faschismus des Pulp ist ein weit gefasster Begriff und ein globaler noch dazu. Er ermittelt bei den oberen Zehntausend von Dieppe (*La petite écuyère a cafté*) ebenso wie im Rotlicht- und Schwulen-Milieu (*Un travelo nommé désir*) oder in der Strafkolonie (*J'irai faire Kafka sur vos tombes*). Keine Schmuddelecke ist vor Gabriel Lecouvreur sicher, sei sie hinter den Kulissen des klassischen Balletts (*Danse avec Loulou*) oder in den Laboratien der Pharmaindustrie (*Un petit lapsus très suspect*) versteckt. Die Themenpalette ist so breit wie die Auslage der gesamten Pulp-Kollektion: Ausländer- und Flüchtlingspolitik (*Je repars à Zorro*), Menschenopfer eines Rentnerclubs (*Le crépuscule des vieux*), Organhandel mit China (*Sans foie ni loi*), Komplott gegen die baskische Befreiungsbewegung (*Le G.A.L., l'égout*), Leichenhandel mit Chile (*Chili incarné*) und Rinderwahnsinn (*Farine et châtiment*). Oft genug ist in die dreckigen Geschäfte ein hohes Tier verstrickt (*Arrêtez le carrelage, Un travelo nommé désir, Le G.A.L., l'égout*).

Wer so schnüffelt, sieht viel von der Welt. Den Pulp verschlägt es in alle Ecken Frankreichs, von der Bretagne bis an die Côte d'-Azur. Seine Fangarme reichen bis nach Dieppe, Le Havre, Pau und Toulouse. Bisweilen haben die Autoren die Ortsnamen leicht verfremdet wie Jean-Jacques Reboux in *La cérise sur le gâteux*: Charançon le plomb für Carcassonne. Der Pulp macht nicht an den Grenzen Frankreichs Halt: New York (*La lune dans le congélo*), Chile, Bolivien, Mexiko (*Chili incarné*), Ägypten, Saudi-Arabien (*Allah recherche l'autan perdu*), Transsilvanien (*La légion d'horreur*) und der Senegal (*Dakar en barre*). In Zeiten der Globalisierung muss die Welt auch für den Pulp ein Dorf sein.

Um die Welt aber ist es schlecht bestellt – überall. Das ist die Ausgangsthese des Pulp. Jeden Morgen, wenn er sich in die Zeitung versenkt, findet er das Unglück der Welt bestätigt. [28] Sein Freund Gérard ist da allerdings anderer Ansicht: „Für Gérard waren diese Ausschnitte aus dem prallen Unglück ein untrügliches Zeichen der Blödheit der Leute. Für Gabriel waren sie der Beweis, daß es um die Welt schlimm bestellt war." [29] In Gérards Augen ist jeder für sein Unglück selbst veranwortlich – „Wir leben in einer Republik. Jeder macht, was er will." [30] Den Weltenlauf zu ändern, erscheint dem Wirt unsinnig. Er entzieht sich damit jener Verantwortung, der sich der Pulp verpflichtet fühlt, wohlwissend, dass er strukturell nichts ändert, wenn er der „allgemeinen Brutalität der Welt" bisweilen die Stirn bietet. [31]

Ende eines Wals, Artenschutz für einen Kraken

Doch ist ein einzelner Pulp in dieser Welt überlebensfähig? Kann das Unternehmen Pulp ein gutes Ende nehmen? Sicher, mit dem Unglück anderer Menschen hat sich noch immer Geld verdienen lassen. Und Erfolg hatte der Pulp nicht nur als verkaufte Auflage, sondern auch als politisches Manifest: Einige Autoren verteilten auf der Pariser Buchmesse 1997 kostenlos eine Geschichte gegen die Ausländergesetze von Innenminister Jean-Louis Debré. Bei Streiks und linken Veranstaltungen sollen Flugblätter mit Unterschriften von Gabriel Lecouvreur aufgetaucht sein. [32]

Mit dem Verlag zumindest hat es kein gutes Ende genommen. Im Juni 2002 gingen die Editions Baleine unter und verschwanden im dicken Bauch des Seuil-Verlags. Der Grund war natürlich ein profaner: Geld. Wie so oft bei ehrgeizigen Projekten war der Verlag seit geraumer Zeit chronisch klamm. Das Zugpferd des Verlags, die Pulp-Reihe, verkaufte sich nicht mehr gut genug. Das

[28] Vgl. ebd. 68.
[29] Vgl. ebd. 14.
[30] Ebd. 19.
[31] Vgl. ebd. 21.
[32] Müller, Elfriede/ Ruoff, Alexander: „Interpreten des Grauens. Geschichte und Verbrechen im französischen Roman Noir. In: *Jungle World*, 10. Januar 2001.

Aus für eine Kult-Serie? Nicht ganz. Im Herbst 2002 erschienen vier Pulps, im Jahr 2003 zwei, in diesem Jahr einer und fürs kommende Jahr sind drei Neuerscheinungen geplant.

Doch um den Pulp steht es so schlecht wie um die Welt. Die Kult-Welle ist verebbt. Sind die Zeiten zu gut oder zu schlecht für gute Populärliteratur? Kommt der Pessismismus gerade ungelegen? Sind links-literarische Ambitionen überholt oder nur gerade „out“? Oder liegt es, wie Gérard glaubt, an der „Blödheit der Leute“, den Pulp schlecht zu vermarkten oder die falschen Autoren auszuwählen? Dabei hätte der Pulp das Zeug zur literarischen Legende, als Kult-Serie am Ende des 20. Jahrhunderts und als erstes erfolgreiches Franchise-Unternehmen der populären Literatur. Doch der Krake dümpelt vor sich hin. Dass er irgendwann unter ein ökonomisches Artenschutzabkommen fällt, ist unwahrscheinlich. Eher wird er aussterben, und wenn die Welt sich nicht bessert, wird man seine Fangarme irgendwann nur noch bei Amazon und Ebay sichten.

Bibliographie

Le Poulpe

erschienen in den Editions Baleine

1995

Jean-Bernard Pouy: *La petite écuyère a cafté.*
Serge Quadruppani: *Saigne sur mer.*
Patrick Raynal: *Arrêtez le carrelage.*

1996

Didier Daeninckx: *Nazis dans le métro.*
Noël Simsolo: *Un travelo nommé désir.*
Franck Pavloff: *Un trou dans la zone.*
Paul Vecchiali: *La pieuvre par neuf.*
Jean-Jacques Reboux: *La cerise sur le gâteux.*
Claude Mesplède: *Le cantique des cantines.*
Pascal Dessaint: *Les pis rennais.*
Olivier Thiébaut: *Les pieds de la dame au clebs.*
Gérard Delteil: *Chili incarné.*
Bertrand Delcour: *Les sectes mercenaires.*
Roger Martin: *Le G.A.L., l'égout.*
Jean-Christophe Pinpin: *Les gens bons bâillonnés.*

Hervé Prudon: *Ouarzazate et mourir.*
Guillaume Nicloux: *Le saint des seins.*
Roger Dadoun: *Allah recherche l'autan perdu.*
Pascale Fonteneau: *Les damnés de l'artère.* Cheryl.
Cheryl Sylvie Granotier: *Comme un coq en plâtre.* Cheryl.
Romain Goupil: *Lundi, c'est sodomie.*
Olivier Douyère: *Bunker menteur.*
François Joly: *Chicagone.*
Michel Chevron: *J'irai faire Kafka sur vos tombes.*
Mano Gentil: *Boucher double.* Cheryl.

1997
Mouloud Akkouche: *Causse toujours!*
Serge Meynard: *Lapin dixit.*
Chantal Pelletier: *Lavande tuera.* Cheryl.
Michel Cardoze: *Du hachis à Parmentier.*
Jacques Vallet: *L'amour tarde à Dijon.*
Gérard Lefort: *Vomi soit qui malle y pense.*
Yannick Bourg: *Les potes de la perception.*
Aïdé Caillot: *Le Karma saut'ra.* Cheryl.
Alain Puiseux: *Je repars à Zorro.*
Alain Bellet: *Danse avec Loulou.*
Cesare Battisti: *J'aurai ta Pau.*
Lucio Mad: *Dakar en barre.*
Stéphanie Benson: *Crève de plaisanterie.* Cheryl.
Bruce Mayence: *La belge et la bête.*
Hervé Mestron: *Eva te faire voir!*
Guillaume Darnaud: *Le crépuscule des vieux.*
Fabienne Tsaï: *Sans foie ni loi.*
Alain Raybaud: *La lune dans le congélo.*
Guillaume Chérel: *Tropique du grand cerf.*
Jacky Pop: *Les neiges du killerman manchot.*
Gérard Lecas: *Satanique ta mère!*
Evane Hanska: *Le bal des dégoûtantes.* Cheryl.
Serge Livrozet: *Nice baie d'aisance.*
Jean-Luc Poisson: *Le chien des bas serviles.*
Laurent Fétis: *L'aorte sauvage.*
Hervé Korian: *Les bêtes du Gévaudan.*
Woô Manh: *Docteur j'abuse.*
Jean-Pierre Andrevon: *Papy end.*
Jacques Albina: *Lazare dîne à Luynes.*
Hervé Le Tellier: *La disparition de Perek.*
Robert Deleuse: *La bête au bois dormant.*
Christian Congiu: *La Nantes religieuse.*
Chantal Montellier: *La dingue aux marrons.* Cheryl.
Pierre-Alain Mesplède: *E pericoloso for Jersey.*
Patrick Eris: *Une balle dans l'esthète.*
Gilles Vidal: *Les deniers du colt.*
Monique Demerson: *Fugue en Nîmes majeur.* Cheryl.
Jean-Pierre Huster: *Touchez pas au grizzli.*

1998
Mako: *Le nord aux dents.*
Olivier Balez: *L'opus à L'oreille.*
Jean-Luc Cochet: *La bande décimée.*
Jean-Jacques Busino: *Au nom du piètre qui a l'essieu.*
Paul Milan: *Légitime défonce.*
Grégoire Carbasse: *L'helvète underground.*
Philippe Carrese: *Allons au fond de l'apathie.*
Michel Boujut: *Les jarnaqueurs.*
Georges J. Arnaud: *L'antizyklon des atroces.*
Serge Turbé: *Ataxie pour Hazebrouck.*
Grégoire Forbin: *Zombi la mouche.*
José-Louis Bocquet: *Zarmaggedon.*
Collectif Bellanti & Vacher: *Le manuscrit de la mémère morte.*
Sylvie Rouch: *Meufs mimosas.* Cheryl.
Pierre Filoche: *Eros les tana tous.*
Michel Musolino: *Plus dur sera le chiite.*
Didier Vandemelk: *Le carnaval de Denise.*
Collectif Pelé & Prilleux: *Kop d'immondes.*
François Billard: *Don qui shoote et la manque.*
Collectif Deleixhe, Delhasse, Libens: *Du pont liégeois.*
Jacques Vettier: *La petite marchande de doses.*
Alain Leygonie: *Mali mélo.*
Danièle Rousselier: *Tananarive qu'aux autres.* Cheryl.
Philippe Delepierre: *L'aztèque du charro laid.*
Pierre Fossard: *Veine haineuse.*
Albédo: *Les pourritures célestes.*
Lionel Besnier: *Macadam cobaye.*
Andreu Martin: *Vainqueurs et cons vaincus.*
Nila Kazar: *Madame est Serbie.*
Fradier, Catherine: *Un poison nommé Rwanda.* Cheryl.

1999
Pierre Fort: *Le mec à l'eau de la générale.*
Stéphane Geffray: *Les teutons flingueurs.*
Alain Aucouturier: *L'arthritique de la raison dure.*
Thierry Reboud: *Un nain seul n'a pas de proches.*
Cyril Berneron: *La pensée inique.*
Pierre Kolaire: *Sur la ligne marginaux.*
Dominique Renaud: *Feinte alliance.*
Cyprien Luraghi: *Pour cigogne le glas.*
Christian Rauth: *La Brie ne fait pas le moine.*
David Downie: *La tour de l'immonde.*
Marcus Malte: *Le vrai con maltais.*
Yan Molin: *L'évincé au fond du pouvoir.*
Claude Ardid: *Belles et putes.*
Franck Resplandy: *Lisier dans les Yeux.*
Pierre Barachant: *Quand les poulpes auront des dents.*
Laurens: *Roman Camille Laurens (sans suite).*

2000
Cédric Suillot: *Goulasch-moi les baskets!*
Sophie Loubière: *La petite fille aux oubliettes.* Cheryl.
Adna H: *L'agneau pas squale.*
Collectif Orange Amère: *L'ordure hein!*
Didier Daeninckx: *Éthique en toc.*
Collectif 22 mars 2000: *Un beau jour pour Gabriel.*
Francis Pornon: *Saône interdite.*
Jean-Marc Ligny: *Le cinquième est dément.*
Stéphane Koechlin: *Jeux de roumains, jeux de vilains.*
Michel Dolbec: *Palet dégueulasse.*
Michel Abax: *Un pastis à la soviet.*
Alain Wagneur: *Drôle de drums.*
Patrick Mercado: *Des gourous et des douleurs.*
Gérard Streiff: *Le cas G.B.*
Collectif: *Le Poulpe au lycée.*
Violaine Bérot: *Notre père qui êtes odieux.* Cheryl.
Olivier Mau: *Belle mère en l'île.*
Emma Christa: *Les ravies au lit.*
Pierre Magne: *A Freud, sales et méchants.*
Mariano Sanchez-Soler: *Oasis pour l'OAS.*

2001
Patrick Arduise: *Psy cause.*
Didier Quester: *Lady commandement.*
Jean Marboeuf: *Je bande à Bonnot.*
Antoine Blocier: *Vol au-dessus d'un nid de cocos.*
Pierre Bourgeade: *Gab save the Di.*
Vladimir Bodiansky: *Une valse de salve nu.*
Pierre Garcette: *Guère épais.*
Guillaume Sor: *Pompe et peine petite khmere.*
Martin Winckler: *Touche pas à mes deux seins.*
Florian Graton: *Les dix scouts de l'abbé.*
Léon Layon: *Toubib or not toubib.*
Thierry Crifo: *Pigalle et la fourmi.*
Claudine Aubrun: *Photos a mateurs.* Cheryl.
Claudine Chollet: *Un petit lapsus très suspect.* Cheryl.
Frédéric Krivine: *Le dernier des rouges.*

2002
Rémy Gallart: *Les huns dealent au soleil.*
Darnaudet: *Boris au pays vermeil.*
Gabriel Lecouvreur: *Parkinson le glas.*
Kynndylan: *Le fond de L'RMI.*
Collectif: *Le poulpe en prison.*
Jacques Barberi/ Yves Ramonet: *Faut pas charnier.*
Virginie Baude/ Sorin Manedia: *La Légion d'horreur.*
Lucile Debaille: *Le malheur est dans le blé.*
Gérard Alle: *Babel Ouest.*
Francisco Gonzalez Ledesmas: *Purée d'avocat sauce chili.*

Le Petit Olivier: *Farine et châtiment.*
Collectif: *Le cyber Poulpe.*
Carlos Sampayo et al.: *En panne seiche.*
Romain Slocombe: *Sake des brumes.*

2003
Noël Simsolo: *Les sept poules de Christelle.*
Didier Daeninckx: *La route du Rom.*

2004
Jean-Jacques Reboux: *Castro c'est trop!*

2005
Laut Seuil sind drei weitere Neuerscheinungen geplant.

Deutsche Übersetzungen
erschienen im Wunderlich-Verlag

1998
Michel Chevron: *Pulp und das Blut der anderen.*
Didier Daeninckx: *Pulp und die alte Linke.*
Pascal Dessaint: *Pulp und die Opfer der Berge.*
Sylvie Granotier: *Pulp in Gips.*
Jean-Bernard Pouy: *Pulp und die Petze.*
Jean-Jacques Reboux: *Pulp und die Glatze der Fraternité.*
Olivier Thiebaut: *Pulp mag keine Köter.*

1999
Gérard Deltail: *Pulp und die Rache der Schatten.*
Pascale Fonteneau: *Pulp und die Waffen der Frauen.*
Romain Goupil: *Pulp und die Liebe am Montag.*
Lucio Mad: *Pulp Dakar Rap.*
Patrick Raynal: *Pulp und der Riss in Beton.*

2000
Hervé Prudon: *Pulp und der Mord für Geld.*

Der Film
Le Poulpe. 1998. Collectif: Guillaume Nicloux, Jean-Bernard Pouy, Patrick Raynal.

Comics
erschienen in der Collection Céhpalopode

La petite écuyere a cafté
Le saint des seins
Les pis rennais
La bande décimée

Arrêtez le carrelage
Pour cigogne le glas
J'irai faire Kafka sur vos tombes
La disparition de Perek
Le vrai con Maltais
A Freud! Sales et méchants
Ouarzazate et mourir
Palet déguelasse

Internet-Adressen zum Poulpe
www.gabriel-lecouvreur.com
www.pastis.org/jade/lepoulpe.htm
www.mauvaisesgenre.com/hommage_aux_editionsbaleines.htm
www.graswurzel.net/276/poulpe.shtml
www.uni-muenster.de/Romanistik/Lacouriere/poulpe

10 Noir-Romane, die man gelesen haben sollte

von Martin Compart

UNDERGROUND
von Russell James (DuMont Noir)

FRAGMENT OF FEAR
von John Bingham
(Wo sind die Beweise, Sir?, Rowohlt)

TROIS HOMMES À LA BATTRE
von Jean-Patrick Manchette
(Killer stellen sich nicht vor,
in der Ullstein-Übersetzung des genialen Wolfgang Proll)

A SIMPLE PLAN
von Scott Smith
(Ein einfacher Plan, Goldmann)

INTERFACE
von Joe Gores
(Ullstein, Goldmann)

SUCH MEN ARE DAN GEROUS
von Paul Kavanagh
(Feinde bis zum Tod, Heyne).

BLOOD MERIDIAN
von Cormac McCarthy
(Morgenröte im Westen, Rowohlt)

BAD CITY BLUES
von Tim Willocks

U-TURN
von John Ridley
(Ullstein)

THE FRIENDS OF EDDIE COYLE
von George V.Higgins
(Hübscher Abend bis jetzt,
nur in der Kiepenheuer & Witsch-Übersetzung)

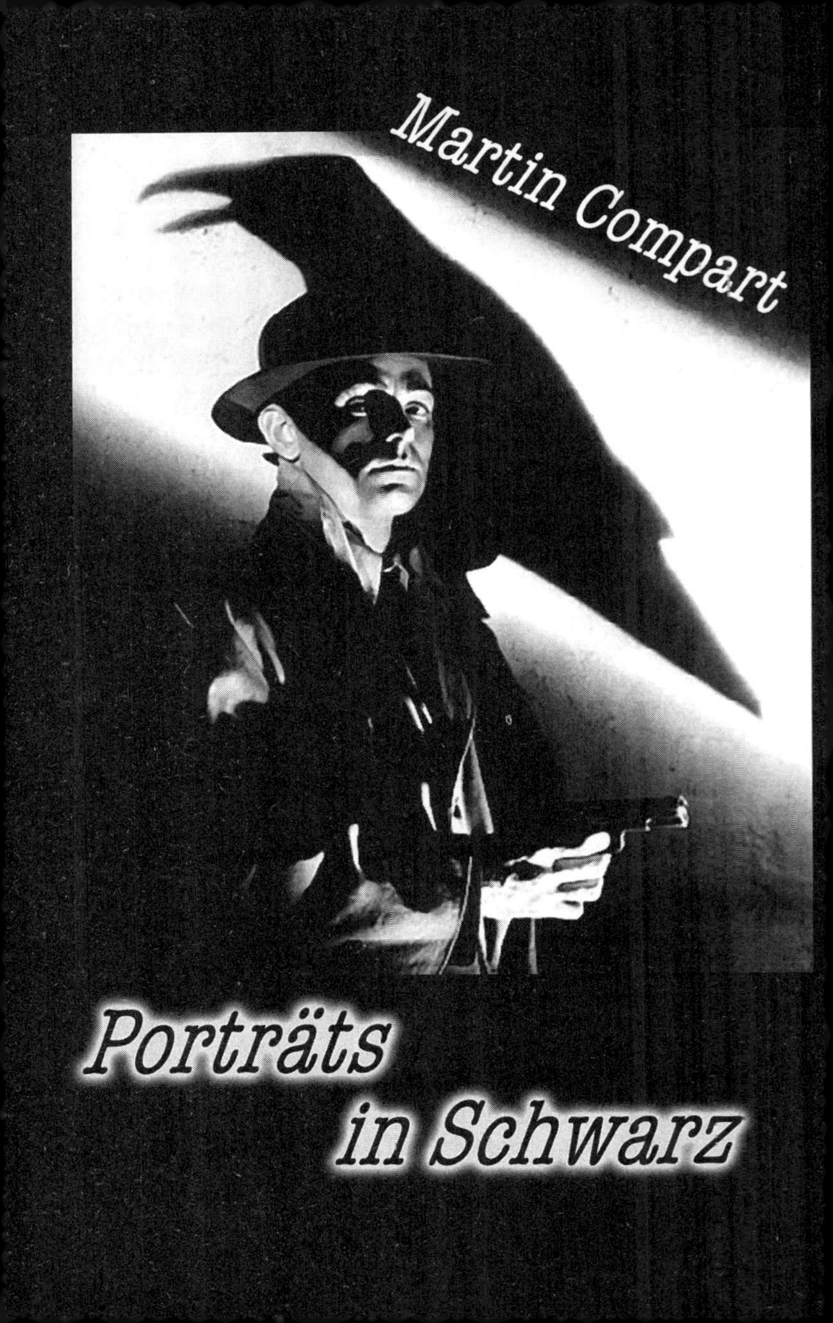
Martin Compart
Porträts
in Schwarz

Die Rückkehr des Supermannes

Lee Child

Lee Child kennt alle Kniffe und weiß genau, was er tut: „Der Roman ist die reinste Form der Unterhaltung. Näher kommt kein anderes Medium an sein Publikum. Stundenlang ist der Leser mit dem Autor ganz allein – und hört ihm zu.“ Er genießt seinen Erfolg: „Mit das Schärfste für einen Autor ist, zu sehen, wie Leute dein Buch im Flugzeug oder am Strand lesen, dass Hollywood dich im Zug anruft – und deinen Namen auf den Bestsellerlisten zu sehen.“ Alles bereits erlebt. Child ist innerhalb von wenigen Jahren zum Bestsellergaranten aufgestiegen. Jedes Jahr verkauft er eine Million Romane in 20 Sprachen. Da spielen die Lebenshaltungskosten in New York keine Rolle. Vor ein paar Jahren ist er aus dem teuren London ins noch teurere New York umgezogen. Amerika war und ist aus mehreren Gründen wichtig für ihn: Er ist mit einer Amerikanerin verheiratet, und seine Karriereplanung als Bestsellerautor war von Anfang an auf die Staaten ausgerichtet. Gezielt hat er seine Serie über den Ex-Militärpolizisten Jack Reacher in den USA angesiedelt. „Es ist der größte Buchmarkt der Welt. Wer ihn erobert hat, dem stehen alle anderen Märkte offen. Durch meine Frau habe ich die USA regelmäßig besucht. Außerdem habe ich in all den Jahren beim Fernsehen eines gelernt: Du musst dahin gehen, wo du das meiste Publikum erreichst. Die USA sind der größte Thriller-Markt. Ich nenne das meine Basketball-Theorie. Wenn du Basketballspieler werden willst, wirst du in Europa immer nur für die Zweitbesten spielen. Man muss in die Staaten zur NBA gehen, um rauszukriegen, ob man wirklich das Zeug zum Spitzenspieler hat. Dasselbe gilt für Schriftsteller.“

Child ist freundlich und ein Gentleman. Aber die guten Manieren hat er nicht aus der Kinderstube. Er stammt aus Birmingham und wuchs mitten in den miesesten Industrieregionen auf, wo man ins Krankenhaus musste, wenn man mit dem Flusswasser in Berührung kam. Kleine Konflikte wurden mit Fahradketten ausgetragen; alte Narben erinnern an die schönste Zeit des Lebens. Der 1954 geborene Autor blieb nicht auf der Strecke und studierte Jura, ohne Anwalt werden zu wollen. Von Anfang an war sein Ziel das Showbizz. Nach dem Studium ging er zu Granada-TV in Manchester, bekanntlich ebenfalls ein urbanes Juwel in der Krone Britanniens. Die Glotze brachte wichtige Erfahrungen: „Ich habe 17 Jahre lang Fernsehen gemacht. Ich weiß, wie das Spiel funktioniert. Als ich rausflog, war ich für 40 000 Stunden Qualitätsfernsehen mitverantwortlich gewesen, darunter Serien wie PRIME SUSPECT und FÜR ALLE FÄLLE FITZ. Das hat meine DNA auf spannende Unterhaltung programmiert.“Mit einundvierzig war sein Leben auf Null gestellt: 1995 feuerte ihn Granada-TV. „Es war diese typische 90er-Jahre-Nummer: Wenn Sie ihren Job behalten wollen, müssen wir ihr Gehalt halbieren.“ Und da er ein Gewerkschaftsaktivist war, stand er nicht auf der Wunschliste anderer TV-Gesellschaften und wurde freudig gefeuert. Also setzte er sich hin und schrieb innerhalb weniger Wochen seinen ersten Thriller GRÖSSENWAHN, dessen Protagonist Reacher ganz anders war, als das aktuell übliche. „Ich wollte einen großen, starken Mann, ohne Bindungen und ohne die üblichen Freunde und Liebschaften. Vor allem keinen blinden oder tauben Hobbykoch mit Alkohol- und Beziehungsproblemen. Reacher bleibt mysteriös. Zuviel über ihn zu wissen, wäre das Ende der Serienfigur. Nach dem ersten Buch dachte ich, der Kerl ist viel zu barbarisch für weibliche Leser. Ich hatte mich total geirrt. Frauen sind die größten Fans.“ In jedem Buch findet man allerdings auch starke Frauen, die jedem Ballermann-Macho den Angstschweiß auf die Stirn treiben. Reacher verbindet Schwarzeneggers körperliche Kraft mit der analytischen Brillanz Sherlock Holmes’ und der militärischen Ausbildung eines Special Forces. „Braun gebrannt und in bester Form. Wie ein mit Walnüssen vollgestopftes Kondom." Trotzdem ist Reacher eher eine hard-boiled-Version von Neal Cassady als ein Marvel-Held. Denn im Grunde ist er auf der Flucht vor Enge, Uniformität und Erstarrung. Der Noir-Held als Beat. Nirgends Verwandte, er schuldet niemanden Geld, hat nie jemanden betrogen oder irgendwelche Kinder gezeugt. Sein Name steht auf so wenigen Dokumenten, wie es einem Menschen überhaupt möglich ist. Der ruhelose Rumtreiber, der fast sein ganzes Leben außerhalb der USA verbracht hat, bewegt sich wie ein Außerirdischer durch God's Own Country. Eine Inspiration für Reacher war John D. MacDonalds großartige Travis McGee-Serie.

Mit seinem distanzierten Blick gelingen dem Autor treffende Schilderungen der amerikanischen Landschaft, der diese Spannung aus Realität und Mythos innewohnt. Aber er erklärt auch, wie mies die Mythologen des freien Unternehmertums heute Geschäfte machen und dabei begeistert über Leichen trampeln.

Der verwahrloste Kontinent liefert die Weite, die er braucht. Die Unabhängigkeit und Bindungslosigkeit von Reacher ermöglichen Child mit jedem Roman eine andere Art von Thriller zu schreiben. „Als alter Fernsehprofi weiß ich natürlich genau, auf welche starken Strukturen ich verzichte, in dem ich meinem Helden keine Soap-Opera-Elemente mitgebe, die Leser oft an Serienfiguren binden. Andererseits kann ich einen Roman als psychologisches Kanmmerspiel machen, und im nächsten einen Polit-Thriller auf höchster Ebene. So halte ich die Serie frisch, ohne dass sie in ihren eigenen Klischees erstickt."

Seine Mischung aus hard-boiled Krimi und Fakten gespicktem Polit-Thriller ist momentan im Genre das heißeste! Sein Thriller-Konzept (eine zeitgemäße Mischung aus Ian Fleming, Peter O'Donnell und John D.Mac Donald) ermöglicht aus längst dahingestorbenen Plots noch Vitalität zu holen. Denn das muss auch gesagt werden: Abgewichste Krimi-Fans durchschauen die Handlung auf halber Strecke. Trotzdem bleibt man dran – was für Childs Erzählkunst spricht. Sein Stil hat nichts mit dem expressionistischen Minimalismus der Hammett-Ästhetik zu tun. Er ist eine gelungene Synthese aus britischem Suspense-Thriller und amerikanischer hard-boiled. Süchtig machende Page-Turner, und die Fans flehen, ihnen jährlich statt einem Roman doch bitte zwei in den Rachen zu rammen.

Seit 1998 lebt er in Westchester, New York mit seiner Frau Jane, der erwachsenen Tochter Ruth und der kleinen Hündin Jenny. „Deshalb komme ich so gerne nach Europa: um andere Raucher zu treffen“, sagt Lee Child und steckt sich eine weitere Zigarette an. Und was hätte er gern auf seinem Grabstein stehen? „Hier liegt ein Kerl, der niemanden bösartig behandelt hat und seinen Unterhalt bestritt, ohne den Planeten auszuplündern.“

BIBLIOGRAPHIE:

The Killing Floor, 1997 (*Größenwahn*, Heyne 2000).
Die Trying, 1998 (*Ausgeliefert*, Heyne 200).
Tripwire, 1999 (*Sein wahres Gesicht*, Blanvalet, 2002).
The Visitor (auch: Running Blind), 2000 (*Zeit der Rache*, Blanvalet 2002).
Echo Burning, 2001
Without Fail, 2002.
Survivor, 2003.
The Enemy, 2004

LINKS:

http://www.leechild.com/
http://www.janmag.com/profiles/leechild.html
http://www.bookpage.com/0205bp/lee_child.html
http://www.writerswrite.com/journal/aug01/child.htm
http://www.artistinterviews.com/literature/leechild.htm

On the Noir Road

Die schmutzigen Straßen des James Crumley

Oder: Wie ein US-Krimiautor seine literarischen Asphalt-Cowboys auf dem Weg in die Katastrophe begleitet.

„Ich schreibe jetzt seit über 30 Jahren – und sie haben mich noch immer nicht in den Knast gesteckt“, sagt der Mann, der die wüstesten Privatdetektivromane verfasst und mit Mitte 60 noch immer so aussieht, als würde er in seiner Lieblingskneipe (Charly's) jeden umhauen, der den falschen Merle-Haggard-Song drückt. Leider veröffentlicht er zu wenig, um wirklich der Superstar zu sein, der er sein könnte: nur sieben Romane in 33 Jahren. Aber die sind von solcher Qualität, dass man ihm das verzeiht.

„Ich habe viel mehr geschrieben als veröffentlicht. Ich schreibe permanent um. Das erste Kapitel von *Last Good Kiss* habe ich zwei Jahre lang umgeschrieben. Im Buch ist die 18. Fassung. Es macht eine Menge Arbeit, wenn man spontan rüberkommen will. Ich habe nie einen Roman oder ein Drehbuch geschrieben ohne eine Handgranate drin“.

Keines von Crumleys Drehbüchern (und keiner seiner Romane) wurde bisher verfilmt. Trotzdem legen die Fans für schön gebundene Originaldrehbücher zwischen 100 und 300 Dollar hin. Hollywood bringt eben gutes Geld. Und das braucht er. Denn Crumley ist zum fünften Mal verheiratet, hat einen Haufen Kinder und Enkel, und die Alimente machen ihm schwer zu schaffen.

Der 1939 in Südtexas geborene Autor brachte sich als Dreijähriger selbst das Lesen bei:

„In Texas liest man nur heimlich – das ist so wie beim Onanieren".

Sein Vater schlug sich auf den Ölfeldern durch, seine Mutter als Kellnerin. Noch heute ist er ein stolzer Vertreter der Arbeiterklasse und verachtet die Mittelschicht.

„Wenn man aus meiner Gesellschaftsschicht stammt, fühlt man sich immer schuldig, wenn man nicht körperlich arbeitet. Egal, wie hart die Schriftstellerei ist, sie ist keine richtige Arbeit".

Ein Jahr lang ging er in Georgia aufs College, um Ingenieurswissenschaften zu studieren. Das gefiel ihm nicht, also wechselte er 1959 zur Army. Der Querkopf spielte Football und war beim Geheimdienst auf den Philippinen, was ihm den Rohstoff für seinen ersten Roman *One to Count Cadence* lieferte. Ein früher Vietnamroman war „... nicht *anti* genug für die Linken und nicht *pro* genug für die Rechten. Heute würde ich ihn mehr *anti* schreiben".

1961 verließ er Uncle Sams Truppe und landete in Iowa City, um Geschichte zu studieren und nebenbei als Barmann zu arbeiten. Ersteres politisierte ihn, letzteres machte ihn zum überzeugten Säufer.

„Wir wollen gar nicht so tun, als gäbe es Frühstück. Suchen wir einfach die nächste Bar".

Der ehemalige Linebacker erlebte die 60er Jahre nicht als Früh-Hippie, sondern als später Beat.

„Ich ließ mir zwar die Haare wachsen und nahm eine Menge Drogen, identifizierte mich aber nicht wirklich mit dem Movement. In meiner Zeit beim SDS gab es zu viele Mittelschichtarschlöcher, die entsetzt erkannten, wie die Bullen mit den Armen oder Farbigen umsprangen. Den Scheiß wußte ich schon lange".

Auch bei der Antikriegsbewegung der Veteranen und später im Umweltschutz mischte Crumley mit.

„Der Vietnamkrieg hat dieses Land endgültig ruiniert. Nicht weil er verloren wurde, sondern weil er eine Lüge war. Die Regierung lügt noch immer darüber. Aber die lügt eben über alles. Die heilige Dreifaltigkeit der amerikanischen Macht sind Drogen, Geld und Munition".

Inspiriert von Chandler, mit dem er oft verglichen wird („Ohne Chandler gäbe es mich nicht"), schrieb Crumley 1975 seinen ersten PI-Krimi um den Helden Milo. Diesem Buch folgte 1978 das Meisterwerk *The Last Good Kiss*, der beste Privatdetektivroman seit *The Long Goodbye*, ohne den kein echter Noir-Fan auskommt. Darin spielte Sughrue – sein anderer Held – die Hauptrolle.

„Milo ist meine gute Seite, Sughrue meine schlechte".

Beide sind Nomaden, die außerhalb des gesellschaftlichen Moralcodes durch den Westen vagabundieren. Sie haben ein Leben voller Zorn und Groll hinter sich und mehr mit Hunter S. Thompson gemein als mit Marlowe. Oder auch mit Kerouac. Denn Crumleys Romane sind schwarze Roadmovies, in denen miese Absteigen, bösartige Grenzstädte, die in die Landschaft hineinfaulen, und elende Bars voller Rednecks eine Topographie des Grauens bilden. Und mittendrin treiben sich seine saufenden, koksenden und kiffenden Asphalt-Cowboys herum, immer „on the road to desaster".

Es gibt keinen literarischen Privatdetektiv, der tiefer in die Abgründe hinuntergestiegen wäre als Crumleys Protagonisten. Weder Milo noch Sughrue würden je einem Klienten sein Geld zurückgeben. Sie sind Veteranen der 60er Jahre und Antipoden zu so unappetitlichen Gestalten wie Joschka Fischer oder Cohn-Bendit. Die Enttäuschung über die verlorenen Illusionen der Swinging Sixties, obwohl diese längst tot und begraben sind, schwingt in Crumleys Romanen immer mit.

1983 erschien der grandiose *Dancing Bear*, dann war für zehn Jahre Schluss. Ausgebrannt schickte Crumley 1993 endlich Sughrue wieder ins Rennen, um der sich in Auflösung befindlichen Welt ordentlich in den Arsch zu treten. Das war in *Mexican Tree Duck*, für den er mit dem Dashiell-Hammett-Preis ausgezeichnet wurde.

In *Bordersnakes* führte er seine von zu vielen Meilen auf den falschen Straßen erschöpften Helden gemeinsam durch eine Literatur für alternde Säufer und Raufbolde, die aus der Pubertät direkt in die Rente marschieren.

„Gewöhnlich sehe ich mein zerschlagenes, vom Whiskey gezeichnetes Gesicht lange an, auf der Suche nach dem Gesicht, das es hätte sein können, wären die vergeudeten Jahre, die Bars, die langen Nächte nicht gewesen".

Keiner von ihnen zehrt wirklich noch von den Notrationen der Hoffnung:

„Junge Männer halten den Frühling für die Zeit der Erneuerung, aber für diejenigen von uns, die ein paar Biere im Bauch und etliche Meilen auf dem Buckel haben, ist der Frühling nichts als eine falsche Verheißung".

Und im neuen Roman *Final County* resigniert Milo:

„Ein Mann kann eine glückliche Frau unglücklich machen, aber keine unglückliche Frau glücklich".

Seit 1984 lebt Crumley in Missoula, Montana:

„Hier gibt es 70 oder 80 Schriftsteller und weitere 200 Leute, die irgendwie schreiben. Die Bardichte ist ebenfalls exzellent. Zu Hause ist man, wo man seinen Kater pflegt".

Leser, die Crumley noch nicht kennen, sind zu beneiden: sie haben ihn noch vor sich. Uns anderen bleibt nur übrig, ihn immer wieder zu lesen.

Bibliographie

One to Count Cadence (1969)
The Wrong Case (1976; *Schöne Frauen lügen nicht*; Piper)
The Last Good Kiss (1978; *Der letzte echte Kuß*; Goldmann)
Dancing Bear (1983; *Der tanzende Bär*; Goldmann)
Pigeon Shoot (1987)
Whores (1988)
Muddy Fork and Other Things (1991)
The Mexican Tree Duck (1993; *Tequila Blues*; Goldmann)
Bordersnakes (1996; *Jeder gräbt sein eignes Grab*; Piper)
The Putt at the End of the World (2000)
The Final Country (2001)
The Right Madness (2004)

Links:

http://www.geocities.com/Athens/6384/crumley.html
http://www.publishersweekly.com/index.asp?layout=article&articleid=CA163399&publication=publishersweekly
http://www.library.txstate.edu/swwc/archives/writers/crumley.html
http://www.myunicorn.com/bibl1/biblo171.
htmlhttp://www.twbookmark.com/authors/50/545/critical_praise.html
http://www.bostonreview.net/BR26.2/crumley.html
http://www.pshares.org/issues/article.cfm?prmArticleID=358
http://www.anovelview.com/chats/james_crumley%20june2003.htm

BLOOD MERIDIAN – Des Schweigers Reise durch die Hölle

Cormac McCarthy

Kein Schweigen ist lauter als das von Cormac McCarthy. Der Mann, der den Amerikanern archaisches Bewusstsein vermittelt, gibt keine Interviews. Mit Homer verbindet ihn mehr als mit Hemingway. Bis vor wenigen Jahren verkauften sich seine Bücher schlechter als schlecht. Leben konnte er von Preisgeldern und Stipendien. Jetzt ist sogar Hollywood heiß auf den Schweiger und beginnt seine grandiosen Romane hinzurichten. Da beruhigt nur eine Anekdote des seeligen James Malahan Cain. Auf die Frage, ob er nicht erbost darüber sei, was Hollywood seinen Büchern angetan hat, deutete er mit dem Daumen auf das Buchregal hinter sich und sagte: „Hollywood hat meinen Büchern gar nichts angetan. Da stehen sie genauso, wie ich sie geschrieben habe."

Tommy Lee Jones verfilmt als Regisseur, Produzent und Darsteller McCarthys düstersten Roman: BLOOD MERIDIAN (DIE MORGENRÖTE IM WESTEN; Rowohlt). Eine Höllenfahrt, gegen die Joseph Conrads HERZ DER FINSTERNIS wie ein Ausflug auf einem Vergnügungsdampfer erscheint.

> „Ein andermal sahen sie eine schaurige Horde auf unbeschlagenen Indianermustangs halb trunken die Straßen entlangreiten, bärtig, barbarisch, in mit Sehnen vernähte Felle gehüllt, reich bewaffnet mit überschweren Revolvern, schwertgroßen Bowiemessern, kurzen doppelläufigen

Büchsen von daumendickem Kaliber, der Sattelschmuck aus Menschenhäuten gefertigt, das Zaumzeug aus Menschenhaaren gewoben und mit Menschenzähnen verziert, die Reiter trugen Schulterbinden oder Halsschmuck aus verdorrten, schwärzlich verfärbten Menschenohren, die ungezähmten Pferde rollten mit den Augen und bleckten die Zähne wie bissige Hunde, dabei waren noch ein paar halbnackte, im Sattel wankende Wilde, bedrohlich, schmutzig, martialisch, das Ganze wie eine Heimsuchung aus einem unzivilisierten Land, wo sich die Reiter und ihresgleichen von Menschenfleisch nährten."

Grauenhaft! Einfach grauenhaft! Aber das Schlimmste ist, dass dies nicht die Bösen sind, sondern die „Helden" in Cormac McCarthys Roman. Dagegen wirken Stephen Kings Monster wie ein fröhlicher Haufen Disney-Enten. Totenschädel, verbleichende Knochen, dazwischen blutige Skalps und Bäume mit erhängten Kindern in der monströsen Landschaft des amerikanischen Südwestens und Nordmexikos – das ist McCarthys Vision von der glorreichen Landnahme. Der Roman folgt seinem jugendlichen Helden – immer nur „der Junge" genannt – als Mitglied der Skalpjägergang, die im Auftrag des Gouverneurs die Grenzregion Normexikos von Indianern „reinigen" soll. Eine blutrünstige und magisch-realistische Parodie auf die literarische Form der Quest, der Abenteuerreise zur Selbstfindung. McCarthy beschreibt großartige Landschaften, die er immer vor der Niederschrift besucht:

„Neun Tage nachdem sie Chihuahua verlassen hatten, ritten sie durch eine Bergspalte und dann einen Pfad hinunter, der wie eingemeißelt an der massiven Felswand eines Steilhangs dreihundert Meter über den Wolken entlanglief. Ein großes Steinmammut blickte von den grauen Felswänden auf sie herab. Im Gänsemarsch zogen sie bergabwärts. Sie passierten einen in den Fels gehauenen Tunnel; auf der anderen Seite, meilenweit unten in einer Schlucht, waren die Dächer einer Stadt zu sehen."

Eine Reise durchs Inferno, in der McCarthy seinen Gewaltkosmos als die normalste Sache der Welt kartografiert. Er versucht gar nicht erst das Böse zu erklären; er führt dessen Unausweichlichkeit vor. Er schreibt die Greueltaten nicht um Gewalt zu erklären, sondern um deren immerwährende Existenz zu behaupten. Die Mörderbande nutzt jede Gelegenheit zum Plündern, Vergewaltigen und Abschlachten. Jedes Dorf, das sie betreten, hinterlassen sie als qualmende Ruine. „Viele der Einwohner waren in die Kirche geflohen, hielten sich kniend am Opfertisch fest, wurden jammernd fortgezerrt, einer nach dem anderen erschlagen und auf dem Altarboden skalpiert."

Moral oder Sympathie für Menschen, Opfer und Unschuldige existiert nicht. Es ist ein Amoklauf, in der Gewalt und Korruption die Währung ist für ein sinnloses Dasein als Schlächter und Verräter an der Menschlichkeit. Nachts lagern die Kujone in den Ruinen einer uralten Kultur, in der Lovecrafts Ungeheuer bestenfalls ein harmloser Lagerfeuerspaß wären. „Im Dunkeln kauerten sie in ihren schlichten Hütten und lauschten der aus den Felsen sickernden Angst." So ziehen sie marodierend dahin „wie eine Patrouille, dazu verdammt, einen uralten Fluch zu erfüllen". Die symphonische Gewalt betäubt, lähmt, entsetzt. Kein Fernsehbericht könnte uns besser vorführen als dieser Roman, wie es in Bosnien oder im Kosovo wirklich zugegangen ist.

> „Bei Einbruch der Dunkelheit erhob sich inmitten der Hingemetzelten wie durch ein Wunder eine einzelne Menschenseele und stahl sich im Mondschein davon. Der Boden, auf dem er gelegen hatte, war getränkt mit Blut und mit Urin aus den entleerten Blasen; besudelt und übelriechend wie ein stinkender Abkömmling der fleischgewordenen Mutter des Krieges trottete er dahin."

Politisch völlig unkorrekt sind Indianer nicht nur Opfer sondern auch Täter.

> „Vieles war rätselhaft in der Welt, nicht aber die Grenzen dieser besonderen Welt, denn sie kannte weder Maß noch Schranke, in ihr lebten grausame Geschöpfe, Menschen von anderer Hautfarbe, Wesen, die keiner jemals gesehen hatte und die dennoch nicht fremder waren, als einem sein eigenes Herz fremd sein konnte, ganz gleich, welche Wildnis, welche Bestie es barg."

Die eigentliche Hauptperson ist Richter Holden, der wahrscheinlich der Teufel oder ein Dämon ist und höhnisch fragt: „Wenn Gott die Entartung der Menschheit aufhalten wollte, hätte er es nicht längst getan?" Dann wiegt er einen Apatschenknaben zärtlich auf den Knien, um ihn kurz darauf zu skalpieren.

„Alles, was in der Schöpfung ohne mein Wissen existiert, existiert ohne mein Einverständnis. Die Erde ist meine Domäne. Und doch gibt es überall noch Schlupfwinkel voll autonomem, ungebundenem Leben. Damit ich es mir untertan machen kann, darf nichts ohne meine direkte Einflußnahme geschehen."

Auch wenn er davonzukommen droht – er soll sich nicht zu früh freuen: Das Land ist noch nicht fertig mit ihm.

In BLOOD MERIDIAN gelingt McCarthy für die Indianerkämpfe das, was Daniel Woodrell in THE WOE TO LIVE ON für den Bürgerkrieg getan hat: die Zertrümmerung aller zuckersüßen mythischen Verklärungen. Mit einem Buch löscht der Autor Jahrzehnte von Hollywoods Westernsozialisation beim Leser aus. Die Szene, in der bekloppte Freischärler von Comanchen, die gestohlene Rinder und Pferde als Deckung vor sich hertreiben, niedergemacht werden, vernichtet jede Indianerattacke von John Ford oder sogar Sam Peckinpah (der einzige Hollywoodregisseur, der McCarthy gerecht worden wäre).

„Gott hat die Welt erschaffen, aber nicht so, dass alle sich drin zurechtfinden, stimmts?", sagt ein alter Mann. In diesem blutrünstigen Kosmos hätte sich auch John Wayne nicht zurechtgefunden. Hat man sich erstmal auf die hypnotische Sprache eingelassen, dann wird sie zum Pageturner, und man kann das verdammte Buch nicht mehr aus der Hand legen. Und am Ende weiß man zumindest eines: Es gibt keinen amerikanischen Traum, es hat ihn nie gegeben. Und wenn es doch einen gab oder gibt, dann heißt er: Gier und Blutdurst. Langsam begreift man, dass die USA von Gesindel begründet wurden, die man aus Europa rausgeworfen hat. BLOOD MERIDIAN ist mit Blut geschrieben.

„Mittags stießen sie ein Stück weiter flußaufwärts auf die Reste eines von der Cholera dezimierten Goldsuchertrecks. Die Überlebenden trotteten zwischen den Kochfeuern umher oder lugten mit hohlem Blick den abgerissenen, hinter den Weiden auftauchenden Reitern entgegen. Ihre Sachen lagen im Sand verstreut; die ärmliche Habe der Toten hatte man ausgesondert, um sie dann irgendwann zu verteilen. Ein paar Yuma-Indianer hielten sich im Lager auf. Die Männer hatten sich mit Messern die Haare zurechtgestutzt oder mit Schlamm an die Schädel geklatscht; sie tappten durchs Gelände, in ihren Händen baumelten schwere Keulen. Die Frauen waren bis auf die aus Weidenrinde geflochtenen Röcke nackt; viele waren hübsch, noch viele mehr von der Syphilis gezeichnet."

LINKS:

http://www.artistinterviews.com/literature/leechild.htm
http://mostlyfiction.com/west/mccarthy.htm
http://www.popsubculture.com/pop/bio_project/cormac_mccarthy.html
http://www.gradesaver.com/ClassicNotes/Authors/about_cormac_mccarthy.html
http://archive.salon.com/books/feature/1998/05/cov_20feature.html
http://www.mid.tec.sc.us/edu/ed/eng/biblio.htm
http://www.nytimes.com/books/98/05/17/specials/mccarthy.html

Keiner kommt hier lebend raus

John Ridley

Es gibt Romane, die gehören einfach nicht auf die Bestsellerliste. Das mag hart sein für Autor und Verlag, ist aber ein Naturgesetz. Denn wo der Pöbel trinkt, sind alle Brunnen vergiftet. Das gilt auch für John Ridley, dessen Bücher bei uns anscheinend unter Ausschluss der Öffentlichkeit erschienen sind.

John Ridley, die große schwarze Hoffnung des Noir-Romans, gehört zu den neuen Giganten und hat in bisher drei Romanen den Amerikanischen Traum entsorgt. Keine zehn Minuten möchte man in seiner Welt leben, aber jederzeit darüber lesen. Im Noir-Roman geht es nicht ums Gewinnen, sondern darum, das Verlieren so lange wie möglich rauszuzögern. Kaputt und gescheitert krabbeln Ridleys Protagonisten durch ihr übles Schicksal, verstecken sich in Suff und Dunkelheit, bevor sie langsam ins Nichts abrutschen. „Man kann der Vergangenheit nicht davonlaufen. Man kann sie nur ein bißchen verscharren." Seine Protagonisten sind Leute auf der Flucht, denen der Geldhai im Nacken sitzt und die nur eine Hand gebrauchen können, weil sie gerade die letzte Zahlungsaufforderung erhalten haben. Sonderlich sympathisch sind sie nicht, diese miesen kleinen Verlierer, die gerne jeden übers Ohr hauen wollen. „Jedes Jahr muss ich mehr Zeit aufwenden, um weniger Geld zu verdienen", sagt eine alte Nutte und stellt den allgemeinen Stand der Ökonomie fest. Ridleys unbarmherziger Kosmos ist pragmatisch: „Ich bin kein Mörder." „Woher willst'n das wissen, wenn du's nie probiert hast?"

Gleich sein Erstling STRAY DOGS war eine Sensation! Frischfleisch für die ganz harten Noir-Afficionados. Oliver Stone besorgte sich umgehend die Rechte und machte den unterschätzten Film U-TURN daraus: Als John Stewarts 64er Mustang in dem Wüstenkaff Sierra verreckt, kann er sich völlig auf Murphys Gesetz verlassen. Am heißesten Tag des Jahres landet er in einem Ort voller Maniacs, Bekloppter und einer verdammt gefährlichen Frau. Nicht nur die Sonne brennt so erbarmungslos „als marschierte man in bezingetränkten Shorts durch die Hölle". In der Wüste zu verdursten wäre ein gnädigeres Schicksal; wenn Stewart geahnt hätte, was auf ihn zukommt, hätte er die Feldflasche ausgeschüttet und wäre den Geiern begeistert entgegengeeilt. Was folgt ist eine Noir-Farce, die sich James M. Cain und Charles Bukowski nach einem nicht wiedergutzumachenden Trinkgelage ausgedacht haben könnten.

In L. A. BLUES geht es ganz tief in die Gülle von Los Angeles und Vegas. Die Geldverleiher von der harten Sorte brechen dem Ich-Erzähler Jeffty gleich auf der ersten Seite den Finger. Idyllischer Auftakt zu einer bösen Geschichte, die souverän zwischen unglaublich komischen Szenen und dunkelsten Abgründen balanciert. Jeffty, gescheiterter Drehbuchautor, miserabler Zocker ist Kino-Fan: „Schwarze Serie. Die sollen bloß nicht so angeben. Selbst in den schwärzesten Filmen leben die Leute tausendmal besser als ich." Als sein alter Kumpel Nellis auftaucht, dem er mal die Frau ausgespannt hat und der an der Nadel hängt, sieht Jeffty hinterlistig seine Chance. Denn Nellis kann Zen-Poker und verliert nie. Wer die besten Bücher von Elmore Leonard liebt, wird Ridley verschlingen.

Sein dritter Roman, EVERYBODY SMOKES IN HELL liegt bei Ullstein noch auf Eis. Wieder eine Loosergeschichte, in der Paris Scott über das letzte Tape eines sich gerade umgebrachten Rockstars und einen Haufen Drogen stolpert. Natürlich hält Paris nicht die Chance seines Lebens in den gierigen Klauen, sondern eine Zeitbombe. Wieder geht es von L. A. nach Vegas, zwei Orte, die Ridley mehr hasst „als Krebs". Deckslöcher, in denen man nicht leben mag. „Einfamilienhausghettos sind eine Spezialität von Los Angeles. Denn unsere Armen hatten Einfamilienhäuser und unsere Schnapsleichen waren sonnengebräunt.“ Auch Vegas findet in seinen Augen kein Erbarmen: „Vegas für Familien? Schneewittchenschlösser und Vergnügungsparks, Schwuchteln, die mit weißen Tigern zauberten, und Pfeiffen, die man nicht einfach ausnehmen und umbringen konnte. Was soll der Quatsch? Das Familien-Vegas lehrt die Kinder spielen, damit sie eines Tages ihr Geld hier verzocken.“

John Ridley wurde in Milwaukee geboren. Er ging nach New York und studierte ostasiatische Kultur. Zur Abrundung des Programms begann er mit Shotokan-Karate. Eine Weile lebte er in Japan, versank in dieser Zivilisation und lernte auch die Sprache. Zurück in den USA begann er eine Karriere als Stand-up-Komiker, die immerhin bis in die Tonight-Shows von Jay Lenno und David Letterman führte. Deshalb wechselte er 1991 nach Hollywood und begann Drehbücher zu schreiben. Die Tretmühle eines Autors für Black Sitcoms nagte an ihm: „Für TV-Serien zu schreiben ist – bis auf wenige Ausnahmen – eine geistlose Fließbandarbeit, bei der man immer wieder dieselben blöden Gags recycelt. Aus reinem Selbsterhaltungstrieb schrieb ich meinen ersten Roman, denn ich liebe das Schreiben.“ Nebenher arbeitete er als Skriptdoktor für Visionäre wie Coppola und Oliver Stone, der 1997 Ridleys Regiedebut COLD AROUND THE HEART (MENSCHENJAGD) produzierte. Für diesen Noir-Film mit David Caruso wurde er in New York auf dem Urbanworld Film Festival (was immer das sein mag) ausgezeichnet. Auch mit anderen Drehbüchern hatte Ridley Erfolg, etwa THREE KINGS mit George Clooney. Außerdem ist er Co-Produzent und Autor der höchst erfolgreichen TV-Serie THIRD WATCH, eine Art NYPD BLUE meets EMERGENCY ROOM. Im Mai 2000 pitchte Ridley eine neue Serie über das Internet und war anschließend um eine Million Dollar reicher. Zusammen mit Sofia Coppola entwickelte er für den Kabelkanal HBO die Serie EMPIRE über zwei Brüder, die eine Hip-Hop-Plattenfirma leiten. Aber seine große Liebe, das betont er immer wieder, ist der Roman. Das bei seinen Zocker-Geschichten alles stimmt, hat eben auch mit einer Frau zu tun: Ridley ist mit einer Berufsspielerin verheiratet. Ridleys Frauen sind die schlimmsten *femmes fatales* der zeitgenössischen Kriminalliteratur, allesamt Schwarze Witwen mit gehörigen Macken. Die tumben Protagonisten schnallen natürlich nichts: „Er musterte sie so skeptisch wie ein Urmensch, der zum erstenmal Feuer sieht." Seine geschlechtsspezifischen Analysen bestätigen einen Aphorismus von Nietzsche: „Der Mann ist böse, die Frau ist schlecht."

BIBLIOGRAPHIE:

U Turn – Kein Weg zurück (*Stray Dogs,* 1997); Ullstein 24253 (1998)
L. A. Blues (*Love Is A Racket,* 1998); Ullstein Hardcover (2000)
Everybody Smokes In Hell, Alfred A.Knopf, 1999.
The Drift (2002)
A Conversation with the Mann (2002)
Those Who Walk the Darkness (2003)

LINKS:

http://www.npr.org/programs/theride/jridley/
http://www.spikemagazine.com/1002johnridley.php
http://www.lectures.org/ridley.html
http://www.npr.org/programs/morning/features/2001/aug/la/010806.la.ridley.html

Wir schlugen Hippies nieder – *Der schwarze Pate Nick Tosches*

Seit Jahrzehnten taucht Nick Tosches nach einem Wrack namens „amerikanischer Traum". Geortet hat er ihn im stürmischen Meer des Showbizz. Und egal, was er hebt – ob Rock'n'Roll oder Hollywood – immer klebt das Organisierte Verbrechen an dem Fund. „Als einzige unter den Nationen definiert Amerika sein Schicksal als einen Traum."

Tosches wurde 1949 in Newark, New Jersey geboren. Sein italienischstämmiger Vater betrieb eine Bar, seine Mutter war irischer Herkunft. Mit 14 arbeitete er bereits in Bars, beendete die High School und weigerte sich trotz des väterlichen Drängens aufs College zu gehen. Dafür musste er kürzlich wieder die Schulbank drücken, um für seinen Dante-Roman Latein zu lernen, damit er die Quellen studieren konnte.

„Wo ich aufwuchs, gab es kaum Bücher, aber jede Menge Buchmacher. Als Kind stahl ich Bücher. Fünf meiner eigenen Bücher habe ich auf einer gestohlenen Schreibmaschine geschrieben. Mittelmäßige Autoren kopieren, große Autoren stehlen."

In den 60ern gehörte er nicht zur Love & Peace-Fraktion. „Meine Kumpels und ich waren voll auf Drogen. Wir schlugen Hippies nieder und raubten sie aus." Er stand auf Rock-Musik. Bis heute ist er besessen von früher Pop-Musik. Er stand eigentlich auf alles, was ein Spießer abartig zu nennen pflegt. Auch Literatur war immer sein Ding. „Mein MOBY DICK war Hubert Selbys LAST EXIT TO BROOKLYN. Das Buch weckte den Autor in mir, befreite und inspirierte mich. Neben Peter Matthiessen und Philip Roth gehört er zu den drei großen Gegenwartsautoren. Aber Hubert respektiere ich am meisten – als Autor und Mensch.“

Als die 60er Jahre endgültig ihre Geschäfte einstellten, verkaufte er seinen ersten Text. In New York überlebte er nur durch die täglichen Partys, auf denen er sogar feste Nahrung fand. Er schrieb für legendäre Musikmagazine wie CREEM und FUSION. 1972 ging er nach Florida und wurde Schlangenfänger. Nachdem er gebissen worden war, beschloss er selber Gift zu verspritzen und wurde ernsthafter Autor und Rock-Kritiker. Mit Richard Meltzer und Lester Bangs gehörte er zu den *Noise Boys*, die mit ihrer Gonzo-Schreibe den Rock-Journalismus veränderten. Tosches war der vielseitigste und schrieb nicht nur wichtige Musikbücher, sondern auch Gedichte, Biographien (etwa über den Mafia- und Vatikanbankier Michele Sindona, in der er den Vatikan als bedeutendste Verbrecherorganisation aller Zeiten erkennt) und Romane. Zu seinen Förderern gehörte Ed Sander, der ihn auf die Klassiker brachte. Zitate der alten Griechen und Römer finden sich oft in seinen Texten über Pop-Kultur und ermöglichen ungewöhnliche Perspektiven. In seinen Pop-Archäologien wühlt er sich durch alle kulturellen Mülltonnen und verändert den Musik-Kanon, indem er die großen Vergessenen zurückholt: In WHERE DEAD VOICES GATHER exhumiert er mit Emmett Miller den Musiker, in dem nach Tosches erstmals schwarze und weiße Musik zur modernen amerikanischen Musik verschmolzen. Dabei bleibt er natürlich immer seinem *Bad Boy*-Image treu: „Wir verdanken der Mafia viel. Hätten sie nicht die Discjockeys bestochen, wäre der Rock‘n‘Roll nie ein Erfolg geworden.“ HELLFIRE, seine Jerry Lee Lewis-Biographie, bezeichnete Greil Marcus als „amerikanischen Klassiker“.

„Dean Martin war ungefähr der letzte Typ, über den ich schreiben wollte. Bis ich mich genauer mit ihm beschäftigte – und natürlich mit den Mächten im Hintergrund: Mafia und Politik.“ Außerdem ist Dino – was in Deutschland nicht hinreichend bekannt sein dürfte – eine der größten Pop-Ikonen überhaupt: Er schaffte etwas, was vor und nach ihm niemand geschafft hatte: sich gleichzeitig als Bühnen-, Film-, Fernseh- und Schallplattenstar durchzusetzen. In den USA haute er sogar die Beatles vor der Hitparadenspitze!

Für seine brillante Boxerbiographie – „wahrscheinlich, das düsterste Buch, das ich bisher geschrieben habe“ – gilt ähnliches. Es ist das Organisierte Verbrechen, dem Sonny Liston gehörte und das über das Leben des stärksten Mannes der Welt verfügte. Nach der Lektüre wird auch der Dümmste Boxkämpfe nicht länger als sportliche Veranstaltungen betrachten.

Papst Nick, wie er unter Eingeweihten genannt wird, ist nicht gerade der Liebling der Emanzen. In jedem Artikel positioniert er einen Machismo, der ihm den Ehrennamen „phallokratischster Rock-Kritiker“ einbrachte. Das macht ihm Spaß und ermuntert ihn zu Szenen, die jedem Porno zur Ehre gereichen würden. Sex, Rock‘n‘Roll – da dürfen die Drugs natürlich nicht fehlen. Die spielen immer mit. In THE LAST OPIUM DEN durchsucht Tosches Südostasien nach der letzten Opiumhöhle. Das kurze Gonzo-Buch basiert auf einem Artikel für VARIETY, Tosches Hausblatt in dem heute seine hochbezahlten Edelreportagen gedruckt werden.

In seinen Mafia-Epen, die Macchiavelli lektoriert haben könnte, gewinnt der Leichenbestatter als Einziger immer. Die Gewalt ist alltäglich, Bestandteil des Geschäftslebens. „Zivilisation ist eine alte Hure und sie wird mit jedem Tag hässlicher. Es ist die Zivilisation Kains; sie wurde auf einem Mord aufgebaut. Männer, die das Töten ablehnen, haben unsere Zivilisation einfach nicht begriffen. Die sind unzivilisiert“, heißt es in TRINITIES, dem apokalyptischen Noir-Roman, für den Tosches 250 000 Dollar Vorschuss kassierte und der vollgestopft ist mit illegalen Informationen, die Otto Schily gar nicht recht sind. Und wenn es einen Roman gibt, der die TV-Serie SOPRANOS inspiriert hat, dann CAT NUMBERS. Bevölkert mit bösen, hungrigen alten Männern und ausgenutzten bösen, jungen und hungrigen Männern.

Fehlt nur Dantes knochenbrechender Ugolino (Tosches Dante-Besessenheit beschert uns seinen nächsten Roman:IN THE HANDS OF DANTE). Entmythologisiert dampfen mit Kleingeld rappelnde Straßenganoven neben amoralischen Dons mit verwesten Seelen in denselben miesen Kneipen und Hinterhöfen Schulter an Schulter und lassen ihren explosiven Kräften freien Lauf. In die Hölle wird man nicht geholt, darin wird man geboren.

Aber selbst in seiner Noir-Welt gibt es Lichtblicke: „Doch Gott in seiner unergründlichen Weisheit hatte die Revuetänzerin erschaffen".

BIBLIOGRAPHIE:

Country, 1977.
Hellfire, 1982. *Hellfire: Die-Jerry-Lee-Lewis-Story;* Ullstein, 1991.
Unsung Heroes of Rock'n'Roll, 1984.
Power on Earth, 1986. *Geschäfte mit dem Vatikan;* Doemer Knaur, 1989.
Cut Numbers, 1988. *Kopf um Kopf*; Ullstein, 1990.
Dino, 1992. *Dino*; Heyne, 2002.
Trinities, 1994. *Die Meister des Bösen;* Heyne, 1997.
Chaldea (Gedichte), 1999.
The devil and Sonny Liston, 2000. *Der Teufel und Sonny Liston;* Heyne, 2000.
The Nick Tosches Reader, 2001.
Where dead voices gather, 2001.
The last opium den, 2002.
In the hands of Dante, 2002.

VERTONTES:

Blue Eyes and Exit Wounds (1998); Spoken Word CD w/Hubert Selby, Jr.
Nick & Homer (1998); Music CD w/Homer Henderson

LINKS:

http://www.noexit.co.uk/inthehandofdante_pb.htm
http://www.exitwounds.com/Nick-Tosches.htmhttp://www.identitytheory.com/people/birnbaum63.html

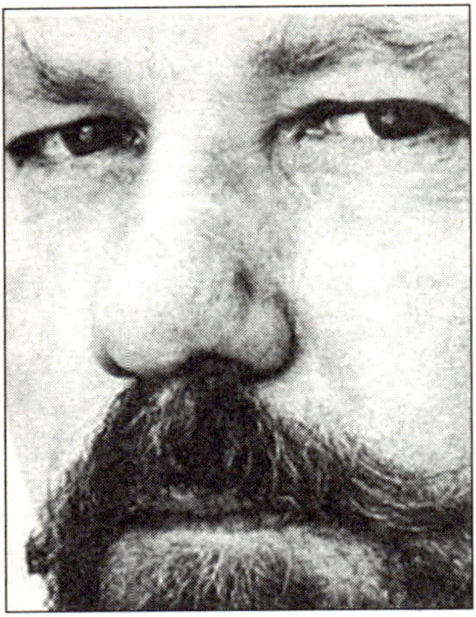

Keine Hoffnung für die Lebenden

Charles Willeford

Charles Willefords Knochen vermodern mit 260 000 anderen – darunter Seelenverwandte wie Lee Marvin und Sam Peckinpah – auf dem sogenannten Heldenfriedhof von Arlington in Brainwashington. Denn Willeford war ein mehrfach verwundeter Kriegsheld (Schrapnellwunden in Gesicht und Hintern), ausgezeichnet als Panzerkommandeur von Pattons Armee im 2.Weltkrieg mit Silver Star, Bronze Star, Purple Hearts und dem Luxemburger Croix de Guerre. Der „Hohepriester des Psycho-Pulp" (Village Voice) wusste, wovon er redete: „Sowas wie einen gerechten Krieg gibt es nicht. Nichts ändert sich dadurch, nur dass ein paar Leute dazu verdienen und deshalb viele Menschen, vor allem junge, krepieren müssen. Es ist immer für nichts. Diejenigen, die Kriege anzetteln sind nie dieselben, die sie dann tatsächlich kämpfen." Das sehen Ungediente wie Joscka Fischer, Rudolf Scharping oder Hein Blöd Struck natürlich anders.

Als 1984 mit MIAMI BLUES Willefords 18. Buch erschien, wimmerten die harten Noir-Fans: „Wieso kennen wir den Kerl nicht." Fünf Jahre vor seinem Tod hatte er damit seinen Durchbruch. Im Gegensatz zu Thompson, Goodis oder Williams war er nicht mal ein Kult-Autor mit kleiner Fangemeinde.

Geboren wurde er am 2. Januar 1919 in Little Rock, Arkansas. Mit acht Jahren war er Vollwaise. „Wenn du mit acht zum Waisen wirst, weißt du, dass du als nächster dran bist." Er lebte vier Jahre bei seiner Großmutter, die ihn während der großen Depression schließlich nicht mehr durchfüttern konnte. Als Hobo dann „Leben auf der Straße". Mit 16 ging er zum Militär und blieb 20 Jahre Berufssoldat. 1947 veröffentlichte er sein erstes Buch: den Gedichtband PROLETARIAN LAUGHTER. 1963 der erste Noir-Roman: HIGH PRIEST OF CALIFORNIA, in dem ein noch gebremster Psychopath (natürlich Gebrauchtwagenverkäufer) einer verheirateten Frau nachsteigt. Ganz nebenbei erlaubt sich Willeford böse Seitenhiebe auf den McCarthyismus. Es folgen Klassiker, die kein großer Verlag haben will: PICK UP, THE WOMAN CHASER. Und Willeford, der gerne bei *Gold Medal Books* veröffentlicht hätte, dem Verlag der bewunderten Autoren Jim Thompson und John D.MacDonald, schreibt für die miesesten und obskursten aller Taschenbuchverlage. Daneben Studium der Philosophie und Literatur und Gelegenheitsjobs. Sogar einen Privatdetektivroman (WILD WIVES) schreibt er, allerdings nicht begeistert in „der Tradition von Hammett und Chandler", wie es oft auf stupiden Klappentexten heißt. Willeford bringt seinen PI am Ende in den Knast, denn „zum Schluss hassten die Leser den Kerl bestimmt genauso wie ich. Ich wollte nur sehen, ob ich sowas hinkriege". Von den Verlagen, die Titel änderten oder sogar seine Pseudonyme, war er nicht sonderlich begeistert, trug es aber mit dem ihm eigenen Humor: „Merkwürdige Leute. Warum hauen sie halbnackte Blondinen aufs Cover, wenn es in dem Buch doch um halbnackte Brünette geht."

Der Kritiker William Bittner ordnete Willeford Ende der 50er den Beats zu. Tatsächlich haben Noir-Autoren und Beats viele Überschneidungen. Etwa die Verachtung für die Konsumgesellschaft und ihre Regeln. Bei Noir endet das meist im stoischen Exitentialismus, Beat propagiert dagegen sich treiben lassen und kreativ sein.

Bevor er Anfang der 60er Jahre eine Universitätskarriere begann, arbeitete er als Redakteur für *Alfred Hitchcocks Kriminalmagazin*. 1962 endete seine erste, materiell höchst unbefriedigende Phase als Romancier mit dem Roman COCKFIGHTER. Er unterrichtete Literatur an der Universität von Miami und besprach als Kritiker des *Miami Herald* Hunderte von Kriminalromanen. „Der Wendepunkt in meiner Karriere war die Novelle

THE MACHINE IN WARD ELEVEN, die 1959 im *Playboy* erschien. Vorher hatten mir die Lektoren erklärt, es sei unmöglich, geisteskranke Personen als Sympathieträger zu zeigen. Ich glaubte das nie. Wahnsinn ist die Normalität in Amerika. Die Reaktion der Leser bestätigte das." Anfang der 70er Jahre machte Willeford einen neuen Anlauf: Er hatte einen Hardcoververlag und einen Filmdeal. Sein Noir-Roman über den Kunstbetrieb THE BURNT ORANGE HERSEY gilt einigen als sein bester. „Eine Mischung aus Patricia Highsmith und Jim Thompson – falls sowas möglich ist." Der nach Motiven der Odyssee konzipierte COCKFIGHTER wurde von Monte Hellman mit Warren Oates verfilmt und ist heute ein Kultfilm (in dem auch Willeford in der Rolle des Ed Middleton mitspielt). Und wieder hatte er Pech: Buch und Film floppten, und Willeford stellte abermals die Produktion ein. Ihm muss es bis obenhin gestanden haben: Die billigen Taschenbuchverlage hatten alles dazu getan, ihn erfolglos zu machen: Sein Roman THE DIFFERENCE wurde von einem Lektor ruiniert, der ein neues Anfangskapitel schrieb. Andere veränderten Pseudonym und Titel. Manchmal erfuhr er erst Jahre später, dass eines seiner Bücher veröffentlicht worden war. Und als er endlich einen guten Lektor gefunden hatte, starb der unmittelbar nach der Neuauflage von COCKFIGHTER bei einem Autounfall. Aber dann kam nach zehnjähriger Pause mit dem ersten Hoke Mosley-Roman endlich der Durchbruch für Amerikas härtesten Nihilisten. Elmore Leonard bekam sich kaum noch ein und lobte Willeford als Offenbarung. Quentin Tarrentino erklärte, er mache kein Neo-Noir, sondern Filme wie Willeford Bücher schreibt. Verlage balgten sich um weitere Mosley-Romane – und zum ersten Mal kam das große Geld. Für THE WAY WE DIE NOW bekam er 225.000 Dollar Vorschuss. Sein Kumpel, der exquisite Kleinverleger Dennis McMillan, veröffentlichte luxuriöse Neuauflagen. Willeford hatte es endlich geschafft! Vier Jahre konnte er sich darüber freuen, dann kam endgültig das große Nada. Am 27. März 1988 war Zapfenstreich für den Mann, der Soldaten mit kriminellen Psychopathen verglich. Denen hat er mit einem unsterblichen Satz in SIDESWIPE ein Denkmal gesetzt: „Ich bin ein krimineller Psychopath. Das bedeutet, dass ich den Unterschied zwischen Recht und Unrecht kenne, aber dass er mir scheißegal ist."

In seinen Noir Romanen gibt es keine sentimentalen, melodramatischen Momente oder Identifikationsfiguren. Aber jede Menge schwarzer Humor und vergiftete Gefühle, die eiskalt vorgeführt werden. Seine Machohelden sind Kakerlaken, erschreckend lebensechte Psychopathen, die durch überraschende Plots taumeln.

Willeford war kein Epigone, sondern ein originärer Schriftsteller mit einer eigenen Sicht auf das Leben: Einmal besuchte er mit McMillan einen Puff in Monterey. Die von ihm ausgewählte Nutte holte ein Notizbuch vor und schrieb etwas hinein. Auf Willefords Frage, was sie da mache, antwortete sie: „Du bist diese Woche Nummer 71." Willeford drehte sich um und ging: „Ich wollte einfach nicht Nummer 71 sein."

BIBLIOGRAPHIE:

Proletarian Laughter (Poems),1948.

High Priest of California,1953 (*Der Hohepriester,* Berlin: Maas Verlag, 2001)

Pick Up, 1955 (*Sperrstunde,* Frankfurt/M.: Ullstein, 1990)

Wild Wives,1956

The Black Mass of Brother Springer, 1989. (unter dem Titel »Honey Gal«, 1958) (*Die Schwarze Messe,* Berlin: Maas Verlag, 2005)

Lust is a Woman, 1958

The Woman Chaser,1960

Whip Hand (mit W. Franklin Sanders),1961

Sun City, 2001 (unter dem Titel »Deliver Me from Dallas«,1961)

Understudy for Love,1961

No Experience Necessary,1962

Cockfighter ,1962 (*Hahnenkampf,* Frankfurt/M.: Ullstein, 1990)

The Machine in Ward Eleven (Short Stories), 1963

Poontang and other Poems, 1967

The Burnt Orange Heresy, 1971 (*Ketzerei in Orange,* Berlin: Maas Verlag, 2005; Frankfurt/M.: Ullstein, 1991 unter dem Titel *»Die Kunst des Tötens«*)

The Hombre from Sonora (als Will Charles), 1971 (1999 unter dem Titel »The Difference«)

A Guide for the Undehemorrhoided, 1977

Off the Wall, 1980

Something about a Soldier (autobiographische Erzählung), 1986

Kiss Your Ass Good-Bye, 1987 (*Miami Love*, Reinbek: Rowohlt, 1993)

Everybody's Metamorphosis (Short Stories), 1988
I Was Looking For a Street (Autobiographische Erzählung), 1988
(*Ein Leben auf der Straße,* Reinbek: Rowohlt, 1995)
Cockfighter Journal: The Story of a Shooting ,1988
The Shark-Infested Custard, 1993 (*Playboys in Miami,* Reinbek: Rowohlt, 1994)
The Second Half of the Double Feature (Collection), 2003

LINKS:

http://www.dennismcmillan.com/charleswillefo/
http://www.noexit.co.uk/willeford.htm
http://www.oivas.com/cw/
http://www.alligatorpapiere.de/willeford.html

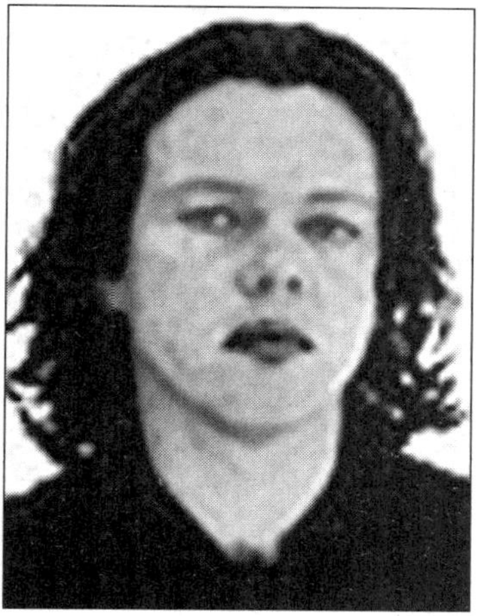

Geschichten aus der Gruft

Tim Willocks

„Der Kosmos war amoralisch und scherte sich einen Dreck um das, was in Menschen vorging. Alle Männer – alle Frauen – waren in ihrer tiefsten Seele gewalttätig und schlecht. Alles, was die Zivilisation erschaffen hatte – Gesetzeswerke, Religion, Kunst – war nichts als ein bröckelnder Schutzwall, der immer wieder durchbrochen wurde und nur dem einzigen Zweck diente: die gewalttätige, tobende See des Bösen im Menschen einzudämmen", heißt es in RACHEGÖTTIN, Tim Willocks' bisher letzten Roman. Wenn kein Gesellschaftsvertrag existiert, der das Zusammenleben regelt, gibt es nur noch den Krieg aller gegen alle, verkündete der Philosoph Thomas Hobbes. Der Mensch ist des Menschen Wolf. Wie das aussieht, leuchtet Willocks in seinem Gefängnisroman DIE GEFANGENEN VON GREEN RIVER aus. Er beschreibt 24 Stunden im schlimmsten Knast der Welt. Eine unerträgliche Atmosphäre aus Gewalt und Perversion beherrscht Green River. Und der durchgeknallte Direktor, der nicht von ungefähr Hobbes heißt, tut alles, um die Bedingungen zu verschlechtern, damit die letzten zivilisatorischen Regeln zum Klo runtergespült werden. Er zieht die Repressionsschraube immer weiter an, bis die kritische Masse explodiert und es zur ultimativen Schlacht zwischen Bestie und Geist kommt. Das Finale ist schlimmer und härter als ein Auftritt der NO ANGELS. Nach der Lektüre beherzigt man gerne

Alfred Hitchcocks Ratschlag für Filmemacher: „Bleibt aus den Gefängnissen raus.“ Alan Pakula hat die Filmrechte an diesem wahrscheinlich bisher besten Knastroman erworben.

In einer BRAVO für Gruftis würde sich Tim Willocks bestens als Starschnitt eignen: Unter langen roten Haaren die bleiche Haut und die Augen eines Vampirs, der dringend eine Blutinfusion benötigt. Intensive Augen, die zuviel gesehen haben und zuwenig vergessen können. Mit seinem Freund Nick Cave könnte er auf dem Friedhof einen Schlafplatz teilen. Aber der ungesunde Eindruck täuscht: Sein Körper ist gestählt durch ein halbes Leben Shotokan-Karate, Schwarzgurt seit ‘86. Hauptberuflich arbeitet der Psychiater und Mediziner nicht in einer Blutbank, sondern mit Junkies und anderen Drogenfreaks. Tim Willocks ist ein Krieger-Schamane, der Bücher und Filme schreibt.

Und was für Bücher! Nichts für Leute mit einer schwachen Pumpe. Willocks beschäftigt sich nur mit Sachen, die Gott verboten hat. Wo sich Willocks herumtreibt, da schreibt man keine Fürstenromane. Kein Kerl der – wie heißt es so schön in albernen Klappentexten – ins „Herz der Finsternis“ reist; muss er auch nicht, denn genau dort lebt er. Er jagt den Leser durch Adrenalinausstöße, wie es nur ein Schriftsteller gewordener Psychiater mit einer Gewaltphobie kann. „Ich habe mit zehn Jahren angefangen zu schreiben und mit fünfzehn wieder aufgehört. Aber die Schriftsteller, die ich in dieser Zeit las, hatten einen großen Einfluss auf mich: Camus, Sartre, Chandler, Spillane, Faulkner und Pynchon. Später dann Cormac McCarthy, Crumley und Ellroy. McCarthys BLOOD MERIDIAN ist mein Lieblingsroman. Gefährlich! Wenn ich McCarthy lese, habe ich eine Woche lang einen Schreibblock.“ Willocks’ Psychopathen wollen die menschliche Gesellschaft überwinden, indem sie Tabus zerschmettern und in sinnlosen Blutbädern und Orgien waten, um den vorgesellschaftlichen Naturzustand herzustellen. Bis sie dann endgültig in eine der unteren Höllen auf Grund laufen. „Es gibt zuviel Hass in der Welt. Aber wenn wir keine Verwendung dafür hätten, würden wir ihn gar nicht empfinden.“ Folgerichtig heißt es in RACHEGÖTTIN: „Allein der Hass hatte Lena die Kraft gegeben, ihre geistige Gesundheit und ihr Selbst wiederzufinden.“ Willocks nimmt keine Gefangenen, hasst das Blair-Regime und schert sich einen Dreck um political correctness.

1957 in Manchester geboren, landete er 1994 mit seinem zweiten Roman GREEN RIVER RISING einen Welterfolg, der in 14 Sprachen übersetzt wurde. Der Freund des ehemaligen Stones-Gitarristen Mick Taylor wurde auch Analphabeten bekannt, weil er eine Affäre mit Madonna hatte. „Wir sind zusammen ausgegangen, haben uns verliebt – und dann war es plötzlich vorbei." Anfang der 90er war er Mitbegründer des Londoner Kurtztheatre. In den letzten Jahren schrieb er Drehbücher zu UNFINISHED JOURNEY, SWEPT FROM THE SEA und SWEET ANGEL MINE.

1991 debutierte er mit dem Roman BAD CITY BLUES, in dem er einige Charaktere einführte, deren weiteres Schicksal in RACHEGÖTTIN verhandelt wird. Willocks drückt den Leser tief in den Sumpf des amerikanischen Südens, lässt ihm die subtropische Klammheit in die Knochen kriechen und den dauernden Brandgeruch von Korruption, Folter und Mord in die Nase steigen. Irgendwie schaffte er es genug Geld aufzutreiben (auch mit der Hilfe von Dennis Hopper), um 1999 einen Film daraus zu machen. Regie führte Michael Stevens (der Enkel von George Stevens), der zuvor Produzent für Terrence Malick gewesen war. Die Musik verantwortete Mick Taylor. Willocks erinnert sich an Hoppers Großmut: „Er sagte zu Michael, dass sein Großvater ihm in GIGANTEN seine erste große Chance gegeben hätte, und das er deshalb jede Rolle in Michaels Film übernehmen würde. Und er bot uns seine Hilfe an, um den Film zusammenzukriegen." (Alle Informationen zu BAD CITY BLUES findet man auf der eigenen Homepage: www.badcityblues.com)

In RACHEGÖTTIN weidet Willocks Überlebende (und Tote) aus BAD CITY BLUES nochmals aus und hetzt sie wieder durch einen Southern Gothic: Clarence Jefferson, der böse Bulle, ist tot, hat aber einen üblen Nachlass hinterlegt, mit dem man die reichsten und mächtigsten Leute des Landes zu Fall bringen könnte. Erbe des Danaergeschenks ist sein einstiger Totfeind Cicero Grimes, der die Unterlagen suchen soll. „Der Mann hatte sein vergiftetes Netz in einem weiten Bogen über Raum und Zeit gesponnen, doch sein Genie lag in dem Umstand, dass er die darin gefangenen Menschen nicht selbst auffraß. Er ließ sie sich gegenseitig auffressen." Die komplexe Handlung wird zu einem apokalyptischen Finale geführt, das inzwischen Willocks' Markenzeichen ist. Zurück bleiben zutiefst leidende Charaktere und Leser, die noch lange grauenhafte Hironymus Bosch-Bilder im Kopf behalten.

BIBLIOGRAPHIE:

Bad City Blues, Arrow 1999.
Die Gefangenen von Green River (*Green River Rising,* 1994), Heyne 1998.
Rachegöttin (*Bloodstained Kings,* 1995), Heyne 2000.

LINKS:

http://www.disturb.org/willockseng.html

Poet des White Trash

Daniel Woodrell

„Der Revolver war im Haus und in ihrem Kopf, und bei jedem neuen Sonnenuntergang spürte ich, dass wir einem richtigen Verbrechen wieder ein Stück näher gekommen waren", berichtet Sammy, Herumtreiber und Ich-Erzähler in Daniel Woodrells Roman TOMATO RED. Zusammen mit der rothaarigen Jamalee und ihrem bildschönen kleinen Bruder Jason („Im Lebensmittelladen werfen ihm erwachsene Frauen ihre Schlüpfer zu, auf die sie mit Lippenstift ihre Telefonnummern geschrieben haben.") schreckt er vor nichts zurück, um ans bessere Leben zu kommen. Denn die Geschwister stammen aus Venus Holler – und wer daher kommt, hat nichts zu verlieren. Venus Holler ist der Slum der fiktiven Stadt West Table, die wohl einiges gemein hat mit West Plains, dem Wohnort des Autors. Woodrell-Fans kennen dieses Dreckloch noch aus seinem vorherigen Roman STOFF OHNE ENDE, den auch ein Loser erzählte und bei dem ebenfalls so einiges schief ging.

Daniel Woodrell berichtet aus einer Hölle, die Ozarks heißt und im südlichen Missouri liegt. Reichlich Wälder, Hügel, ein paar stinkreiche Ausbeuter, korrupte Bullen, debile Hillybillys und jede Menge White Trash-Clans, die sich gegenseitig die Marijuana-Ernten abjagen und die Schädel wegschießen. „Die Ozarks sind die perfekte B-Seite eines Großstadtmolochs." Alles ist käuflich, und mit genügend Land oder Geld aus krummen Geschäften kann man sich aus jedem Haftbefehl freikaufen. Zwischen den undurchdringlichen Wäldern Herrenhäuser, verkommene Farmen und kleine Städte voller Slums, in denen „Schuppen die Gegend überziehen wie Pockennarben und massenhaft Kinder ausbrüten, mit denen der Rest der Welt klar kommen muß." Es gibt in den USA Menschen, die nichts mit der Mainstream-Kultur zu tun haben. Sie leben in einem Paralleluniversum aus Trailer-Parks und Nachtjackenviertel. Von den Normalos erwarten sie nur Ärger. Denn die stecken sie in den Knast, verpassen ihnen Strafbefehle oder nehmen ihnen ihr bisschen Land weg. Also leben sie nach ihrem eigenen Wertesystem. Die Waltons würden von ihnen geteert und gefedert. Selbst in dieser Elendszone gibt es noch schlimmere Hinterhöfe. In denen durchwühlt Woodrell die Mülltonnen für seine Noir-Romane und Sittengemälde aus der amerikanischen Jauchegrube.

Daniel Woodrell, geboren 1953, ist ein Kind der 60er, aufgewachsen in den Ozarks in einer Familie, die den Vietnamkrieg ganz in Ordnung fand. Mit 17 ging er zu den Marines. Anschließend hatte er mächtig mit Drogen und Subkulturen zu tun. „Seit fast zwanzig Jahren arbeite ich freiberuflich. Habe es nie in einem Job ausgehalten. Der Rekord waren sechs Monate. Tja, man muss für die Schriftstellerei alles geben. Entweder schwimmen oder absaufen." Schließlich landete der Outsider in einem Schriftstellerworkshop in Iowa.„Mit meinem blue-collar-Hintergrund passte ich denen nicht. Sie wollten mich nach der Hälfte rausschmeißen, aber ich blieb einfach." In dieser Zeit schrieb er seinen ersten Roman CAJUN BLUES, den ersten Band seiner Shade-Trilogie, den er erst 1985 verkaufen konnte, und der fast unter Auschluss der Öffentlichkeit erschien. Jahre des Schreibens und der Frustrationen. Jedes Buch ein kommerzieller Misserfolg. Auch das zweite Buch, gerade von Ang Lee als RIDE WITH THE DEVIL verfilmt, war ein Flop. Dabei einer der besten Bürgerkriegs-Romane und als „Western" nur mit Cormac McCarthys Klassiker BLOOD MERIDIAN vergleichbar. Mit jedem zündenden Satz verbrennt Woodrell die Hollywoodklischees über den Sezessionskrieg. Der Roman folgt dem jungen Ich-Erzähler auf seiner blutigen Spur an der Seite der Freischärler unter dem berüchtigten Quantrill. In den West Plains tobte ein brutaler Partisanenkrieg, der noch Jahre nach Ende des Bürgerkrieges Opfer forderte. „Die Amerikaner haben sich über das Buch zu Tode erschreckt weil es vom Standpunkt der Südstaaten geschrieben ist. Ich bekam keine Rezensionen nördlich der Dixon-Linie. Keiner wollte wissen, was hier wirklich los war. Es war wie in Bosnien." Die Sprache des Romans ist filmisch und hypnotisch. Der 35-Millionen-Dollar-Film floppte in den Staaten ebenso wie das Buch, das in der Erstauflage gerade mal 2600 Exemplaren verkaufte.

Die beiden nächsten Shade-Romane liefen ebenfalls nicht besonders. Einigen verblödeten Kritikern galt Woodrell gar als eine Art James Lee Burke ohne Abitur. „Ich war so wütend, dass ich vier Jahre nichts mehr schrieb. Ich wollte nur einige dieser Rezensenten treffen und ihnen die Scheiße aus dem Leib prügeln." Dann schlug er mit STOFF OHNE ENDE zu. Ein country-noir, in dem er seine Technik perfektionierte, jedes Kapitel wie eine Kurzgeschichte aufzubauen: Kurze, abrupte Eröffnungen und schnelle Enden. Das Ganze aber ist mehr als die Summe der Einzelteile. Woodrell hält die Regeln des Noir-Romans ein: Die Verdammten bleiben verdammt, und keine heruntergekommene Nutte wandelt sich zur treusorgenden Hausfrau. Dabei missachtet er jede einengende Tradition und romantisiert seine Außenseiter nicht. Wenn sie jemanden umlegen und verbuddeln, beten sie nicht am Grab, sondern pinkeln auf die Leiche. Sie leben hart und schnell, saufen, schlucken Drogen, taumeln zwischen Hoffen und Fatalismus und träumen Träume, die regelmäßig zusammengetreten werden „Dass ihr Traum nur eine Phantasie ist, an der man sich eine Weile festhält, die aber eines scheußlichen Nachts, ein Stückchen weiter die Straße des Lebens hinab, erschlafft und sich um ihren hübschen Hals zusammenziehen wird." Endgültig als Poet des Trailer-Park-Trash abgestempelt, kann Woodrell mit dieser Schublade mehr schlecht als recht leben. Neben der Jerry Springer-Show und den neuen Trash-Bands ist er zum herausragenden Protagonisten der hässlichen Amerikaner geworden – mehr noch als sein kaum weniger begabter Kollege Joe R.Lansdale. Woodrell schreibt wie ein Bastardsohn von Raymond Chandler und Erskine Caldwell. In den Dialogen, Bildern oder Vergleichen wird der Einfluss von Chandler deutlich, ohne dass Woodrell zum Epigonen wird: „Ich sah ihn an und dachte, es stimmt wohl, dass uralte Menschen plötzlich wieder wie Kinder aussehen können, wie wenn bei einem Auto der Kilometerzähler umspringt und wieder bei Null anfängt. Nur dass es inzwischen ein klappriges Vehikel ist."

TOMATO RED ist noch düsterer als STOFF OHNE ENDE, der ebenfalls in West Table spielt, wo die eiserne Regel gilt: Du bist das, wo du geboren wurdest. Und wenn du im Slumviertel Venus Holler geboren wurdest, bist du gar nichts. Dort ist man nicht so anmaßend, leben zu wollen, dort ist man froh zu überleben. Der „Held" Sammy ist natürlich wieder ein echter Loser, der in die Fallstricke des Noir-Romans gerät: Sex und Gewalt. Aber Sammy verkündet auch die Erkenntnisse eines Linksaußen, der jeden Glauben an gesellschaftlichen Fortschritt verloren hat: „Die Reichen können sich entspannt zurücklehnen. Wir können nie einen richtigen Krieg gegen sie anzetteln. Denn die Reichen können uns jederzeit kaufen, damit wir uns gegenseitig umbringen."

Woodrell ist das Sprachrohr für die, die nichts mehr zu verlieren haben.Für den Poeten des Lumpenproletariats gilt, was er über sein Alter Ego in STOFF schrieb: Er lebte den Schund, den er schrieb.

Bibliographie:

Cajun Blues (*Under the Bright Lights*, 1986); Heyne, 1994; vergriffen
Zum Leben verdammt (*Woe to Live On*, 1987), rororo 22336
Zoff für die Bosse (*Muscle for the Wing*, 1988; vergriffen
John X. (*The Ones You Do*, 1992), Rowohlt Paperback
Stoff ohne Ende (*Give Us a Kiss*, 1996), rororo 22773
Tomato Red (*Tomato Red*, 1998), Rowohlt Paperback
The Death of Sweet Mister, 2001

Reparatur-dienste für die Apokalypse

Die Handyman-Jack-Romane von F. Paul Wilson

Wenn der Abfluss verstopft ist, sollte man Repairman Jack gar nicht erst rufen. Jack repariert nämlich andere Sachen: Probleme, mit denen sonst niemand fertig wird – schon gar nicht die Bullen. Zu seinen Fans gehört Stephen King, der sich selbst zum Präsidenten des Repairman Jack-Fan-Klubs erklärte.

Repairman Jack hat's nicht so mit dem Staat und deshalb für sich einen toten Winkel geschaffen, der ihn unsichtbar macht. Er hasst Bürokraten und jede Form von Kontrolle. Und er erklärt auch genau, wie man sich entziehen kann: Es gibt keine Sozialversicherungsnummer, noch sonstige amtlichen Zeugnisse über ihn. Er ist ein kapitalistischer Anarcho, also ein Libertärer – was nichts mit dieser dumpfen Partei namens FDP zu tun hat. Den Libertären verdanken wir immerhin so schöne Gedanken wie „Steuerhinterziehung ist Menschenrecht". Die Haltung ist typisch für seinen Schöpfer, der '68 sowohl die Freiheit des Marktes wie die des Drogenkonsums verlangte. Für seinen psychedelischen Equalizer gilt Bob Dylans Satz: „If you live outside the law you must be honest". Und wer so wenig Vertrauen in Politiker und Institutionen hat, der gerät zwangsläufig von einer Verschwörung in die nächste. Auch das Universum macht davor nicht halt. Im Laufe der Romane wird deutlich, dass Jack eine wichtige Rolle im kosmischen Kampf spielt, denn die „Andersheit" will nicht etwa die

Menschheit versklaven, sondern die gesamte Natur ausrotten. X-Akten auf Speed. Mit Kleinkram wie außerirdischen Invasoren gibt sich Wilson gar nicht erst ab. Die Erde ist nicht Beute, sondern ein simpler Nebenkriegsschauplatz. Wilson hämmert neue Funken aus dem kosmischen Dualismus von H.P.Lovecraft, den er als seinen stärksten Einfluss nennt.

Im ersten Roman THE TOMB trifft Jack seine vegetarische Freundin Gia und ihre kleine Tochter, um sie vor einem Schicksal schlimmer als der Tod zu bewahren. Repairman Jack bleibt am Ende anscheinend tödlich verwundet zurück, erledigt von den haimäuligen Rakoshi-Dämonen, die das Hirn eines Pitbulls besitzen und den tödlich zielgerichteten Instinkt einer Tomahawkrakete. Aber ein Kerl wie Jack ist durch eine Bagatelle wie den Tod nicht aufzuhalten. Besonders nicht, nachdem er mit dem Buch 1984 die Bestsellerliste erklommen hatte. Wilson erkannte – nicht zuletzt durch Fan-Post – das Potential seines Helden und rettete ihn zunächst durch mehrere Kurzgeschichten. Aber es dauerte satte 14 Jahre, bevor er ihn endlich wieder buchlang gegen die Verschwörungen des Planeten einsetzte.

Wilson ist ein Meister des cross-over-Thrillers wie er etwa von Dean R. Koontz kultiviert wurde. Er mixt alle möglichen Genres, Horror, Detektivroman, Science Fiction, zu originellen Thrillern, die ihre Herkunft aus den Pulps und alten Horrorfilmen nicht verleugnen. Richtig guter Trash, der sich noch bei größter Hitze vorzüglich runterlesen lässt.

F. Paul Wilson wurde in New Jersey geboren, wo er heute noch lebt. Als Kind lebte er von einer Diät aus E.C. Comics, Carl Barks, Lovecraft, Richard Matheson und Ray Bradbury. In einer Woche sah er sich elf Mal KING KONG an, was einen bleibenden Schaden hinterlassen haben dürfte. In den 60er Jahren studierte er Medizin in Georgetown. Obwohl seine Bücher in 25 Sprachen übersetzt sind und er alleine in den USA 6 Millionen Exemplare verkauft hat, praktiziert er heute noch zweimal die Woche als Arzt. Er begann mit SF-Kurzgeschichten (die meistens auch Horrorelemente enthalten) und Skripte für die Warren-Comics CREEPY und EERIE. Sein Roman THE KEEP wurde von keinem geringeren als Michael Mann verfilmt. Seit Jahren ist eine Verfilmung des ersten Jack-Romans geplant. Augenblicklich sieht es so aus, dass Beacon Film zusammen mit Disney/Touchstone/Buena

Vista 2005 Jacks erstes Abenteuer mit einem Budget von 80 Millionen Dollar in die Kinos bringt. Natürlich ist eine Serie und jede Menge überflüssiges Merchandising geplant.

Bibliographie:

The Tomb, 1984 (*Die Gruft,* Goldmann, 1989)
Legacies, 1998 (*Der Spezialist,* Blanvalet, 2000)
Conspiracies, 1999 (*Im Kreis der Verschwörer,* Blanvalet 2002)
All the Rage, 2000 (*Tollwütig,* Blanvalet 2002)
Hosts, 2001 (*Todesfrequenz,* Blanvalet 2003)
The Haunted Air, 2002
Gateways, 2003

Der Mensch ist ein Hurensohn

Arturo Pérez-Reverte

„Heutzutage kann jeder Feigling von weitem töten, indem er nur auf einen Knopf drückt." Nein, die Rede ist nicht von Afghanistan, wo tapfere Bushkrieger mit Hightech im Kampf gegen das Böse Knöpfe drücken. „Stahl symbolisiert für mich den Unterschied zwischen Vergangenheit und Gegenwart. Auf den Degenkämpfer spritzte das Blut, das er vergoss", sagt Spaniens erfolgreichster Schriftsteller Arturo Pérez-Reverte, der sich auf internationalen Schlachtfeldern mit Bitterkeit vollgesogen hat. Von 1973 (Jom Kipur) bis 1994 (Sarajewo) berichtete er über fast jedes zeitgeschichtliche Gemetzel. Wenn irgendwo im großen Stil gemordet wurde, erschien sein trauriges Gesicht auf dem Bildschirm des spanischen Staatsfernsehens. Er musste mitansehen, wie die Amerikaner Konflikte am Köcheln hielten (Strategie der Spannung) und hasst Drecksläden wie McDonalds. Irgendwann konnte er nicht mehr. Heckenschützen, die in Sarajewo Kinder abballerten, gaben ihm den Rest. „Wenn ich vorher wusste, dass der Mensch ein Hurensohn ist, so bekam ich in Sarejewo Gewissheit." Seitdem schreibt er Romane, liest kaum noch Zeitung, will mit der Welt nichts mehr zu tun haben. „Ich bin draußen, ich bin aus allem raus." Fast jeder seiner Bestseller ist eine Mischung aus historischem Abenteuerroman und modernem Thriller. Literarische oder kulturelle Exkurse durchbrechen (und bereichern) die

Handlung. Oft witzig und meistens klug: „Auch die Musik hat einen gesellschaftlichen Wert. Sie schafft Gleichheit der Gefühle“, sagt ein Charakter im FECHTMEISTER, der „die Meinung vertrat, die wichtigsten Beiträge zur Menscheitsgeschichte sind der Buchdruck und die Guillotine“. Er ist postmodern in der Tradition Umberto Ecos, allerdings mit einer gehörigen Portion Düsternis. Sein Roman DIE SEEKARTE, in der er wieder mal literarischen Idolen huldigt, ist seine Liebeserklärung an das Meer, die Seefahrt und Joseph Conrad und Illustration des Satzes von W.H.Auden: „Der Matrose symbolisiert den unschuldigen Gott vom Meer, für den die Gesetze des Landes nicht gelten und der deshalb alles tun kann, ohne schuldig zu werden“. Lord Jim trifft den Malteser Falken. Neben den literarischen Welten ist die See sein Fluchtpunkt. Mindestens ein Drittel des Jahres kreuzt der Einhandsegler auf seiner selbstentworfenen 13 m langen Segelyacht „Corso“ im Mittelmeer. Vollgestopft mit moderner Technik und einer Bibliothek. Frau und Kind lässt er zurück in seiner Madrider Wohnung, in der er seine Romane schreibt. Diese zynischen, aber doch voller Liebe zur europäischen Kultur getragenen Romane zu schreiben, sind Therapie. Sonst würde er an der Welt zu Grunde gehen. „Ich schreibe immer das gleiche Buch: Es handelt von einem Menschen, der die Welt nicht mag, die er vorfindet. Das bin ich.“ Zyniker sind enttäuschte Romantiker, und nur der Romantiker konnte den Abenteuerroman auf ganz eigene Weise neu beleben.

Geboren wurde er 1951 in Cartagena. „Ich wurde für eine Welt erzogen, die es nicht mehr gibt. Ich hatte als Kind Fechtunterricht. Ich war ein leidenschaftlicher Leser, der reisen wollte. Also wurde ich Journalist, dann Kriegsberichterstatter. Zwanzig Jahre konnte ich mitansehen, das der Krieg die schlimmste Manifestation der menschlichen Existenz darstellt.“

Erst mit 34 begann er Romane zu schreiben. Mit EL HUSAR hauchte er dem Mantel & Degen-Genre neues Leben ein. Mit dem nächsten, DER FECHTMEISTER, wurde er zum Bestsellerautor. „DER FECHTMEISTER ist die Geschichte des letzten Ehrenmannes. Wie heute war damals im Spanien des 19.Jahrhunderts alles und jeder käuflich.“ Die Geschichte des letzten Ehrenmannes in einer ehrlosen Welt. „Mit dem letzten Fechtmeister werden auch alle vornehmen und edlen Grundsätze sterben. Dann wird es nur noch Hinterhalt und Überfall geben."

Neben historischen Stoffen schrieb er sich auch die Schrecken der Gegenwart von der Seele. Etwa mit TERRITORIO COMANCHE, das im eingeschlossenen Sarajewo spielt. Aber es sind die düsteren romantic novels, die seinen Welterfolg ausmachen: Millionen seiner Bücher wurden in Frankreich, Spanien, Südamerika, Deutschland und den USA verkauft. Meist sind es geheimnisvolle Botschaften, versteckt in Bildern, Karten oder Büchern, die die Handlung in Bewegung bringen. In seinem bisher besten Buch, JAGD AUF MATUTIN, hackt sich jemand direkt in den Computer des Papstes, um einen Hilferuf abzusetzen. Ein spannender Thriller und eine unversöhnliche Studie über klerikale Macht, die eindeutig vom Weg des Herrn abgekommen ist: „Der Heilige Vater ist unfehlbar, selbst wenn er sich irrt. Die Inquisition wieder ins Leben zu rufen, war die beste Methode, um den Dissidenten das Maul zu stopfen. Wer spricht heute noch von Küng, von Castillo, Schillebeeck oder Boffi? Auseinandersetzungen werden im Schiff Petri seit jeher damit gelöst, dass man Andersdenkende zum Schweigen bringt oder über Bord wirft." Im CLUB DUMAS geht es nicht nur um eine aberwitzige Jagd nach einem satanischen Buch, sondern auch um eine Liebeserklärung an Alexandre Dumas und den französischen Feuilletonroman. Fast im Alleingang setzt Pérez-Reverte in seinen Büchern der europäischen Populärkultur Denkmäler, die sich sogar in den USA Bestsellerstatus ertrotzen. Dabei lässt ihn der bourgeoise Kulturkanon kalt, und er stellt Agatha Christies ALIBI neben Joyce's ULYSSES. „Der Roman ist nicht tot, trotz der Bemühungen des kulturellen Establishments, ihn umzubringen. Es ist durchaus möglich, sophisticated Bestseller zu schreiben. Die größte Sünde eines Autors ist zu langweilen. Realität in Romanen zu verpacken, ist wie das Fälschen von Banknoten: Man muss sie genau kennen und sein Handwerk können." Inspiriert nutzt er Versatzstücke der Popkultur, ohne in den Manierismus Umberto Ecos zu verfallen. Reverte hat seine Helden gerne stark und seine Frauen gefährlich. Aber es sind keine Stereotypen, und sie laden nicht zur Identifikation ein. Trotzdem folgt ihnen der Leser willig und nach wenigen Seiten geradezu gierig durch die komplexen Geschichten. Er lässt sich Zeit zu erzählen. „Es zählt allein das magische Leseerlebnis, die Erschaffung einer Welt."

Bibliographie:

El Husar, 1986.
El maestro de esgrima, 1988 (*Der Fectmeister,* btb)
La Sombra del Aguila, 1993
El Club Dumas, 1993 (*Der Club Dumas,* auch *Die 9 Pforten,* btb)
La Tabla de Flandes, 1994 (*Die Dame in Schwarz,* rororo)
Territorio comanche, 1994
Cachito: un asunto de honor, 1995
La piel del tambor, 1995 (*Jagd auf Matutin,* btb)
El capitán Alatriste, 1996
Limpieza de sangre, 1997
El sol de Breda, 1998
Patente de corso, 1998
La Carta Esferica, 2000 (*Die Seekarte,* List)
El oro del Rey, 2000.

Filme

Von den sieben Filmen (darunter eine TV-Produktion) waren in Deutschland nur Jim McBrides Verfimung von LA TABLA DE FLANDES und Roman Polanskis 9 PFORTEN in den Kinos.

El Maestro de Esgrima, Spanien 1992. Regie: Pedro Olea.

Uncovered/La Tabla de Flandes, England/Spanien, 1994. Regie: Jim McBride.

Cachito, Spanien, 1995. Regie: Enrique Urbizu.

Territorio Comanche, Spanien/Frankreich/Deutschland/Argentinien, 1997. Regie: Gerardo Herrero.

The Ninth Gate/La novena Puerta, Frankreich/Spanien/USA, 1999. Regie: Roman Polanski.

Camino de Santiago, Spanien, TV, 1999. Regie: Robert Young.

Gitano, Spanien, 2000. Regie: Manuel Palacios.

Das Chamäleon

Dan Simmons

Im Vergleich zu Dan Simmons' Delirien wirken die meisten zeitgenössischen Horror-Autoren wie Schulhofkrakeler. Seine Weird Fiction steckt voller Szenen, die klar machen, dass man sie nicht vergessen wird.

Sein erster Roman, GÖTTIN DES TODES, war der einzige Erstling, der je den *World Fantasy Award* gewann. Eher ein exotischer Abenteuerroman mit Horrorelementen. Neun Wochen hatte sich Simmons in Indien aufgehalten und ein Schauerszenario der Stadt Kalkutta abgeliefert, deren marternde Worte den Leser erbarmungslos foltern. Wer dachte, der gruseligste Ort sei der Bundestag, wird eines besseren belehrt: Seine Darstellung Kalkuttas als Höllenloch ist eines Dantes würdig. Eine Stadt, gegen die die Welten von BLADE RUNNER oder ALIEN geradezu wie friedliche Vororte wirken. Zur Weird Fiction kehrte er immer wieder zurück: KINDER DER NACHT ist ein moderner Vampirroman, der zu den besten des Genres gehört und neue Volten aus dem abgenutzten Genre schlägt. Dabei sind die beschriebenen Zustände in Rumänien fast grauenhafter als der Genrehorror. KRAFT DES BÖSEN ist ein unglaublicher Genre-Mix aus Horror, Conspiracy, Polit-Thriller und Hollywoodroman. „Es beherrschte anderthalb Jahre mein Familienleben. Es war eine schreckliche Zeit. Alles wurde dem Buch geopfert. Es war die intensivste Erfahrung des

Schreibens, die ich je machte." SOMMER DER NACHT ist sein dickleibiger Stephen King-Roman. Eine weitere Facette des Chamäleons Simmons, in dem er Kindheit in der amerikanischen Provinz der 60er Jahre mit Horror verbindet. In dem Sequal A WINTER HAUNTING kehrt einer der Protagonisten 40 Jahre später an den Ort des Schreckens zurück. Simmons – und das ist wieder so originell an ihm – zeigt die psychischen und emotionalen Nachwirkungen der grauenhaften Erfahrung.

Er ist wahrscheinlich der vielseitigste lebende Autor. Sein bisheriges Oevre umfasst herausragende Werke in fast allen Genres: Science Fiction, Fantasy, Horror, Polit-Thriller, Mainstream, Crime. „Unterschiedliche Genres sind wie unterschiedliche Spezies am Baum der Evolution. Ich weiß, wie sauer Leser reagieren, wenn der Autor die Genre-Regeln nicht kennt. Ich kenne sie, weil ich all diese Genres liebe und lese. Jeder, der sein ganzes Leben lang nur dasselbe Genre liest, ist ein Idiot. Für einen Verleger ist das natürlich ein Alptraum. Er kann mir nicht ein bestimmtes Etikett aufkleben und mich damit vermarkten." Kein Autor hat in so vielen Grenres so markante Duftmarken gesetzt. Ein solches Kaliber ignoriert man nur auf eigene Gefahr. Einzige Schwäche bei manchen seiner voluminösen Epen sind unnötige Subplots, die die Romane dicker machen, aber die Handlung oder Charaktere nicht voran bringen. Sein vermeintlich einfacher, direkter und schnörkelloser Stil ist äußerst effektiv. „Je komplexer die Story, um so simpler sollte der Stil sein und umgekehrt."

Simmons wurde 1948 in Illinois geboren. Er studierte Englisch und wurde überzeugter Grundschullehrer. Wie es sich für solche Biografien gehört, war er von klein auf ein begeisterter Popleser. „Einige SF-Storys machten mir deutlich, dass der Kapitalismus nicht so toll ist wie ich dachte." Heute lebt er mit seiner Frau Karen und seiner Tochter Jane in Colorado. In den 70er Jahren hatte er vergeblich versucht SF-Kurzgeschichten zu veröffentlichen. Bevor er die Schreiberei an den Nagel hängen wollte, machte er 1981 einen letzten Versuch und ging zu einem Workshop, in dem auch der legendäre Harlan Ellison unterrichtete. Ellison erkannte sofort Simmons' Talent und drohte ihm physische Gewalt an, wenn er das Schreiben aufgäbe. „Ich nahm diese Drohung ziemlich ernst. Was er tatsächlich meinte, war, dass Schreiben eine Unumgänglichkeit ist und mir keine andere Wahl blieb." Kurz darauf verkaufte er seine ersten Kurzgeschichten. 1987 hatte er so viele Preise eingesackt und Bücher verkauft, dass er Berufsschriftsteller wurde. Inzwischen veröffentlicht er in 30 Ländern.

Schon direkt nach dem Erscheinen wurde HYPERION zu einem SF-Klassiker und verkaufte bis heute über eine Million Exemplare in 20 Sprachen. Der Roman ist nach den Canterbury Tales strukturiert und erzählt die Geschichte einer Reise durch die Galaxis aus der wechselnden Perspektive von 6 Personen. Jeder dieser Berichte ist stilistisch unterschiedlich und präsentiert eine bestimmte Form der Science Fiction, von der Hardcore-SF bis zum Cyberpunk. Simmons erhielt dafür den wichtigsten Preis der SF-Literatur. „Ich hätte in Holland sein sollen, um den *Hugo Gernsback Preis* entgegenzunehmen, aber ich konnte es mir nicht leisten. Ich musste den Hugo gewinnen, um genug Geld zu verdienen, dass ich hätte zur Verleihung kommen können." Das gigantische Werk, in dem er u.a. mit dem uralten katholischen Schwindel aufräumt, lässt sich höchstens mit C. S. Lewis, Olaf Stapledon oder David Lindsey vergleichen. Trekkies oder STAR WARS-Fans sind wohl kaum dazu in der Lage, Schritt für Schritt in dieses Buch einzudringen und scheitern bereits auf der ersten Seite. In der SF hinterlässt er regelmässig breite Spuren: Ob mit herausragenden Kurzgeschichten, dem Hyperion-Nachfolger ENDYMION oder gerade mit ILLIUM, der ILLIAS als Space Opera. Simmons nutzt häufig klassische Vorlagen für seine Bücher: John Keats inspirierte ihn zu HYPERION, Dante und T. S. Eliot haben ihre Spuren in DER HOHLE MANN hinterlassen.

Als Meister des historischen Polit-Thrillers erweist er sich in FIESTA IN HAVANNA. Aus der Perspektive des FBI-Agenten Joe Lucas erzählt er, wie Hemingway und seine Gang im 2.Weltkrieg auf einen Nazi-Komplott stoßen, der den Kriegsausgang verändern könnte. Großartig sind die Charakterisierungen realer Figuren von Gary Cooper über J. Edgar Hoover bis hin zu Ian Fleming. Und Hemingway selbst springt einem aus den Seiten direkt ins Zimmer. Sein Auge für Details, machen diesen Thriller authentisch. Die erhabenen Kommentare des literarisch uninteressierten Ich-Erzählers sind immer vergnüglich: „Hemingway hatte für diese alberne Fischgeschichte den Nobelpreis bekommen."

Inzwischen hat er auch noch eine Privatdetektivserie auf der Piste, die mehr an Jim Thompson und Richard Stark orientiert ist als an Raymond Chandler. „Mein Ziel war, als ich HARDCASE, den ersten Joe Kurtz schrieb, kein Kapitel sollte länger als 5 Seiten haben. Und ich wollte einen Protagonisten, der so gemein ist, dass ihn nicht mal seine Mutter lieben kann. Ich schrieb es in zwei Monaten." Der *bodycount* ist genauso hoch wie das Tempo dieser schwarzen Thriller.

Als hochkarätiger Romancier zeigt er nicht nur die Menschen in ihren Beziehungen zueinander, sondern auch in ihren Beziehungen zu der Welt, in der sie leben. Aus einem Mann, der Genremeisterwerke auf Bestellung liefert, ist noch viel mehr rauszuholen.

BIBLIOGRAPHIE

GÖTTIN DES TODES (*Song of Kali,* 1985), Heyne, 1991.
KRAFT DES BÖSEN (*Carrion Comfort,* 1989); Heyne, 1993.
IN DER SCHWEBE (*Phases of Gravity,* 1989); Heyne, 1994.
DIE HYPERION-GESÄNGE (*Hyperion* und *End of Hyperion*); Heyne, 2002.
STYX (*Prayers to Broken Stones,* 1990); Heyne, 1995.
SOMMER DER NACHT (*Summer of Night,* 1991); Heyne, 1996.
Going After the Rubber Chicken, 1991.
Summer Sketches, 1992.
KINDER DER NACHT (*Children of the Night,* 1992); Heyne, 1993.
DER HOHLE MAN (*The Hollow Man,* 1992); Heyne, 1994.
LIEBE UND TOD (*Lovedeath,* 1993); Heyne 1995; Blitz Verlag, 2000.
DIE FEUER VON EDEN (*Fires of Eden,* 1994); Goldmann, 1997.
ENDYMION (*Endymion* und *The Rise of Endymion*); Goldmann 2003.
DAS SCHLANGENHAUPT (*Darwin's Blade,* 2000); Goldmann, 2002.
FIESTA IN HAVANNA (*The Crook Factory,*1999); Goldmann 2000.
Hardcase, 2001.
A Winter Haunting, 2002.
Hard Freeze, 2002.
World Enough and Time, 2002.
ILLIUM (*Illium,* 2003); Heyne, 2004.
Olympos, 2004.
Hard As Nails, 2004.

Die Porträts erschienen als Vorabdruck im Berliner TIP-Magazin. Dank für die Abdruckgenehmigung an den TIP und insbesondere an Ingo Schütte.

DIE SCHLECHTESTEN VERFILMUNGEN VON NOIR-ROMANEN

von Martin Compart

KILLER INSIDE ME nach Jim Thompson
von Burt Kennedy

THE BIG SLEEP nach Raymond Chandler
von Michael Winner

HAMMETT nach Joe Gores von Wim Wenders
(trotz Ross Thomas in einer Gastrolle)

THE BUTTERFLY nach James M.Cain
von Matt Cimber

THE BIG BOUNCE nach Elmore Leonard
von Alex March

LE CHOCK nach Manchette
von Robin Davis

GET CARTER (2000) nach Ted Lewis
von Stephen T. Kay

DER AMERIKANISCHE FREUND nach Patricia Highsmit von Wim Wenders

DIABOLIQUE nach Boileau/Narcejac
von Jeremiah S. Chechik

NIGHT AND THE CITY nach Gerald Kersh
von Irwin Winkler

NO WAY OUT nach Kenneth Fearing
von Roger Donaldson

True Crime

EL LOCO

ODER TARZAN IM HURENHAUS

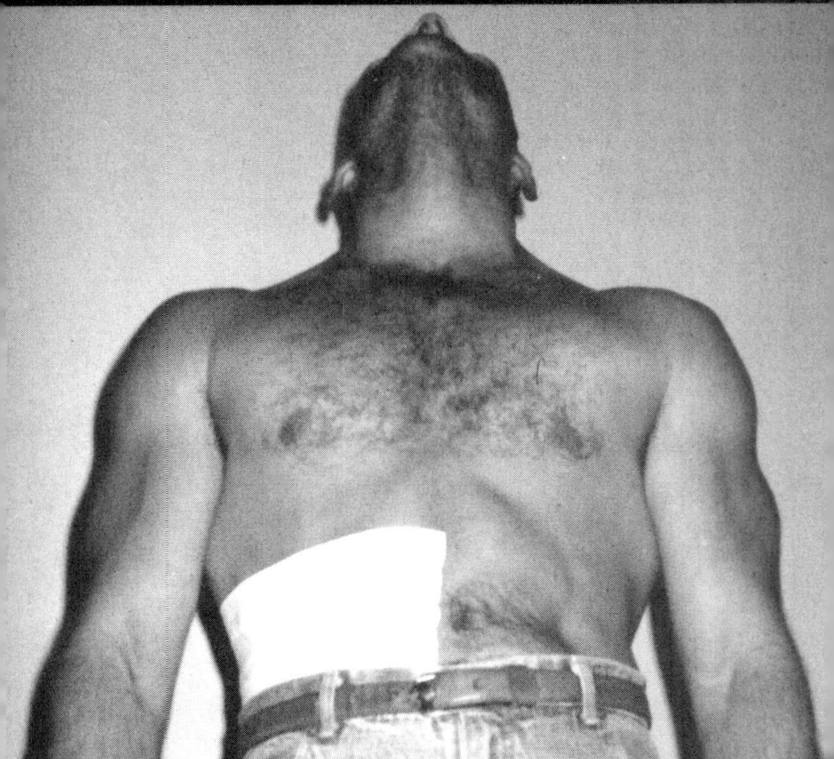

von Chris Hyde

Bei den Spaniern in der Vorstadt und in Ramons Bodega wurde Franco Ende der Achtziger ja nur noch „EL LOCO“ (Der Verrückte) genannt und jedesmal, wenn der Junge was gesoffen hatte und auf der Rolle war, hatte er echt ’en Sprung in der Schüssel, machte Randale ohne Ende und tyrannisierte die Leute in den Pinten mit seinem Scheiß. Letzt ist der auch wieder mit seinem ’Hetzer’, ’nem Dumpfkopp in Rockerkluft, durch die Schuppen gezogen und schließlich total stier im ’Casa ’ eingelaufen, hat den Chinesen und seine Gäste bedroht, den Leuten die Knarre entsichert an die Schläfe gedrückt und dabei einen Drink nach’m andern in sich reingeschüttet, bis die Bullen vor der Bar aufkreuzten. Da hat er ’nem Cop am Eingang kurz den Ellenbogen in den Magen gerammt, dass dem Freund das Abendbrot aus der Futterluke auf die frischgebügelte Uniform klatschte und ist in Richtung Freiheitsplatz abgaloppiert. Vorm Hertie haben ihn zwei Sheriffs mit’m Schießeisen im Anschlag abgefangen und gebusted. Seine Kanone konnte er unterwegs zwar unter ’nen geparkten Wagen feuern, doch die Pistole wurde gefunden und später haben sie seine Bude in Rodenbach linksgemacht, und die Polizei hat seinen Munitionsvorrat entdeckt und die Patronen eingesackt. Der Franco hat die Nacht wieder mal in der Ausnüchterungszelle im Bullenturm verbracht. Nach’m Verhör und seinem Geständnis am nächsten Morgen hat man ihn jedoch wieder laufen lassen, da er ’nen festen Job und ’ne Wohnung hat. Seinem Saufkumpan’, dem vierschrötigen Hetzer, hatte der Chink schon ’n Brett verpasst, bevor der aus dem Lokal flüchten konnte. Ich weiß nicht, was mit dem passiert ist. Wahrscheinlich haben von dem die Bullen auf der Wache eh nur die Personalien überprüft. Das ist ohnehin bloß ’n Mitläufer, der ’em Franco Beifall geklatscht hat, wenn der seine Schizotour abgefahren hat.

Die Story hat mir am selben Tag noch der ’Wilde Robert’ durchgeläutet. Der hat mit seiner Frau und Bekannten im ’Casa ’ an der Bar gehockt, als der Franco reingetigert ist und seinen bescheuerten Vortrag gebracht hat. Robert war heilfroh, daß er ‘en Franco mal auf ‘ner Fete von mir kennengelernt hat. Damals hatte ich an die vierzig Leute zu ‘ner Freß- und Sauforgie in die Hütte vom Hippiemetzger auf‘m Wingert in Selbold eingeladen. Das warn fast alles Musiker mit ihren Girls, und mein Freund Franco war auch dabei. Der war auch gut gelaunt in jener Nacht, hatte sich suffmäßig etwas zurückgehalten, hatte begeistert alle Songs mitgegrölt, die unsre 'Wieste (wüste) Gabi' aus Zwiggau auf der Wanzenpresse (Schifferklavier) am Lagerfeuer runternudelte und ließ sich noch nicht mal vom Lava provoziern. Im Gegenteil, wo jeder andere dem Vorstadtpunker mit seiner Stänkerei schon längst das Maul gestopft hätte, meinte der Franco nur cool in seinem breitesten Rodenbächer Platt: "Weißde Amigo, mich kannsde heud nachd ned uffreche. Des is'm Chris sei Party un' da bassierd der nix. Awer wenn de dei Revoludion machst, da sachsde Bescheid, da bin ich debei!" Und da sind sich die zwei um den Hals gefallen und warn auf einmal ein Herz und eine Seele: der knochige Punker mit dem dezenten Nachtschattentaint und. der lebenslustige braungebrannte Muskelprotz.

Nun, auf jener Fete war der Franco echt gut drauf und der Robert hätte sich nie vorgestellt, was der Bursche im Suff woanders für 'nen Terror machte. Der Verrückte hat ihn in seinem Wahn ja kaum wiedererkannt. Auch 'm Robert und der Andrea hatte der Spinner mit seiner Scheißknarre vorm Zifferblatt rumgewedelt, bis der Robert in das benebelte Hirn vordrang und es 'em Franco endlich dämmerte, daß er 'nen alten Kumpel von mir vor sich hat. Ich kann mir schon vorstellen, wie dem Robert zumute war, als der hilflos mit ansehn mußte, wie der Wahnsinnige seiner Frau die Bleispritze an die Schläfe drückt und hat'n Finger an Abzugshahn. Robert ist der Letzte, der sich wegen irgend 'nem Arsch vor Angst in die Hose scheißt. Der hat während seiner Musikerzeit schon genug Bekloppte vor sich gehabt und. ist auch selbst alles andere als 'n Chorknabe, wenn den am Weekend der Hafer sticht. Da kloppt der auch mal 'nem Hilfssheriff aufs Maul, der ihm 'nen Knollen wegen Falschparkens andrehn. will. Oder kiirzlich auf'm Volksfest in Soest ist auch der Türsteher von 'ner Bar raus auf die Gasse geflogen, als der Robert sich mit seinem zugeballerten Kopf nicht abhalten ließ, vorm Heimweg morgens um halb sechs noch die Bandoleros anzusehn, die in dem Laden spielten. Der ist auch schon bei uns im ‚Druckhaus' auf'n Rocker los, der ihn doof anmachte und hat sich mit dem rumgeprügelt, obwohl da noch'n paar Brothers vom selben MC angepengt in dem Rockschuppen rumhingen. Aber so 'ne Situation, wie die Vorführung vom Franco hatte der ‘Wilde Robert‘ bisher noch nicht erlebt!

Ich sag ja immer: nüchtern ist der Franco ‘n seelenguter Kerl, echt ‘n super Kumpel, straight, zuverlässig und wahnsinnig hilfsbereit. Außer daß er manchmal am See showmäßig ‘ne lebendige Spinne frißt und runterschluckt, tut der keiner Fliege was an, so lang den niemand reizt. Als Maurer hat der nach der Penne bis heute geschuftet wie‘n Tier und bis vor drei, vier Jahren führte der Schmock im Sommer ‘nen Body vor, wie der unsterblicbe Steve Reeves in den Cinemascope-Sandalenschinken seiner Cinecitta-Zeit. Der Franco hat sich die Muskelpakete ja nicht mit Anabolika und so ‘nem Mist angefressen, wie die lächerlichen impotenten Gorillas, die sonntags im Schwimmbad ihren über alles geliebten Kadaver im Samson-Shirt peepshowmäßig durch die Botanik schieben, als hätten sie statt dem Winzling zwischen den Schenkeln ‘nen Ladestock im Mastdarm hinterm Auspuff gebunkert. Beim Franco kam das ‚Kraft durch Freude‘-mäßig durch die Maloche auf‘m Bau mit‘m Schweiß. Logo hat der in seiner Freizeit auch die Hanteln geschwungen, auf der Bank Gewichte gestemmt und sich durch Sit-ups und Liegestützen zusätzlich in Form gebracht. Der ist auch heute noch figürlich und mit der Kraft der wahre Supermann, aber langsam schrumpft bei dem durch‘n ständigen Suff doch das Muskelgewebe und ebenso der Schwanz und sein Verstand.

Früher, als seine Eltern noch im Land warn und er mit der Rita und dem Baby zusammenlebte, hat der Franco keinen Tropfen Alkohol angerührt, nur geschuftet, trainiert und am Wochenende im Puff seine überschüssige Kraft rausgespritzt. Aber als dem die Frau kurz vor der Hochzeit mit seiner Tochter abgehauen ist und hat ihn allein mit seinen teuren neuen Möbeln in der Bude sitzen lassen, weil sie mit seiner Machotour nicht mehr zurechtkam und mit seiner ständigen Fremdfickerei, das hat den richtig fertiggemacht. Seitdem säuft der nun fast Tag für Tag nach der Arbeit, und wenn der‘s richtige Level erreicht hat, macht er rum wie‘n Zombie. Da ist der Trabbel vorprogrammiert, da ist der in ‘nem Zustand, da ist der so übel drauf, da kennt der weder Freund noch Feind, da geht nur noch der Punk ab. Den dürfte man garnicht mehr auf die Straße lassen ohne gültigen Waffenschein. In Venezuela, wo der geboren ist, hätten sie den Gaucho schon längst zum Abschuß freigegeben bei dem Scheiß, den der schon abgezogen hat. Und in Spanien hätte ihm der letzte Hungerturm auf'm Kaff bei Nacht und Nebel sein Messer in die Rippen gestoßen, wenn der seine Braut angetatscht hätte, um nicht das Gesicht zu verlieren. Da hätte Franco keinen Tag überwintert.

Der Eddie hat den mal mit seinem Taxi nach Erlensee in die Kennedy Street kutschiert. Da ist der Franco unterwegs auch ausgerastet, hat wieder brustkorbmäßig die Luft reingepumpt, wie'n Maikäfer vorm Begattungsflug, hat rumposaunt, daß er die absolute Nummer Eins ist und er alles tun und lassen kann, was ihm durch seinen größenwahnsinnigen Iberoschädel zuckt. Zur Bekräftigung seiner Worte hat er gleich mit'm Huf dem Autoradio 'en Tritt verpaßt, weil ihm's Musikprogramm auf die Eier ging und hat nach 'm Aussteigen 'em Eddie als Trinkgeld von außen zum Abschied die blanke Faust durch die Panoramascheibe vom Mercedes gedonnert, bevor er sich verpißt hat. Das hat ihn zusammen über drei Mille DM an Reperatur-, Straf- und Anwaltsgebühren gekostet. Ich hatte seinerzeit noch versucht, 'en Eddie zum Rückzug der Anzeige zu bewegen, damit der Franco nur die Kohlen für den Sachschaden löhnen muß. Aber der Taxidriver spielte nicht mit. Der hatte die Schnauze einfach gestrichen voll, sich immer wieder von den selben Typen, die den Suff nicht vertragen können, auf diese abgefuckte Tour anmachen und bedrohen zu lassen, nachdem er acht Stunden hinterm Bock gehockt bat. Ich kann 's ihm ja nachfühlen, aber seitdem steht er beim Franco auf der Abschußliste. Hoffentlich erwischt der ihn nicht im falschen Augenblick. Da hat der arme Eddie garantiert seinen letzten Furz gelassen.

Freitags, samstags ist der Franco ja schon seit eh und je bumsmäßig unterwegs. Inzwischen kann er mit seiner spanischen Latte bis nach Frankfurt auswandern, um was vors Rohr zu bekommen und vor den Nutten mit seinen Muskeln, den teuren Klamotten und Tausendmarkscheinen zu protzen. Denn hier im Umkreis hat er fast überall Lokalverbot. Selbst seine alten Spezies aus der Loddelzunft lassen ihn nicht mehr in ihren Hurenstall, wo er ihnen mit seiner Spinnertour das ganze schöne seriöse Geschäft versaut. Bei mir kreuzt der Franco ja regelmäßig auf und kotzt sich aus, was er wieder für 'nen irren Vortrag gebracht hat: beim Türken im Kebabshop, in der Sauna am Bahnhof oder im Palais d'amour auf'm Kaff. Man kommt sich schon vor wie 'n Pfaffe im Beichtstuhl, wenn man seine Zombiestories hört. Ich kann ihn mir original vorstellen, wie er da jedesmal einläuft wie der Django im Plüschsalon, in seinen Schlangenlederstiefeln, der schrillsten Discohose und dem hypersteilen Muscleshirt, den Pantherschritt vom Asbach beflügelt, die Arschbacken keck zusammengepreßt, die Conquistatorenbrust vor Stolz geschwellt, die kräftigen Arme leicht angewinkelt, die mächtigen Muskel gespannt, als hätte er sich vorm Eintritt noch schnell links und rechts 'ne Rasierklinge unter die behaarte Achsel geklemmt. Und wie er dann lässig das Bündel Scheine aus der schweinsledernen Brieftasche präsentiert und großkotzig mit'm Trinkgeld um sich schmeißt, wenn er die Drinks der Girls an seinem Tisch bezahlt, aus deren Mitte er für den flotten Dreier – wie ein Pascha – huldvoll seine Auswahl trifft. Natürlich hüpfen in der Regel die Mädchen in froher Erwartung lieber mit so 'nem Weekend-Rambo auf die Matte, als daß sie mit 'nem fetten, schwitzenden, schlappschwänzigen Opa im Lotterbett die letzte Nummer schieben. Der Franco sieht ja nicht schlecht aus, ist 'n echter Heavy und es sind auch meist ganz and're Girls, denen er manchmal aus 'ner Augenblickslaune raus im Suff nebenbei mal kurz beim Handschlag alle Finger bricht. Er meint 's ja nicht so. Das macht er ja nur zum Spaß.

Ab und zu passiert 's halt auch, daß ihn 'ne Chicks aus Begeisterung über seinen filmreifen Tarzanschrei in der Halbzeit zu 'nem Gratisfick einlädt. Was kann der Franco dann schon dafür, wenn ihm erst nach drei, vier Wochen der Groschen fällt und er sich an das Sonderangebot erinnert und glaubt, die Braut liebt ihn und verzehrt sich vor Sehnsucht nach ihm. Ist es denn seine Schuld, wenn er bei seinem Eimmarsch die begehrte Frau mit 'nem andern Freier beim Longdrink und Smalltalk an der Bar erwischt, daß er – vor Wut entbrannt – von hinten ihre Köpfe wie zwei hohle Nüsse aneinanderknallt, so daß sie schon vorm Rammeln erschöpft zwischen den Hockern reglos aufeinander liegen, während er in seinem heiligen Zorn, vor so viel Treulosigkeit, fachgerecht das Freudenhaus auseinander nimmt? Mich wundert's nur, daß die Bordellbesitzer nicht schon längst 'n paar Scheine zusammengekratzt und die rote Nummer gewählt haben, und 'n Profi rollt an und sitzt schon wieder im Flieger nach Mallorca oder sonst wohin, und 'n Franco findet man irgendwo mit 'nem hübschen kleinen Loch über der Nasenwurzel unterm Gebüsch hinterm Haus beim Kellergang.

Irgendwie dreht der Junge in letzter Zeit ganz schön kaputte Dinger. Da läuft der Geist an 'nem milden Sommerabend, auch wieder in Begleitung von so 'nem ausrangierten Dumpfkopp, im Spanier in der Vorstadt ein und trifft die Angie beim Palaver mit ihrer Freundin an und zerrt die Frau vor lauter Begeisterung zu 'nem Drink an die Bar. In seiner Euphorie fiel dem Hasenhirn natürlich nix besseres ein, als mit der scheiß Armdrückerei loszulegen, und die Angie war als guter Kumpel auch gleich locker dabei. Das ist eh die Wahnsinnsbraut. Früher hatte die Mutter Gäule zugeritten und zig Tourniere gewonnen. Die hatte auch schon mal vor Wut 'nem Lover im Bett 'ne Rippe gebrochen, als der mit'm Kopf noch zu sehr bei seinen Geschäften war. Dem ist sie mit'm Huf voll auf die Hühnerbrust gehüpft. Da hat's nur noch gekracht. Das ist 'n Klasseweib. Die sieht auch super aus mit ihrer Hexenmähne bis zum strammen Arsch, hat Kraft wie die Sau und ist einfach tierisch gut drauf. Natürlich durfte die anstandshalber mit beiden Händen gegen den Champ antreten, hat auch gleich clever ihre Haxen ums Tischbein vor der Theke verankert, damit sie über 'nen festen Halt verfügt, und hat tatsächlich die Faust von dem Stier mit ihrem Körpergewicht auf die Holzplatte geknallt. Da ist der Franco voll ausgerastet, wo ihn die Angie vor den Kellnern und Gästen besiegt hatte. Anfangs hat die Angie garnicht gerafft, was da plötzlich abging in seinem venezuelanischen Machohirn und glaubte, der Kerl macht Spaß, als der plötzlich lostobte, sie alles Mögliche zusammentaufte, und die Francoplatte auf vollen Touren eiern ließ: daß er der größte Zuhälter ist und in den richtigen Kreisen bis nach Frankfurt hin bekannt, geachtet und gefürchtet sei, und daß er ihr die Fresse zerschneidet und ihre Kehle aufschlitzt, wenn sie ihm noch mal' vor die Augen kommt. Da hat die Angie dann doch langsam Muffe gekriegt und hat sich bei der ersten Gelegenheit still und heimlich aus der Bodega verdrückt, bevor dem Arsch im Wahn noch ganz das Licht ausgeht in seinem Strullerhirn. Der hat‘s echt nicht verkraftet, daß ihn ‘n Weib beim Drücken fertiggemacht hat.

Auch bei der Rita daheim hat der natürlich öfters die Horrorshow abgezogen. Da ist er nachts um fünf aus‘m Puff getorkelt und im Taxi fiel es ihm auf einmal ein, daß er noch‘n Kind hat, mit dem er jetzt ja mal ‘n Eis essen gehn kann. Einmal als Gedanke in seinem Hirn einprogrammiert, ist der auch schon Terminatormäßig losgetigert, hat bei der Rita wieder die Wohnungstür eingetreten, ihren neuen Freund wie‘n Waschlappen an die Wand geklatscht, die schreiende Mutter aus‘m Weg geräumt und seine schreckerstarrte Tochter aus‘m Kinderbett gezerrt und verständnislos rumgeschuckelt, bis die von der Nachbarschaft alarmierten Bullen antrabten. Da hat er die Kleine mit‘m Astmaanfall zurück ins Bett gelegt, hat den einen von der Streife gegen den Schlafzimmerschrank gedrückt und ist am andern Cop vorbei durchs Treppenhaus runter auf die Straße marschiert, ist dem Bereitschaftswagen auf‘n Kühler gehüpft und hat den Jungs vorm Abflug noch das Blaulicht vom Dach gekickt. Franco war ja früher mal ‘n gefeierter Fußballer gewesen, bevor er mit dem Saufen angefangen hat. Nach dem Torschuß ist er getürmt, bis ihn die Verstärkung auf‘m Freiheitsplatz eingekreist und mit zig Mann und einiger Mühe überwältigt hat. Die Arme mit Handschellen auf‘n Rücken gefesselt ist er erst mal mit ‘nem Arschtritt die Kellertreppe der Bullenstation runtergesegelt. Dann. haben ihn zwei Freunde und Helfer in ‘ne Zelle geschleift und ein dritter hat sich genüßlich ein Paar Handschuhe übergestreift und ihn dann systematisch zusammengekloppt. Am nächsten Tag konnte er wieder seine Brieftasche holen und den Abgang machen. Die Rechnung für die Randale wurde ihm nachgeschickt.

Mit den Bullen hat der Franco ja laufend Ärger. Als er hörte, daß ich was über ihn schreiben will, hat er mir gleich ‘nen dicken Aktenordner angeschleppt, in dem alles gesammelt ist: der erste Liebesbrief von ‘ner pubertierenden minderjährigen Chicks, über Schulzeugnisse, Siegerurkunden von sportlichen Wettkämpfen, seinem Gesellenbrief, bis zu Anwaltsschreiben, Gerichtsurteilen, Strafgebühren und dem Entlassungsschein nach zwei Jahren

Knast wegen seiner H-Dealerei in der Vergangenheit. Ursprünglich wollte ich mir ja von einigen Schriftstücken Kopien machen. Insbesondere von einer Beurteilung im Bunker, wo er als Rädelsführer fast 'ne Gefängnisrevolte durchgezogen hat. Aber was soll's? Inzwischen eskaliert's beim Franco ja immer mehr und es langt, wenn ich mich auf das beschränk', was er angestellt hat seit ich ihn kenn'. Und letztendlich ist das eh nur die Spitze vom Eisberg, was da offiziell vor den Bullen, vorm Gericht oder über Anwaltskanzleien abgenudelt wird. Wieder nüchtern, will er ja keinen Ärger. Da brunst der cash den angerichteten Schaden im Puff und rät den Leuten, ihre Anzeige zurückzuziehen, damit er nicht wieder böse wird und sie nochmal zusammenkloppt. Er meint's halt gut, wenn er klar im Kopp ist. Was soll man da noch sagen?

Manchmal ist das ja auch ganz lustig, was der Franco bringt. Einst hatte er im Vollsuff in 'ner Pinte auf'm Donnerbalken das Pißbecken aus der Verankerung gerissen und dem Wirt mit den Worten auf'n Thresen geknallt: „Mach des mal mit Cola/Bier voll!" Der Kneipier bekam fast 'n Herzkasper und hat natürlich gleich die Bullen gerufen und der Franco hat für den Schaden Hundertachtzig Mark geblecht. Oder '82, als die Fußball-WM über die Mattscheibe geflimmert ist und der Franco stellt im Brustton der Überzeugung seine Prognosen, wer wann wo zu gewinnen hat und wer's überhaupt am Ende macht. Und dann flogen die Argentinier raus, und fast hätten's die Spanier geschafft und am Schluß errangen nicht mal die Deutschen den Sieg, wo er doch als in Südamerika geborener und in Deutschland aufgewachsener Spanier mehrere Trümpfe in der Hand hatte und alles waren Nieten, und am Schluß machten dann 'noch die Itaker das Rennen. Da ist er auch fast ausgeflippt, ist von Kneipe zu Kneipe galoppiert, hat wutschnaubend die Türen aufgetreten, wild mit den Augen gerollt und mit furchterregender Stimme gedroht: „Wo ist hier ein Italiener?" Natürlich sind die anwesenden Jungs aus La bella Italia sofort in ihrem Siegestaumel erstarrt, haben verstohlen ihren grünweißroten Wimpel vom Tisch verschwinden lassen oder blitzschnell als Serviette zusammengeknüllt an die Futterluke geführt oder als Rotzfahne entweiht, bis der Wahnsinnige im Rambo-Look aus der Kneipe war. Ich möchte nicht wissen, wie viele an dem Abend ihre Nationalität verleugnet hätten, wenn‘s drauf angekommen wär, um ungeschoren wieder an Mammas Spaghettitopf zu landen.

Im letzten Sommer, als die Kacke mit der Angie gelaufen ist, hab ich mir den Franco ja mal vor den andern Freunden am See vorgeknöpft und ihm ins Gesicht gesagt, was ich von dem ganzen Bullshit halt: „Weißte Amigo, wer dich nur besoffen kennt könnte glauben, als dich dein Alter mit der Mutter zusammengebastelt hat, da hat er für deine Muskel zehn Stöße extra gemacht, aber als es ans Hirn ging, ist er wohl vorzeitig auf der Matte eingepennt!“ Da haben sie aber rundum die Luft angehalten und jeder war überzeugt, daß mich der Franco auf der Stelle auseinandernimmt, und unserm Nobi auf seiner Solarmatratze haben vor Aufregung die Jacketkronen im Viervierteltakt geklappert. Doch der Franco hat gerafft, wie ich‘s mein, und gab ja zu, daß er am besten ganz die Finger vom Suff lassen muß, den er einfach nicht verträgt. Sonst macht er noch mal jemand kalt im Rausch und landet für zehn Jahre im Knast. Und passiert ist‘s wegen nix und wieder nix, und er hat die Schuld und noch nicht mal ‘ne richtige Erinnerung daran. Aber irgendwie kommt er nicht los vom Alk. Bereits ‘ne dreiviertel Stunde später hatte er Lust auf‘n Bier und hielt‘s nicht mehr länger in der Sonne aus, hat sich in seinen Kampfanzug geworfen, den Drahtesel gesattelt und ist nach Erlensee in Mac‘s Bar zum Billardmatch galoppiert. Und noch was hab‘ ich ‘m Franco an jenem Tag gesagt:

„Glaub mir mein Freund, wenn du so ‘nen idiotischen Vortrag mit mir oder Jeanny abziehn würdest und mir und meiner Alten auch nur ein Haar krümmst, haste schlechte Karten. Du kannst mich zwar bei deiner Kraft mit einem Schlag unholzen, daß ich aus den Latschen kipp. Aber wenn du mich nicht gleich alle machst, erwisch ich dich von hinten und zieh dir ‘n Brecheisen über die Rübe, wenn du nachts besoffen nach Hause wankst. Und dann klopp ich dir alle Knochen einzeln kaputt, daß du dich danach ‚von‘ schreiben kannst, wenn du in deinem Rollstuhl noch mit zwei heilen Fingern zum Pinkeln den Schwanz aus der Hose kriegst. Ich bin ‘ne linke Sau. Ich wär bescheuert, wenn ich bei dir von vorne käm. Wer wie ich im Hanauer Lamboyviertel nach‘m Krieg aufgewachsen ist, weiß wie er sich wehrt.“

Acht Tage nach seiner Vorführung im Casa hatte es Franco wieder voll gepackt. Nachdem er in 'ner Kneipe den ersten Durst gelöscht hatte, wollte er was für die Gesundheit tun und ließ sich im Taxi zum nächsten Puff kutschiern. Der Türsteher durfte ihn aber nicht reinlassen, und wie sich der Franco zum Amoklauf rüstete, ist der Bordellwirt aufgekreuzt und hat ihn zu 'ner Sauftour in die Stadt überredet, um jeden Ärger in seinem Puff aus'm Weg zu gehn. Die beiden sind dann von Pinte zu Pinte gezogen, bis dem Franco 'ne ehemalige Nachbarin eingefallen ist, die er jetzt ja mal besuchen konnte, um sein Fett loszuwerden. Froh, den Geist bald los zu sein, hat ihn der Pufflouie in der Querstraße abgesetzt, wo der Franco kurze Zeit mit der Rita zusammen eine Wohnung hatte, und sich aus'm Staub gemacht.

Inzwischen hatte Franco bereits auf seine übliche Tour bei der Kleinen gegen die Rolläden vom Schlafzimmerfenster im Parterre gedonnert, und als sich nix rührte, versucht, die Haustür einzutreten. Plötzlich öffnete sich lautlos im Dunkeln die Tür einen Spalt, ein Baseballschläger knallte ihm voll ins Zifferblatt und ein zweiter Schlag erwischte ihn am Brustkorb, und die Tür war schon wieder verschlossen, bevor das Glockengeläut in seinem Schädel zu dröhnen begann. Irgendwie ist er gen Mitternacht vor der Wohnungstür einer andern Freundin gelandet und hat das ganze Haus wachgetrommelt. Nur die Freundin war nicht da oder lag mit 'nem Freier im Bett und rührte sich nicht. Jedenfalls machte niemand auf. Von der gegenüberliegenden Kneipe aus hat ihn ein barmherziger Samariter schließlich ins Krankenhaus gefahrn. Da hat er geblutet wie 'ne abgestochene Sau. Am nächsten Morgen war der schon wieder fit, ist trotz der Schmerzen aus 'm Bett und dem Leichenhemd geklettert, hat seine blutverkrusteten Klamotten aus'm Spind gezerrt, den herbeigeeilten Pfleger aufs Waschbecken gesetzt und den nachfolgenden Stationsarzt gegen die Fensterbank gefeuert, als die ihn festhalten wollten, und ist schließlich mit den Röntgenaufnahmen unterm Arm von seinem zerdellerten Riechkoltben, dem fotogenen Jochbeinbruch, 'ner astreinen Schädelfraktur und zwei gebrochenen Rippen, wie zu Probeaufnahmen für ein zünftiges Frankenstein-Remake, nach'm Frühstück zum Rapport bei mir auf der Bude aufgekreuzt. Caramba!

Musik

Die dunklen Seiten des Musikbusiness und die Kriminalliteratur

von Erwin Berlin

Die Musik wirkt erst dann intensiv, wenn es dunkel wird. Wenn die Schatten länger werden, es zu dämmern beginnt und die Nacht anbricht, entfaltet die Musik eine emotionale Sogwirkung, die manchen magisch und unheimlich erscheint. Wegen ihrer besonderen Anziehungskraft wird Musik gern als atmosphärisches Moment in die Kriminalerzählung eingebaut, vor allem bei Noir-Krimis. Der fragmentarische Kriminalroman „Into the Night“ von Cornell Woolrich, vollendet von Lawrence Block, beginnt mit den Worten: „At first there was music.“ Die Krimis mit einem Bezug zur Musik sind kaum zu zählen. Nicht wenige widmen sich explizit den Schattenseiten der Musikszene, dem Existenzkampf von Musikern und den kriminellen Machenschaften des Musikgeschäfts.

Es gab eine Zeit, sie ist noch nicht lange her, da ging es dem Musikbusiness richtig gut. Zu Beginn der Neunzigerjahre wurden die Bruttoverkaufszahlen der internationalen Tonträgerindustrie auf 12 Milliarden englische Pfund geschätzt. Das Zweijahresbruttoeinkommen von Michael Jackson wurde 1987/88 auf 97 Millionen Dollar geschätzt, dasjenige von Bruce Springsteen auf $ 61 Millionen, während Madonna nur $ 46 Millionen verbuchen konnte. Wegen solcher Summen ist die Musikbranche ein verlockendes Betätigungsfeld für kriminelle Täter jeglicher Coleur. Darüber hinaus existieren spezifische Faktoren, die das Musikbusiness besonders anfällig für illegale Praktiken erscheinen lassen. Eine verbreitete illegale Praxis nennt sich „Payola“.

Payola klingt wie *Rockola*. *Pay* ersetzt *Rock*. *Ola* oder ole brüllt der Sieger beim Stierkampf. *La Ola* ist die Begeisterungswelle des Publikums im Stadion. *Ola* in der Musikindustrie kennen wir von „Electr*ola*“, ist ein Name für das Business mit Schallplatten. *Ola*, die Scheiben drehen sich. Musik elektrisiert die Beine. Sie beschwingt das Zirkulieren des Geldes. Das Roulette rollt. Wer wagt, gewinnt. Dabei sein ist alles. Rock around the clock tonight. Aus „La, La, La“ wird „Olala“, das die Puppen und Profite tanzen läßt. *Rockola* verswingt Groupies und Drogen mit Rock ‘n‘ Roll; *Payola* inszeniert den Tanz ums Goldene Kalb: der Geldfetisch verschmilzt mit dem Musikfetisch und triumphiert. Hier ist sie, die Number One, der Megahit, der strahlende Sieger. Victory mit großem V!

„Victrola“, ein Firmenname, und „pay“, „bezahlen“, sind die Worte, woraus der Begriff *Payola* entstanden ist. Das neue Wort tauchte 1916 in dem amerikanischen Showbusiness-Blatt „Variety“ auf. Das Blatt prangerte die weitverbreitete Praxis der Einflußnahme auf Personen im Musikbusiness durch „drinks, dinners and gifts“ an. Die wichtigsten „gifts“ waren Geldgeschenke. Bereits 1905 zahlte Tin Pan Alley (die Häuserblocks der Musikverleger, Komponisten, Songschreiber in New York) mehr als eine halbe Million „Bestechungsgelder“ für die „promotion“ von Musiktiteln. 1916 waren die Payola-Praktiken den Händen der Manager des Musikgeschäfts entglitten, da die bezahlten Summen die Gewinne übertrafen. Deshalb wurde Payola mittels eines organisierten Zusammenschlusses der Musikurheber rechtlich bekämpft. So wanderte Payola in den Untergrund. Seitdem ist Payola stets mit dem organisierten Verbrechen verbunden.

Rockola ist der Name einer *Jukebox*. Bei der Jukebox wird bezahlt, um Musik von Schallplatten zu hören. Über die Geschichte der Jukebox schreibt Peter Handke: „Zur Zeit des Alkoholverbots im Amerika der zwanziger Jahre wurden in den Hintertür-Wirtshäusern, den ›Speakeasies‹, zum ersten Mal auch Musikautomaten aufgestellt. Unsicher die Herkunft des Wortes ›Jukebox‹, ob von ›Jute‹ oder von dem Verb ›to jook‹, das afrikanischen Ursprungs sein sollte und ›tanzen‹ hieß. Jedenfalls trafen sich seinerzeit die Schwarzen nach der Arbeit auf den Jutefeldern im Süden an den sogenannten ›jute points‹ oder ›juke points‹ und hörten dort aus den Musikautomaten für einen Nickel Billie Holiday, Jelly Roll Morton, Louis Armstrong, welche von den Radiosendern, alle im Besitz der Weißen, nicht gespielt wurden. Das Goldene Zeitalter der Jukeboxen habe begonnen mit der Aufhebung des Alkoholverbots in den dreißiger Jahren, als überall Lokale entstanden... Solche Blüte

Alan Freed

endete, fürs erste, dann mit dem Weltkrieg, als die Materialien der Jukeboxen, vor allem Plastik und Stahl, rationiert wurden." („Versuch über die Jukebox")

In der internationalen Teenagerkultur der Fünfzigerjahre war die Jukebox neben dem Radio das elementare Medium für die Verbreitung einer neuartigen Musik, des Rock 'n' Roll. Der Name „Rock 'n' Roll" soll dieser Musik vom legendären Discjockey und Promoter Alan Freed verliehen worden sein. Alan Freed war, nach Darstellung der Medien, eine zentrale Figur im ersten großen Payola-Skandal der Popmusikgeschichte im Jahre 1959. Es war die Absicht der Initiatoren des Skandals, damit dem Rock 'n' Roll das Grab zu schaufeln. Doch die Payola-Affäre bedeutete nicht das Ende des Rock 'n' Roll, sondern das Ende für Alan Freed, der sich, seines privilegierten Status „beraubt", zu Tode trank.

Payola lautet der Titel eines Kriminalromans von Day Keene, erschienen 1960 bei Pyramid als paperback original (in deutscher Übersetzung: „Einladung zum Mord"). Johnny Aloha, Privatdetektiv hawaianischer Herkunft in L.A., wird beauftragt, Thomas Muldeen, vor der Todeszelle zu bewahren, indem er den wahren Mörder findet. Muldeen, auch als Tommy der Tiger bekannt, arbeitete für Ted Hammer, Boss der Startime Records. „Und beide arbeiteten kräftig mit *Payola*. *Payola*. Eine Sache, die gefährlich ist. Schmiergelder, Bestechungsgelder! Es kann harmlos sein, ist es aber meist nicht. Zu viele Dinge hängen noch daran. Korruption, Erpressung und nackter Terror. Ja, es steckte eine ganze Menge hinter dem harmlosen Wort *Payola*!", schreibt Day Keene und läßt Ted Hammer kommentieren: „Eine Horde dreckiger Ganoven; die meisten stehen mit der Mafia in Verbindung. Sie arbeiten mit *Payola*, mit Bestechung und Schmiergeldern, um sich in das Plattengeschäft zu drängen. Jetzt, wo jeder, der etwas piepsen, rülpsen oder auf eine Bongotrommel hauen kann, auf Platten aufgenommen und verkauft wird, ist es ein großes Geschäft." Day Keenes Roman, leider nicht gerade ein hervorragendes Werk der Kriminalliteratur, enthält fast lehrbuchartige Passagen zum Musikbusiness, übrigens ein häufiges Element von Kriminalromanen mit Musikbusiness-Background, wie es sich unter anderem in Arthur Lyons' „Three with a Bullet" (auf Deutsch: „Drei mit einer Kugel") oder Elmore Leonards „Be cool" (auf Deutsch: „Schnappt Chili") nachlesen läßt.

„Wodurch wird eine schlechte Aufnahme ein Erfolg und eine gute eine Pleite ?" Ich sagte, ich sei nicht sehr bewandert im Musikgeschäft, habe aber gehört, daß der Erfolg mehr oder weniger von den Plattenjockeys bestimmt werde. Von der Häufigkeit, mit der die Platten über den Rundfunk gespielt werden. „Stimmt genau", sagte sie. „Die großen Gesellschaften brauchen sich darum keine Sorgen zu machen. Die können es sich leisten, berühmte Künstler für fabelhafte Gagen unter Vertrag zu nehmen und den Erfolg der Aufnahme durch riesige Reklame zu sichern. Die Jockeys sind froh, wenn sie solche Platten spielen dürfen. Die großen Firmen brauchen ihre Anerkennung nur dadurch zu zeigen, daß sie sich der Jockeys an Geburtstagen und zu Weihnachten erinnern und ihren Whiskyvorrat gelegentlich auffüllen. Aber das gilt nicht für die Startime und für Amatos Gesellschaft. Für die ist es immer eine bange Frage, ob ihre Platten in der Öffentlichkeit ankommen. Sie müssen also die Plattenjockeys dahin bekommen, ihre Produkte zu spielen. Zwei gute Mittel dafür sind Geld und hübsche Mädchen."
Sie hielt inne und suchte in dem Durcheinander auf dem Tisch nach Zigaretten. Sie fand nur eine leere Packung. Ich bot ihr eine von meinen an und gab ihr Feuer.
Sie sprach weiter. „Und so kommt es häufig vor, daß ein begabtes, aber noch verhältnismäßig unbekanntes Mädchen, das bei einer der kleineren Gesellschaften unter Vertrag steht, sich plötzlich auf Anordnung ihrer Firma auf dem Weg zur Wohnung eines Plattenjockeys wiederfindet. Mit ihrer neuen Platte unter dem Arm und der Aussicht, flach auf dem Rücken liegen zu dürfen, während er versucht, seine Musik zu spielen."
Das war keine schöne Vorstellung. Ich fragte: „Kann sie sich nicht weigern?"
„Natürlich kann sie", sagte Mable. „Darum haben beide Gesellschaften Leute wie Tommy den Tiger auf ihren Lohnlisten. Das Mädchen kann sich weigern, aber sie weiß, was mit ihr geschieht, wenn sie das tut. Und wenn sie dann schon gewisse

Dinge tun muß, dann lieber mit dem Jockey. Der verprügelt sie wenigstens nicht. Und dann ist da immer noch die Chance, daß ihre Platte ein Hit wird."

Die dunklen Geschäfte können sich an zahlreichen Stellen des vielseitigen, oft wenig durchschaubaren Prozesses des Musikbusiness entfalten. Die kommerzielle Herstellung und Verbreitung von Tonträgern bilden einen relativ komplizierten Prozess, der sich aus vielfältigen Arbeitsvorgängen zusammensetzt. Sie reichen von der Komposition eines Musikstückes über die Einspielung im Tonstudio sowie sound- und materialtechnische Verfahren zur Herstellung des Tonträger-Endproduktes (CD, Audiokassette usw.) bis zu Verbreitung und Verkauf des Produktes sowie sonstiger kommerzieller Verwertung (über Musik-DVDs, Werbespots, T-Shirts usw.) Der Ablauf des Prozesses ist mit unterschiedlichen urheber-, verwertungs- und medienrechtlichen Bestimmungen verbunden, die für die Beteiligten oftmals nicht zu überblicken sind. Dementsprechend vielfältig sind die Möglichkeiten, Rechte gewinnbringend zu verletzen und illegale Handlungen zu begehen.

Der gesamte Prozess wird noch dadurch intransparenter und für kriminelle Methoden anfälliger, daß die Tonträgerindustrie international organisiert ist. Da in der vielgestaltigen Geschäftspraxis unterschiedliche Rechtsordnungen zu berücksichtigen und koordinieren sind, gibt es zahlreiche Möglichkeiten, widerrechtliche Praktiken zu kaschieren.

Kriminelle Energie kann bereits bei der Entstehung der Musik im Aufnahmestudio oder im Übungsraum zum Einsatz kommen, wenn die Idee für einen Song geklaut wird oder Musiker, Tänzer und Tontechniker dank illegaler Drogen in Höchstform gebracht werden. Diverse Möglichkeiten für Piraterie sind mit dem Urheberrecht an der Musik verbunden. Bekanntlich sollen Urheberrechte nicht nur dem Schutz der Autoren und Künstler dienen, sondern sie existieren in erster Linie, um als Verwertungsrechte auf die Musikverlage und andere Unternehmen oder Personen der Branche übertragen zu werden. Die ausgetüftelten Verträge mit Songschreibern, Musikern, Videomachern, Managern, Promotern, Technikern, Verlegern, Aufnahmestudios, Presswerken,

Werbefirmen usw. bieten genügend Ansatzpunkte für Halsabschneider. Die Abhängigkeit des Erfolgs im Musikgeschäft von schnellebigen Moden, von der Gunst des gar nicht so berechenbaren Publikums, vor allem auch von der Gunst der Medien und Distributoren, seien es Radio-DJs, Showmaster populärer TV-Sendungen, Plattenläden oder Jukeboxaufsteller, macht das gesamte Musikgeschäft für Machenschaften jeder Art anfällig.

Einer der besten Musikbusiness-Krimis ist Arthur Lyons mit „Three with a Bullet" (auf Deutsch: „Drei mit einer Kugel") gelungen. Hier läßt sich Jacob Asch, Held einer der besseren Private Eye-Serien der Siebziger/Achtzigerjahre, fortwährend kurze Lektionen zum Musikgeschäft erteilen.

> „Kennen Sie sich in Verlagsgeschäften aus?"
> „Eigentlich nicht."
> „Die Haupttätigkeit eines Musikverlegers besteht darin, die Rechte an Songs zu erwerben, sie dann an die richtigen Interpreten weiterzugeben und aufnehmen zu lassen. Dafür bekommt der Verlag im Schnitt drei Cents pro Platte, die zwischen dem Verleger und dem Komponisten geteilt werden. Das klingt nicht gerade toll, aber es kann ein verdammt einträgliches Geschäft sein, wenn man weiß, was man tut. Man braucht nur sechs Dollar, um das Copyright an einem Lied zu erwerben, und wenn sie erst mal die richtige Copyright-Nummer erwischt haben, muss Ihnen in den nächsten fünfundsechzig Jahren jeder, der Ihren Song bringen will, die Tantiemen bezahlen. Sie sehen, welche Möglichkeiten darin stecken, die auch der Grund dafür sind, weshalb fast jeder A&R-Mann seinen eigenen Verlag hat und versucht, die talentierten Komponisten an sich zu binden. Für gewöhnlich läuft das auf Provisionsbasis. So kam auch Walton ins Geschäft. Er spürte einige Gruppen aus dem Ghetto auf und überredete sie, ihn zu ihrem Manager zu machen. Sally and the Satins, auch die Moonbeams. Zu seinen fünfzehn Prozent als Manager kam, daß beide Gruppen eine Menge Sachen selbst geschrieben haben, deren Rechte er sich ebenfalls sicherte, und wenn sie groß rauskamen, sahnte er ab. Auch machte er einige geschickte Schachzüge, als er schwarze Lagerkataloge aufkaufte,

die einige Sänger wie zum Beispiel die Ronstadt wieder ins Geschäft brachten. Aber dann begannen einige der Song-Schreiber aufzumucken, weil man sie reingelegt hätte. Sowohl Sally and the Satins als auch die Moonbeams feuerten ihn als Manager. Aber er besitzt immer noch die Rechte an vielen ihrer alten Sachen und kassiert eine schöne Stange Geld, wenn auch nicht mehr so viel wie früher."

„*Hat* er sie reingelegt?"

„Wäre möglich. Wahrscheinlich werden die meisten Song-Schreiber von ihren Verlegern übers Ohr gehauen."

„Wie denn?"

„Ganz einfach" sagte er. „Neue Komponisten sind verwundbar – sie werden vom Ruhm überwältigt. Die meisten sind so heiß darauf, ihren Song unterzubringen, daß sie auf alles Andere pfeifen, und wenn sie dann endlich anfangen, Geld zu verdienen, ist es gewöhnlich mehr, als sie je gesehen haben, da fällt der Betrug gar nicht auf. Sie haben nie damit gerechnet, hundert Bucks zu machen. Wenn ihnen dann also einer zehntausend in die Hand drückt, merken sie nicht, daß sie fünfzigtausend hätten bekommen müssen. Im Allgemeinen müssen sie schon ein paar Hits gelandet haben, um durchzublicken, und dann kommen die Anschuldigungen.

Ältere Schreiber sind ebenfalls gefährdet. Nehmen wir an, ein Newcomer will einen Song aufnehmen, dessen Rechte woanders liegen. Der Produzent geht zum Verleger und verlangt fünfzig Prozent Beteiligung am Copyright. Was macht der Verleger? Er geht zum Komponisten und sagt: ‚Hör mal, wir haben die Möglichkeit, ein paar Bucks zu machen. Don Henley will einen deiner alten Songs rausbringen, aber wir müssen ihm dafür sechzig Prozent überlassen.' Der Song ist seit Jahren tot und das Geld ohnehin ein unerwartetes Geschenk, also wird der Komponist in neun von zehn Fällen einwilligen, selbst wenn er denkt, daß man ihn übers Ohr haut."

„Klingt ja nach einer herzigen Branche."

Der gefahrträchtigste Faktor für den Einfluß illegaler Praktiken dürfte die geschäftliche Ausrichtung an Superhits sein. An Superhits verdienen die am finanziellen Erfolg beteiligten Firmen und Personen am meisten. Denn aus dem einmaligen Kapitalaufwand für ein Musikprodukt, für einen Hit, wird vielfältiges Kapital geschlagen: durch den Verkauf der Tonträger, der Gebühren für das Abspielen der Musik in den Medien und Discos, für Merchandising-Produkte wie T-Shirts und Poster, für Live-Auftritte und nicht zuletzt für die möglichst langfristige Etablierung eines Stars oder einer Gruppe, von allseits bekannten Namen, Images, Sounds, Attitudes, denen der Bonus einer besonderen Ausstrahlung, einer gesteigerten Attraktivität und eines verläßlichen Unterhaltungs- und Verkaufswerts beim Publikum zuwächst. Aus diesen Gründen dreht sich im großen Musikbiz alles darum, einen Hit zu landen, auf Teufel komm raus. Und der Zweck scheint, wie stets beim Erobern von Märkten und Seelen, die Mittel zu heiligen. Der Glorienschein der Nummer 1 der Hitparade überstrahlt noch allemal die dubiosen Methoden des Erfolgs. „Hit Men“ hat Fredric Dannen seinen Bestseller über das amerikanische Musikgeschäft mit seinen Licht- und Schattenseiten genannt. Der Titel spielt auf „hitman“ als Ausdruck für einen bezahlten Killer an, wobei die Tötung des Opfers der „hit“ ist. In dem Buch „Hit Men“ wird unter anderem ausführlich der weitreichende Einfluß des „Network“, dargestellt, eine Gruppe von Promotern, die über Jahre hinweg gleich einer Krake das Musikbusiness bluten ließ.

Da die meisten Hits und deren massenhafte Verwertung von aktuellen Modetrends und den damit verbundenen Nachahmeeffekten abhängig sind, also davon, daß sie jetzt „in“ sind, ist Eile geboten. Die Maschinerie des Musikbiz muß im Blitzstart anlaufen und schnell auf Hochtouren kommen, und dies möglichst weltweit. Ein Hit in Großbritannien oder den USA ist ja ganz schön, aber noch viel schöner ist es, wenn das Produkt auch riesige Märkte wie Brasilien oder Indien erobert hat. Der Traum eines jeden kleinen Musikverlegers oder urheberrechtlich beteiligten Künstlers ist: „Eines Tages wache ich auf und einer meiner Songs ist über Nacht, ohne weitere Arbeit oder Investition, in Japan zu einem Superhit geworden; ich bin allein aufgrund des Verwertungsrechtes supersuperreich geworden.“

Durch die Ausrichtung auf Hits ist die Musikbranche in erhöhtem Maße von einem rasanten und intensiven Kapitaleinsatz und kurzfristigen Warenumschlag abhängig. Wenn sich abzeichnet, daß ein Newcomer einen großen internationalen Hit landen wird und zu einem Star aufgebaut werden kann, muß blitzschnell und kapitalkräftig gehandelt werden, bevor die Modewelle, die Medien- und Konsumentenakzeptanz, abflaut. Tauchen Interessenkonflikte auf oder werden unlautere Methoden einer Vertragspartei erkennbar, ist eine Problemlösung durch langwierige Verhandlungen oder gar einen Rechtsstreit in den meisten Fällen von größtem Nachteil für alle Beteiligten. Da liegt auch für seriöse Leute die Versuchung nicht fern, sich auf illegale Bahnen zu begeben, um nicht leer auszugehen und um den Erfolg ihrer Arbeit betrogen zu werden. Dies trifft auch auf kleinere Firmen und unbekanntere Musiker zu, die sich gegenüber den großen, internationalen Konzernen im Machtspiel um Marktanteile vielfach nur schlecht behaupten können. Die Geschichte der Musikindustrie lehrt, daß kleine Unternehmen gerade am Erfolg eines Hits zugrunde gehen können. Wenn sie eine große Zahl an Tonträgern mit hohem Kapitaleinsatz produziert und an die Großhändler und Ladenketten geliefert haben, diese jedoch nicht rechtzeitig bezahlen, können die kleinen Firmen nicht mehr ihre Verpflichtungen gegenüber Presswerken, Transportunternehmen usw. erfüllen und gehen bankrott. In solchen Notsituationen scheinen manche Firmeninhaber keinen anderen Ausweg zu sehen, als sich mit den Leuten der Mafia einzulassen, die ihren Schuldnern „ein Angebot machten, das diese nicht ablehnen konnten".

Derartige Notlagen waren nicht der hauptsächliche Ansatzpunkt für das organisierte Verbrechen, in das Musikgeschäft einzusteigen. Angesichts der Variationsbreite profitabler, unredlicher Praktiken im Musikbusiness ist es seit Jahrzehnten ein beliebtes Betätigungsfeld für die Mafia und kriminelle Machenschaften vielfältiger Art.

Die bekanntesten Deliktsformen sind:

- Payola als Korruption von Discjockeys und einflußreichen Medienmachern durch Geld, Drogen, Sex und andere Güter;
- Tonträgerpiraterie durch Bootlegs (in urheberrechtlich unzulässiger Weise verbreitete Tonaufnahmen), Raubkopien (vor allem auch über Internet-Tauschbörsen) und Raub-Mixe;
- Knebelungsverträge für aufstrebende Musiker;
- Betrug von Musikern/Komponisten/Textern um ihre ver-

traglich garantierten Gewinnanteile („royalties") an Verkaufssummen und Rundfunkabgaben;
- Steuerhinterziehung;
- Unternehmen der Musikbranche als Geldwaschanlagen;
- Drogenmißbrauch und -handel im Umfeld von Musikern;
- Schutzgelderpressung bei Musiklokalen;
- Androhung von Gewalt bei Nichtabnahme bestimmter Musikprodukte oder - geräte (einer Jukebox z. B.) einer mafio sen Firma;
- Piratenradios für Musik und Werbung, im Untergrund betrieben oder auf hoher See außerhalb des Hoheitsgebietes der nächst gelegenen Länder.

Solche Delikte finden sich in den Plots von Musikkrimis wieder, manchmal an zentraler Stelle, manchmal als Nebenelement.

Die perverseste Musikdarbietung, die Geschäftemacher sich haben einfallen lassen, ist zwar nicht illegal, aber kommt wegen ihrer Unmenschlichkeit einem Verbrechen gleich. Es ist der Tanzmarathon. Die Musik treibt zum Vergnügen des Publikums wie eine Peitsche die tanzenden Paare an, bis zur völligen physischen und psychischen Erschöpfung, bis zum Umfallen, ja eventuell dem Tod. Ein Tanzmarathon steht im Mittelpunkt eines der düstersten Romane der Noir-Literatur, Horace McCoys „They shoot horses, don't they?" aus dem Jahre 1935. Die Ausweglosigkeit des beschriebenen Paares Robert und Gloria ist so beklemmend, daß es schwer fällt, den Roman bis zum Ende zu lesen.

Außer monitären Gründen mag es noch einen weiteren Grund geben, weshalb sich Verbrecher in der Musikszene heimisch fühlen. Jedenfalls entsteht dieser Eindruck angesichts von Skandalgeschichten über Musikstars in der Boulevardpresse und auf MTV, Viva usw. Musiker gelten dem biederen Bürger oftmals als zweifelhafte Existenzen, die sich nicht an die bürgerlichen Normen halten, Drogen konsumieren, unberechenbar sind und sogar zu delinquentem Verhalten neigen. Und da treffen sie sich mit den Kriminellen. Der Jazzpianist Earl Hines bezeugte: „*Narbengesicht* Al Capone kam gut mit Musikern aus."

Wie gefährlich Jazzmusiker in den legendären Zeiten in Chicago lebten, als diese Stadt nicht nur Hochburg des Jazz, sondern auch der Gangs war, geht aus einer Erinnerung des Schlagzeugers George Wettling hervor:

„Wir sahen immer, wenn sie nach ihren Schießeisen griffen; dann duckten wir uns. Im Triangle-Club kriegte der Besitzer eines Abends einen Schuß in den Magen, aber wir spielten ruhig weiter. Von dem Tag an schob er beim Gehen immer den Oberkörper etwas nach vorn."

Nachrichten von Musikern, die Sexorgien feiern, betrunken oder unter Drogen in einem Hotel randalieren und gewalttätig werden, sind fester Bestandteil der Boulevard- und Musikpresse sowie der Biographien und Reportagen über Musiker des Jazz-, Rock-, Soul-, Heavy Metal-, HipHop (besonders Gangsta-Rap) und anderer populärer Genres. Ein Gefängnisaufenthalt, wie ihn Chuck Berry, Jerry Lee Lewis, Diana Ross oder James Brown vorweisen können, dienen der Fama der ganz großen Heroen der Popmusik. Verhaftungen und Strafprozesse, wie sie die Rolling Stones, Lou Reed, die Sex Pistols, Guns and Roses, Snoop Doggy Dogg, Michael Jackson, ja sogar der brave Paul McCartney kennengelernt haben, sind publicitywirksam und fast schon ein Muß in jeder steilen Musikerkarriere. Ein unnatürlicher Tod in jungen Jahren ist es bekanntlich, der den Helden definitiv in den Pophimmel hebt. Je mysteriöser und tragischer die Todesumstände sind, um so besser eignen sie sich für die Legendenbildung. Wie starb Brian Jones wirklich? Wurde John Lennon vom CIA in das Attentat „bugsiert"? Wer vergiftete Jimi Hendrix? War die Erschießung Sam Cookes eine Eifersuchtstat? Warum mußte Peter Tosh sterben? Tötete sich Kurt Cobain selbst? Was steckt hinter dem Mord an Tupac? Wer in solchen Fällen den offiziellen Verlautbarungen zum Tathergang mißtraut, wird unter anderem in Alex Constantines Buch „Tötet den Rock'n'Roll" reichlich Material für alternative Tatrekonstruktionen finden.

In dem Musikkrimi „Basket Case" von Carl Hiaasen (auf Deutsch: „Letztes Vermächtnis") bezweifelt der ermittelnde Journalist in einem Gespräch mit einem verdächtigen Musikproduzenten, ob der seltsame Unfalltod zuerst des Sängers, dann des Keyboardplayers von „Jimmy and the Slut Puppies" mit rechten Dingen zuging. Darauf antwortet der Produzent kaltschnäuzig: „Shit, man, it's just the music business. People are always dyin'." Doch wo der unnatürliche Tod regiert, ist der reale oder phantasierte Mord nicht weit. Und wo der phantasierte Mord regiert, ist der Krimi zu Hause.

Es gibt eine Unzahl von Kriminalromanen und -kurzgeschichten, die sich der Musik, dem Musikerdasein und dem Musikgeschäft widmen. Bereits in Raymond Chandlers Kriminalgeschichte „The King in Yellow" („Der König in Gelb") aus dem Jahre 1938, woraus folgende Szene stammt, finden sich die konstitutiven Elemente einer Hotelrandale „ausgeflippter" – wie man seit der Hippieära sagt – Musiker:

> „Er bog um die Ecke des Ganges, und die hektische Musik warf ihn beinahe um. Drei Männer standen neben einer offenen Tür, aus der Licht in den Gang fiel, an die Wand gelehnt. Der mittlere, der mit der Posaune, war ein Meter achtzig groß, kräftig und geschmeidig, mit einem dünnen zurückgestutzten Schnurrbart. Sein Gesicht war gerötet, und seine Augen hatten einen alkoholischen Schimmer. Er trug Shorts aus gelber Seide mit großen gestickten, schwarzen Initialen auf dem linken Bein – sonst nichts. Seine Haut war sonnengebräunt und glänzte. Die zwei, die mit ihm spielten, waren in Pyjamas. Es waren die üblichen Tanzmusiker.
>
> Steve blieb starr stehen und machte mit der Hand eine scharfe Bewegung nach unten. „Schluß jetzt", befahl er. „Nun langt es. Hören Sie auf!"
>
> King Leopardi nahm die Posaune von den Lippen und grölte: „Tusch für den Hausdetektiv."
>
> Die drei Betrunkenen bliesen grelle Töne, daß die Wände zitterten. Das Mädchen lachte närrisch und warf ein Bein hoch.
>
> „Auf ihn",grölte Leopardi. „Treffen Sie ihn tief! Hauen Sie ihm auf den Hals."

Die Missachtung bürgerlicher Normen und die Begabung, Energie, Spielfreude, Kreativität der Musiker scheinen zusammenzugehören wie Adam und Eva, oder besser wie der Engel und der Teufel. Das sogenannte „abweichende Verhalten" der Popmusiker ist stets auf dem Sprung, in kriminelle Handlungen umzuschlagen. Ein gefundenes Fressen für die Krimischreiber, die genregemäß allseits auf der Suche nach atmosphärisch reizvollen, abenteuerlichen Milieus mit jeder Menge Lokalkolorit sind, Milieus, die dem Durchschnittsleser fremd sind, ihm unheimlich und exotisch erscheinen sollen. Von einem Buch wie „The Dark Stuff" von Nick Kent, in dessen Porträts meisterhaft die Abgründe, Verzweiflung, Einsamkeit, Aggression, Verrücktheiten berühmter Musiker beschrieben werden, können sich Generationen von Krimiautoren Anregungen holen.

Bereits aus den wenigen Elementen der Chandlerschen Story „obsessives Musizieren, Rausch, Drogen, Groupie-Sex, Streitlust, Gewalttätigkeit, narzißtische Überheblichkeit, antibürgerliche, amoralische Haltung" lassen sich typische Motive für den Krimi-Mord gewinnen und diverse Plots daraus stricken.
Gängige Plots in Musikkrimis sind:

- **der Groupie-Plot:** Der Starmusiker „vernascht" eine Frau nach der anderen. Doch einmal bleibt seine Sexomanie nicht folgenlos. Eine „Abgelegte" rächt sich. Oder sie bringt sich um und ein anderer rächt ihren Tod. Oder der Musiker bringt sie im „Sexrausch" um. Oder er kommt an eine Frau, die ihm nicht zu Füßen liegt und er vergewaltigt sie, worauf sie oder jemand anderes dies rächt. Oder die Verführte kommt aus bester Familie, die keinen dahergelaufenen „Tanzmusiker" duldet, oder sie stammt aus Mafiakreisen oder ist eine Agentin einer feindlichen Macht. Oder das Groupie ist noch ein Kind und der Musiker mißbraucht es.

- **der Karrieristen-Plot:** Der Starmusiker ist gnadenloser Karrierist und geht auf seinem Weg zum Ruhm metaphorisch oder buchstäblich „über Leichen". Das bleibt nicht ungesühnt. Die Schandtaten der Vergangenheit holen den Star auf der Höhe des Erfolgs ein. Die „Leiche" schreit nach Rache. Oder der Star wird erpresst oder beides und so fort.

- **der Drogen-Plot:** Der Musiker, die Sängerin ist User. Die Drogen werden zum Spielen gebraucht oder für neue

Ideen oder um den Tourneestreß auszuhalten oder einfach, weil der Künstler süchtig ist. Dadurch gerät er in die Machenschaften von konkurrierenden Dealerbanden. Oder er dealt selbst. Oder er ist durch die Drogenabhängigkeit erpressbar. Oder er begeht Beschaffungsdelikte. Oder er gerät mit einem Dealer in Streit und bringt ihn um. Oder er tötet jemanden auf einer Drogenfete, oder er ist dessen nur verdächtig. Oder er verführt jemand zur Droge und ein anderer rächt den Drogentod der Verführten usw.

– **der Unterwelt-Plot:** Der antibürgerliche Musiker begibt sich gerne in Unterweltkreise oder kommt dorther, verdankt ihnen vielleicht sogar seine Karriere. Oder er hat Freunde oder Verwandte, die zur Mafia gehören. Die Gangster wollen ihn für ihre verbrecherischen Coups einsetzen, oder er soll einem Verbrecher zur Flucht verhelfen, oder er ist wegen seiner Verbindungen zur Unterwelt erpressbar, oder er gerät in Bandenkämpfe, verrät einen Gangster an die Polizei usw. Es ist erstaunlich, dass das gewalttätige Leben mancher Gangsta-Rapper nicht eine Welle von Krimis hervorgebracht hat, die in deren Milieu spielen.

– **der „Musik und Leidenschaft"-Plot:** Der heißblütige Musiker greift schnell zum Messer, zum Revolver oder auch nur – wie Charles Mingus – zum Kontrabaß und verletzt oder tötet jemanden. Das soll vertuscht werden oder gerächt oder durch die Polizei verfolgt, weshalb er fliehen und untertauchen muß.

– **der Suizid- oder Unfall-Plot:** Aus unerklärlichen Gründen begeht der Starmusiker Suizid, oder er erleidet einen rätselhaften Unfall. In Wirklichkeit wurde er ermordet, z. B. von der eifersüchtigen Ehefrau oder einem neidischen Konkurrenten oder der Plattenfirma, die er wechseln wollte und die aus seinem Tod Kapital schlagen will.

– **der pathologische Fan-Plot:** Der Superstar in seinem Glamour zieht pathologische Fans an wie Motten das Licht. Es gibt Fans, die wollen durch die Ermordung des Stars in die Welt ewigen Ruhms eingehen, andere fühlen sich zu wenig von ihrem Star beachtet und wollen sich durch eine Bedrohung oder Entführung ihres Idols Achtung und persönliche Nähe verschaffen. Das Plot-Schema lässt sich beliebig variieren.

Der bizarrste Plot stammt von dem Londoner Krimi-Autor Mark Timlin, der mehr als einen Musikkrimi geschrieben hat. Er kennt sich mit dem Musikgeschäft bestens aus, war er doch vormals Tourmanager von The Who und T.Rex. In „Shooting Stars" (im Original: „Zip Gun Boogie") tötet ein Rockstar, der sich auf dem absteigenden Ast befindet, nacheinander Mitglieder seiner Band, die zuvor eine lukrative Lebensversicherung zugunsten der Band abschließen mußten.

Der Musiker im Krimi braucht kein Star zu sein wie King Leopardi, er kann ein einfacher Musiker sein wie der Trompeter und Privatdetektiv Angel in den Ripley-Krimis, der sich sein Geld hauptsächlich als Taxifahrer verdient. Der Protagonist muß nicht einmal Musiker sein, sondern kann auch DJ einer kleinen Radiostation oder Videojockey in einer Diskothek oder der Inhaber eines Plattenladens wie Marcus Clay in „King Suckerman" sein. Selbst als gescheiterte Existenz, als Loser, als verzweifelter oder verbitterter Mensch, der ganz am Boden angekommen ist, gibt ein Musiker, eine Sängerin, ein Musikjournalist einen passablen Helden oder besser gesagt: Antihelden einer spannenden Geschichte ab, einen Antihelden wie Larry Fox.

Larry Fox wartete auf den Einsatz.
Er schwitzte schon leicht unter den Ärmeln seines geliehenen Smokings. Er starrte auf die Tanzfläche, hob die Hände von den fleckigen Tasten des schäbigen, alten Klaviers und fuhr sich nervös durch sein schwarzes, lockiges Haar. Er merkte, daß er ein finsteres Gesicht machte, und zwang sich zu grinsen. Wozu diese Unruhe ? Ein paar Schritte weiter, von der halbdunklen Tanzfläche aus, konnte niemand sein Gesicht erkennen; niemand merkte, daß er sich fragte, ob seine Handgelenke durchhalten würden, nachdem er so lange Zeit nicht gespielt hatte, ob es ihm gelingen würde, die Begleitung zu der

Bühnenschau abzuziehen.

Larry konzentrierte sich auf diesen Gedanken. Niemand würde es merken, und niemand würde sich auch nur im mindesten darum scheren. In einem Lokal wie dem „Sunset Club" hatten die Leute keine Ahnung von Musik. Es war eine von diesen miesen Tanzdielen vor der Stadt, und der Teufel wußte, was für eine Art von Hunger die Leute am Samstagabend in so ein heißes, muffiges Bumslokal mit winzigen Tischen und unbequemen Stühlen trieb."

So beginnt der Roman „Dead Beat" („Die Saat des Bösen") des „Psycho"-Autors Robert Bloch. Er beschreibt einen Versager, einen Gestrandeten, der bluffen muß, um zu überleben, der eine Show abziehen muß, auf die das Publikum hereinfällt, einen Betrüger und Zyniker, und, wie sich herausstellt, einen Verbrecher.

Die traurigsten Krimis über gescheiterte Musiker schrieb David Goodis. Es sind die Romane „Shoot the Piano Player" (auf Deutsch: „Schüsse auf den Pianisten") und „Street of no Return" (auf Deutsch: „Straße ohne Wiederkehr"). Beide wurden erfolgreich verfilmt, zum einen von Francois Truffaut, zum anderen von Samuel Fuller. In dem Buch „Schüsse auf den Pianisten" sucht Turley nach Jahren seinen Bruder Eddie in der heruntergekommenen Kneipe „Harriets Hütte" auf, wo sich Eddie seinen mickrigen Lebensunterhalt als Pianist verdient. Turley empört sich über Eddies miesen Job:

„Sitzt hier an einem antiquarischen Klavier, hast Lumpen am Leib. Im Frack solltest du auftreten! Mit 'ner Krawatte. Und ein Flügel müßte es sein, ein riesiger, großer, polierter Flügel, ein Bechstein, verdammt noch mal. Das Konzert wäre ausverkauft. Dort solltest du sein, und ich möchte wissen, weshalb du nicht dort bist."

„Du brauchst wirklich einen Schnaps, Turl. Du bist vollkommen durcheinander."

„Kümmere dich nicht um meine Verfassung, sondern um deine eigene. Warum bist du nicht im Konzertsaal ?"

Eddie zuckte die Achseln.

Turley schlug sich mit den Händen auf die Knie. „Warum bist du hier?"

„Weil ich nicht an zwei Orten zugleich sein kann", erklärte Eddie.

„Quatsch. Das ist purer Unsinn. Eine Wucht von einem Mädchen, und hat keinen Freund. Ein Klavierspieler wie kein zweiter, und verdient nicht genug, dass er sich ein paar neue Schuhe kaufen kann."

Eddie lachte.

„Das ist nicht lustig", schnauzte ihn Turley an.

Er sprach zu einem unsichtbaren dritten Zuhörer und deutete auf den gleichgültig dasitzenden Pianisten. „Da sitzt er an diesem Wrack von Klavier in diesem elenden Bumsladen, den man mal von der Feuerschutzpolizei überprüfen lassen müsste oder vom Gesundheitsamt. Sieh dir den Fußboden an. Hier streut man noch Sägemehl auf die morschen Dielen ..." Er legte die Hände an den Mund und rief: „Kauft doch wenigstens ein paar neue Stühle, beim Himmel!" Dann deutete er auf den Pianisten. „Da hockt er Abend für Abend. Da hockt er und verplempert sein Leben unter diesem Lumpengesindel hier, während er in den höchsten Kreisen verkehren könnte, weil er das Zeug dazu in seinen zehn Fingern hat. Er ist ein Star, sag ich euch. Er ist der Star der Stars."

Doch Eddie kehrt nicht als gefeierter Konzertpianist in die Carnegie Hall zurück. Ihm ist, wie sollte es bei Goodis anders sein, ein anderes, traurigeres Schicksal bestimmt.

Die Geschichten von Goodis dürften selbst für gegenwärtig über die Musikszene schreibende Krimiautoren manche Anregungen enthalten. Denn infolge der Krise der Musikindustrie und des massiven Einbruchs der Umsätze in den vergangenen Jahren bieten sich neue Themen für Musikkrimis an, beispielsweise Geschichten von verarmten Musikern, von Topmanagern, die einen Sturzflug ins soziale Abseits erleben, von Musikfans, die wegen Raubkopien von einem Musikunternehmen mit einem ruinösen Prozess überzogen werden und die keinen anderen Ausweg sehen, als das Gesetz zu brechen. Der Noir-Musikkrimi könnte von der Krise des Musikgeschäfts profitieren. Dann könnten die musikbesessenen Serienkiller, die seit einiger Zeit vorwiegend in Skandinavien ihr Unwesen treiben (Arne Dahl, „Misterioso", Ake Edwardson, „Tanz mit dem Engel", Hakan Nesser, „Die Frau mit dem Muttermal"), ihren Abschied nehmen. Lassen wir uns überraschen.

Bücher zum Thema, eine ganz subjektive und etwas nostalgische Auswahl:

a)Sachbücher zum Musikbusiness und zur Musikszene

Richard James Burgess, *The Art Of Music Production,* London 2002, Omnibus Press;

Steve Chapple/Reebee Garofalo, *Wem gehört die Rockmusik?,* Reinbek 1980, Rowohlt; im Original: *Rock'n'Roll Is Here To Pay,* Chicago 1977, Nelson Hall;

Paul Charles, *How To Succeed In The Music Business,* Harpenden 2002, Pocket Essentials;

Alex Constantine, *Tötet den Rock'n'Roll,* Strange Verlag 2002; im Original: *Covert War Against Rock,* 2000;

Fredric Dannen, *Hit Men: Power Brokers And Fast Money Inside The Music Business,* New York 1991, Vintage Books (auch auf Deutsch veröffentlicht);

Marc Eliot, *Rockonomics: The Money Behind The Music,* London/New York/Sydney 1990, Omnibuspress;

Jory Farr, *Moguls and Madmen: The Pursuit Of Power In Popular Music,* New York 1994, Simon & Schuster;

Simon Frith, *Rockproduktion,* in ders., *Jugendkultur und Rockmusik,* Reinbek 1981, Rowohlt, 83-205; im Original: *Sound Effects: Youth, Leisure and the Politics of Rock'n'Roll,* New York 1981, Pantheon Books;

S. Frith/ Andrew Goodwin (Editors), *On Record,* London 1990, Routledge;

Simon Garfield, *Expensive Habits: The Dark Side Of The Music Industry,* London/Boston 1986, Faber and Faber;

Nelson George, *Where Did Our Love Go? The Rise & Fall Of The Motown Sound,* London 2001, Omnibus Press;

Clinton Heylin, *Bootleg! The Rise & Fall Of The Secret Recording Industry,* London 2003, Omnibus Press;

Justin Hoffmann/ Marion von Osten (Hg.), *Das Phantom sucht seinen Mörder,* Berlin 1999, b-books

Steve Jones, *Who Fought The Law? The American Music Industry And The Global Popular Music Market,* in: T. Bennett, S. Frith et al. (Editors), *Rock And Popular Music,* London/New York 1993, Routledge, 83-95;

Nick Kent, *The Dark Stuff,* London 1994, Penguin Books;

William Knoedelseder, *Stiffed: A True Story of MCA, the Music Business, and the Mafia,* New York 1993, Harper & Collins;

Ulf Poschardt, *DJ-Culture,* 2. Aufl., Hamburg 1996, Rogner und Bernhard;

John Qualen, *The Music Industry – The End Of Vinyl?* 1985, Comedia;

Janko Röttgers, *Mix, Burn & R. I. P. – Das Ende der Musikindustrie,* 2003, Heise-Verlag;

Martin Schaefer/Manfred Körfer, *Tonträger-Piraterie. Ein Leitfaden für die Praxis,* Starnberg 1995, Josef Keller;

Harry Shapiro, *Drugs & Rock'n'Roll. Rauschgift und Popmusik,* Wien 1989, Hannibal; im Original: *Drugs & Rock'n'Roll,* London/New York 1988, Quartet Books;

George Tremlett, *Rock Gold: The Music Millionaires,* London 1990, Unwin Hyman;

Dick Weissman, *The Music Business: Career Opportunities and Self-Defense,* New York 1990, Crown.

Peter Wicke, *Bigger Than Life. Rock & Pop in den USA,* Leipzig 1991, Reclam;

b)Musikkrimis, nicht alle „noir", nicht alle zum Musikgeschäft

John Franklin Bardin, *Die Bärengrube,* dtv 1983 (*Devil take the blue-tail fly,* 1948);

Linda Barnes, *Carlotta spielt den Blues,* Wunderlich 1993 (*Steel guitar,* 1991); wiederveröffentlicht als Rowohlt-Taschenbuch;

Nicholas Blincoe, *Acid Killers,* dtv 1998 (*Acid Casuals,* 1995);

Robert Bloch, *Die Saat des Bösen,* Heyne 1966 (*The dead beat,* 1960);

Boileau-Narcejac, *Mord bei 45 Touren,* Rowohlt 1962 (*A Coeur Perdu,* 1959);

Herbert Brean, *Tödliches Zwischenspiel,* Nest Verlag 1961 (*The traces of Brillhart,* 1960); wiederveröffentlicht bei Goldmann, 1966;

John Browner, *Tod eines Punk,* Heyne 1980 (*Death of a punk,* 1980);

James M. Cain, *Karriere in C-Dur,* Goldmann 1984 (*Career in C Major,* 1943);

James M. Cain, *Serenade in Mexico,* Fischer 1952 (*Serenade,* 1937); von verschiedenen Verlagen wiederveröffentlicht;

Raymond Chandler, *Der König in Gelb,* Ullstein 1959 (*The simple art of murder,* 1950); wiederveröffentlicht bei Diogenes 1980;

James Hadley Chase, *Was ist besser als Geld?,* Ullstein 1962 (*What's better than money,* 1960);

Liza Cody, *Ungesetzlich geschützt,* Ullstein 1989 (*Under contract,* 1986);

Martin Compart, *Der Sodom-Kontrakt,* Strange Verlag 2001;

Didier Daeninckx, *Die Stimme der Bianca B.,* Aufbau 1991 (*Play-back,* 1986);

Arne Dahl, *Misterioso,* Piper 2002 (*Misterioso,* 1999);

Thomas B. Dewey, *Das Geheimnis des Koffers,* Kurt Desch 1965 (*A sad song singing,* 1963);

Ake Edwardson, *Tanz mit dem Engel,* Econ List 1999 (*Dans med en Ängel,* 1997);

Kinky Friedman, *Greenwich Killing Time,* Haffmans 1992 (*Greenwich Killing Time,* 1986;

David Goodis, *Schüsse auf den Pianisten,* Nest Verlag 1962 (*Down there,* 1958; *Shoot the piano player,* 1962); wiederveröffentlicht bei Goldmann 1966, 1980 und bei Bastei Lübbe 1991 unter dem Titel: *Schießen Sie auf den Pianisten*;

David Goodis, *Straße ohne Wiederkehr,* Bastei Lübbe 1989 (*Street of no return,* 1954);

Paula Gosling, *Mord in Concert,* Rowohlt 1982 (*Loser's Blues,* 1980);

Charlie Haas/ Tim Hunter, *Böse Menschen haben viele Lieder,* Scherz 1979 (*The Soul Hit,* 1977);

Joseph Hansen, *Verbrannte Finger,* Goldmann 1983 (*Fadeout,* 1970);

John Harvey (Hrsg.), *Blue Lightning,* Unionsverlag, 2000 (*Blue Lightning,* 1998) (mit Stories von Walter Mosley, Ian Rankin, James Sallis u. a.)

S. T. Haymon, *Antichrist,* Piper 1990 (*Death of a god,* 1987);

Victor Headley, *Exzess,* Rowohlt 1995 (*Excess,* 1993);

Carl Hiaasen, *Letztes Vermächtnis,* 2003 (*Basket Case,* 2001);

Henry Kane, *Der Tod macht die Musik,* Ullstein 1967 (*Dirty Gertie,* 1963);

Day Keene, *Einladung zum Mord,* Winther 1966 (*Payola,* 1960); wiederveröffentlicht bei Bastei Lübbe u. a.

Joachim Körber (Hrsg.), *Eine kleine Mordmusik. Notturno & Furioso,* Scherz 2000 (mit Stories von Fredric Brown, Sara Paretsky u. a.)

Elmore Leonard, *Schnappt Chili,* Goldmann 2000 (*Be cool,* 1999);

Carlo Lucarelli, *Der grüne Leguan,* Goldmann 2001 (*Almost blue,* 1997);

Arthur Lyons, *Drei mit einer Kugel,* Bastei Lübbe 1988 (*Three with a bullet,* 1984);

Marie & Joseph, *Tote singen nicht,* Rowohlt 1993 (*Chaudes bises,* 1983);

Robert Martin, *Ein Mädchen brennt durch,* Goldmann 1958 (*Catch a killer,* 1956);

Ed McBain, *Rumpelstilzchen,* Knaur 1984 (*Rumpelstiltskin,* 1981);

Ed McBain, *Schüsse im Regen,* Ullstein 1980 (*Calypso,* 1979); wiederveröffentlicht bei Bastei Lübbe 1996;

Horace McCoy, *Nur Pferden gibt man den Gnadenschuss,* Ullstein 1988 (*They shoot horses, don't they?,* 1935);

Val McDermid, *Mörderbeat in Manchester,* Fischer, 1994 (*Dead Beat,* 1992); wiederveröffentlicht bei Ariadne unter einem anderen Titel;

Simon Myles, *Hitparade für Erpresser,* Scherz 1977 (*The big hit,* 1975);

Hakan Nesser, *Die Frau mit dem Muttermal,* btb 1998 (*Kvinna med födelsemärke,* 1997);

George P. Pelecanos, *King Suckerman,* DuMont 1999 (*King Suckerman,* 1997);

Paul Pines, *Der Blechengel,* Ullstein 1986 (*The tin angel,* 1983);

Jean-Bernard Pouy, *Volle Dröhnung,* Rowohlt 1988 (*Suzanne et les ringards,* 1985);

Mike Ripley, *Heisse Scheine,* Zebulon 1997 (*Just another Angel,* 1988);

Ellery Queen, *Abschiedsvorstellung,* Heyne 1963 (Richard Deming, *Death spins the platter,* 1962); wiederveröffentlicht als Ellery Queen, Riskante Show, Ullstein 1978;

William Sanders, *Highway 66,* Scherz 1996 (*A death on 66,* 1994);

Martin Schüller, *Jazz,* Emons 2000;

Jack Sharkey, *Mord und Musik,* Signum 1963 (*Murder, Maestro please!,* 1960);

Gunnar Staalesen, *Gefallene Engel,* Wolfgang Butt 1992 (*Falne engler,* 1989);

Jim Thompson, *Das Abtöten,* Ullstein 1988 (*The kill-off,* 1957); wiederveröffentlicht bei Diogenes unter dem Titel: *Kill-off*;

Mark Timlin, *Shooting Stars,* Rotbuch 1994 (Zip Gun Boogie, 1992);

Robert Westbrook, *Nostalgie kann töten,* Bastei Lübbe 1989 (*Nostalgia kills,* 1987);

Raoul Whitfield, *Der letzte Paukenschlag,* Ullstein 1990 (*Death in a bowl,* 1931);

Cornell Woolrich/ Lawrence Block, *Die Nacht trägt Schwarz,* Heyne 1989 (*Into the night,* 1987).

Ein perfektes Stück Müll
Die Musik des
DREAM CITY
FILM CLUB
CLUB
XXX
von Myron Bünnagel

Kalter Zigarettenrauch und Schweiß stehen in der Luft, übertünchen das Alter und die Hoffnungslosigkeit. Im Halbdunkel lauern die letzten Schimmer vergangener Zeiten; ihr Glanz so dünn und blass wie die zersetzte Goldprägung auf der tiefroten Tapete. Die Sitze sind zerschlissen, ihr Stoff abgewetzt, mit Brandlöchern und Schmierflecken übersät. Nur ein paar kümmerliche Gestalten, verloren in den Sitzreihen, tief versunken in den übel riechenden Polstern, auf der Flucht vor dem Leben. Mit leisem Quietschen öffnet sich der Vorhang, die linke Hälfte fährt nicht ganz zurück, bleibt nach 3/4 stehen. Auf der Leinwand Licht, unscharfe Bewegungen, ein zerkratzter Filmtitel. Aus den ramponierten Lautsprechern dringen erste Stöhnlaute, kriechen durch die Dunkelheit in die Köpfe der Zuschauer.

Er ist kein schöner Ort, dieser *Dream City Film Club*. Ein heruntergekommenes Pornokino in den Smithfields in London, in das sich nur ein paar Verlorene stehlen, auf der Suche nach etwas Wärme, ein wenig Befriedigung oder Zuflucht. Ohne zu wissen, dass sie selbst im Blickpunkt stehen, dass ihre traurigen, kümmerlichen, bemitleidenswerten Leben aus den stickigen Schatten gezerrt werden. Eigentlich sind sie bereits tot, nur noch bleiche Erinnerungen, die in den verkohlten Ruinen längst verrauchten Bildern nachhecheln. Das Pornokino ist nicht mehr, ein Opfer der Flammen samt und sonders, ein paar seiner Besucher gleich dazu. Das war 1995. Michael J. Sheehy, Laurence Ash, Alex Vald und Andrew Park suchten einen Namen für ihre neu gegründete Band, sahen Fern, sahen die Nachrichten. Und nannten sich *Dream City Film Club*. Eine der am schmählichsten ignorierten Bands der 90er. Was zu ihr passt, anders dürfte es gar nicht sein. Wer so beharrlich von Verlierern singt, wer mit solcher Inbrunst die Korruption des menschlichen Geistes zelebriert, seine Schwächen und Abgründe ans trübe Tageslicht zerrt, der hat es nicht besser verdient. Der Besuch des Pornokinos, das die Band aus den verbrannten Ruinen auferstehen ließ, um eine Menagerie aus Junkies, Liebeskranken, Alkoholikern, Huren, Dealern, lüsternen Greisen und anderen Randgestalten zu beherbergen und vorzuführen, ist eine verstörende und zutiefst deprimierende Angelegenheit.

Das Ganze ist eine Verquickung düsterer Gedanken, abstoßender Klischeefiguren und beklemmender Noir-Atmosphäre. Gera-

dewegs abwärts in die dunklen, lüsternen Bereiche der Seele. Sheehys Stimme ist Klang gewordene Korruption, quälende Klage, wispernde Verführung. Verführung zu all den Dingen, die wir uns nicht eingestehen (können). Die Lieder, oft kleine, abgeschlossene Geschichten, bewegen sich an den Rändern des guten Geschmacks, der Moral und etlicher Tabus, gelegentlich deutlich überzeichnet, klischeehaft und theatralisch, doch meist im Herzen, direkt an der Ader. Sie erzählen von traurigen Figuren, die ihre Träume und Hoffnungen in den Rinnstein gespült haben und trotzdem noch immer warten. Ohne zu wissen worauf. Beraubt ihrer Sicherheit und Selbstachtung, ohne einen Funken Stolz, und wenn davon noch ein Schimmer übrig ist, wird er unweigerlich in dieser tristen Gegenwart zerstört werden. Aber Sheehy hasst diese Charaktere nicht. So sehr er auch ihre Schwächen präsentiert, ihre Intimität nach außen kehrt, erbringt er ihnen eine letzte Ehre – etwas Respekt. Das verbessert die besungene Welt nicht, ändert nichts daran, dass sie jämmerlich krepieren werden, färbt sie aber immerhin ein wenig weicher.

Als ich den *Dream City Film Club* im Jahr 1999 auf einem seiner wenigen Gigs in Deutschland sah, passte er sich anstandslos in sein Image ein. Gerade war das zweite Album *In the Cold Light of Morning* erschienen, für das sich die Band auf Promotiontour befand. Gespielt wurde an einem Dienstagabend im März im Kölner Underground. Viel zahlende Kundschaft gab es nicht, ein paar Nachtschwärmer an der Bar, ein paar in der Nähe der Bühne. Mehr als Zwanzig bestimmt nicht. Werbung für die Tour hatte es kaum gegeben, das neue Album war hierzulande noch nicht erschienen. Die Musik war zu laut für den leeren Raum, so dass die Zuschauer lieber etwas abseits standen. Und der *Film Club* spiel-

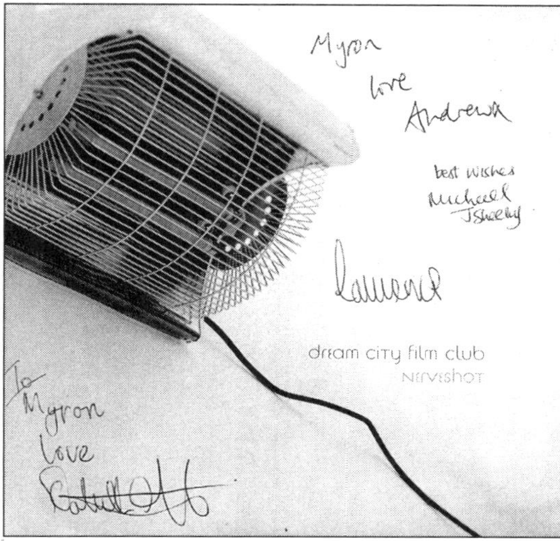

te. Warf seine Musik in die Nacht, ließ Michael J. Sheehy klagen, wüten und verführen. Eine Menge Lärm und Geschrei, dazwischen schleppende Roadmovie-Balladen. Pornokinohoffnungslosigkeitslüsternheit.

Nach dem Konzert gab es ein kleines Schwätzchen mit der Band, kaum zu glauben, dass so nette Jungs solche Musik machten. Aber so ist es wohl immer mit den netten Jungs.

Ich erzählte ein wenig, wie ich auf ihre Musik gestoßen war und wie sie mir gefiel, sie erzählten von ihrer Tour und wohin es noch gehen würde. Ihre neue CD bekam ich nicht, die hatten sie nicht im Gepäck, also nur eine Vinyl-Maxi samt Autogramm. Immerhin. Es war das letzte Jahr des *Dream City Film Clubs*.

1999 versammelten sich nur wenige am Sarg. *Pissboy* wurde zu Grabe getragen. Kaum jemand interessierte es. Den *Film Club* gab es gerade mal für vier Jahre, dann gingen die Interessen der Bandmitglieder auseinander. Was blieb, waren zwei Alben: *Dream City Film Club* (1997) und *In the Cold Light of Morning* (1999), sowie eine EP *Stranger Blues* (ebenfalls 1999). Daraus etliche Singles und B-Sides. Kommerzieller Erfolg oder eine Hitparadenplatzierung fernab. Passte auch wieder nicht. Die Musik irgendwo dazwischen – zwischen Punk und Road-Blues und Rock und Gothic. Eine zerfetzende Mixtur, die wenig allgemeintauglich blieb. Insze-

niert um Sheehys Goldstimme. Eintritt nicht für jedermann…

1996 ein Auftritt bei John Peel, gefolgt von der EP *Peel Session*, 1998 *Billy Chic* – als Gast auf dem Track *Some* Brian Molko von *Placebo*. Für die spielte der *Film Club* gelegentlich den Support. *Placebo* blieben dabei einer klaren Linie und somit dem Erfolg treu. Das fehlte der Band mit dem Namen eines heruntergebrannten Pornokinos.

Es ist eine bittere kleine Welt, in der sich die Protagonisten der Lieder bewegen. Die Orte sind heruntergekommen, ewig dunkel, schmutzig und schmierig, schlichtweg deprimierend. Das *Seedy Hotel* (B-Side auf *Pissboy* aus dem Jahre 1997) für all die gebrochenen Herzen, die ewig gleichen, bekümmerten Liebeslieder in der Bar, Pornokanal auf dem Zimmer, inklusive Schlinge für den

Fall einer Krise ... *„well there's a tv in your room / playing porno all night long / jukebox in the bar / playing all the lonely songs / for brokenhearted lovers / who look so fine / at the seedy hotel / we gonna have a seedy good time / well every room is full equipped / with vices and divices / and a hangman's noose / in case you have a crises"*.

Eine endlose Straße, die in die Nacht der Nächte (*Night of Nights*) führt – einsam, verloren, die Geliebte auf dem Schoß: *„familiar sensations in an unfamiliar place / should be watching the road / but I'm watching your face / as you sit across my hips / with your dress hitched high / everything's so close / I don't care if we die / look out world cos here we come / look out world cos here we come / it's me and my girl / on this night of nights"*. Ein zerwühltes Bett (*'til the End of the World*) als Zuflucht für den letzten Liebesakt, ehe die Welt in Flammen aufgeht. Das niedergebrannte Pornokino selbst, der *Dream City Film Club*, als umfassendes Universum, als Symbol für die zweifelhaften Besucher und schlüpfrigen Bilder auf der Leinwand. Wer eine Eintrittskarte gekauft hat, darf es sich auf einem der zerschlissenen Sitze bequem machen, aber lieber nicht nachschauen, warum der Fußboden klebt. Zurücklehnen und den Film abwarten, der in zerkratzter, beleidigender Qualität über die Leinwand flimmert. Ein paar echte Charakterrollen, die da aufgeführt werden. Der miese Dealer (*Filth Dealer*) *„king rat caught me sniffing drains / he fucked me over and he took my brains / left me there bleeding / lying on the floor / left me there bleeding / begging for more"* oder die kleine Nutte, die sich für eine Schauspielerin hält (*Baby's an Actress*) *„baby's an actress / she's not like all those other tarts / when she takes off her clothes / it's in the name of art / it's always done with tasteful design / it's never crude it's always refined"*. Der einsame, schüchterne Typ, der in seinem Zimmer im *Hotel Paradiso* sitzt und von seinen Steherqualitäten träumt: *„welcome to porno paradiso / the sexiest show you'll ever see / I'm just a lonely boy / longing for romance / I could have been so good / but I never had the chance / and I'm so lovesick / I could die"*.

Allen voran jedoch *Pissboy*, der Archetyp der Verlierer – *„now pissboy pulls on his pisscoat / and he hits the town / with the burning at the back at his throat / and the flies all buzzing* *around / just like a worn out whore / with no sense of pride / the greed for something more / burns his insides / yeah all you losers gather round / yeah pissboy he's back in town / and he wonders if his mother's room was a drunk tank / and if the milk from her breast was poisend / and he wonders if she ever loved him*", dessen Tod (*Pissboy is Dead*) dann auch 1998 als B-Side auf *Billy Chic* Erwähnung fand.

An seinem Grab versammeln sich die Versager, blicken in das gähnende Loch, in dem er verschachert wird. Sechs Fuß tief. Pechschwarz. Da unten läuft irgendwo ein Film. Wie in dem Pornokino, in dem wir sitzen – ganz Voyeure bei diesem traurigen Schauspiel. Nur nicht wundern, wenn die Gesichter im Zuschauerraum denen auf der Leinwand gleichen. Zerfressen von diffusen Sehnsüchten, Lüsternheit und dem verzweifelten Bemühen, der Leere und Sinnlosigkeit zu entkommen. Feuchte Träume (*When I Sleep*) *„when I sleep / I dream of you / only you / your lips excite me / your arms invite me / you stretch me naked / upon your bed*", Drogentrips (*Because You wanted It*) *„so when you awaken in the feverish morning / feels like there is bugs crawling under your skin / the sickness comes without any warning / remember, remember this / you wanted it*" und Endzeitstimmung (*'til the End of the World*) *„lover wake up / the end is all night / so take the last joys of the world / and suck them dry / kiss me once more / as we go down in flames*"

Der Anfang vom Ende war 1995, als sich *Dream City Film Club* in London formierten. Ein Jahr später ist genug Material vorhanden, um zu touren und ein paar Demos aufzunehmen. Während eines Auftritts wurde Sean Worrell, Herausgeber des Untergrundmagazins *Organ*, auf die Band aufmerksam und arrangierte eine Aufnahme zusammen mit *Rathigan* und darauf eine EP. Mit *Beggars Banquet* zeigte schließlich eine weitere Plattenfirma Interesse am *Film Club*. Für das Label wurde die EP *Perfect Piece of Trash* und schließlich der erste Longplayer (1997) veröffentlicht. Dazu Gigs in London und mit *Placebo* in Frankreich. Die Pressekritiken zum Release waren verheerend: *„discordant blob of sonic grease*" oder *„pretty fucking horrible all told*". Die Band machte dennoch weiter, brachte nach einem Besuch bei Peel die Live-EP *Peel Session* heraus. Während der Arbeit am zweiten Album ging Bassist Alex Vlad eigene Wege. In the *Cold Light of*

Morning (1999) präsentierte sich dann auch einige Grade gereifter, beschwor weiterhin klischeehafte Figuren und Momente herauf: (*God will punish the pervert preacher*) *„you wake up Sunday morning / young boy in your bed / Jesus and the Devil / doing business in your head / you're just a sick old mess / I'll bet you wish you were dead / but you gotta get yourself together / there's another mass to be said / other young boys to be had"*. Extreme Schwankungen wie im Erstling gab es darin nur noch selten. Es folgte ein weiteres Album mit nur sieben Tracks – *Stranger Blues*, das wieder mehr an die Anfänge der Band erinnerte. Doch schließlich verloren die Eintrittskarten ihre Gültigkeit und der *Dream City Film Club* schloss seine Pforten.

Mit seiner filmischen, bildhaften Sprache voller dunkler, schmutziger und regenfeuchter Orte, den heruntergekommenen, ausgebrannten und verlorenen Charakteren, dem Spielen zwischen musikalischen Stühlen und nicht zuletzt Michael J. Sheehys unvergleichlicher Stimme, hat der *Film Club* der Welt ein Klang gewordenes Stück Noir hinterlassen. Finster, niederdrückend, frustrierend. Das ist Musik für einsame Stunden, für deprimierende Autofahrten durch eine bleischwere Nacht. Man sitzt am Steuer, atmet stickige, verrauchte Luft, hat einen bitteren Geschmack auf der Zunge und kein verdammtes Ziel. Die Musik quillt wie würgende Verzweiflung aus den Lautsprechern, mischt sich mit der zähen Dunkelheit. Es gibt kein Entrinnen vor ihr, wie es keinen Funken Hoffnung gibt. Und nach endlosen Meilen ist man nicht mehr allein, sitzen die Verlierer auf dem Rücksitz. Immer nur aus den Augenwinkeln sichtbar, mit klagenden Worten ihre Geschichten flüsternd.

Vielleicht passiert es, dass man bei einem Blick in den Rückspiegel schon aussieht wie sie. *„I tossed and I turned / the whole night through / shivered and burned / waiting for you / tortured and tormented / in the long wicked night / alone and frustrated / in the long wicked night" (Country Paranoia)*

www.dreamcityfilmclub.com
Fan-Site zum *Film Club* – und mittlerweile eine der wenigen Internetquellen überhaupt.
www.saintsilasintercession.com
Projekt des ehemaligen *Dream City Film Club*-Sängers Michael J. Sheehy.

„It's what the Germans call an ear worm ..."

Ron Grainer, Composer Extraordinaire

von Werner Schmitz

Der am 11. August 1922 in Atherton, Queensland (Australien) geborene Ron Grainer verdient eine Würdigung in diesem Buch vor allem mit seiner Titelmusik zu *Man in a Suitcase* (*Der Mann mit dem Koffer*). Allerdings ist sein Back-Katalog gefüllt mit anderen Klassikern, die die unglaubliche Bandbreite des Komponisten eindrucksvoll illustrieren und einen ausführlicheren Blick auf Grainer, der in Deutschland keinen besonderen Status genießt, rechtfertigen.

Wie viele Komponisten war er ein musikalisches Wunderkind und bekam Geigenunterricht im zarten Alter von vier Jahren. Noch als Minderjähriger beherrschte er sowohl dieses Instrument als auch das Klavier. Nach dem Krieg folgte als logischer Schritt ein Musikstudium am *Sydney Conservatorium of Music*, und es zeichnete sich ab, daß er eine Laufbahn als Musiker und Klassik-Komponist einschlagen würde. Von einem Umzug nach England versprach er sich größere internationale Bekanntkeit; eine Entscheidung, die man im Nachhinein als glücklich bezeichnen muß.

1952 kam er mit seiner ersten Frau Margot dort an und verdingte sich zunächst als Tour-Pianist für Unterhaltungsmusiker wie den Sänger Al Martino. Dadurch stieg sein Bekanntheitsgrad, und bald wurde er auch als Studiomusiker engagiert. Nach seiner Scheidung heiratete er seine zweite Frau Jennifer und schlug seine Zelte in Roehampton auf. Er fungierte als musikalischer Berater bei Musikshows von Associated Rediffusion (dem Londoner ITV-Lizenznehmer für Werktage, Vorgänger von Thames Television), verdiente jedoch nach wie vor seine Brötchen als Pianist: In den Proberäumen der BBC war er ein gefragter Mann, was ihm schließlich die richtigen Türen öffnen sollte, denn schon bald bekam er den Auftrag, Musik für diverse Fernsehspiele (darunter *The Birthday Party*, 1960) zu schreiben. Außerdem wirkte er als musikalischer Berater bei BBC-Produktionen mit, so unter anderem bei der Nachrichtensendung *Panorama*, einer Institution wie hierzulande die *Tagesschau*.

Der Produzent Andrew Osborn war von Grainers Fähigkeiten so beeindruckt, daß er bei ihm die Titel- und Szenenmusik für die Serie *Maigret* mit Rupert Davies in Auftrag gab. Grainer nutzte Cembalo, Banjo und Akkordeon, um einen „französischen" Klang zu zaubern und trug damit nicht wenig zum Erfolg der Serie bei. Wie sich herausstellen sollte, war *Maigret* die Initialzündung für

Ron Grainer

Grainers Karriere als Filmkomponist. Die Filmmusik erschien auf mehreren Schallplatten, 1961 erhielt er den Ivor Novello-Award. Alle 52 *Maigret*-Folgen, ausgestrahlt zwischen 1960 und 1963, sind als 35 mm-Schwarzweiß-Filmkopie in den BBC-Archiven erhalten geblieben.

Musik zu Fernsehserien vor allem der BBC bestimmten jetzt Grainers Laufbahn. Dies begann mit *Comedy Playhouse* (1962), wie seine Entsprechung *Drama Playhouse* (hier begann *The Onedin Line*) eine Serie von Pilotfilmen (allerdings in der Sitcom-Länge von 25 Minuten), mit denen potentielle Serienformate getestet wurden. Erfolgreich zu einer immens populären Serie entwickelt wurde der Pilot *Steptoe & Son* (1964, mit Wilfrid Brambell und Harry H. Corbett), einer Vater/Sohn-Sitcom von Ray Galton und Alan Simpson – auch hier übernahm Grainer die Titelmusik, die ihm im zweiten Jahr hintereinander den Ivor Novello-Award einbrachte. In der Industrie hatte er dank *Maigret* und *Comedy Playhouse* früh einen Ruf für grundverschiedene Musiken, so daß Engagements für Kinofilme nur eine Frage der Zeit waren. In den frühen 60ern arbeitete er u.a. an John Schlesingers *A Kind of Loving* (1962). Als er mit der Musik zu *Some People* beschäftigt war, kam es zur Begegnung mit den *Eagles*, einer Instrumental-Popgruppe aus Bristol (und nicht zu verwechseln mit der gleichnamigen Band um Don Henley). Sie wurden Grainer-Protegés und spielten beispielsweise *Oliver Twist* ein, seine Komposition für eine BBC-Kinderserie (1962).

Ein Jahr später betrat Grainer neues Terrain mit der Titelmusik für eine Science Fiction-Serie, die sich an ein junges Publikum richtete. *Doctor Who* genießt bei uns, im Land der *Star Trek*-Gucker, keine besonders hohe Bekanntheit (einige wenige Folgen wurden in den 80ern von RTL ausgestrahlt). Diese längste Science Fiction-Serie der Welt (1963 bis 1989) ist der größte Fernsehkult in England überhaupt, und auch in anderen englischsprachigen Ländern stehen die Aktivitäten der Fan-Gemeinden dem kaum nach. Im Mittelpunkt steht ein Zeitreisender, der „Doktor", der mit einem stattlichen Arsenal an geistigen und technischen Fähigkeiten ausgestattet alle Arten von Wesen davor bewahrt, die Welt ins Unglück zu stürzen. Begleitet von wechselnen Assistenten benutzt er das Raumschiff „Tardis" zur Fortbewegung, dem äußeren Erscheinungsbild nach eine einfache Telefonzelle. Besondere Kennzeichen der Serie waren seit jeher geringe Mittel, ein Maximum an Charme und Kreativität und eine Eignung für alle Altersgruppen. Der Doktor, der von acht verschiedenen Darstellern (William Hartnell, Patrick Troughton, Jon Pertwee, Tom Baker, Peter Davison, Colin Baker, Sylvester McCoy, Paul McGann) gespielt wurde, wird zur Zeit von der BBC wiederbelebt.

Grainers Musik für *Doctor Who*, mit Sicherheit sein bekanntestes Werk, ist entsprechend der Thematik mysteriös-artifiziell (den Co-Credit erhielt der „BBC Radiophonic Workshop"); schlicht und gleichzeitig zündend. Sie wurde anderthalb Jahrzehnte nur leicht verändert, bis sie Ende der 70er Opfer der Disco-Welle wurde. Durch das seinerzeit neue Arrangement – Grainer selbst sprach etwas euphemistisch von „a rhythmically aggressive new treatment" – erkennt man noch die Wurzeln des Originals, das ansonsten in aufdringlichem Synthesizer-Gequieke untergeht und die Atmosphäre der ursprünglichen Fassung vermissen läßt. Es versteht sich angesichts der Langlebigkeit der Serie fast von selbst, daß *Doctor Who* bei der Archivierung nicht ungeschoren davongekommen ist. In besonderer Weise betroffen ist die Pa-

Doctor Who: Tom Baker, Lis Sladen

trick-Troughton-Ära, aus der zahllose Episoden nicht mehr vorhanden sind.

Ende 1963, während einer Aufnahmesession mit den *Eagles*, erblindete Grainer zeitweise. Nach schneller und erfolgreicher Behandlung führten die Ärzte die Veränderung auf exzessive Arbeit bei künstlichem Licht zurück. Der Künstler ließ sich jedoch nicht beirren und machte unverwüstlich weiter, obwohl ihn die Augenprobleme nicht loslassen sollten. Nachdem er sich einige Jahre dem Film, darunter Komödien des Regisseurs Clive Donner, sowie dem Theater gewidmet hatte, kam er 1967 mit geballter kreativer Kraft auf den Bildschirm zurück, und zwar mit zwei ITC-Produktionen: *Man in a Suitcase*, einer Serie, die an anderer Stelle noch ausführlich behandelt wird, und *The Prisoner* (*Nummer Sechs*).

Man in a Suitcase

Die Titelmusik zu *Man in a Suitcase*, von Bläsern dominiert und von einem Schlagzeug vorangetrieben, unterstreicht die Eigenwilligkeit der Hauptfigur, gibt aber auch Genre-Hinweise: Sie klingt mit ihrer dramatisch-aggressiven Melodieführung deutlich nach Thriller und Film Noir. *The Prisoner* brachte es aufgrund der Nähe zum Science-Fiction-Genre und der mysteriösen, Freiraum für allerlei Deutungen (der Fernsehkritiker Philip Purser vermutete gar eine Aussage zum Vietnam-Krieg) bietenden Handlung, die in der unsicheren Wertewandel-Zeit der 60er Jahre auf äußerst fruchtbaren Boden fiel, zu Kultstatus: Ein Ex-Geheimagent wird entführt und in ein Dorf verschleppt, in dem die Bewohner statt Namen Nummern tragen und aus dem es kein Entkommen gibt. Die totaler Kontrolle unterliegende Zivilisation, gegen die sich der Einzelne zur Wehr setzt – was *1984* und *Brave New World* für die Literatur waren, war *The Prisoner* fürs Fernsehen. Der Stoff wurde zwar publikumswirksam, aber auch orginell und intelligent aufbereitet, mit eigenwilliger Handhabung von Konventionen des Thriller-Genres (auch wenn Purser eine Neigung zu repetitiven Situationen diagnostizierte). Mit den Jahren erblickten Fanclubs, Literatur, Webseiten und natürlich Video- und DVD-Veröffentlichungen das Licht der Welt. Grainer war dritte Wahl als Komponist, nachdem die Beiträge von Robert Farnon und Wilfred Josephs abgelehnt worden waren. Sein erster Versuch wurde ebenfalls von Produzent und Hauptdarsteller Patrick McGoohan, der auch diverse Drehbücher schrieb und einige Folgen selbst inszenierte, zurückgewiesen. McGoohan empfand das Tempo als zu langsam, und Grainer beschleunigte es kurzerhand. Das Resultat, von welchem sich der Komponist bei seiner Arbeit für den Kinofilm *The Omega Man* inspirieren ließ, fand schließlich die Gnade des Mastermind.

Dann komponierte Grainer wieder für die BBC, zunächst für *Boy Meets Girl* (1967-9), eine Anthologie von TV-Adaptionen moderner Autoren, von der eine einzige Episode erhalten geblieben ist. Es folgte *The Jazz Age* (1968), eine weitere Anthologie, die aus Adaptionen der Werke von Autoren wie Noel Coward und John Galsworthy bestand und die sämtlich in den 20er Jahren angesiedelt waren. Grainers Titelmusik fing die Epoche mit charakteristischer Leichtigkeit ein. Von *The Jazz Age* sind erfreulicherweise noch alle 14 Folgen in den Archiven vorhanden.

1964 hatte die BBC eine Serie in sich abgeschlossener Fernsehspiele unter dem schlichten Obertitel *Detective* ins Leben gerufen. Das Konzept von Produzent David Goddard sah vor, daß aus der Literatur mehr oder minder bekannte Spürnasen, darunter Arthur Conan Doyles Sherlock Holmes, G. K. Chestertons Father Brown und Ngaio Marshs Inspektor Alleyn, je einen Fall lösen durften und in der kommenden Woche einem „Kollegen" Platz machten. 18 Folgen à 50 Minuten wurden in der ersten Staffel gesendet, sechs davon gelten als nicht mehr existent. Die *Detective*-Titelmusik des berühmten John Addison war mit ihren quietschenden Streichern doch etwas dürftig, und als 1968 die Produzentin Verity Lambert, die auch die frühen *Doctor Who*-Folgen betreut hatte, das *Detective*-Konzept neu belebte, war es Grainers Aufgabe, eine neue Titelmusik zu komponieren. Auch diese Aufgabe löste er mit virtuoser Leichtigkeit, indem er ein eingängiges Meisterwerk aus dem Ärmel schüttelte, das noch im gleichen Jahr auf Schallplatte erschien. Von den 27 *Detective*-Folgen der Jahre

1968 und 1969 sind nur zwölf erhalten geblieben

Ein weiterer Höhepunkt in Grainers Schaffen folgte mit der Serie *Paul Temple* (52 Folgen, 1969-71, im ZDF ab 1972), die als eine der ersten BBC-Produktionen durchgängig in Farbe gedreht wurde und für damalige Verhältnisse sündhaft teuer war. Temple war eine Detektiv-Figur in Romanen und Hörspielen von Francis Durbridge, erschaffen in den 30er Jahren, doch Produzent und Autoren verlegten den Schriftsteller und seine Frau Steve in die späten 60er. Einer der vielen Pluspunkte der Serie sind zwei immens sympathische Hauptdarsteller, Francis Matthews und Ros Drinkwater, die heute in Irland als Journalistin arbeitet. Sogar aufgeweckte Leute halten es 30 Jahre später für unglaublich, daß Matthews damals als Sex-Symbol galt, was bei genauerem Hinsehen auch nicht abwegiger ist, als ein solches Etikett David Beckham anzuheften.

Paul Temple stand in der Tradition der *Thin Man*-Filme mit William Powell und Myrna Loy – Verbrechensbekämpfung als Hobby der gesellschaftlichen Oberklasse, die dabei auch noch beste Laune versprüht. Dieses Format wurde in den USA mit *McMillan and Wife* (mit Rock Hudson und Susan St James) und *Hart to Hart* (mit Robert Wagner und Stefanie Powers) wieder aufgenommen. Leider muß man auch hier den üblichen Refrain

Paul Temple: Francis Matthews, Ros Drinkwater

anstimmen: Die BBC besitzt noch 15 (!) von 52 *Paul Temple*-Folgen, davon vier in grausamer Qualität. Es spricht einiges dafür, daß die Originalfassungen der letzten drei Staffeln in der Kirch-Filmbibliothek lagern, denn ab der 14. Folge fungierte die Münchner Taurus-Film GmbH als Co-Produzent und kaufte scheinbar nach dem Ende der Serie in Großbritannien der BBC das „Gesamtpaket" ab.

Alan Bromly, Produzent der ersten, in Deutschland nicht ausgestrahlten *Temple*-Staffel, kommentierte Grainers Arbeit mit den Worten: „It's what the Germans call an ear-worm – it really grows on you." Die *Temple*-Titelmusik ist in der Tat eine Klasse für sich und existiert in zwei Versionen. Die schnelle Version wurde für den Vorspann der frühen Folgen verwendet (was sich aufgrund der geringen Archivbestände einzig anhand der Episode *Games People Play* nachweisen läßt), die langsame begleitet den Abspann. (Das Prinzip, die Titelmusik zu Beginn und am Ende in unterschiedlichen Versionen einzuspielen, wurde später mit großem Erfolg für *The Sweeney* [1975-8] und *The Chinese Detective* [1981-2] übernommen.) Bei Vor- und Abspann der letzten 26 Folgen kam nur noch die langsame Version zum Einsatz. Wie bei *Doctor Who* übernahm Dudley Simpson, der Jahre später bei *Target* seine Sternstunde erlebte, die szenische Musik. Für die deutsche Fassung wurde grundsätzlich nur die erste Version verwendet, was immerhin konsequent ist, denn die deutschen Co-Produzenten setzten sich auch hinsichtlich der Handlung und Darstellung dafür ein, *Temple* „flotter" zu machen (was in der Sprache der BBC wohl „amerikanischer" hieß und mit entsprechend gemischten Gefühlen aufgenommen wurde). Das BBC-Pressematerial vermeldete zum Serienstart: „When he was approached about the new *Paul Temple* series it transpired that (Grainer) was a long-term admirer of the television serials of Francis Durbridge, and in particular of the theme music chosen for some of the earlier serials, like *The Scarf*. (...) The hauntingly romantic theme that Ron Grainer has provided for *Paul Temple* will certainly prove just as popular, and be played for many years to come."

In den späten 60ern und frühen 70ern arbeitete Grainer an diversen Kinofilmen, so etwa *To Sir With Love*, 1967, Grammy-Nominierung; *Lock Up Your Daughters*, 1969; *The Omega Man*

(*Der Omega-Mann*, 1971, nach einem Roman von Richard Matheson); *Yellow Dog*, 1973; *I Don't Want to Be Born*, 1975. Außerdem wurde er dreimal für LWT aktiv (*Man In The News, The Trouble With You Lilian, The Train Now Standing*) und einmal für Thames (*For The Love Of Ada*). Da sein Augenproblem nach wie vor vorhanden war, griff er zum letzten Mittel und zog an die Algarve in Portugal, um sich auf einen Bauernhof im Touristenort Albufeira von natürlichem Licht verwöhnen zu lassen. 1973 berichtete die *Sun*, daß Grainer sich in Portugal pudelwohl fühle und keinerlei Absicht habe, nach England zurückzukehren und wieder seinem Beruf nachzugehen.

1976 wurde er von seiner zweiten Frau Jennifer geschieden und kehrte zwei Jahre später zusammen mit seinem Sohn Damon zurück nach England. Das Genie siedelte sich in Brighton an und erhielt prompt einen neuen Job, nämlich die Thriller-Anthologie *Tales Of The Unexpected* (*Ungewöhnliche Geschichten*, ab 1980 im ZDF, jeweils im Doppelpack). Grainer spiegelte den sanften, subtilen Horror der Kurzfilme à 25 Minuten, die auf Ideen von Roald Dahl basierten, der in die frühen Episoden auch höchstpersönlich einführte, durch drehorgelartige Klänge wider. Die Plots waren makaber – es geht u.a. um eine Frau, die der Polizei die Lammkeule zum Abendessen serviert, mit der sie ihren Mann erschlagen hat; eine Wette, in der ein kleiner Finger auf dem Spiel steht; um einen Mann, der „versehentlich" seine Tochter ermordet etc. – Hitchcock hätte mit Sicherheit seine Freude daran gehabt. Das Publikum sah es auch nicht anders, denn *Tales of the Unexpected* wurde produziert bis 1988 (113 Folgen). Traditionell waren die Episoden bestückt mit großen Namen und bekannten Gesichtern. So spielte Susan George in *Lamb to the Slaughter*,

Tales of the Unexpected: Susan George, Brian Blessed

Rod Taylor in *The Hitchhiker*, Charles Dance in *A Skeleton in the Closet*, John Gielgud in *Parson's Pleasure*, Joseph Cotten in *Edward the Conqueror*. Regie führten u.a. John Bruce, Alan Gibson, Alastair Reid, Michael Tuchner und Herbert Wise.

Im gleichen Jahr folgte Grainer dem Ruf von Thames Television und lieferte zwei weitere Arbeiten ab, nämlich für die Sitcom *Born And Bred* und das historische Drama *Edward & Mrs Simpson* (Buch: Simon Raven, Regie: Waris Hussein). Darin dankt Edward VIII (Edward Fox), ungekrönter König von England, nach einer Beziehung mit der geschiedenen Wallis Simpson (Cynthia Harris) ab, um sie heiraten zu können. Der Siebenteiler wurde hochgelobt aufgrund seiner Darstellerleistungen und der Liebe zum historischen Detail.

1979 bekam Grainer wieder Aufträge von seinem Lieblingsarbeitgeber, der BBC, die mit zwei ambitionierten Literaturverfilmungen einmal mehr unter Beweis stellte, daß sie in den Genres *historical drama* und *crime drama* schwer zu schlagen ist. Beide Werke wurden produziert von Richard Beynon, verantwortlich für die Dorothy L. Sayers-Verfilmungen der frühen 70er (*Lord Peter Wimsey*). In dem Vierteiler *Malice Aforethought* (adaptiert von Philip Mackie nach dem Roman von Francis Iles, Regie: Cyril Coke) plant Landarzt Bickleigh (immer an der Grenze zum *overacting*, dennoch brillant: Hywel Bennett) den Giftmord an seiner nervenden Frau Julia (Judy Parfitt), die ihn völlig unterbuttert, um frei zu sein für das Objekt seiner Begierde, Madeleine Cranmere (Cheryl Campbell). *Malice* beleuchtet englisches Landleben in den 30er Jahren, wurde einschließlich der Außenaufnahmen auf Video gedreht und erzählt seine Geschichte um Eifersüchteleien in der feinen Gesellschaft mit einer sympathischen ironischen Distanz: Irgendwie sind wir auf der Seite des geschniegelten, in Leidenschaft entbrannten und ausgefuchsten Doktors, für den schließlich manches anders ausgeht als erwartet. Der Film ist vollgepackt mit einfach nur schönen Instrumentalpassagen, so daß es nicht wunder nimmt, daß sich die Herausgeber der Grainer-CD ein wenig verloren fühlten angesichts dieser Auswahl. Bedauerlicherweise schafften es weder das flotte Hauptthema noch die sinistre, langsame Schlußtitelmusik auf die CD. Stattdessen wählte man das „Love Theme“, das vor allem in Teil 1 bei Szenen mit Bennett und Campbell oft eingesetzt wird.

Ebenfalls als Vierteiler ausgestrahlt wurde *Rebecca* (adaptiert von Hugh Whitemore nach dem Roman von Daphne Du Maurier, Regie: Simon Langton; in der ARD 1981), eine Neufassung (Video mit 16mm-Film-Zuspielungen) von Hitchcocks Meisterwerk mit Laurence Olivier und Joan Fontaine aus dem Jahr 1940 und verglichen mit Hitchs 130 Minuten gute 70 Minuten länger. Wir sehen logischerweise von allem etwas mehr: Die Beziehung zwischen Maxim und seiner zweiten Frau wird mitreißend wie gehabt, doch mit mehr Liebe zum Detail entwickelt, und die letzte Fahrt nach Manderley findet geradezu in Echtzeit statt. Natürlich kann man die von Hitchcock gesetzte Marke gerade im Fall *Rebecca* nicht reißen, und so meldete sich der Film- und Fernsehkritiker Leslie Halliwell lakonisch mit „back to Hitchcock for me" zu Wort. Der bereits zitierte Philip Purser lag diesmal deutlich richtiger, denn neben der Vergabe guter Noten für die Darsteller Jeremy Brett (Maxim De Winter), Joanna David (Mrs. De Winter) und Anna Massey (Mrs. Danvers) bescheinigte er Mackie und Langton, daß sie niemals versuchten, Hitchcock nachzuahmen. Neben Darstellern, Buch und Regie sind die exzellent ausgewählten Drehorte und die ausgezeichneten Studio-Dekorationen hervorzuheben; einzig die Trickaufnahmen vermögen nicht ganz zu überzeugen. Unterm Strich ein fantastisches BBC-Prestigeprojekt, daß leider aufgrund der TV-Neuverfilmung mit Charles Dance und Diana Rigg (1997, Regie: Jim O'Brien) mit ziemlicher Sicherheit der Vergessenheit anheim fallen wird.

Rebecca leistet das, was Mehrteiler oft erreichen: Sie hinterlassen einen tiefen Eindruck zusammen mit einem Gefühl des Bedauerns, da vertraute Figuren eben nicht in den nächsten Wochen wiederkommen. Nicht geringen Anteil an genau dieser Wirkung hatte freilich Grainer, der diesmal nicht selbst komponierte, sondern stimmungsvolle, zeitgenössische Kompositionen des Franzosen Claude Debussy (1862-1918) arrangierte. Streicher und Piano geben die romantisch-verlorene Stimmung der literarischen Vorlage kongenial wieder – eine mehr als würdige Nachfolge für die Musik, die Franz Waxman für Hitchcock schrieb.

Die Titelmusik zu zwei Sitcoms folgte (*Shelley* mit Hywel Bennett, *It Takes A Worried Man*), danach die Anthologie *Sunday Night Thriller* (1981, 7 Folgen), später umbenannt in *Saturday Night Thriller* (1982, 6 weitere Folgen) für LWT. Für einige Episoden komponierte Grainer zusätzlich die szenische Musik. *Sunday/Saturday Night Thriller* ist gleichsam eine Kreuzung aus Brian Clemens' *Thriller* und *Tales of the Unexpected*. In *Where Is Betty Buchus?* (Buch: Roger Marshall, Regie: Peter Cregeen) entledigt sich Jack Buchus (John Thaw) auf raffinierte Weise seiner Ehefrau; in *A Walk in the Dark* (Buch: Brian Finch, Regie: Christopher Hodson) führt der blinde Carter (Denis Quilley) in seinem Wochenendhaus mit einem jugendlichen Eindringling (John Wheatley) einen Kampf auf Leben und Tod. Grainer wählte diesmal Orgelklänge, bewährt seit den italienischen Zombiefilmen um 1980, um eine unheilsschwangere Stimmung zu erzeugen.

Die Ausstrahlung der meisten Folgen dieser viel zu kurzlebigen Serie erlebte Grainer nicht mehr. Am 11. Februar 1981 wurde er ins Krankenhaus von Cuckfield in Sussex eingeliefert, wo er nur zehn Tage später an Wirbelsäulenkrebs starb. Seine Ex-Frau Jennifer war aus Portugal angereist, um an seiner Seite zu sein. Wie bei allen guten Filmkomponisten lag Grainers Fähigkeit darin, die richtigen Töne zum Bild, oder besser zur Atmosphäre des Bildes zu erschaffen. Darüber hinaus zeichnet ihn aus, daß sich die Mehrzahl seiner Kompositionen als reines Hörerlebnis genießen und vermarkten lassen. Dies war zu Grainers Lebzeiten für Filmmusik keineswegs selbstverständlich.

Einen Überblick über das TV-Schaffen des Komponisten gibt die CD *The A to Z of British TV Themes – The Ron Grainer Years* aus dem Jahr 1994, dessen Booklet-Text von Geoff Leonard und Pete Walker bei der Verfassung dieses Artikels immens hilfreich war.

Zitate

Die Polizei ist dafür da, daß diejenigen, die nichts haben, denjenigen, die viel haben, nichts wegnehmen.
Joseph Conrad

Für mich gibt es keinen Unterschied zwischen Kriminalromanen und Literatur, nur zwischen guter und schlechter Literatur. Ein gutes Buch vermittelt dem Leser einen neuen Blick auf die Welt – es ist ein Experiment. Ein schlechtes Buch bestätigt Vorurteile und verhindert neue Erkenntnisse.
John Franklin Bardin

Dieses Werk (*Verbrechen und Strafe* von Dostojewski), oft als Kriminalroman bezeichnet, ist eigentlich das Gegenteil davon. Der Kriminalroman fasziniert, weil in ihm der Mensch verfolgt wird; diese Verfolgung, die Kenntnis seiner Listen, seine Erlegung im Dschungel der Großstadt bilden Teile der Hohen Jagd. Dostojewski führt uns ein Stockwerk tiefer; hier tritt der Mörder als eigener Verfolger, doch auch als Selbstbezwinger auf. Das geht uns näher.
Ernst Jünger in *Strahlungen*

Zum Schreiben drängt mich nicht das Gewissen, sondern nur die Unzufriedenheit mit der Welt – deshalb bin ich Schriftstellerin.
Patricia Highsmith

Es gibt 32 Arten, eine Story zu schreiben, und ich habe jede davon schon verwendet, aber es gibt nur einen Plot – die Dinge sind nicht so, wie sie erscheinen.
Jim Thompson

Strenggenommen hat nur eine Sorte Bücher das Glück unserer Erde vermehrt: die Kochbücher.
Joseph Conrad

Eines Tages saß ich zu Hause und las Faulkner, und plötzlich dachte ich, wenn man dieses Buch wie Hammett oder Thorne Smith vermarkten würde, könnten wir vielleicht eine ganze Menge davon verkaufen, bei all dem Sex und der Gewalt, die Faulkner bietet – allein, dass es gut geschrieben ist, bringt's nicht. Ein sinnlicher Umschlag kann sogar bei einem guten Buch Wunder bewirken.
Victor Weybright, Gründer des Taschenbuchverlages New American Library

TeleVision

„Don't piss on my shoes and tell me it's raining“

TV Noir in Großbritannien

von
Werner Schmitz

Film Noir ist ein Oberbegriff für ein Genre des Hollywood-Films der vierziger und fünfziger Jahre. Dieses Genre, das sich aus anderen Genres zusammensetzt und Detektivgeschichten (*The Big Sleep*), Gangster-Stories (*White Heat*) und städtische Melodramen (*The Asphalt Jungle*) umfaßt, zeichnet sich durch eine dunkle, paranoide, pessimistische Grundstimmung und ein entsprechendes Gesellschaftsbild sowie durch Betonung eines düsteren städtischen Milieus aus und wird von einzelgängerischen, zynischen Helden bevölkert. In der Literatur entsprechen dem Film Noir am ehesten die (Detektiv-)Romane von Dashiell Hammett und Raymond Chandler, doch ein Blick in die Filmgeschichte zeigt, daß viele Figuren weit entfernt sind von Sam Spade und Philip Marlowe. Werke über Individuen mit sozialen und psychischen Deformationen, über die Dämonen in unseren Köpfen, eben die dunkle Seite der menschlichen Psyche müssen ebenfalls zur Gattung gezählt werden (*The Lost Weekend, The Killer Inside Me*). Sofern in diesen kriminelle Handlungen ausgeführt werden, geht es weniger um die Aufklärung als vielmehr um das „Warum" – die Motive sind nicht etwa Beiwerk, sondern der Mittelpunkt und können den Zuschauer daher nicht kaltlassen. Auch Filme über rationale wie irrationale Ängste bereichern das Genre; z.B. jene, in denen die Hauptfigur sich im Zentrum einer Verschwörung wähnt (*Fragment of Fear*). Was ästhetische Gesichtspunkte angeht, so erfüllt ein mit extrem wenig Licht gedrehter Film wie *Escape from Alcatraz* unabhängig von seinem Inhalt ebenfalls die Kriterien des Genres.

Film Noir im Kino ist als Kunstform anerkannt, aber wie steht es mit Film Noir im Fernsehen, also „TV Noir"? Wenn eine konservative Betrachtung Fernsehen per se als *low budget*–Ramsch und Entsprechung des B-Picture abqualifiziert, wird man damit erstens vielen Werken nicht gerecht. Zweitens verstellt man sich so den Blick auf jene inhaltliche und technische Kreativität, die Filmschaffende trotz vielleicht fehlender Ressourcen auch in jenes oft als Fastfood fürs Gehirn hingestellte Medium einfließen lassen. Zweifellos müssen aus einer Reihe von Gründen – Fernsehen wendet sich in der Regel an ein nicht einschlägig vorgebildetes Massenpublikum, die zur Verfügung stehende Drehzeit ist immer gering, und das Serielle der Produktion hinterläßt seine Spuren – die Erwartungen des Cineasten in bezug auf Ästhetik heruntergeschraubt werden. Dennoch finden sich, sobald man diese Rahmenbedingungen akzeptiert hat, mehr „Rohdiamanten“, als man glaubt. Auch Fernsehen kann, fernab diffuser Nostalgie-Gefühle (oft sind für Individuen zufällig Dinge „Kult“, weil sie in der Jugend regelmäßig konsumiert wurden, am liebsten noch in angeheitertem Zustand), ein Beitrag zur Kulturgeschichte sein. Dies gilt in besonderem Maße für Großbritannien, das zu Recht immer Stolz auf die Qualität sowohl des öffentlich-rechtlichen als auch des privaten Fernsehens war. Einige dieser TV-Rohdiamanten mit Film-Noir-Charakter – Serien, TV Movies und Mehrteiler – werden nun vorgestellt.

Das wohl früheste Beispiel einer Noir-Serie trägt den Titel *Public Eye*, wurde konzipiert von Roger Marshall und Anthony Marriott und zum ersten Mal im Januar 1965 in Schwarzweiß ausgestrahlt. Im Zentrum der 87 Folgen steht Privatdetektiv Frank Marker (Alfred Burke). Von seiner Physiognomie und mentalen Stärke her für das Underdog-Dasein prädestiniert nimmt dieser an Aufträgen an, was gerade kommt und erledigt den Job eher lustlos, nie von missionarischem Eifer getrieben oder gar mit (physischer) Durchschlagskraft. Detektivarbeit als Broterwerb, nicht mehr. Das Glamouröse – Schlägereien und Schießereien bestehen, Frauen abschleppen, lockere Sprüche klopfen – findet schlichtweg nicht statt. In der ersten Folge *All for a Couple of Ponies* (Regie: Don Leaver) wird Marker des Raubes beschuldigt und hat es schwer, die Polizei von seiner Unschuld zu überzeugen. Der einzige Zeuge, der sein Alibi bestätigen könnte, ist verschwunden. Die im Pilotfilm etablierte, eher distanzierte Beziehung zur Polizei, die nichts von Philip Marlowe oder Mike Hammer hatte, war kennzeichnend für die nächsten zehn Jahre. Im Laufe seiner langen Laufbahn residiert Marker in London, Birmingham und Brighton und ist nirgendwo besonders willkommen. Aus Naivität kommt er am Ende der 3. Staffel (*Cross That Palm When We Come To It*) in den Knast anstelle von jenen, die dort normalerweise hätten landen müssen, und ist damit für den Rest seiner Tage vorbelastet. Marker war keinesfalls der erste „harte“ Detektiv im englischen Fernsehen, aber ganz sicher ein Noir-Detektiv.

The Windsor Royal (1973, Buch: Philip Broadley, Regie: Douglas Camfield), eine Story um zwei gestohlene Rosensträucher (!), bietet viele charakteristische Einblicke in das Marker-Universum. Auch an guten Tagen ist der Mann nicht gerade ein Typ, der Frauen magisch anzieht, sondern sich in ihrer Gegenwart zurückhaltend verhält. Er geht stets zu Fuß, trägt Durchschnittskleidung (Jackett und Krawatte mit Trenchcoat darüber), weicht ängstlich zurück vor einem doch recht harmlosen Schäferhund und macht sich damit ein wenig lächerlich vor der Dame des Hauses. Zwei hintereinandermontierte Szenen verbreiten einen Hauch *French Connection*: Nachdem Rosenzüchter Lawrence seine Vorfreude auf ein üppiges Abendessen kundgetan hat (*„I don't like cold meals“*), erfolgt ein Schnitt auf Marker, der mit einer Konservendose kämpft, sie mit einiger Mühe besiegt und dann zwei Ölsardinen zwischen Toastscheiben unterbringt. So bewaffnet macht er sich an seine „Hausaufgaben“ (er studiert Bücher über Rosen). Life at the top with dear old Frank. In der Episode *Nobody Wants to Know* (Buch: James Doran, Regie: Douglas Camfield) aus der siebten und letzten Staffel kommt, was kommen mußte und was man eigentlich schon die ganze Zeit befürchtet hat: Marker, immer etwas verwundbar wirkend, wird das Opfer physischer Gewalt und zerbricht fast daran; ein Aspekt, der in der nachfolgenden Episode *How About a Cup of Tea?* (1975, Buch: John Kershaw, Regie: Bill Bain) breit ausgespielt wird.

Ab welchem Zeitpunkt *Public Eye* in Farbe gedreht wurde, ist aufgrund der Vielzahl verschollener Folgen nicht mehr ganz nachzuvollziehen. Von den ersten drei Staffeln existieren sage und schreibe 36 Folgen nicht mehr. *Public Eye* ist diesbezüglich kein Einzelfall, und die Gründe für diesen unglücklichen Sachverhalt lassen sich wie folgt zusammenfassen: Die (sehr teuren) Zwei-Zoll-Videobänder (britische TV-Episoden wurden in der Regel statt auf Film auf Video gedreht) boten die Möglichkeit der Wiederverwertung. Die Haltung, daß Fernsehproduktionen es überhaupt wert sind, für die Ewigkeit aufbewahrt zu werden (was Unsummen für Lagerung und Wartung verschlingt), war weniger verbreitet als heute. Drittens waren die Programmstunden und die Anzahl der Kanäle nicht zu vergleichen mit heute – eine Wiederholung war nichts Selbstverständliches; ein Umstand, der logischerweise auch gegen längerfristige Aufbewahrung sprach. 1995 zeigte UK Gold 35 der späteren Folgen; bis heute die erste und einzige Gelegenheit für jüngere Zuschauer, Bekanntschaft mit Marker zu schließen. Jedoch ist zum Zeitpunkt des Redaktionsschlusses eine DVD-Veröffentlichung in Vorbereitung.

Ähnlich langlebig wie *Public Eye* war *Callan*, der ab 1967, dem Entstehungsjahr des *Samurai* (*Der eiskalte Engel*) von Jean-Pierre Melville, auf den Bildschirmen zu sehen war. Der berühmte Vorspann zeigt eine nackte Glühbirne, die hin und her pendelt, bevor sie zerschossen wird – eine Metapher für die Aktivitäten der Titelfigur. David Callan (Edward Woodward) ist ein Geheimagent mit der „Lizenz zum Töten". So weit, so bekannt, doch hier sind die Ähnlichkeiten zu James Bond bereits am Ende. Die positiv besetzte, abenteuerliche Seite der Geheimdiensttätigkeit ist hier nicht vertreten, was nicht nur an den bescheidenen Mitteln (es wurde auf Video gedreht) lag, sondern vor allem an den harten verbalen Auseinandersetzungen um Recht und Unrecht, die anstelle von spektakulären Schießereien im Mittelpunkt der Serie stehen. Bei Callan kommt immer das Gewissen zum Vorschein. Wenn er letztlich seine Mission erfüllt, ist er ausgestattet mit persönlichen Beweggründen, doch bis dahin macht er seinen Vorgesetzten das Leben schwer.

Callan war eine Kreation von James Mitchell für den Pilotfilm *A Magnum for Schneider*, der im Rahmen der Anthologie *Armchair Theatre* (1956-74) ausgestrahlt wurde. Pilotfilm und die ersten 21 Folgen, von denen etwa die Hälfte nicht mehr existieren, wurden in Schwarzweiß gedreht. Das Ende der letzten Schwarzweiß-Folge, *Death of a Hunter*, wartet mit einem Knalleffekt auf. Callan, vom KGB einer Gehirnwäsche unterzogen, erschießt seinen Chef Hunter und wird selbst von seinem Rivalen Tony Meres (Anthony Valentine) niedergestreckt. Produzent und Regisseur Reginald Collin filmte zwei alternative Schlüsse – einer zeigte Callans Tod, der andere ließ den Ausgang offen, da zu diesem Zeitpunkt nicht klar war, ob die Serie fortgesetzt werden würde. Das Publikum hatte eine feste Meinung dazu, und so kam Callan nach einem Jahr wieder.

In der ersten Farb-Episode *Where Else Could I Go?* (1970) versucht der Agent, der seine Schußwunde weitgehend auskuriert hat, wieder auf die Beine zu kommen und seine Arbeit wieder aufzunehmen. Vieles hat sich geändert: Seine Abteilung hat einen neuen Chef, Hunter IV (William Squire), Meres wurde versetzt und von Cross (Patrick Mower) abgelöst. Das Schlimmste: Callan scheint gebrochen zu sein. Dies ist zum einen die Meinung des Arztes; zum anderen zeigt sich beim Schußtraining, daß Callan Probleme hat, auf menschenähnliche Zielscheiben zu feuern. Hunter, der Callan in den Räumen der Abteilung über Fernsehmonitore permanent beobachtet, ist in Sorge; doch überzeugt, daß ein Mann wie Callan nicht ohne weiteres ersetzt werden kann, setzt er alles daran, den Agenten wieder herzustellen. Dies bedeutet allerdings, Gebrauch von Lonely (Russell Hunter) zu machen, der so etwas wie Callans einziger Freund ist. Lonely ist außerdem auf der schiefen Bahn und sitzt gerade im Gefängnis.

Mißtrauen prägt die erste Begegnung Callans, von bohrendem Kopfschmerz geplagt, und seinem potentiellen Nachfolger Cross. Callan drückt zur Vorsicht eine Rasierklinge in ein Stück Seife, um im Notfall bewaffnet zu sein. Cross hat Callans alte Wohnung aufgelöst und seinen ganzen Stolz, eine Sammlung Spielzeugsoldaten, gerettet. Dabei hat eine der Figuren Schaden genommen, und man wird den Verdacht nicht los, daß die Sammlung für Callan ein Spiegelbild der wirklichen Welt ist. Der „kaputte" Soldat ist freilich er selbst, obgleich am Ende von *Where Else Could I Go?* festzustehen scheint, daß der Agent nach einer Serie kleiner, aber wichtiger Schritte wieder zu alten Stärken zurückgefunden hat.

Callan brachte es auf insgesamt 43 Folgen. Nach dem Ende der Serie 1972 drehte Don Sharp mit dem gleichen Hauptdarsteller einen Kinofilm (1974), der praktisch eine Neufassung von *A Magnum for Schneider* war. 1981 wurde der Fernsehfilm *Wet Job* (Buch: James Mitchell, Regie: Shaun O'Riordan) nachgeschoben. Callan, aus dem Geheimdienst ausgeschieden und halbwegs mit seinem Leben zufriedener Militaria-Händler, wird reaktiviert und auf eine letzte Mission geschickt. Erfinder James Mitchell schrieb viele Folgen selbst und erhielt u.a. Unterstützung von den späteren *Sweeney*-Autoren Trevor Preston und Ray Jenkins. Im Regiestuhl saßen neben anderen Jim Goddard (*Where Else Could I Go?*) und Mike Vardy, die ebenfalls später für *The Sweeney* arbeiteten. Bekannte Gastdarsteller waren Terence Rigby (*The Running Dog*), George Pravda (*Summoned to Appear*), Stephanie Beacham (*God Help Your Friends*) und Robert Urquhart (*The

Contract). Getragen wird das Ganze natürlich vom Hauptdarsteller, der nicht zum letzten Mal seine Serientauglichkeit unter Beweis stellt. Woodwards andere Serien, *The Equalizer* (*Der Schutzengel von New York*), *Over My Dead Body* (*Nur über meine Leiche*) und *The New Professionals* (*Die Profis – Die nächste Generation*), wurden im Gegensatz zu *Callan* auch in Deutschland gezeigt.

Charakterlich das Gegenteil von Marker und ähnlich wie Callan auf Kriegsfuß mit seiner Institution ist McGill (Richard Bradford), Titelfigur von *Man in a Suitcase* (*Der Mann mit dem Koffer*, 1967, 30 Folgen), konzipiert von Richard Harris und Dennis Spooner. McGill erlebt viel Unerquickliches, macht aber dabei immer noch eine ganz gute Figur – ein richtiger Kerl halt, der auch mal aus der Haut fährt, ohne dabei Stil zu bewahren; ein blue collar-Held, gerne schlicht gekleidet, mit entsprechend rohen Manieren. Dies unterscheidet ihn von Callan und macht ihn zum Vorläufer von Jack Regan (*The Sweeney*). Sowohl mit Marker als auch mit Callan teilt McGill die Einsamkeit. Für ihn spricht seine moralische Überlegenheit (nicht nur gegenüber seinen Feinden, auch gegenüber seinen Auftraggebern) und Integrität (er schlägt sich auf die Seite der Schwachen wie etwa dem blinden Mädchen in *Blind Spot*). Der Mann ohne Heimat, dessen wenige persönliche Dinge in einem Koffer Platz finden, ist nicht ganz billig, stellt seine Arbeitskraft aber prinzipiell jedermann zur Verfügung. Schäbige Orte sind in der Serie nicht tabu, schäbige Typen erst recht nicht.

McGill ist ein Ex-CIA-Agent, den die Umstände dazu zwingen, sich als freiberuflicher Ermittler seine Brötchen zu verdienen: Der Wissenschaftler Lefevre lief zu den Russen über, und McGill warf man vor, das nicht verhindert zu haben. Der vermeintliche Überläufer war jedoch Teil des Plans, einen Agenten jenseits des Eisernen Vorhangs einzuschleusen, um die Russen auszuspionieren. Der Glaubwürdigkeit halber wurde McGill, ohne daß er sich etwas hatte zuschulden kommen lassen, von seinen Vorgesetzten geopfert und gefeuert. Er durchschaut die Vorgänge in *Man from the Dead*, kann jedoch seinen Namen nicht reinwaschen, ohne Lefevre zu gefährden, worauf er verzichtet.

In ihrer Figurenkonstellation erinnernt Philip Broadleys Episode *Sweet Sue* (Regie: Robert Tronson) an Howard Hawks' Verfilmung von *The Big Sleep*. McGill wird auf die Tochter des reichen Mandel angesetzt, die sich von ihrem alten Herrn entfremdet hat. Sue (Judy Geeson) treibt sich in schlechter Gesellschaft, nämlich mit den betrügerischen Nichtstuern Charles und Collie herum, und man sollte meinen, daß dieser Job für jemand wie McGill („Ich bin nicht von der Fürsorge") ein Klacks ist, doch weit gefehlt. McGill erweckt erst das Interesse des Mädchens, indem er die beiden Hedonisten mit ein paar cleveren Tricks aus dem Zentrum von Sues Aufmerksamkeit verdrängt. Eine Pokerrunde nutzt er, um den Beweis dafür aufzutreiben, daß Charles und Collie Mr. Mandels Geld gestohlen haben. Sue ist jedoch alles andere als beeindruckt von McGills Enthüllungen, und das Blatt wendet sich endgültig, als Charles und Collie in sein Hotelzimmer eindringen, ihn niederschlagen und zusammen mit Sue beseitigen wollen. Diese setzt sich jedoch für den Bewußtlosen ein, der sich, wieder zu sich gekommen, mit Charles und Collie einen Kampf auf Leben und Tod liefert. Charles überlebt ihn nicht, doch auch McGill hat einiges einstecken müssen, wie sich beim Abschlußgespräch mit seinem Auftraggeber zeigt, der gleichzeitig seine Geringschätzung des angeheuerten Söldners nicht verhehlt. Dankbarkeit Fehlanzeige; sein Geld wird McGill wohl (diesmal) bekommen, doch eine Lösung konnte er nicht liefern. Mandel wiederum versagt kläglich dabei, McGills Aufforderung umzusetzen und für seine Tochter Interesse und Zuwendung aufzubringen.

Das Gegenteil eines Happy-end, für *Man in a Suitcase* durchaus bezeichnend. Alle Beteiligten lassen Federn; daß der ganze Aufwand etwas bewirkt hat, ist eher unwahrscheinlich. *Sweet Sue* ist eine clevere, imponierend unsentimentale und desillusionierende Geschichte, die auch das Kunststück einer intelligenten Auseinandersetzung mit der Mentalität der Wertewandel-Generation fertigbringt. Der Konflikt der Generationen fängt gerade erst an, und ebenso bemerkenswert wie sympathisch ist, daß McGill, selbst eher der reiferen Generation zugehörig, beträchtliches Verständnis für die Nachrücker aufbringt. Sue ist zwar eine ziemlich blöde Kuh, mit zehn Jahren mehr auf dem Buckel sicherlich für niemanden mehr interessant; doch sie ist erstens jener Gegenpol, den der spießige Bonze Mandel verdient, und zweitens ist sie nicht durch und durch verkorkst, da McGill ohne ihren Einsatz ins Gras beißen würde.

Bradford ist eine Top-Besetzung für eine Rolle, die vorsieht, daß Sue beeindruckt wird – von unerschütterlichem Selbstbewußtsein. Dies ist auch das einzige, was die Primitivlinge Charles und Colin in die Waagschale werfen können, die mit ihren eigenen Waffen geschlagen und so aus Sues Blickfeld verdrängt werden. Das düster gezeichnete Weltbild – auch hier ist *Sweet Sue* repräsentativ für die gesamte Serie – ist konsequent bis ins letzte Detail; man denke nur an den Hotel-Empfangschef, der vor Geldgeilheit fast sabbert. Als McGill seinen Auftrag von einem Mittelsmann bekommt, schlägt er diesen erstmal nieder, weil er auf den schwer Verkaterten zuviel Druck ausgeübt hat. McGills schwerfällige Art, aus dem Bett zu kommen, ist geradezu ein Genrezitat und erinnert sehr an ähnliche Szenen im zeitgenössischen Kinofilm (Paul Newman in *Harper* von Jack Smight; Burt Reynolds in *Shamus* von Buzz Kulik).

Dem amerikanischen Film wohlgemerkt, und laut James Chapman ist der hybride Charakter der Serie einer der Gründe, warum *Man in a Suitcase* trotz offenkundiger Qualitäten nicht den Status anderer 60er-Jahre Serien erreicht hat – McGill, dessen Konzeption in der Tradition von *Man of the World*, *The Baron* und sogar ein wenig von *The Fugitive* steht, befindet sich näher an Philip Marlowe als an John Steed. Das lag mit an Executive Story Consultant Stanley R. Greenberg, der vier Folgen selbst schrieb, und an *method actor* Bradford (*1937). Dieser kam frisch aus Hollywood, wo er in einem der größten Filme der 60er Jahre, *The Chase* (*Ein Mann wird gejagt*) von Arthur Penn, sein Idol Marlon Brando vermöbeln durfte, was ihm bei Lord Grade (dem Mann hinter der *Suitcase*-Produktionsfirma ITC) die besten Karten einbrachte. Bradford steht für eine Schauspieltechnik, die am New Yorker *Actor's Studio* von Lee Strasberg vermittelt wurde und in der der Darsteller seine Rolle anhand der inneren Motivation seiner Figur interpretiert – es geht um echte Gefühle, darum, die Rolle zu erleben, statt sie zu spielen. Paul Newman soll damit Hitchcock zum Wahnsinn getrieben haben, Brando zerstritt sich mit Stanley Kubrick in der Frühphase von *One-Eyed Jacks*; doch das Publikum wollte genau solche Leute sehen. Damit befand es sich im Gegensatz zu dem britischen Kritiker Philip Purser, der über Bradford sagte: „Für mich wirkt er wie alle anderen amerikanischen Darsteller – er scheint aus Beton gefertigt zu sein (...)" Inhaltlich und schauspielerisch verkörpert Bradford das Gegenteil der in etwa zeitgleich operierenden Blasierten-Fraktion um Tony Curtis und Roger Moore (*The Persuaders!*) und Peter Wyngarde (*Department S, Jason King*). Seine Leistung kann deswegen gar nicht genug hervorgehoben werden.

Ebenso bemerkenswert wie erfrischend anders ist die durchschimmernde linksgerichtete Ideologie (*Property of a Gentleman, Brainwash, No Friend of Mine*), die wohl zu einem gewissen Teil auf den Einfluß des altlinken Produzenten Sidney Cole zurückzuführen ist. Die Abwesenheit eines glücklichen Ausgangs unterstreicht, daß es in den Welten der Spionage und der Kriminalität stets Menschenverluste zu beklagen gibt; ein Aspekt, der gewöhnlich in Detektiv- und Polizeidramen als Kollateralschaden behandelt wird. Sozialkritik schleicht sich ein bei der Kollision der Klassen in *Sweet Sue*; Geld ist gleichbedeutend mit moralischer Korruptheit, der sich selbst McGill zu einem gewissen Grad schuldig macht in dem Zweiteiler *Variation on a Million Bucks*. Dieser mag stellvertretend stehen für die Art und Weise, mit der sich das Thriller-Format von *Man in a Suitcase* in den Dienst der Vermittlung eines Weltbildes stellt: Es dient dazu, moralische Dilemmas sowie moralische Zwiespältigkeit, d.h. geringe Unterschiede zwischen Gut und Böse, aufzuzeigen.

Während es in einer Serie wie *Man in a Suitcase* auf Handlungsebene sehr bodenständig zugeht, überschreiten die in Großbritannien immer schon sehr beliebten Horror-Anthologien – in sich abgeschlossene Einzelepisoden, die unter einem Obertitel zusammengefaßt werden; unterschieden von einer Serie mit immer wiederkehrenden Hauptfiguren – gerne die Schwelle zur Telefantasy. Den folgenden drei Episoden gemeinsam ist das zentrale Thema: Paranoia.

Sowohl *I'm the Girl He Wants to Kill* als auch *Screamer* stammen aus der Feder von Brian Clemens, wurden inszeniert von Shaun O'Riordan und sind Bestandteil der ATV-Reihe *Thriller*, die aus insgesamt 43 zwischen 1973 und 1976 auf Video gedrehten Episoden besteht. Als der Autor in den 70er Jahren von einer Journalistin gefragt wurde, woher er die Ideen zu seinen Ge-

Thriller: Julie Sommars, Robert Lang

schichten nehme, antwortete dieser: „Woher wollen Sie wissen, daß ich wirklich Brian Clemens bin?" Das plötzliche Eindringen von Horror in den (banalen) Alltag ist Clemens' Zauberformel, die sowohl in seinen Kinofilmen *And Soon the Darkness* (*Tödliche Ferien*, 1970), *Blind Terror/See No Evil* (*Stiefel, die den Tod bedeuten*, 1971), und eben in *Thriller* funktioniert. In *I'm the Girl He Wants to Kill* (*Mord im Hochhaus*, 1974; 1982 im ZDF) sind Männer für die Amerikanerin Ann Rogers (Julie Sommars), die in einem Londoner Bürogebäude als Sekretärin für Mr. Burton (Anthony Steel) arbeitet, sowieso schon eine undefinierbare Größe. Als sie durch Zufall das Gesicht eines Frauenmörders sieht, der die Stadt unsicher macht, setzt dieser alles daran, die Zeugin auszuschalten. Die Bedrohung wird für Ann konkret und physisch bis zum nackten Überlebenskampf.

Die Identität des stummen Mörders (Darsteller Robert Lang ist ein sehr fähiger Theaterschauspieler, dem diese Rolle großen Spaß gemacht haben muß) ist früh bekannt, dennoch reißt die Spannung nie ab. Ann, nicht gesegnet mit einer Vielzahl sozialer Kontakte, flüchtet vor dem Killer durch die Straßen Londons, erhält jedoch von niemandem Unterstützung. Das Bürogebäude, tagsüber so bevölkert, wird gar zur Todesfalle. Eine reinrassige Terrorstudie, die allein mit Atmosphäre und perfekter Spannungsdramaturgie trotz minimalem Budget – ein Markenzeichen der gesamten Serie – beeindruckt. Die Motive des Mörders werden nicht erklärt, sein Innenleben bleibt ein Geheimnis; jedoch erhalten wir vor allem im zweiten Teil ausführliche Einblicke in seine Vorgehensweise, denn die Geschehnisse werden nicht nur aus der Perspektive Anns wiedergegeben.

In *Screamer* (1975) besucht die junge Amerikanerin Nicola Stevens (Pamela Franklin) in England ein befreundetes Ehepaar. Von einer älteren Dame in ihrem Zugabteil erfährt sie, daß ein Vergewaltiger in der Gegend sein Unwesen treibt. Kurz darauf steigt ein Mann hinzu, auf den die Täterbeschreibung paßt. Nicolas Problem: Es ist nicht der letzte dieser Art! Auch visuell erfüllt diese Folge die Film Noir-Kriterien, denn vieles (wenn nicht alles) daran ist sehr dunkel – ungewöhnlich für die *Thriller*-Serie, die zwar bekannt ist für exzellente dramatische Lichtführung, aber eben nicht für *minimales* Licht. Dies ist jedoch der Thematik als solcher und im Besonderen der Erforschung von Nicolas Seelenleben angemessen. Ein urbaner Hintergrund wie in *I'm the Girl He Wants to Kill* fehlt in *Screamer*, doch es wird deutlich, daß auch die ländliche Zivilisation genügend Bedrohungspotentiale bereithält.

The Corvini Inheritance (*Das Erbe der Corvini*), eine Episode der Serie *Hammer House of Mystery and Suspense* (*1984*, 13 Folgen), wurde gedreht von der US-Regisseurin Gabrielle Beaumont nach einem Drehbuch von David Fisher. Sicherheits- und Überwachungsexperte Frank Lane (phänomenal: David McCallum) lebt für seinen Beruf, was ihn nicht sehr populär macht bei seinen Kollegen. Lane stellt sich einer doppelten Herausforderung: Er soll für seinen Boß (Terence Alexander) die wertvollen Corvini-Juwelen bewachen und will mit Hilfe seines geballten Sachverstands den maskierten Stalker fangen, der seine Nachbarin Eva (Jan Francis) terrorisiert, in die Frank sich verliebt.

Auch wenn manche Kritiker bestreiten, daß die Verbindung der beiden Handlungsstränge gelungen ist, bleibt *The Corvini Inheritance* eine brillant geschriebene Studie über Einsamkeit und Entfremdung in der Großstadt, mit einem Touch von 1984: Überall gibt es Bildschirme, die sicherstellen, daß niemand ungesehen bleibt, und es dauert nicht lange, bis man sich auch als Zuschauer verstohlen nach versteckten Kameras umschaut. Lane ist eine wahrhaft faszinierende, lebensechte Figur, gleichzeitig kompetent, besessen (man denke an die sorgfältig portionierten Mahlzeiten in seinem Kühlschrank) und verletzlich.

Ann, Nicola und Lane nehmen – in verschiedenem Ausmaß –

Schaden durch ihre Teilnahme an der modernen Zivilisation. In *I'm the Girl He Wants to Kill* ist der Mörder ein Uhrmacher, als sei dies die normalste Kombination der Welt. Ebenso kommen Vergewaltiger und Mörder in *Screamer* aus dem Nichts – Gegebenheiten, die in der fiktiven Welt als selbstverständlich angesehen werden. In scheinbar normalen, unscheinbaren Typen steckt ein Killer, der Durchschnittsmensch ist Opfer wie Ausgangspunkt von Bedrohung. Der Horror ist alltäglich, mitten unter uns und sogar *in* uns – diese beunruhigende Botschaft ist all diesen Filmen gemein.

Harte Polizeiserien, die in urbanen Milieus spielten, lernten die Briten spätestens mit *Regan* (1974, Buch: Ian Kennedy Martin, Regie: Tom Clegg), dem Pilotfilm zu *The Sweeney* (*Die Füchse*, 1975-8), besser als Hollywood zu beherrschen. Sergeant Cowley (Del Baker) stirbt an den Folgen einer Schlägerei, was seinen Vorgesetzten, Detective Inspector Regan (John Thaw) auf den Plan ruft. Zusammen mit Sergeant Carter (Dennis Waterman) forscht er inoffiziell nach (sein Vorgesetzter Haskins hatte ihm befohlen, sich nicht einzumischen) und ist dabei nicht zimperlich. Am Ende seiner Suche stößt er auf den Gangster Arthur Dale (Lee Montague), dem Cowley zu sehr auf den Füßen stand. Regan gelingt es, Dales Gorillas gegen ihren Boß auszuspielen. Sie lassen ihn im Stich, und er wird von Regan und Carter verhaftet. Regan hat sich durch seine Eigenmächtigkeit Feinde im eigenen Lager gemacht, doch er fühlt sich bestätigt durch seine Resultate – schließlich hat er Cowleys Mörder gefunden.

Regan stellt alles in Frage, was bis dahin in Sachen Polizei auf britischen Bildschirmen zu sehen war. Besondere Kennzeichen der Hauptfigur: Üble Ausdrucksweise (es ist ein Genuß, John Thaw „stupid bitch" sagen zu hören), Lügen, Rauchen, Trinken, Promiskuität. Der zynische, desillusionierte *Flying Squad*-Inspector haßt das „Regelwerk" fast genauso wie Kriminelle, was ihn unweigerlich in permanenten Konflikt mit Kollegen und Vorgesetzten bringt, spielt seine Gegner gegeneinander aus und macht sich grundsätzlich selbst die Hände schmutzig – eine Verhaftung entartet gerne zu einer wüsten Prügelei. Vieles davon klingt nach *Dirty Harry* fürs Fernsehen, und das war es auch. Daß es heute auch sattsam bekannt klingt, liegt daran, daß dies

The Sweeney: Dennis Waterman, John Thaw

ein beispielloses Erfolgsrezept war – *Dirty Harry* selbst wurde mehrfach fortgesetzt und inspirierte unzählige andere Polizeifilme, in Großbritannien fand *The Sweeney* Nachahmer, und selbst in Deutschland gab es mit dem WDR-Tatort um Horst Schimanski eine langlebige Version.

Sowohl inhaltlich als auch technisch (alle *Sweeney*-Staffeln wurden komplett auf 16mm-Film gedreht) wurde Innovation großgeschrieben. Zu Beginn von *Regan* ist beispielhaft zu sehen, wie sehr man das „neue" Medium auskostet und lustvoll eine Kneipen-Atmosphäre schafft, in der die Luft fühlbar zum Schneiden dick ist. Weil man sich kein Studio leisten konnte, wurde das gesamte Material „auf der Straße" gedreht; heute eine Selbstverständlichkeit in einer Serie über Großstadtkriminalität, doch damals im britischen Fernsehen ein Novum (allerdings hatte die *Sweeney*-Produktionsfirma Euston Films mit *Special Branch* hier schon Pionierarbeit geleistet). Zur Crew gehörte ein Stunt Arranger in der Person von Peter Brayham, der kein Kampfsport-Ballett arrangierte, wie man es von *The New Avengers* kannte, sondern authentischen Straßenkampf, soweit er nicht die Grenzen des Zumutbaren überschritt. Für das ZDF war diese Grenze schneller erreicht als für andere; man schnitt aus der Folge *Ringer* (*Autodiebe*, Buch: Trevor Preston, Regie: Terry Green) einen Großteil der Schlußsequenz heraus, die mit schnellen Schnitten und wackliger Kamera auch heute noch für Aufsehen sorgt, zumindest wenn man das Glück hat, sie in ungekürzter Form sehen zu dürfen. Brayham spielt übrigens den Gangster, den Regan auf die Bretter schickt, bevor er sich an die Fersen von Kemble (Brian Blessed) heftet.

In der Anfangsphase von *The Sweeney* prallten die Realismus-Konzepte von Autor Ian Kennedy Martin („Wir benötigen echte Menschen in echten Situationen") und Produzent Ted Childs unversöhnlich aufeinander. Childs setzte sich durch, was Kennedy Martin zum Ausstieg veranlaßte. Sein Bruder Troy blieb an Bord und wurde zusammen mit Trevor Preston der wichtigste Autor. Childs' Ansatz könnte man eher *sophisticated* nennen, da er sich bewußt an filmischen Vorbildern orientierte – er gab freimütig zu, daß er von *French Connection* beeindruckt war – und deren Status als Fiktion nie aus den Augen verlor. Für Childs war die Serie *escapist entertainment à la anglaise* – eine eingängige Titelmusik, einprägsame Hauptfiguren, Faustkämpfe, Verfolgungsjagden, Autostunts, (geschmackvolle) komische Szenen im schnellen und mühelosen Wechsel mit dramatischen, attraktive junge Damen in kleinen und großen Rollen. Neben diesen Elementen stehen fast gleichberechtigt niveauvolle Plots und Figuren, die fest in der sozialen Wirklichkeit der 70er verwurzelt sind. Die mit virtuoser Leichtigkeit vorgetragene Kombination aus Action und *serious drama* ist das Einzigartige an *The Sweeney* – ein absoluter Meilenstein in der Geschichte des englischen Fernsehens, den Publikum wie Kritik gleichermaßen zu schätzen wußten.

Allerdings bewegte sich *The Sweeney* vom *Film noir* weg. Regan ist im Vergleich zum Pilotfilm ein vergleichsweise netter Kerl und weniger problematisch als Identifikationsfigur. Unverhohlene Fremdenfeindlichkeit und Intoleranz („I don't like Krauts"/ „I've never met a German that I've liked"/ „I'm sitting here listening to a young Adolf…") finden wir in dieser drastischen Form nicht mehr. Das Einzelgängerische, in *Regan* noch sehr im Vordergrund, wird zugunsten einer Buddy-Struktur, die Regans Interaktion mit Carter hervorhebt, etwas zurückgeschraubt. Die

Anarcho-Komödie wurde ein beliebtes Subformat (*Selected Target, Supersnout, Golden Fleece, Trojan Bus*). In *Selected Target* setzt eine Gruppe von Schlägern Sturzhelme auf, bevor sie sich eine Schlacht mit der Polizei liefert (ein typischer Einfall von Troy Kennedy Martin). Die Arbeit der *Flying Squad*, die ja eigentlich die von den Sex Pistols besungene *Anarchy in the UK* bekämpfen soll, weist aufgrund solcher Einlagen, freilich auch aufgrund der Konzeption der Regan-Figur, selbst anarchistische Züge auf.

Ein interessanter, leider weitgehend unbekannter Gegenentwurf zu *Regan* ist die BBC-Produktion *Gangsters*. Der Pilotfilm (1975, Buch: Philip Martin, Regie: Philip Saville), ausgestrahlt im Rahmen der Reihe *Play for Today*, beschäftigt sich mit verschiedenen Gangs aus verschiedenen Ethnien (Iren, Schwarze, Inder und Pakistanis). Der scheinbar schwächliche Undercover-Polizist Khan (Ahmed Khalil) benutzt den Gangster John Kline (Maurice Colbourne) dazu, die Unterwelt Birminghams, an deren Spitze Malleson (Philip Martin) steht, von innen aufzurollen. Nachdem er von Malleson übel zugerichtet wird, entscheidet sich Kline, mit Khan zusammenzuarbeiten. *Gangsters* ist in Sachen Präsentation von Milieu und Figuren ausgesprochen kompromißlos, an diesem Sumpf aus illegaler Einwanderung, Drogenhandel und häßlicher Gewalt ist gar nichts angenehm oder glamourös. Die Darstellung dieser finsteren Welt wird garniert von einer erstaunlichen Menge von spektakulären Action-Szenen, so daß man sich inhaltlich und technisch an *Regan* und *The Sweeney* erinnert fühlt, obwohl *Gangsters* nicht so publikumsfreundlich daherkommt.

Es bieten sich kaum Identifikationsmöglichkeiten, und darüber hinaus wird die Zugänglichkeit beeinträchtigt durch eigenwillige stilistische und narrative Experimente. Dazu gehören etwa wiederholt eingesetzte Filmmusik des italienischen Komponisten Ennio Morricone (*Il Buono, Il Brutto, Il Cattivo/Zwei glorreiche Halunken*) zu Striptease-Szenen sowie scheinbar willkürlich eingefügte Trailer für indische „Filmkunst". Der Humor ist von der besonderen Sorte: Der Film beginnt mit einem irisch-pakistanischen Duo, das in einem Club eine Reihe von rassistischen Witzen referiert, bevor urplötzlich in einer Art Vorausschau ein Schnitt auf den blutigen Kopf Klines erfolgt, der von Malleson durch die Mangel gedreht wird. Dazu laufen Titelmusik und Schriften ab.

Im Laufe der Serie (dem Pilotfilm folgten zwei Staffeln à 6 Folgen) blieb Autor Martin nicht nur eigenwillig, sondern wurde nachgerade avantgardistisch, was naturgemäß das Publikum überfordert: Eine zusätzliche, vermittelnde Erzählebene wurde eingefügt, denn Martin war an einigen Stellen bei der Abfassung des Drehbuchs zu sehen und spielte so unter Einbringung der eigenen Person mit Fiktionsebenen. Es überrascht nicht, daß die Kritiker begeistert waren, und zehn Jahre später (zur Entstehungszeit des *Singing Detective*) hätte man die intelligenten postmodernen Spielereien noch viel mehr zu schätzen gewußt als der gestrenge Philip Purser („Teilweise nicht schlecht, doch der Versuch war ziemlich tollkühn").

Anders als *The Sweeney* – in der letzten Staffel wurden Regan und Carter sogar mit dem Komikerduo Morecambe and Wise zusammengespannt – versuchte sich *Target* (17 Folgen, 1977-8) gar nicht erst an komödiantischen Elementen. Vielleicht hält sich auch deswegen die Zahl der Fans in Grenzen. Die BBC betrat mit *Target* Neuland, denn zum ersten Mal wurde der Versuch unternommen, die ITV-Konkurrenz mit dem zu schlagen, was diese seit Jahren immer besser und mit immer größerem Erfolg anbot: Action-Serien auf 16mm-Film. *Dixon of Dock Green*, dem Inbegriff des väterlichen Bobbys, und dem herrisch-autoritären Charlie Barlow (*Z Cars, Softly Softly*) genau entgegengesetzt war der überhebliche Karrierist und Schürzenjäger Detective Superintendent Steve Hackett (Patrick Mower), aktiv in einer von Detective Chief Superintendent Tate (Philip Madoc) geleiteten *Regional Crime Squad*. Was das Personal angeht, wurde auch sonst nichts dem Zufall überlassen. Viele Autoren und Regisseure (Peter J. Hammond, Richard Harris, Tony Hoare, Ray Jenkins, David Wickes, Chris Menaul, Terry Green, Jim Goddard, Ben Bolt) sowie Stunt-Koordinator Peter Brayham hatten auch für *The Sweeney* gearbeitet. Auch viele der Gaststars (Cheryl Kennedy, T.P. McKenna, David Daker, Lee Montague etc.) waren in der vorgenannten Serie aufgetreten. Trotz dieser beeindruckenden Personalien stand die Produktion, in die zu Beginn auch *Public Eye*-Erfinder Roger Marshall involviert war, von Anfang an unter keinem guten Stern. Marshall sagte in einem Interview:

> I was hired by the producer to write a two-hour segment of a thing called *Target* for (actor) Colin Blakely. And that's what I wrote. The producer said he loved it, it was wonderful, full of smashing characters, and could I see him on Saturday afternoon? I said, ‚Yes, sure'. He came round, and repeated all these paeans of praise, but then said, ‚What would be your reaction if I said ‚One hour instead of two'?'. I said, ‚I think my reaction would be to say goodbye'. And he said, ‚Oh dear, that's terrible!' And I did no more on it. It was butchered, and doctored by Douggie Camfield, it was made, but somehow or other it didn't turn out to be Colin Blakely, it turned out to be somebody else.

In jener Folge, *Blow Out*, wird anstelle von Marshalls Namen das BBC-Pseudonym „David Agnew" genannt. Der vom Autor erwähnte Produzent war aller Wahrscheinlichkeit nach Graham Williams, der bald darauf durch Philip Hinchcliffe ersetzt wurde. David Wickes erzählt die Geschichte weiter:

> *Target* was an amalgamation of several talents and the product of many meetings and discussions. The BBC had originally contacted me and asked if I would be interested in giving them the „answer" to *The Sweeney* which was currently carrying very big audiences on ITV. Several ideas were then discussed. I was introduced to Philip Hinchcliffe who, like me, was attracted to the notion of a series based on the Regional Crime Squads, one of which formed the basis of *Target*. As I recall, just about the only disagreement that Philip and I had was over the title which I still think was too bland and did the project no great favours. As to Graham Williams, I cannot remember any significant input from him.

Die *Target*-Plots sind nicht unbedingt aus sich heraus interessant und lassen viel Raum für die beklemmende, minutiöse Zeichnung eines gewalttätigen Milieus. Akzeptiert man dies als Stärke, wird man der Serie, der vor allem aufgrund des Pilotfilms *Shipment* mehr Härte zugeschrieben wird als diversen *Sweeney*- und *Professionals*-Folgen, etwas abgewinnen können. Fest steht, daß die Gewaltszenen weniger spektakulär als vielmehr unangenehm sind, was naturgemäß einhergeht mit geringerem Unterhaltungswert. Darüber hinaus ist das Erscheinungsbild düsterer als das der Konkurrenz. Es wurde maßgeblich beeinflußt von Fred Hamilton, von David Wickes aus einer Vielzahl von BBC-Kameraleuten ausgewählt. Hinsichtlich der Figurenzeichnung gibt es in *Target* ähnlich wie in *Gangsters* nicht wirklich Sympathieträger und Identifikationsfiguren. Verglichen mit dem arroganten, diktatorischen Macho Hackett sind Regan, Doyle und Bodie Kumpel-Typen, auch wenn David Wickes die Figur differenzierter sieht:

Target: Patrick Mower

> What Philip and I tried to do with the Hackett character was to invent a man of the „radical centre“ as disctinct from a man of the radical Right or of the radical Left. The whole point of Hackett was that he saw flaws in all extremities and lashed out at all of them. This almost certainly antagonised people of many different views that prevailed at the time. A few years later, came Thatcherism, Glasnost and Perestroika, the collapse of Communism, the softening of Thatcherism into what we have now. So (...), in a sense, Hackett was a preview of today; and when one is trying to glimpse the future, one can easily disturb an audience. My guess is that Hackett would not disturb a modern audience.

Seinerzeit verspürte kaum jemand Lust auf solcherlei tiefere Betrachtungen (was sich bis heute kaum geändert hat). Der Volksmund wußte und weiß: *Target* ist eine schlechte *Sweeney*-Kopie, fertig. Das BBC-Experiment provozierte auf allen Seiten, d.h. bei

Publikum und Kritik, negative Reaktionen. Vor allem die Gewaltdarstellung war immer wieder Stein des Anstoßes. Daher ist nicht verwunderlich, daß diese in der zweiten Staffel (8 Folgen) abgemildert wurde. Während Mower in der ersten Saison noch herzhaft auf David Daker (*Vandraggers*) und Walter Randall (*Big Elephant*) einprügeln durfte, legt er jetzt nur noch Lewis Fiander in ein paar Kartons (*Rogue's Gallery*). Chris Menauls Episode *Figures of Importance* ist bemüht gewaltfrei und versucht sich als *Issue*-Film. Die spektakulären Momente in den Episoden *The Trouble With Charlie*, *Promises* und *The Run* sind Unfälle oder Explosionen. Verschwunden ist Hacketts *combat jacket*, das nie zuviel versprach, während Bonney (Brendan Price) ohne seinen Vollbart wirkt wie frisch von der Polizeischule eingeflogen. Noch einmal David Wickes:

> Nobody asked my advice – for the simple reason that I was doing other things, among them the *Sweeney* feature film. In large organisations, there are always legions of apparatchiks who come out of the woodwork to claim ownership or to put their fingerprints on a successful formula (*Target* was successful, which is why there was a second series) but the trouble with such people is that they are career executives, not creative authors. Such people automatically fear originality because it threatens the status quo in which they believe their future resides – so the cry from such people will always be „make it blander".

Nach 17 Episoden war dann Schluß. Wahrscheinlich ist, daß mehr Folgen geplant, aber nicht realisiert wurden. Für diese Theorie spricht die Existenz der beiden *Target*-Romane *The Men They Once Were* von Simon Masters und *The Bronze Heist* von Michael Feeney Callan, bei denen es sich wohl um umgearbeitete Drehbücher handelt (und von denen die BBC das zweite nicht einmal mehr selbst veröffentlichte). Anfang der 80er kam der Pilotfilm auf Video heraus, Ende 1990 wurde auf dem Satellitenkanal BSB/Galaxy die erste Staffel in der ursprünglichen Ausstrahlungsreihenfolge gesendet.

Es sind vor allem die Episoden *Shipment*, *Big Elephant* und *Set Up*, die deutliche Film Noir-Elemente aufweisen. *Shipment* zeigt eindrucksvoll, wo es langgeht, nämlich zwischen Harry Callahan und Popeye Doyle. Auf einen kurzen Nenner gebracht etabliert diese Episode die gleiche, durchaus fragwürdige Ideologie, die auch *The Sweeney* und *The Professionals* auszeichnet: Der Zweck heiligt die Mittel; um Kriminelle in die Knie zu zwingen, benötigt auch das Gesetz harte Hunde, die schon mal fünf gerade sein lassen. Wie besessen macht sich Hackett an die Aufklärung der Umstände, unter denen sein Informant Ted Knight in seinem eigenen Wagen ermordet wurde. In zahllosen von Wickes und Hinchcliffe mit erkennbarer Hingabe geschriebenen Szenen dient überhebliches bis asoziales Macho-Verhalten dazu, den Weg zum Ziel zu ebnen. So läßt Freund und Helfer Hackett zum Beispiel seinen Wagen mitten im Verkehr stehen, um zu Fuß eine Beschattung fortzusetzen, und fährt unentwegt mit Kollegen Schlitten. Das letzte Bild des Teasers, das Ted Knight in seinem Blut zeigt, spricht ebenso Bände wie die Wickes' Handschrift tragende Autofahrt im Anschluß an Judy Knights Entführung, während der die junge Frau völlig eingeschüchtert wird. Die Schlußszenen am Hafen, in denen Mower sich mehrfach eindrucksvoll mit Stuntman Del Baker duelliert, sind furios. Kurz, Wickes Regie ist einzigartig, und jede einzelne Szene ist ein Gewinner, nicht zuletzt aufgrund von Fred Hamiltons aufregender Kameraarbeit.

In *Big Elephant* (Buch: Bob Baker und Dave Martin, Regie: Douglas Camfield) soll Seemann Sharkey (brillant wie üblich: Ken Hutchison) angebliches Haschisch an Drogenboß Cetti (Walter Randall) überbringen. Als dieses sich als Heroin entpuppt, versucht Sharkey erst, daraus Kapital zu schlagen, dann der Süchtigen Joanne (Katy Manning) zu helfen. Hackett seinerseits spannt den naiven, aber bärenstarken Sharkey für seine Zwecke ein, um Cetti endlich hinter Gitter zu bringen. Sharkey gerät dabei in Lebensgefahr. Ironischerweise wird diese besonders gewalttätige Episode oft als einzig vorzeigbare der ganzen Serie hingestellt. *Big Elephant* ist in der Tat seiner Zeit weit voraus und kann neben heutigen Produktionen locker bestehen. Die Darstellung der Drogenszene ist authentisch, und der Beginn sucht seinesgleichen: Der wildgewordene Sharkey springt auf einen Gabelstapler und fährt wie ein Berserker eine Mobiltoilette zu Klump. Die anrückende Polizei kann ihn nur mit Mühe bändigen. Das Drehbuch ist oft verblüffend: Der brutale und vulgäre Sharkey behindert ausgerechnet dadurch, daß er versucht, zu Hacketts Kollegin Louise nett zu sein, deren Teilnahme am Zugriff auf Cetti und verhindert außerdem, daß Hacketts Team das Heroin in die Hände fällt. Sharkey verliebt sich auf seine Art in ein Mitglied des Trios, das ihn übers Ohr hauen wollte. Das Ende läßt ihn gegenüber Hackett als moralischen Sieger dastehen. Die aus *Callan* bekannte Einsamkeit und Isolation des professionellen Menschenjägers wird hier exemplarisch verdeutlicht.

Dies steht in *Set Up* (Buch: Ray Jenkins, Regie: Jim Goddard) noch weitaus mehr im Vordergrund. Gleich zu Beginn wird Hackett der einen kompromittierenden Geldkoffer bei sich trägt, verhaftet. Er spielt den korrupten Polizisten, der über Mittelsmann Nasrullah an Duroy, den Boß einer Menschenschmuggler- und Drogenhändlerbande, belastende Dokumente verscherbeln will – im Gegenzug für eine neue Identität. Um Mißtrauen abzuwenden, bricht Hackett sämtliche Brücken zu seinen Kollegen ab. Einzig der Innenminister, Tate und die Interpol-Kollegin Janet sind eingeweiht. Auch Anwalt Khan, der ironischerweise für die gleiche Sache kämpft, muß Hackett sich mit stellenweise drastischen Methoden vom Hals halten. Am Ende zwinkern sich Tate und Hackett zwar zu, doch es bleibt ein flaues Gefühl beim Zuschauer zurück.

Die exzellente Zeichnung des Illegalen-/Gastarbeitermilieus wird von einigen harten Szenen, so etwa die, in der die Frau des Anwalts ihre Haare verliert, komplettiert. Ebenso wie Bonney muß Khan Prügel einstecken, um Hacketts Glaubwürdigkeit zu untermauern. Die Figuren Khan und Nasrullah sind nicht ganz unproblematisch. Nasrullah wird von der Polizei eiskalt geopfert und von Duroy als vermeintlicher Verräter beseitigt. Khan wiederum, nach heutigen Maßstäben der Sympathieträger und *ethnic hero*, kommt Hackett in die Quere und muß dafür bezahlen. Besonders beim Verhör Hacketts wird durch Lichtführung und Darstellung der Film Noir-Charakter der Geschichte visuell angemessen umgesetzt. Auffällig in dieser Szene ist auch die für TV-Verhältnisse aufwendige Kameraarbeit (ähnlich der Einführungsszene der *Sweeney*-Episode *Country Boy*, die vom gleichen Regisseur stammt). Hackett, von seinen Kollegen in die Zange genommen und kurz vor der Suspendierung, wird einmal umrundet, ist „eingekreist“.

Weit entfernt von *The Sweeney*, *Target* und *The Professionals*, Synonyme für die Action-Serie der 70er Jahre, ist der Vierteiler *Law and Order* (1978, Buch: Gordon F. Newman, Regie: Leslie Blair) anzusiedeln. Das wie ein Dokumentarfilm inszenierte Werk ist anstrengend zu konsumieren, da es fast völlig frei ist von „Sehhilfen" und Konzessionen an ein Massenpublikum. Dies zeigt sich unter anderem dadurch, daß die Geschichte aus vier verschiedenen Perspektiven (Ermittler, Krimineller, Anwalt, Vollzugsanstalt) erzählt wird, wobei jeder Teil in sich abgeschlossen ist. Auch inhaltlich wird eine völlig andere Sprache gesprochen: Das Thema ist weitreichende Korruption innerhalb der Polizei, exemplarisch vorgeführt anhand der Hauptfigur, des bestechlichen Detective Inspector Fred Pyle (Derek Martin). Dieser Stoff war seiner Zeit weit voraus (siehe *Between the Lines*); heroische Einzelaktionen im Kampf gegen die Kriminalität spielen nicht die geringste Rolle. Vor allem der erschütternde letzte Teil, *A Prisoner's Tale*, hält eine Reihe Szenen bereit, die nichts für schwache Nerven sind, so etwa die „Bestrafung" eines Gefangenen durch seine Mithäftlinge und den Beinahe-Ausbruch von Jack Lynn (Peter Dean). Es versteht sich, daß das Publikum – gar nicht zu reden von den betroffenen Behörden – auf solches Material noch weniger Lust verspürte als auf *Target*.

Autor Newman war geradezu besessen von der Idee, daß es in der Natur des Polizeibeamten liege, bestechlich zu sein. In den 60er Jahren war seine Idee, Sergeant Watt (Frank Windsor) in *Z Cars* Bestechungsgelder annehmen zu lassen, noch von den Verantwortlichen abgelehnt worden. 1975 begann seine Stunde zu schlagen, als ihm von Tony Garnett angeboten wurde, einen „Film über die Polizei" zu machen. Newman hatte nach wie vor keine Erfahrung in Sachen Fernsehen, hatte aber diverse Romane veröffentlicht, deren Titel für sich sprechen (*Sir, You Bastard; You Nice Bastard; You Flash Bastard*). Mit Newmans Sichtweise der Polizei konnte Garnett etwas anfangen: „Tony wanted to make an authoritative, accurate film, not a bang-bang-you're dead tyre-squealer." Newman trat an, Polizeibeamte so zu porträtieren, wie dies noch nie jemand getan hatte: Als Männer (sic) mit menschlichen Schwächen, frustriert, aggressiv, überarbeitet, unterbezahlt und daher manchmal auf der Suche nach einem Zusatzverdienst. Die Tatsache, daß *Law and Order* überhaupt zustande kam, ist auf eine veränderte Wahrnehmung der Ordnungshüter in der Öffentlichkeit zurückzuführen, der Anfang der 70er Jahre die Vorwürfe von Bestechlichkeit in epidemischem Ausmaß nicht entgangen war.

Newman also wollte wie Ian Kennedy Martin die „Fakten" zeigen und sich so nicht nur von *The Sweeney* absetzen, sondern erst recht von den Publikumsrennern *Z Cars* und *Softly Softly*, in denen nach seiner Wahrnehmung Polizeiarbeit durch eine rosarote Brille gesehen und gesellschaftliche Probleme durch Wegsperren von Delinquenten gelöst wurden: „Das letzte, was wir wollten, war die übliche Polizeigeschichte: Ein Raub, ein Mord, die Hauptfigur ist ein DI oder höherrangig, der die ganze Arbeit macht und am Ende den Fall löst. Solchen Unfug sieht man in jeder Räuber- und Gendarm-Fernsehsendung. Im wirklichen Leben wäre das ein halbes Jahr Schufterei, die komplett von Detective Constables geleistet würde, die unter einem Detective Sergeant arbeiten." Im Ensemble von *Softly Softly* befand sich 1972 eine Saison lang ein bestechlicher Beamter, PC Drake (Brian Hall), der nach seiner Enttarnung in der Episode *Conclusion* (*Kurze Karriere*) als Aussätziger aussortiert wurde. Solche Dinge gingen Newman zu schnell und zu einfach. Im Gegensatz dazu wurden Pyles Aktivitäten scheinbar abgesegnet von den Kollegen und ignoriert von den Vorgesetzten. Nicht überraschend, so Newman, denn Polizeibeamte und Kriminelle seien schließlich aus dem gleichen Holz geschnitzt:

> Villains, in my experience, aren't the (...) stereotypes they mostly get stuck up as. They are as much victims of circumstance as the filth (*die Polizei, d. A.*). Subject to the same frustrations, repressions, needs. Once a lad's been at it, there's not much else he can do. The same applies to the CID. (...) Villains aren't unfeeling morons, though I daresay some are. Nor are they helpless products of their environment, struggling to get a living the only way they can. Criminality is born in them and their careers are determined by whether they get caught as kids. Some of those who don't become policemen, and most of those woodentops who start out seeing the job as a vocation in community service stay in uniform.

Auch wenn Autoren wie Brian Clemens (in der *Professionals*-Episode *Mixed Doubles*), Trevor Preston (in *Out*) und Troy Kennedy Martin (in der *Sweeney*-Episode *Jackpot*) ähnliche Ansichten unters Volk brachten, so war Newman derjenige, dem man trotz der verschiedenen Blickwinkel in *Law and Order* mangelnde Objektivität vorwarf.

Komplementär zur Präsentation der „Fakten" gesellte sich in Newmans ursprünglichem Entwurf sprachlicher Realismus. In der Wahrnehmung des Autors unterhielten sich Polizeibeamte und Kriminelle nicht auf intelligente, sondern auf vulgäre Weise. Da extreme Vulgärsprache, die dazu noch in hohen Dosen verabreicht wurde, im britischen Fernsehen seinerzeit nicht durchzusetzen war (was man auch *The Sweeney* heutzutage anmerkt), mußte dies geändert werden. Für Newman ist *Law and Order* damit deutlich weniger authentisch, als der Film hätte sein können und sollen.

Newman, der für die *Radio Times* eine erläuternde Einführung zu *Law and Order* schrieb, klingt manchmal ähnlich altklug-normativ wie ein deutscher Fernsehkritiker alter Schule, was die Verdienste seiner Herangehensweise ein wenig schmälert. Seine Theorie über die Bestechlichkeit des Polizisten an sich läßt die Differenziertheit von *Between the Lines* vermissen. Sein „Realismus"-Konzept, das er einem Genre-Bewußtsein entgegenstellte („All television is doing is imitating other art"), wirkt heute naiv, zumal er die Grenzen und Widersprüche seines Ansatzes durchaus wahrnahm: „Ich habe weder Antworten noch Alternativen zu korrupten Polizisten und Anwälten, gewalttätigen Kriminellen und dem unzureichenden Strafvollzugssystem. Ich bin nicht sicher, ob es überhaupt Antworten gibt. Was es sehr wohl gibt, ist ein Haufen Fragen, die genügend Leute noch stellen müssen." Troy Kennedy Martin, der mit Newman zusammengearbeitet hatte, bevor er bei *The Sweeney* einstieg, sieht in *Law and Order* weniger eine Abrechnung mit der Polizei als vielmehr mit der klassischen Polizeiserie. Man muß *Law and Order* in der Tat zubilligen, daß die Regeln des Polizeidramas von den Füßen auf den Kopf gestellt wurden, mit dem Ergebnis einer nihilistischen und misanthropischen Weltsicht.

Newman verarbeitete nach *Billy* (1979, über Gewalt gegen Kinder), *The Nation's Health* (1983), *Here Is the News* (1989, Journalist versucht Verschwörung aufzudecken), *Nineteen 96* (1989) und dem Dreiteiler *For the Greater Good* (1991; beide mit Geheimdienst-Thematik) sein Lieblingsthema wieder 1992 in *Black and Blue* (mit Martin Shaw, Regie: David Hayman), einem in der Reihe *Screen One* ausgestrahlten Fernsehfilm. Der Autor („British TV's most ‚angry' writer", „a considerable thorn in the side of the Establishment") vollzog endgültig den Schritt zum *popular entertainment* mit der Serie *Judge John Deed* (ab 2001), den wiederum Martin Shaw, aufgrund seiner problematischen *Professionals*-Vergangenheit scheinbar ein kongenialer Partner für Newman, in 13 abendfüllenden Folgen spielte und bei der Newman auch als Produzent fungierte. Der Pilotfilm *Exacting Justice* (Regie: Alrick Riley) hat nichts mehr mit Film Noir zu tun, demonstriert aber, daß Newman seine Lektion gelernt hat und seine polizeikritischen Phantasien jetzt rezipientenfreundlicher – und unbestritten intelligent – aufbereitet. Polizeibeamte sind die Deppen vom Dienst – erst müssen sie ein Sit-in auflösen, das zweifellos einer guten Sache gilt, dann greifen sie eine Schar Umweltaktivisten auf, zu der auch Deeds Tochter gehört, die sich gerade auf dem Weltverbesserungstrip befindet, der vom Vater großzügig toleriert wird. Als es dem Mädchen aufgrund eines Warenhausbrandes an den Kragen zu gehen droht, läßt der Richter seine Muskeln spielen. Das Bild, das von Deed zurückbleibt, ist ein fast unangenehm positives. Der selbstgefällige Richter, alles andere als ein sturer Formalist, läßt schon mal fünf gerade sein, agiert unorthodox und folgt ohne schlechtes Gewissen seiner Nase. Er nutzt seine Machtposition ohne Schuldkomplex aus und läßt darüber hinaus nichts anbrennen. Eine Art Bill Clinton des (fiktiven) britischen Justizsystems – „because I could". Die Kontinuität zu *Law and Order* besteht darin, daß das Justizsystem in *Judge John Deed* geprägt ist von Machtspielchen, kleinen Deals und großangelegten Bespitzelungen.

Die Unerquicklichkeiten, in denen *Law and Order* sich so sehr gesuhlt hatte, fanden Anfang der 80er Jahre wiederum in einer BBC-Produktion ihre Fortsetzung. *Sweeney*-Erfinder Ian Kennedy Martin schrieb die Serie *The Chinese Detective* (peinlicher ARD-Titel: *Schieß in den Wind, Ho!*), fast im Alleingang – zwei Folgen (*Bounty Hunter, Pasts*) steuerte Eddie Boyd bei – und versuchte dort weiterzumachen, wo er nach *Regan* gestoppt worden war. *The Chinese Detective* ist eine der schwärzesten Serien, die es je auf britische Bildschirme geschafft haben. Die scheinbar belanglose Titelsequenz stimmt ein auf eine Welt, die kalt, häßlich und lebensfeindlich ist und in der sich eine eigenbrötlerische, unnahbare Hauptfigur tummelt. Einen solchen *underdog hero* wie den titelgebenden und uncharismatischen John Ho (David Yip) hatte man seit *Public Eye* nicht mehr gesehen. Dem zweiten ethnischen Anti-Helden nach Khan aus *Gangsters* hätte man oft ein paar *chinese words of wisdom* in der Tradition Charlie Chans gewünscht, um ihn gegenüber dem cholerischen DI Berwick (abonniert auf solche Rollen: Derek Martin) etwas besser aussehen zu lassen.

Aber die Zeit der Niedlichkeiten („Insignificant molehill sometimes more important than conspicuous mountain!“) war 1981 vorbei. Der Pilotfilm *Release* (Regie: Ian Toynton) gibt den Ton an für das, was auch die weiteren Folgen beherrscht: Ruppige Dialoge, eine zurückhaltende Inszenierung, eine Kamera, die einfach nur zufällig rumzustehen scheint. Jack Bross (Alan Ford) zwingt nach seiner Entlassung aus dem Knast seine ehemaligen Mitstreiter dazu, einen Raubüberfall durchzuführen. Die Anwesenheit Hos soll sicherstellen, daß sie hinter Gitter kommen. Nicht alles verläuft nach Plan. Ein Wachmann stirbt, und auch Bross selbst wird gefaßt. Wir erfahren darüber hinaus, daß Hos Vater von dem ehemaligen Chefinspector Marley-Harris (Allan Surtees) Drogen zugesteckt wurden, weswegen Joe Ho (Robert Lee) mehrere Jahre im Gefängnis saß. Seine Kinder wuchsen vaterlos auf, Mrs. Ho beging Selbstmord. John sucht nach Belastungszeugen, um ein Verfahren gegen Marley-Harris anstrengen zu können, aber niemand will etwas davon wissen – weder seine Vorgesetzten Berwick und Halsey, noch sein Kollege Chegwyn (Arthur Kelly), noch sein Vater selbst.

Kennedy Martin wirft keinen gönnerhaften Blick auf seinen *ethnic hero*, sondern schlägt dem ahnungslosen Zuschauer kulturelle Unterschiede und rassistische Vorurteile („One of your lot!“ ist einer von Berwicks charakteristischen Sätzen) um die Ohren. Auf eine kurze Formel gebracht versuchte Kennedy Martin, Newman-artige Zumutungen so aufzubereiten, daß sie für ein Massenpublikum gerade noch akzeptabel waren. Vergleichbar sind

Law and Order und *The Chinese Detective* jedoch nur bedingt, denn wenn man Ho auch vieles nachsagen kann, korrupt ist er nicht. Dies ist keine Action-Serie, obwohl sie diesbezüglich ihre Momente hat, und auch nicht die der ausgeklügelten Plots. Es geht vielmehr um Charakterisierung, Milieu und Atmosphäre. In diesem Zusammenhang ist es interessant zu sehen, wie eine Kennedy Martin-Serie ohne den für *The Sweeney* so charakteristischen Humor aussieht (darüber hinaus gibt es auch keine Verhältnisse mit attraktiven Damen und keine spektakulären Verbrechen, wie vom Autor 1982 im Interview mit James Donald gefordert). Das ist nicht der Stoff, aus dem die Quotenrenner sind. Infolge all dessen ist der Unterhaltungswert vergleichsweise gering und die Zugänglichkeit erschwert, auch wenn die letzte Folge versöhnlich endet.

Im Gegensatz zu dem attraktiven Beleuchtungsstil von *The Sweeney* und *The Professionals* schaffen die Kameraleute David Feig, Peter Chapman, John Walker und Patrick Turley ein stockfinsteres, schmutziges, heruntergekommenes England, das das haßerfüllte Mobbing-Klima bei der Polizei visuell ergänzt. Zu einem Zeitpunkt, als dies noch keine Modeerscheinung war, teilt man Seitenhiebe am laufenden Band gegen die Thatcher-Regierung aus und rückt sie gerne in die Nähe der Diktatur. Mit Tom Clegg, Terry Green und Ian Toynton kamen einige Regisseure aus dem *Sweeney*-Lager, aber auch BBC-Eigengewächse wie Laurence Moody und Brian Lighthill waren dabei, und, man höre und staune, der langjährige *Softly Softly*-Produzent und -regisseur Leonard Lewis.

Die folgende Übersicht über Mehrteiler, die eine Zeitspanne von mehreren Jahren abdeckt, ist geeignet, die Vielfältigkeit und enorme Bandbreite britischer Noir-Produktionen zu illustrieren.

Trevor Prestons *Out* (1978), im englischen Fernsehen ein Sechsteiler, wurde in Deutschland an drei Abenden ausgestrahlt (*Frank ist raus*, ZDF 1981, Wiederholung 1985). Kurz zusammengefaßt handelt es sich um eine Art Fernsehfassung von *Get Carter*. Frank Ross wurde vor acht Jahren ein Bankraub zum Verhängnis. Jemand gab der Polizei einen Tip, und noch am Tatort wurden alle Beteiligten einkassiert. Als Frank nach Absitzen seiner Strafe aus dem Gefängnis kommt, hat sich vieles verändert, doch für ihn zählt nur eins: Rache. Die wird Frank nicht leicht gemacht, denn Detective Inspector Bryce schützt seinen damaligen Informanten, und die neuen Bosse verspüren wenig Lust auf einen amoklaufenden Ex-Sträfling, der die geordneten Verhältnisse durcheinanderbringt.

Die Plot-Zusammenfassung mag für Nichteingeweihte nach nichts Besonderem klingen, zumal seit der Entstehung 26 Jahre vergangen sind, doch halt: Alles, wirklich alles an der Umsetzung ist internationale Klasse. Dies beginnt mit Hauptdarsteller Tom Bell, ein Gesicht wie aus Stein gemeißelt, am ehesten mit Clint Eastwood vergleichbar und vielleicht besser bekannt aus *Prime Suspect* (*Heißer Verdacht*). Er porträtiert Ross – kongenial mit Prestons Denkweise – als ruhigen, fast gutaussehenden Typen, dem man jedoch besser nicht zu nahe kommt, denn er könnte jeden Moment explodieren. Bell zur Seite stehen andere bewährte Darsteller, Norman Rodway, Bryan Marshall, Stanley Meadows, Brian Croucher, Derrick O'Connor, Brian Cox, John Junkin, Lynda Marchal etc., die *crème de la crème* also, die man in einem solchen Produkt erwartet. Regie führte Jim Goddard, ein alter Freund Prestons. Beide machten keine einzige *Sweeney*-Folge zusammen, aber neben *Out* die noch längere Mini-Serie *Fox* sowie den Thriller *Parker* (1984). Chefkameramann war Philip Meheux; Barry Hanson (*Gangsters*) produzierte. Die Titelmusik, hart und reißerisch wie bei *crime drama* in den 70er Jahren üblich (vgl. *The Sweeney*, *The Professionals*, *Special Branch*), trägt die unverwechselbare Handschrift von George Fenton (*Shoestring*, *Bergerac*). Stunt-Koordinator Peter Brayham spielt fast schon traditionell eine stumme Rolle als Schläger, und zwei weitere „übliche Verdächtige", Del Baker und Eddie Powell, sind als uniformierte Polizisten zu sehen, die bei John Paveys Verhaftung assistieren sollen und sich von diesem austricksen lassen.

Out ist, anders als vieles in Prestons Oeuvre, mehr als eine echte Männergeschichte mit den üblichen Ingredienzen brutale Sprache und Gewalt. Es gibt eine Menge Frauenfiguren, die nicht mal schlecht wegkommen, was angesichts des porträtierten Milieus schon ein wenig verwundert. Franks Privatleben ist eine Katastrophe: Seine Frau Eve ist seit seinem Gefängnisaufenthalt geistig nicht ganz gesund, und sein Sohn Paul hat alle Aussichten, ebenfalls auf die schiefe Bahn zu kommen. Lange Zeit steht die

Out: Tom Bell, Brian Croucher

komplexe, vorbildlich organisch entwickelte Interaktion der Mitglieder der *extended Ross family* im Vordergrund – keine Ansammlung von Müßiggängern wie in *Dallas* etc., sondern Leute, die dem richtigen Leben, in dem richtig gearbeitet wird, entsprungen sein könnten.

Freilich sind gewalttätige Auseinandersetzungen in stattlichem Ausmaß vertreten. Es knistert vor Spannung am Ende von *Not Just Pennies*, als Ross versucht, sich mit Hilfe von Anns Geld in einer Spielerrunde auf solide finanzielle Füße zu stellen. Erst wird er ordentlich abgezockt vom *house player*, der sich dann Ross' Einschüchterung beugt und ihm ein paar gute Blätter an die Hand gibt. Ross räumt ab, wird aber später vom Chef des Hauses aufgefordert, den Gewinn freundlicherweise zurückzulassen. Ross schafft einen gewaltfreien Abgang; die Ankündigung, dem Türsteher notfalls die Arme zu brechen, genügt. Er hat jedoch nicht mit dem *house player* gerechnet, der ihn niederschlägt, bevor er seinen Wagen erreicht, und alle Bündel Geldscheine an sich nimmt. Ross rappelt sich hoch, fährt den Mann über den Haufen, nimmt die Bündel wieder an sich und läßt ihm in einer Geste des Anstandes einen Teil des Geldes.

Je mehr der Sechsteiler voranschreitet, desto mehr nehmen die

Drama-Elemente ab und Thriller-Elemente dieser Art zu. Trotz ihrer unbestreitbaren Qualität sind jene Szenen beeindruckender, die sich im weiten Sinne mit Franks sozialer Kompetenz befassen. In *It Must Be The Suit* organisiert Chris (Brian Croucher) eine Party mit alten Bekannten für Frank, der er sich am Ende entzieht, doch lange Zeit ist man sehr gespannt, wie der verschlossene Ross dieses große Hallo verarbeitet. (Eine charakteristische Dampfhammer-Version dieser Sequenz stellte Brian Clemens 1980 an den Beginn seiner *Professionals*-Folge *Foxhole on the Roof*; inszeniert von William Brayne: Der aus dem Gefängnis entlassene Roddy Barker [Stanley Meadows] rastet aus, als für ihn ein großer Bahnhof arrangiert wird.) Furchtbar bedrückend ist das Wiedersehen Franks mit seiner Frau Eve, die sich bei dem Versuch, sich angemessen anzuziehen, diverse Kleidungsstücke vom Leib fetzt und sich dann für eines entscheidet, das sich kaum von den unscheinbaren Vorhängen im Einzelzimmer ihrer Verwahranstalt unterscheidet. Eve versichert, ihr Geisteszustand sei in Ordnung, doch schon bald zerlegt sie Franks Rosenstrauß in seine Einzelteile. Vollkommen entnervt von ihrer eindeutigen Aufforderung zu spontanem Geschlechtsverkehr ruft er nach dem Pflegepersonal.

Neben plakativen und oft wiederholten Sätzen („Frank Ross is out"/ „Things have changed"), die in der Natur der Sache liegen, kommt es zu Beginn der Episode zu einem bemerkenswerten Austausch zwischen Frank und einem seiner alten Bekannten: Die neue Gangster-Generation habe keine Klasse und setze nur noch auf Gewalt. Unbezahlbar ist auch die Szene, in der Chris, der Mann, dessen Loyalität gegenüber Ross unglaubliche Dimensionen hat, versucht, mit einem geschniegelten Geldeintreiber (Norman Eshley) Schlitten zu fahren, doch dabei böse unter die Räder gerät. Der Schluß ist nicht nur eine Überraschung, sondern läßt auch manches offen – leider kam es nie zu einer Fortsetzung.

Preston, vielfacher *Sweeney*-Autor und Urheber des inoffiziellen Konzepts jener Serie, hat wie seine Figuren einen *working class*-Hintergrund (diverse Interviews belegen beredt, daß er akute Schwierigkeiten damit hat, eine halbe Minute ohne Kraftausdrücke auszukommen) und kann als Vertreter eines konventionellen Realismus bezeichnet werden, da er Milieus eins zu eins so porträtiert, wie er sie selbst erlebt und wahrgenommen hat.

Konzeptionell und ideologisch steht er mit *Out* nahe bei GF Newman und Ian Kennedy Martin, narrativ und ästhetisch nach wie vor mit beiden Füßen fest im *Sweeney*-Lager. Preston schrieb in seinem Konzept:

> Too often we only get the chance to observe tele-villains, broken-nosed heavies who prattle on in a sort of pseudo, slang dictionary language as they pull their stocking masks on. I think there is a great deal more to say about some articulate, intelligent and strangely moral men who find themselves in opposition to society. Frank Ross is such a man.

Preston bot nach *The Sweeney* in einem logischen Schritt nach vorne nun eine Sichtweise der anderen Seite an. Die Auslotung der Grenzen zwischen Gut und Böse gelang ihm mit einiger Differenziertheit und Tiefe. Sein Protagonist hat für sein Handeln niedere Beweggründe, und seine Seele ist tendenziell unrein – doch wir folgen seinem Feldzug trotzdem gebannt und recht wohlwollend. Es hilft sicher dabei, Ross sympathisch zu finden, daß er nur seinesgleichen angeht und die „Zivilbevölkerung" in Ruhe läßt. Normalerweise bieten Filme in der *Godfather*-Tradition nämlich ein moralisches Problem: Wollen wir uns wirklich auf die Seite derer schlagen, die ihre Existenz auf Unrecht und Gewalt, oft genug gegen Schwächere, aufbauen? Nur aufgrund der narrativen und manipulativen Talente von Autoren und Regisseuren sind wir fasziniert von den Erlebnissen derer, die im wirklichen Leben wohl wenig attraktiv für uns wären.

Von der englischen Fachpresse wurde *Out*, damals in jeder Beziehung eine Novität, zumeist abgefeiert. Dies liegt mit am Gesamtkunstwerk-Charakter, denn die einzelnen Teile sind perfekt aufeinander abgestimmt. Die Inszenierung ist kühl und schnörkellos, die Darsteller sind „echt" und sorgen für die Illusion einer durch und durch lebensfeindlichen, humorlosen Umwelt. *Out* ist seit Juli 2003 auf Video und DVD erhältlich (nur englisch); jene also, die sich von der Qualität des Sechsteilers noch nicht überzeugen konnten, hält nichts davon ab, dies nachzuholen.

Dying Day (1980), geschrieben von John Bowen und inszeniert von Robert Tronson für die Serie *Armchair Thriller*, wird getragen von Shakespeare-Darsteller Ian McKellen als Eigenbrötler Antony Skipling (gleichsam ein Vorläufer von Lane in *The Cervini Inheritance*; s.o.), dessen säuberlich geregeltes, zurückgezogenes Leben eines Tages völlig aus den Fugen gerät. Skipling pendelt täglich zu seinem Bürojob; er fährt mit seinem Motorroller in einer auffälligen Regenjacke zum Bahnhof, parkt ihn dort und reist mit dem Zug weiter. Als er eines Abends auf dem Rückweg wie üblich in sein Buch vertieft ist, wird er gestört von Mr. Foster (David Howey), einem offenbar fanatischen Heimatforscher, der ihm Cassetten mit Kostproben seiner Arbeit vorspielt. Foster vergißt vor lauter Begeisterung fast das Aussteigen, und in der Hektik ist es kein Wunder, daß eines der Bänder bei Skipling verbleibt. Als er aus Neugier bei sich zu Hause die Cassette einwirft, hört er Ungeheuerliches: Die Stimme von Mountjoy (Cyril Shaps), die seinen Tod fordert: „Skip-ling ... doesn't know what he knows ... kill him – have him killed." Was weiß Skipling, und warum soll er sterben? Oder spinnt der Mann einfach komplett? Die Auflösung ist ein Knaller, und selbst die ist nichts gegen die Schußszene! Ein exzellenter Verschwörungs-/Paranoia-Thriller in einer Tradition, in der Kinofilme wie *Mirage*, *Fragment of Fear* und *Frantic* stehen.

Der Sechsteiler *Muck and Brass* (1982, Buch: Tom Clarke, Regie: Marek Kanievska und Martin Campbell) hat dagegen gar nichts von einem Kriminalspiel oder Thriller; dies ist urbanes Drama pur. Tom Craig (überragend als schmieriger Ekeltyp: Komiker Mel Smith aus *Alas Smith and Jones*) will sich in den Midlands als Baulöwe etablieren, und dabei ist ihm nahezu jedes Mittel recht, um Kommunalpolitiker auf seine Seite zu bringen und Konkurrenten aus dem Wettbewerb zu drücken. Moralische Skrupel? Fehlanzeige. Diejenigen in Craigs Umfeld, die für so etwas wie Anstand stehen, wie etwa Craigs Partner Jamal (Darien Angadi), werden untergebuttert oder spielen die zweite Geige mit der Aussicht, dies wohl immer zu tun. Das Schlimme ist: der Mann bringt es wirklich zum Lokalhelden, dem in einer großangelegten Zeremonie alle Anwesenden zujubeln.

Dem Film ist eine tiefschwarze Weltsicht zu eigen, welche visuell durch schmutzige 16mm-Bilder (Kamera: Peter Greenhalgh) und musikalisch durch Richard Hartleys geniale, unheilsschwangere Titelmusik angemessen illustriert wird. *Muck and Brass* ist zeitlos gut und gültig, auch wenn der Film in den ersten Jahren der Ära Thatcher entstand und sein konkreter Zeitbezug daher unübersehbar ist. Thatcher, das steht für Raubtierkapitalismus, Zweiklassengesellschaft, soziale Kälte („wer nicht arbeitet, soll auch nicht essen") und Wertewandel; für die Abkehr vom Wohlfahrtsstaat und von der Vollbeschäftigung, die Aufkündigung des Sozialvertrages zwischen den gesellschaftlichen Klassen. Thatchers Ziel war die Schaffung einer *enterprise culture*, rücksichtslose Förderung des Individualismus und der Marktgesetze, des *laisser-faire* und des *enrichissez-vous*. All dies verkörpert bzw. implementiert Craig.

„Wenn die wirklich so ausgekocht sind, sind sie zu clever für uns", resümiert Arthur Brauss als Versicherungsdetektiv – Vera (Carmen Du Sautoy) hat bereits die erste Frau und den Sohn des Archäologie-Professors Paul Canova unauffällig aus dem Weg geräumt. Der Weg, Canovas Vermögen zu erben, wird Vera jedoch beschwerlich gemacht durch die hübsche Bea (Cherie Lunghi), die es nicht minder faustdick hinter den Ohren hat. Nach einem kurzen Verhältnis mit Canova heiratet sie dessen Assistenten Christian Magny, der ein williges Werkzeug in Veras Hand ist. Veras Plan sieht zunächst vor, daß Christian Canova aus Eifersucht erschießt, als er Bea und den Professor in seiner Wohnung erwischt. Der Professor stirbt, alles andere kommt jedoch anders, und das ist erst der Auftakt für ein sadistisches Psychologiespiel sondergleichen.

Praying Mantis (*Tödliche Ehen*, 1984) basiert auf einer französischen Vorlage, dem Briefroman *Les Mantes Religieuses* (1960) von Hubert Monteilhet (geb. 1928), und bekam eine deutsche Finanzspritze und ein paar deutsche Darsteller verpaßt. Der Rest ist britisch: Autor Philip Mackie, Kameramann John Coquillon, Komponist Carl Davis, Regisseur Jack Gold, nicht zu vergessen die beiden Damen Du Sautoy und Lunghi als Fleischwerdungen des Bösen, denen jede Menschlichkeit abhanden zu kommen scheint. Ein Blick in die Abgründe menschlicher Seelen, dem die *poetic justice*-Elemente keinen Abbruch tun; sehr intelligent und schlicht eine der besten Fernsehproduktionen aller Zeiten.

Die Aktivistin Emma Craven (Joanne Whalley) wird vor den Augen ihres Vaters, Inspektor Ronald Craven (Bob Peck) erschossen – warum? Als Craven Nachforschungen anstellt, merkt er, daß sowohl der britische als auch der amerikanische Geheimdienst in die Sache verwickelt sind. Die Spur führt zu Konzernchef Jerry Grogan und der Atommülldeponie Northmoor... Der Sechsteiler *Edge of Darkness* (*Am Rande der Finsternis*, Video: *Die Plutonium-Affäre*, 1985; Buch: Troy Kennedy Martin; Regie: Martin Campbell) ist eine immens komplexe Mischung aus Drama und Thriller um politische Ränkespiele und den gesellschaftlichen Zustand Großbritanniens in den 80er Jahren („Life under Thatcher and the Bomb"); außerdem eine reifere Version einiger zentraler Themen des hauptsächlich auf Video gedrehten Vierteilers *Fear of God* (Regie: Robert Tronson), den derselbe Autor einige Jahre zuvor für die Serie *Armchair Thriller* vorlegte. Es geht um Verschwörung und Korruption, Angst vor dem nuklearen Krieg und kollidierende Aktivitäten von Interessengruppen wie der Friedensbewegung und den Gewerkschaften auf der einen, Wirtschaft und Regierung auf der anderen Seite. Raubtierkapitalismus ist vertreten durch Grogan, und der Film strotzt nur so vor obskuren Regierungsbeamten und Establishment-Cliquen, die einander bekriegen – Anzeichen dafür, daß das Vertrauen in den Staat (an einer Stelle ist Maggie Thatcher im Interview für eine Talkshow zu sehen) tief erschüttert ist.

Formal ist *Edge of Darkness* ebenso aufsehenerregend wie inhaltlich. Die postmoderne narrative Strategie erinnert an einen anderen großen Fernsehfilm der 80er Jahre, Dennis Potters *The Singing Detective*, in dem das Spiel mit Erzählebenen auf die Spitze getrieben wird. Emma taucht aus der Vergangenheit und in der Gegenwart (als Geist) auf. Manchmal wirkt es so, als würden sich auf der Ebene der Geschichte Wirklichkeit und Fiktion vermischen. Weitwinkel- und Teleobjektiv-Fotografie (Kamera: Andrew Dunn) wird durchgängig angewendet – zwar stehen die Personen im Bildmittelgrund im Fokus, doch gleichzeitig gibt es viel Tiefenschärfe (die Wahrnehmung der Tiefe wird betont) und eine Menge unscharfer Bewegung im Bildvordergrund. Andererseits sind Gesichter und Körper oft abgeschnitten zu sehen, nicht – wie besonders beim Fernsehen üblich – sauber eingerahmt. Hier wird die Tiefenwahrnehmung unterdrückt. Das Resultat, unterstützt vom lauten Ton und der spärlichen Beleuchtung, ist eine paranoide Stimmung – Menschen sehen eingequetscht, in die Ecke gedrängt, gelähmt, unfrei aus, wirken wie permanent unter Prüfung und Beobachtung. Ein brillantes ästhetisches Konzept, diszipliniert ausgeführt, dabei nicht annähernd so zuschauerunfreundlich, wie es klingt.

Kennedy Martins Drehbuch hieß erst *Magnox*, dann *Dark Forces*, bevor es den endgültigen Titel erhielt. Als feststand, daß Campbell die Regie übernehmen sollte, kam es zum Konflikt – der Regisseur forderte eine Überarbeitung, der Autor weigerte sich jedoch, zuviel erklärenden Dialog einzufügen. Während sich Kennedy Martin John Thaw (wen sonst?) in der Hauptrolle vorstellte, setzte Campbell Bob Peck durch. Vielleicht war diese Entscheidung richtig, denn Thaw, der noch vor *Inspector Morse* stand, aber dennoch schon eines der bekanntesten Gesichter im britischen Fernsehen war, hätte das Ganze wohl zu sehr dominiert. Pecks Darstellung ist ausgezeichnet, Joe Don Baker als Darius Jedburgh sorgt für zynischen *comic relief* und ist wie gewöhnlich eine Augenweide. Alle für *Edge of Darkness* vergebenen Preise sind wohlverdient – der Film ist ein Musterbeispiel dafür, daß Fernsehen nicht per definitionem billig und schnell heruntergekurbelt wird, sondern manchmal besser sein kann als aufwendiges Kino.

Anfang der 90er Jahre war es zunächst wieder die BBC, die eine große von Noir-Elementen dominierte Serie produzierte. *Between the Lines* (*Undercover – Ermittler zwischen den Fronten*, 1992-94) untersucht in bester Tradition GF Newmans Korruption innerhalb der Polizeibehörden. Es ist keine Rede mehr davon, daß diese ein isoliertes Phänomen ist, das nur einzelne Irregeleitete und ihr moralisches Versagen betrifft. Nein, sie hat die moderne Gesellschaft bis in die Wurzeln und letzten Bastionen durchdrungen. Dies belegen die Aktivitäten des CIB (*Complaints Investigation Bureau*) – jene Beamten, die für die Ermittlung gegen Kollegen zuständig ist und damit entsprechend geringe Popularität genießen. In *Special Branch* waren A10-Beamte („rubber heels") einfach miese Spitzel, in *The Enigma Files* faule Bürokraten (in der Episode *Investigation of a Copper* spielte ausgerechnet Tony Doyle, John Deakin in *Between the Lines*, eine solche Rolle). Eine Abteilung wie CIB in den Mittelpunkt einer Serie zu stellen war nicht nur neu – die Art und Weise, wie die Grundidee durch cleveres Kombinieren diverser Subgenres zum qualitativ hochwertigen Drama aufgearbeitet wurde, war sensationell.

Dem Kampfbegriff „Realismus" wurde neue Bedeutung verliehen, denn es wurde ordentlich im Schmutz gewühlt und die wirklich üble, undankbarste Seite der Polizeiarbeit gezeigt. Statt Autojagden und Schlägereien, die mit Sprücheklopferei garniert sind, oder der Eroberung steiler Zähne sehen wir Straßenschlachten, kleine und große Fische, die Dinge vertuschen oder auf die Seite bringen. Eine schwarze Vision, die immer intelligent und differenziert ist. Eine intellektuelle Variante von *Target*, was die problematischen Aspekte der polizeilichen Hierarchie angeht, und von *The Gentle Touch* und *Juliet Bravo*, was die Frage des Verhältnisses zwischen Polizei und Öffentlichkeit angeht. Sachlich werden die von der Institution ausgehenden Bedrohungspotentiale und ihre Hintergründe untersucht, was aus *Between the Lines* einen Gegenentwurf zu *The Professionals* macht, wo die Allmacht der Exekutive oft gerechtfertigt wurde.

Tony Clark (Neil Pearson) steht im Zentrum des dramatischen Gerüsts, nicht etwa einer der besten Leute der Metropolitan Police, sondern ein karrieregeiler Typ. Der Yuppie-Büropolizist macht (anders als sein „Vorgänger" Steve Hackett) keine besonders gute Figur in körperlichen Auseinandersetzungen und ist außerdem, hauptsächlich aus Gründen sozialer Orientierungslosigkeit, empfänglich für jeden Rock, was ihn mehr als einmal in massive Schwierigkeiten bringt. (Die Boulevardpresse nahm die expliziten Bettszenen erfreut zur Kenntnis und taufte die Serie um in *Between the Loins*.) In der ersten Folge, *Private Enterprise/Private Geschäfte*, wird Clark beauftragt, Unregelmäßigkeiten auf seinem eigenen Revier zu untersuchen. Dies tut er zusammen mit Harry Naylor (Tom Georgeson) und Maureen Connell (Siobhan Redmond), denn ihm winkt im Erfolgsfall die Beförderung zum Detective Superintendent. Natürlich führen Clarks Ermittlungen dazu, daß er auf seinem bisherigen Arbeitsplatz alle Sympathien verliert. Die Beförderung hat außerdem einen bitteren Beigeschmack, denn sie ist verbunden mit der Versetzung zu jener Abteilung, für die er gerade so gute Arbeit geleistet hat in der Hoffnung, daß es keine Wiederholung gibt – dem CIB.

Von nun an ist jede Folge ein Ereignis für sich, hat eine in sich interessante Geschichte, entwickelt die Hauptfiguren weiter und ist außerdem Mosaikstein in einem übergeordneten Handlungsstrang, der stets mit einer großangelegten Verschwörung zu tun hat. Während in der ersten Staffel Umtriebe bei der Polizei im Mittelpunkt stehen, werden in der zweiten die Verflechtungen zwischen Polizei und Geheimdiensten wichtiger. In der dritten und letzten Staffel ändert sich das Konzept nicht nur inhaltlich, sondern auch stilistisch und steuert auf einen spektakulären Höhe- und Endpunkt zu.

Die Drehbücher sind unglaublich gut, was sich zum Beispiel am Entwurf der komplexen, vollkommen dreidimensionalen Hauptfiguren zeigt, der folgerichtig einen hohen Identifikationsgrad seitens des Zuschauers mit sich bringt. Man erhält einen kleinen Eindruck von der sprichwörtlichen Brillanz dieses Werkes, wenn man sich ansieht, wie Clarks charakterliche Schwächen relativiert werden: Im Licht seines Austauschs mit dem misanthropischen Chief Constable (Pete Postlethwaite) in *Out of the Game/Die Todesschützen* erscheint er als klassischer positiv besetzter Held, ebenso wie im Vergleich mit Detective Superintendent Graves (Robin Lermitte), Tonys milchgesichtigem Konkurrenten und alter ego. Oder man nehme Maureens Coming-Out: Als sie herausfindet, daß sie mit Geschlechtsgenossinnen besser zurechtkommt, wird dies in sympathischer, nicht-voyeuristischer Weise dargestellt – bei *Cracker* wäre daraus ein Riesentheater geworden. Auch die Nebenfiguren sind mitten aus dem Leben und erregen das Interesse des Zuschauers.

Executive Producer war mit Tony Garnett ein alter Bekannter. Der kreative Kopf war allerdings J.C. Wilsher, der viele seiner Themen schon in *The Bill* ausprobiert hatte; andere Autoren waren Rob Heyland, Steve Trafford und Russell Lewis. *Sweeney*-Regisseur Tom Clegg, der knapp 20 Jahre zuvor die Szene auf den Kopf gestellt hatte, inszenierte zwei Folgen, darunter ein Meisterwerk mit *The Only Good Copper/Der ewig gute Bulle*. Ansonsten ist hier die nächste Generation am Ruder, z.B. Charles McDougall und Roy Battersby (beide *Cracker*) und der immens talentierte Alan Dossor.

Vox hat dieses einzigartige Drama mit schonungslosem Blick nicht nur auf Korruption, sondern auch auf das zerrüttete Seelenleben der Protagonisten, im Tages- bzw. Vorabendprogramm untergebracht. Beide Termine waren äußerst unwürdig für ein Werk, das öffentlich-rechtliche Sendeplätze zur *prime time* verdient gehabt hätte.

Die Psycho-/Serienkiller-Welle, im Kino *ad nauseam* zu sehen, macht natürlich auch vor dem Fernsehen nicht halt. Auf der Seite des Gesetzes gehören inzwischen psychopathologische Züge zur Normalität, wie *Cracker*, der Begründer der Profiler-Welle, zu der auch *Silent Witness* und *Waking the Dead* gehören, demonstriert.

In *Cracker* (*Für alle Fälle Fitz* – die gnadenlose Titelschmiede ZDF schlägt wieder zu; 1993-96) sehen wir den Polizeipsychologen Edward Fitzgerald (Robbie Coltrane) bei der Arbeit. Irre Killer mit abgedrehten Motiven – kein Problem. Einen geeigneteren als Fitz gibt es nicht für diese Aufgabe, denn er ist selber ein Chaot. Sein Familienleben ist nicht gerade harmonisch, seine Tugenden sind Rauchen, Trinken, Spielen (wobei wir schon bei einem Hauptkritikpunkt sind: Das alles ist seit Jack Regan keinesfalls mehr originell). In seinen Inhalten und Figurenkonzeptionen ist *Cracker* tiefschwarz, doch es fällt manchmal schwer, für Fitz und Konsorten große Sympathien aufzubringen, denn schließlich sind andere Serien aus der gleichen Epoche wie *Bodyguards* und *Inspector Morse* spannender bzw. intelligenter. Das krampfhaft Überdrehte, Misanthropische stört an *Cracker*; es ist unbritisch und zu wenig subtil, und es verwundert daher nicht, daß man ausgerechnet in den USA glaubte, diese Serie fürs dortige Fernsehen adaptieren zu können. Während Autor Jimmy McGovern noch einigermaßen nachvollziehbar argumentiert („Die besten Geschichten sind die, in denen der Mörder wirklich gute Gründe zum Morden hat. Selbst wenn der Zuschauer ihm nicht zustimmt, kann er ihn zumindest verstehen und sich für den Mörder interessieren."), sind die aalglatten, kalkuliert pressetauglichen Statements von Producer Gub Neal über angebliche „Fernsehstereotypen" und die „Realität" nur noch zum Abgewöhnen. Der Versuch, die Weltsicht von *The Chinese Detective* und *Between the Lines* einen Schritt weiterzuführen, ist aller Ehren wert, doch gleichzeitig kritikwürdig.

Alle Probleme – natürlich auch alle Qualitäten – von *Cracker* sind vorhanden in der Episode *Brotherly Love* (*Bruderliebe*, Regie: Roy Battersby). David Harvey (Mark Lambert), Biedermann und Vater von vier eigentlich netten Kindern, zwackt immer mal einen Teil seines Gehalts ab, um damit seinen Verkehr mit Prostituierten bezahlen zu können. Er steht auf die Shirley Temple-Nummer, läßt sich also von einer Unschuld etwas vorsingen, um dann mit dem „Flittchen" auf seine Art abzurechnen. Eines Abends muß David, der mit seinen Partnerinnen zu handeln pflegt wie ein orientalischer Teppichverkäufer mit einem sonnenverbrannten Touristen, den Lohn für geleistete Dienste schuldig bleiben. Die Prostituierte Ann, die selbst Kinder zu ernähren hat, besteht auf der Herausgabe des Geldes und folgt dabei David sogar bis nach Hause. Der verzweifelte Familienvater kann gerade noch verhindern, daß Ann sein Domizil betritt, fährt dann mit der Frau zu einem abgelegenen Ort und bringt sie dort um. Der Toten führt er zusätzlich einen Meißel vaginal ein. David vertraut sich seinem Bruder Michael (David Calder) an, einem katholischen Priester, der die Totenmesse für Fitzgeralds verstorbene Mutter halten soll. So kreuzen sich die Wege von Fitz und Michael Harvey privat und beruflich. Als es zu weiteren bestialischen Prostituiertenmorden nach dem gleichen Strickmuster kommt, gerät Michael in Verdacht; die Schuldige ist jedoch Harveys Ehefrau Maggie, die systematisch Jagd auf die „Rivalinnen" macht („Bei mir zu Hause kann man vom Boden essen, und er treibt sich mit diesen schmutzigen Huren herum"). Obwohl bald klar ist, daß Davids Neigung auf direkte Kosten seiner Kinder ging, gesteht die Frau am Ende auch den Mord, den in Wirklichkeit David begangen hat – wenigstens ein Elternteil soll den Kindern erhalten bleiben. Jimmy Beck (Lorcan Cranitch) indes, wegen mutmaßlicher Vergewaltigung seiner Kollegin Jane Penhaligon (Geraldine Somerville) erst kurz zuvor aus einer Nervenanstalt entlassen und den fortgesetzten Beschuldigungen von Jane und Fitz ausgesetzt, tut nun zum ersten Mal seit langer Zeit etwas „Gutes“: Er nimmt den auf freien Fuß gesetzten Mörder mit auf seine Reise in den Tod.

Es geht in diesem typischen Jimmy McGovern-Drehbuch um Doppelmoral, Schuld und Sühne; dies durchaus auf hohem Intelligenzniveau, wenn auch der omnipräsente Katholizismus recht aufdringlich als kulturelle und psychologische Richtlinie für fast sämtliche Handlungen herangezogen wird. Das dauernde Gerede über Vergewaltigung und sexuelle Verstümmelung ist harte Kost und in seiner Penetranz etwas nervenzerrend. Die Inszenierung ist nicht ganz „blutarm“, setzt aber hauptsächlich auf die Hervorhebung psychologischer Gewalttätigkeit. Diese ist eigentlich, zumindest im Medium Fernsehen, kaum noch steigerbar, und so verwundert es nicht, daß Serien im Gefolge von *Cracker* wieder einen Gang zurückschalten.

Die ewige Leichenfledderei in *Silent Witness* (ab 1996; dürftiger RTL-Titel: *Gerichtsmedizinerin Dr. Samantha Ryan*) hätte theoretisch eine Menge Film Noir-Potential, doch man konzentriert sich mehr auf das, was Wissenschaft und Technik, Computer und besessene Forscher heutzutage vermögen – modernes *police procedural* mit einer Dosis Action. Dr. Ryan (Amanda Burton), die ein bißchen was von einem kalten Fisch hat, wird von ihrer Arbeit nicht im mindesten so mitgenommen wie der bedauernswerte Zuschauer, der besonders in *A Good Body* (*Opfer Nr. 10*, Buch: J. C. Wilsher, Regie: David Thacker) einiges ertragen muß. Beim Brand eines Kinos, in dem Carol Reeds *The Third Man* gezeigt wird, sterben ein Dutzend Menschen, von denen elf nach einiger Zeit in mühevoller Kleinarbeit identifiziert werden. Für die letzte Leiche wird eine Gesichtsrekonstruktion in Auftrag gegeben, und Professor Ryan schlägt geschickt zwei Fliegen mit einer Klappe, indem sie das Thema gleichzeitig für ihre Antrittsvorlesung verbrät. Übrigens klappt die Rekonstruktion ganz gut, was dazu führt, daß, wie die Engländer sagen, eine Dose Würmer geöffnet wird...

Im Pilotfilm von *Waking the Dead* (*Wer die Toten weckt*, 2000, Buch: Barbara Machin, Regie: Martin Hutchings) wird das *Closed Case Department* von DI Peter Boyd („Shoestring“ Trevor

Eve) eingeführt. Boyd war es vor Jahren nicht gelungen, Alice Miller aus den Klauen eines Kidnappers zu befreien. Die Lösegeldübergabe scheiterte, und das Mädchen wurde tot auf einer Müllkippe aufgefunden. Aufgrund der Fortschritte bei wissenschaftlichen Ermittlungsmethoden rechnen sich Boyd und sein Team, das fast ausschließlich aus Frauen besteht, jetzt bessere Chancen aus. Als wieder ein Mädchen entführt wird, deutet vieles auf den gleichen Täter hin... Auch hier steht minutiöse Kleinarbeit im Vordergrund; die Konzeption von *Waking the Dead* ist der von *Silent Witness* sehr ähnlich. In beiden Serien spielen Abgründe menschlichen Verhaltens eine Rolle; allerdings vermitteln sie weniger als *Cracker* das Gefühl, daß die Welt nicht mehr zu retten und nur noch von Psychopathen bevölkert ist.

Bibliographie:

Alvarado, Manuel / John Stewart. *Made for Television. Euston Films Limited.* London: BFI, 1985

Chapman, James. *Saints and Avengers.* London/New York: IB Tauris, 2002

Compart, Martin. *Noir 2000.* Köln: Dumont, 2000

Cook, Jim: „*Out* and *Fox*: Better Popular Television Than We Deserve?" In: Alvarado/Stewart, op. cit., 136-146

Cornell, Paul / Martin Day & Keith Topping. *The Guinness Book of Classic British Television.* 2nd Edition. Enfield: Guinness, 1996

Day, Martin & Keith Topping. *Shut It! A Fan's Guide to 70s Cops on the Box.* London: Virgin, 1999

Donald, James. „Anxious Moments: *The Sweeney* in 1975." In: Alvarado/Stewart, op. cit., 117-135

Down, Richard/Christopher Perry. *The British Television Drama Research Guide.* 2nd edition. Bristol: Kaleidoscope, 1997

Fairclough, Robert / Mike Kenwood. *Sweeney! The Official Companion.* London: Reynolds & Hearn Ltd., 2002

Halliwell, Leslie/Philip Purser. *Halliwell's Television Companion.* 2nd Edition. London: Paladin, 1985

Kennedy Martin, Troy. „Four of A Kind?" In: H.R.F. Keating (ed.). *Crime Writers.* London: BBC, 1978, 122-133

Kenwood, Mike/George Williams. *Fags, Slags, Blags, and Jags: The Sweeney.* London: Aldgate, 1998

Monaco, James. *Film verstehen.* Reinbek: Rowohlt, 1995

Morgenstern, Matthew. „The Marshall Chronicles." In: *Prime Time* 13 (1987), 2-7

Pixley, Andrew. „The Sweeney: Compulsive Viewing." In: *Prime Time* 13 (1987), 8-21

Radio Times

Rogers, Dave. *The ITV Encyclopedia of Adventure.* London: Boxtree Ltd., 1988

Smith, Chris. „Archive Gems: Public Eye." In: *Radio Tellyscope* 12 (2001), 13-20

Waterman, Dennis. *Reminder.* London: Arrow, 2000

Noir, brünett oder blond: 10 Traumfrauen im englischen Fernsehen, die immer das Einschalten wert sind

(in alphabetischer Reihenfolge)
von Werner Schmitz

Rachel Davies
(The Sweeney, The Professionals, Strangers)

Linda Hayden
(Crown Court, The Professionals, Mackenzie)

Anouska Hempel
(The Persuaders!, The Lotus Eaters, The Doll)

Patricia Hodge
(Softly, Softly, Rumpole of the Bailey, The Professionals, Jemima Shore Investigates)

Cheryl Kennedy
(The Sweeney, The Professionals, Target, Schalcken the Painter)

Cherie Lunghi
(Praying Mantis, Intrigue, The Manageress)

Luan Peters
(Crown Court, The Professionals, Target)

Carol Royle
(The Professionals, The Outsider, Ladies in Charge, Blackeyes)

Sheila Ruskin
(The Sweeney, Out, The Professionals, Mackenzie)

Wanda Ventham
(The Lotus Eaters, The Sweeney, The Gentle Touch)

Verschwörungs
Theoretiker
Der Produzent
Joel Surnow
von
Martin Compart

Surnow gilt als tödliche Waffe des anspruchsvollen TV-Thrillers. Zusammen mit Michael Mann, Roy Huggins, Stephen J. Cannell oder Stephen Bochco gehört er zu der Handvoll Autoren-Produzenten, die immer wieder Innovationen im Genre schaffen.

Geboren wurde er 1954 in Detroit als Sohn einer jüdischen Familie. Väterlicherseits stammte sie aus Odessa, mütterlicherseits aus Litauen. „Ich wurde mit jüdischen Werten erzogen.“ Als er neun Jahre alt war, zogen seine Eltern nach Los Angeles. In den 60er Jahren in Beverly Hills aufzuwachsen, machte ihm großen Spaß. Als Teenager ging Surnow mit der Tochter des Horror- Regisseurs William Castle aus. Er studierte ein paar Semester in Berkeley, bevor er 1976 zur UCLA Film School wechselte. Sofort begann er auch zu schreiben. Sein erstes Drehbuch hieß SMALL TIME, das „John Cassavetes verfilmen wollte, aber dann starb er lieber“. Ende der 70er Jahre entdeckte er das Fernsehen als mögliches Medium für seine Ambitionen. „Ich war nicht wirklich scharf auf TV. In den 70ern herrschte so eine arrogante Herablassung gegenüber dem Medium. Die wirklich spannenden Sachen passierten im Kinofilm.“

Joel Surnow

Nachdem er ein Spec-Skript für CHEERS geschrieben hatte, kamen die ersten Jobs: Er schrieb einige Folgen von ST.ELSWHERE, dann holte ihn Steven Bochco ins Team der kurzlebigen Baseballserie BAY CITY BLUES. Surnow machte sich so gut, dass ihn Bochco mit zu HILL STREET BLUES nahm. Das erregte die Aufmerksamkeit von Michael Mann, der ihm das Angebot machte, als Chefdramaturg zu MIAMI VICE zu kommen. „Ich wurde in der ersten Season Head Writer und schrieb fast alle Folgen. Es gab kein Autorenteam, da Michael alle rausschmiss.“ Bereits hier zeigte sich Surnows scharfsichtiger Blick auf das politische System. „Durch Michael lernte ich, wie wichtig Details sind. Er sag-

The Equalizer (Edward Woodward)

te, eine Serie könnte beeindruckender aussehen als ein Kinofilm.“ 1985 wechselte er als Autor und Executive Producer zu THE EQUALIZER. Dann war er erstmal fertig und ausgebrannt. Eine Scheidung und die nervenaufreibende Arbeit an den beiden Hit-Serien forderten ihren Preis. Er lehnte sogar Stephen J. Cannells Angebot ab, bei WISEGUY mitzumachen. Für einige Jahre schrieb er nichts, ließ sich aber mit carte blanche für die letzte Season der Soap Opera FALCON CREST ins Business zurücklocken. „Wir machten die beste nicht angeschaute Season der Fernsehgeschichte. Wir waren verrückter als TWIN PEAKS. Nicht so stilvoll oder künstlerisch, aber echt wild.“ Daraufhin folgte er Cannells erneutem Ruf und arbeitete zwei Jahre an THE COMMISH. Als nächstes folgte 1992 die kurzlebige TV-Version von BILL AND TED'S EXCELLENT ADVENTURE. Daneben entwickelte er die Cop-Serie 50 MINUTE MAN, die nicht produziert wurde. 1992 verließ er die Staaten und ging nach Europa. In England war er eine Season bei CONVINGTON CROSS im Team. Nebenher entwickelte er POINT MAN, die 1995 mit Jack Scalia als Syndication-Serie lief. Den Tiefpunkt seiner Karriere erreichte er 1993 mit dem David Hasselhoff- und Thomas Gottschalk-Vehikel RING OF THE MUSKETEERS. Zu einem kleinen Kult entwickelte sich NOWHERE MAN (1995), die er als Produzent überwachte. Hier nutzte er erstmals Verschwörungstheorien: Die

Existenz des Fotografen Thomas Veil (Bruce Greenwood) wird offiziell ausradiert, weil er Zeuge einer geheimen Hinrichtung in einem Land der Dritten Welt wurde. Gegen alle staatlichen Kräfte versucht Veil seine Existenz zurückzugewinnen. *The Fugitive meets The Prisoner*. Die erste Folge der Serie war UPNs zweithöchste Einschaltquote (nach STAR TREK: VOYAGER). Aber dann zogen sich die Zuschauer zurück, wohl weil die Serie keine erkennbare Struktur hatte. „Ehrlich gesagt glaube ich nicht, dass sie genug Substanz für 25 Folgen hatte. Wir machten ein paar Folgen à la PRISONER, dann ein paar nach THREE DAYS OF THE CONDOR usw. In den 25 Folgen machten wir vier oder fünf verschiedene Arten von Serien. Ich denke, es gibt einen Grund, weshalb mit PRISONER nach 17 Folgen aufgehört wurde. Sie hatten einfach keine Geschichten mehr, um das Publikum an der Nase herumzuführen. Der Erfinder der Serie, Larry Hertzog, sah die Serie immer wie PRISONER. Er dachte, sie müsse nirgendwo enden oder hinführen. Er wollte Allegorien und meinte, sie bräuchte keine lineare Entwicklung. Am Ende war sie einfach zu begrenzt." Surnows „Tanzkarte" kann sich sehen lassen. Es gibt kaum eine qualitativ hochwertige Crime-Serie seit den 80er Jahren, an der

er nicht maßgeblich beteiligt war. Surnow ist inzwischen zum zweiten Mal verheiratet und hat fünf Kinder im Alter zwischen acht und einundzwanzig Jahren.

1996 konnte Surnow doch noch für WISEGUY arbeiten. Die Kult-Serie, die von 1987 bis 1990 auf CBS gelaufen war, sollte mit regelmäßigen TV-Movies auf ABC fortgesetzt werden. Surnow, der sehr stolz auf sein Wiseguy-TV-Movie ist, musste mit ansehen, wie diese Pläne aber schnell wieder vom Tisch waren. Die Idioten von ABC hatten WISEGUY gegen eine einstündige Folge von SEINFELD und gegen den Megaerfolg E.R. platziert. Trotz der Qualität wurde WISEGUY versenkt. Aber dann lachte ihm das Glück, und er schuf sein Meisterwerk: LA FEMME NIKITA! „In gewisser Weise ist Nikita die weibliche Version von WISEGUY. In beiden Serien geht es um gequälte Menschen, die durch einen Führungsagenten in eine beklemmende, gefährliche Welt geschickt werden. Beide versuchen, ihren Frieden zu finden und gegen das System ihr eigenes Leben zurückzubekommen. Meine Helden sind keine wirklichen Helden."

Ausgerechnet Deutschlands schlimmster Trash-Sender RTL 2 verfügte über die anspruchsvollste TV-Serie der letzten Jahre! Ein Schicksal schlimmer als der Tod. Dieser Sender macht es der nach AKTE X größten Kult-Serie der 90er Jahre natürlich nicht leicht: Immer wieder begann RTL 2 mit der Ausstrahlung, um dann mitten drin abzubrechen. Irgendwann wurde sie dann endgültig begraben und als Hoffnung bleibt nur die Veröffentlichung auf DVD.

In den USA war die Serie die erfolgreichste Action-Show des Senders USA, der sie gegen den Willen der Fans nach der fünften Season killte. Sie ist auch ein Internet-Phänomen mit vielen Webpages. Als die Produktionsfirma Warner Brothers die Einstellung der Serie verkündete, rauschte es nur so im Internet. Eine „Unterschriftenaktion" wurde organisiert, und hunderttausend Fans aus 50 Ländern beteiligten sich daran. Im September wurde die Einstellung rückgängig gemacht und eine kurze Fortsetzung der Serie über 2001 hinaus garantiert. Eine letzte Kurzstaffel beendete den besten Polit-Thriller der TV-Seriengeschichte.

Ähnlich wichtig wie bei MIAMI VICE ist die Musik in NIKITA. Blaine Johnson, der dafür verantwortlich war, nutzte junge Bands und Musiker aus der Independent-Szene.

Es wurden mehr Fernsehserien erfolgreich für das Kino adaptiert (AUF DER FLUCHT, MISSION IMPOSSIBLE, STAR TREK usw.) als Kinofilme zu erfolgreichen TV-Serien. Funktioniert hatte das bisher nur bei zwei Comedys: MÄNNERWIRTSCHAFT und M.A.S.H. und einer Action-Serie: HIGHLANDER. NIKITA ist die erste crime-Serie, die nicht nur gelungen einen Film und sein Remake adaptiert, sondern diese auch noch übertrifft.

Die Serie verzichtete auf Happyends und die üblichen Konfliktlösungen innerhalb des gewohnten 45-Minuten-Schemas durchschnittlicher TV-Serien. NIKITA ist das Zynischste, was je als Serie über die Bildschirme flimmerte. Die in Toronto gedrehte Serie brachte es auf 96 Folgen in fünf Jahren und hat ihr Niveau nicht nur gehalten, sondern gesteigert. Immer wieder gab es Probleme mit der Produktionsfirma Warner Brothers, der das Budget mit 1 Million Dollar pro Folge ziemlich auf den Magen schlug (lächerlich, angesichts der weltweiten Verkäufe in über 50 Länder). Keine zu hohe Summe, bedenkt man den *look* und die ausgefeilte Ästhetik der Serie, die 180 Mitarbeiter beschäftigte.

Zur Handlung: Durch eine falsche Mordanklage wird die junge Nikita zur Mitarbeit in einem Supergeheimdienst erpresst. Ihr Leben gehört ihr nicht länger, denn sollte sie die Mitarbeit verweigern, würde der Dienst sie ins Gefängnis oder auf den elektrischen Stuhl bringen. Luc Bessons stilisierter Thriller über ein junges, asoziales Mädchen, das von einer amoralischen Geheimorganisation zur Superkillerin konditioniert wird, wurde in den USA zuvor schon als Kinostreifen mit Bridget Fonda remaked. Auch eine Hongkong-Version gibt es.

In der ersten Staffel wird ausführlich gezeigt, wie die junge Frau durch die skrupellose Organisation psychisch neu konditioniert wird. Aber noch behält sie sich einen Rest Menschlichkeit. Das zwingt sie oft zum Schauspielern gegenüber ihren Vorgesetzten. Atemberaubend wie Peta Wilson das spielt. Absolut glaubwürdig agiert sie in diesen Szenen als eine Schauspielerin, die einen Charakter spielt, der schauspielert. Nikita muss verbergen, dass sie nie wirklich so skrupellos werden will, wie man es von ihr erwartet. Die TV-Kritikerin Shelly Lyons verglich die Weltsicht der Serie mit Bertoldt Brecht, und Peta Wilsons Darstellung der Nikita brachte ihr die ehrenvolle Bezeichnung als „Emma Peel der 90er Jahre“ ein.

Sektion Eins nennt sich die Abteilung, die Nikita zur Mitarbeit presst. Sie ist nominell eine Anti-Terror-Organisation, und nur äußerst skrupellose Menschen nützen als Agenten. Jede Gefühlsregung wird als Schwäche verurteilt und bekämpft. Ohne mit der Wimper zu zucken, lässt dieser Geheimdienst zu, dass unschuldige Bürger getötet werden, wenn es nur höheren Interessen dient. Zum Erhalt des Systems wird skrupellos gemordet oder ein gerade noch bekämpfter Giftgashändler ans Herz gedrückt („Solange er an beide Seiten verkauft, muss er sich keine Sorgen wegen seiner Geschäfte machen.“) und zum Verbündeten erklärt. Nikita ist der Schwachpunkt des Systems: Zwar eine ausgezeichnete Agentin, aber noch nich bar von Gefühlen und moralischen Skrupeln. Da muss sie noch viel lernen und so manche Gehirnwäsche über sich ergehen lassen. Nikitas „Ausbilder“ (und späterer Lover) Michael (Roy Dupuis) ist der einzige operative Agent mit Zugang zu Geheimwissen. Seine Vorgesetzten betrachten ihn misstrauisch, fürchten, dass er sie eines Tages ersetzt. Die Beziehungen der einzelnen Agenten untereinander sind nicht statisch, sondern – auch ungewöhnlich für eine Serie – entwickeln sich, verändern sich von Staffel zu Staffel. Aber auch Sektion Eins ist nicht autonom, sondern einer anderen mysteriösen Vereinigung untergeordnet. In der vierten Staffel stellt sich dann auch heraus, wer der wirkliche Chef von Sektion Eins ist: eine Neurochirurgin. Vieles erinnerte ein bisschen an die 60er-Jahre-Kultserie NUMMER 6 (PRISONER), bei der man die Nutznießer der Machtstrukturen ebenfalls nie personell festmachen konnte. Die zunehmende Dominanz des Staates über das Individuum spiegelt sich auch in Killer-Filmen wieder. Alain Delon (DER EISKALTE ENGEL) oder Charles BRONSON (KALTER HAUCH) waren in den 60er und 70er Jahren Freelancer, die auf eigenen Wunsch für staatliche Organisationen killten, auch Aufträge ablehnten oder sich anarchisch gegen die Auftraggeber wandten. Sie gehorchten nur sich selbst und unterwarfen sich keiner Organisation. Damit ist es längst vorbei. Die Mafia-Filme der letzten Jahrzehnte zeigten, dass beim hohen Niveau des Organisierten Verbrechens kein Platz mehr ist für Einzelgänger. So ergeht es jetzt auch den Killern, die nicht mehr auf eigene Rechnung ihre blutigen Dienste anbieten dürfen, sondern nur noch als Rädchen im Getriebe agieren, ohne Entscheidungsfreiheit oder genaues Wissen um die „wet jobs“, wie die Mordaufträge im Geheimdienstjargon genannt werden. Das Ende aller Romantik.

Indem NIKITA unser System der „freien westlichen Demokratien“ als blutrünstig, amoralisch und profitgeil darstellt, übte die Serie Kulturkritik wie man sie seit MIAMI VICE oder WISEGUY (KAMPF GEGEN DIE MAFIA) nicht mehr gesehen hatte. Aber sie war nicht moralinsauer oder auf simple Antworten bedacht. Sie stellte eher Fragen und spielte durch, was an zivilisatorischen Alternativen heute überhaupt noch möglich ist. Und sie zeigte den aktuellen Stand der Technik, zu der ansonsten nur Experten und Militärjournalisten Zugang haben (konsequenterweise linkt eine Nikita-Homepage mit allen wichtigen Herstellern von Kriegstechnik). Geschickt arbeiteten die Autoren aktuelle Bezüge ein: Von Kinderpornoringen über Proliferation bis zur Bombardierung von Botschaften. Natürlich immer mit mehr faktischem Hintergrundwissen als all die elenden deutschen Produktionen, die wirtschaftliche und politische Dimensionen vehement verschweigen. Die Aussagen der Serie über politische Hintergründe waren allerdings nicht die, die der Zuschauer durch Zeitungen oder Fernsehnachrichten erhält (und die er längst nicht mehr glaubt). Diese Realitätsbezüge, die nach bester Verschwörungstradition funktionieren, gaben dem Zuschauer das beklemmende Gefühl hinter die Kulissen der Weltpolitik zu blicken. Andere Motive und Interessen als die öffentlich zugegebenen stehen, wie inzwischen bekannt, hinter so mancher militärischen Terroraktion. Die Agenten der Sektion Eins erscheinen wie Geister, die nichts mit den normalen Menschen zu tun haben. Sie gehören einer anderen Dimension unserer Realität an. Gerechtigkeit oder Gesetzmäßigkeit haben in dieser Welt keine Bedeutung. Eine zunehmende Erfahrung, die der Zuschauer auch in der Realität macht. NIKITA spiegelt einen zivilisatorischen Verfall, in der ein mafioser Staat und seine Zombie-Helfer rücksichtslos Interessen durchsetzen – auf Kosten des Gemeinguts. Nikitas Menschlichkeit steht unter dauerhaftem Druck durch die Institutionen, denen sie hilflos ausgeliefert ist und völlige Kontrolle über ihre Existenz verlangen. Wenn sie in einer Folge hilflos aufschreit: „Euch gehört meine Seele nicht", muss niemand aus der Sektion darauf antworten. Natürlich wollen sie ihre Seele.

Im Grunde ist NIKITAs Subtext ganz simpel: Es geht um einen Menschen, der gegen seine Bedürfnisse dazu gezwungen wird in einem System zu funktionieren, das keine Humanität mehr zulässt. Auf die Frage, ob er glaubt, dass eine ähnliche Organisation wie Sektion Eins tatsächlich existiert, antwortete Joel Surnow: „Mit Sicherheit. Aber ihr Design ist bestimmt nicht so gut wie unseres dank des Produktionsdesigners Rocco Matteo."

Nach dem unrühmlichen Ende von NIKITA gelang Surnow mit **24** ein weiterer erfolgreicher und innovativer Streich: In 24 Stunden Echtzeit werden politische Intrigen und Thriller-Action gezeigt. Im Mittelpunkt der Handlung steht der Agent Jack Bauer (Kiefer Sutherland) mit seinem Team der fiktiven **C**ounter **T**error **U**nit. In der ersten Staffel verhindert er den Anschlag auf einen schwarzen Präsidentschaftskandidaten, während gleichzeitig seine Frau und Tochter entführt sind. In der 2. Staffel muss Bauer

einen atomaren Anschlag auf Los Angeles und den Angriff der Amerikaner auf arabische Länder (!) verhindern.

Das klingt in der Zusammenfassung recht trivial, ist es aber in der detailierten Ausführung überhaupt nicht. Surnow zeigt einmal mehr, wie korrupt und verbrecherisch Regierungsinstitutionen arbeiten. Sein „Held“ Bauer schreckt nicht einmal vor Foltermethoden zurück, um an Informationen zu kommen, die den atomaren Schlag verhindern könnten.

Surnow arbeitet bereits lange und intensiv mit Robert Cochran zusammen: „Ich halte ihn in einem Käfig gefangen. Spaß beiseite. Was für unsere Zusammenarbeit wichtiger als alles andere ist: Wir können uns in ein Zimmer setzen und eine Story nach der anderen runterhaun. Ich komme mit den Ideen und Robert schreibt alles nieder. So haben wir 96 Folgen von NIKITA gemacht, 44 von THE COMMISH, 22 Folgen FALCON CREST etc.“ Sie trafen sich erstmals 1988 als Surnow ausführender Produzent bei FALCON CREST war. Damals bot er Cochran dessen ersten Job als Dramaturg und Autor an. „Ich hatte eines seiner Skripte gelesen und holte ihn sofort ins Autorenteam. Als ich ihn persönlich sah, mochte ich ihn auf Anhieb. Und wegen seines Talents war er schnell der Star im Team.“ Der ehemalige Rechtsanwalt Cochran kam als Au-

tor für L.A. LAW ins Fernsehgeschäft. „Seit ich denken kann, wollte ich schreiben. L.A. LAW war ein guter Einstieg. Die Serie zeigte, wie unsere Gesellschaft funktioniert, aber ich mochte sie nie wirklich." Surnow: „Bob und ich haben einen jüdisch-christlichen Hintergrund. Bob ist christlich erzogen, ich jüdisch. Wir füttern die Serie mit unserem Wertesystem. Unser Held hat denselben Hintergrund."

Robert Cochran: „Als er mir die Idee zu 24 erzählte, hatte er weder Charaktere noch eine Story. Ich konnte mir nicht vorstellen, wie das funktionieren sollte." Surnow: „Ich stimmte ihm zu. Aber es ging mir einfach nicht mehr aus dem Kopf, und ich sagte ihm, dass wir weiter darüber nachdenken müssten. Wir waren nicht wirklich davon überzeugt, dass es funktionieren könnte, bis die letzte Folge im Kasten war." Surnow und Cochran setzten sich drei Wochen zusammen, um das Konzept auszuarbeiten. Wie bei NIKITA sind sämtliche Nebenfiguren individuelle und runde Charaktere. Surnow: „Als ich die Serie beschreiben musste, sagte ich: Es ist eine Thriller Soap Opera. Es geht um das Leben dieser Menschen im Kontext eines Thrillers."

Fox bestellte erst nur 13 Folgen. Wären sie gefloppt, hätte man das Finale vorziehen können (siehe das Showdown zwischen 12 und 13 Uhr). Surnow: „24 ist eine riskante Angelegenheit, denn die Serie ist von der Loyalität der Zuschauer abhängiger als Serien mit abgeschlossenen Episoden. Was wir von TWIN PEAKS gelernt hatten, war, dass man das Publikum nicht so lange belasten kann, bis es nur noch frustriert ist." Deshalb auch die vielen Nebenkonflikte und „kleine Lösungen", bzw. das Nutzen der Soap-Elemente. „Man braucht einen Teppich aus kleinen Spannungsmomenten. Nur dank ihnen funktioniert die Serie. Dagegen ist die Haupthandlung sogar zweitrangig. Wichtig ist es auch, parallel zu den Action-Szenarien persönliche Geschichten für die Charaktere zu entwickeln." Tatsächlich gelingt es Surnow (wie schon zuvor bei NIKITA), die Serie immer unter Dampf zu halten. Fox erwartete nicht viel von 24. „Ich glaube, sie waren sich am Anfang nicht mal sicher, ob sie überhaupt ausgestrahlt wird." Aber als die Verantwortlichen die Pilot-Folge sahen, flippten alle aus – bis hin zu Rupert Murdoch.

Die erste Folge kostete vier Millionen Dollar, jede weitere 1,5 Millionen. In der zweiten Staffel standen pro Folge 2,2 Millionen Dollar zur Verfügung. Zwei Folgen werden hintereinander in 15 Drehtagen abgedreht. Kiefer Sutherland als Hauptdarsteller ist pro Staffel acht Monate am Drehort. Fünf Tage die Woche und bis zu 14 Stunden am Tag.

Eine Serie in Echtzeit verlangt ganz besondere Aufmerksamkeit: So hat ein Produktionsassistent die Aufgabe nur darauf zu achten, dass alle Uhren, die in der Serie zu sehen sind, die genaue Handlungszeit anzeigen. Die Handlung der ersten Staffel beginnt Dienstags um null Uhr. Die der zweiten eineinhalb Jahre später samstags um acht Uhr morgens. Surnow wollte das längere Tageslicht im Herbst nutzen und im Winter die Nachtszenen drehen. Zur Echtzeitdramaturgie von 24 meldete Elfriede Jelinek: „24 ist wie permanentes Vögeln, ohne je zum Orgasmus zu kommen." Bisherige Serien in Echtzeit, etwa MURDER ONE, waren zumindest beim Publikum gescheitert. Surnow hat erkannt, dass man für ein derartiges Format eine spezielle Ästhetik entwickeln muss. „In einer Serie, die in Echtzeit spielt, gibt es eine Menge Telefonate. Und Telefonate im Fernsehen sind verdammt langweilig. Deswegen machten Regisseur Steven Hopkins und Cutter Dave Thompson den Vorschlag Split-Screen einzusetzen. Das gefiel uns so gut, dass wir jeden Akt mit einer Split-Screen begannen und beendeten." Seit Norman Jewisons innovativem Einsatz der Split Screen in der THOMAS CROWN AFFAIR wurde diese Technik nie wieder so effektiv genutzt. Viele Zuschauer schien das zu überfordern, weshalb in der 2.Staffel weitaus weniger Split Screens zu sehen sind.

Die Drehbücher werden immer für einen Arc von sechs bis acht Folgen geschrieben. Keiner der Schauspieler weiß, ob seine Figur das Ende der Season erreichen wird. Aber alle mussten Fünfjah-

resverträge abschließen. Robert Cochran: „Die Leute fragen oft, ob wir die ganze Season im Voraus planen, bevor wir die Drehbücher schreiben. Unmöglich! Das wäre viel zu kompliziert. Wir teilen eine Season in Arcs von sechs oder acht Folgen, die wir durchkonzipieren. Es ist ein Hochseilakt. Wir haben eine Grundidee, wohin wir wollen. Aber 24 Folgen sind eine Menge. Deshalb sind die Nebenfiguren und Nebenhandlungen so wichtig." Trotzdem treiben nicht die genau gezeichneten Charaktere die Serie voran (im Gegensatz zu NIKITA), sondern der Plot. „Wir lieben es, uns selbst zu überraschen, denn dann haben wir eine bessere Chance, dass uns das auch beim Publikum gelingt."

Cochran: „Die Zeiten haben sich dramatisch geändert. Und dieses Gefühl hat jeder. Ich glaube, dass 24, ALIAS und THE AGENCY zur selben Zeit gestartet wurden, weil allen klar wurde, dass die Welt kleiner geworden ist und Amerika nicht länger ein sicherer Ort. Alle diese Serien waren ein Jahr vor dem 11. September in der Entwicklung." Gute Fernsehserien antizipieren die Realität.

Einem Kritiker fiel auf: Die Guten haben in der Serie einen Apple Macintosh Computer, die Bösen einen PC. Natürlich sind in Regierung, Verwaltung oder Polizeiapparat reichlich Böse vertreten. Da ist sich Surnow treu geblieben. Auch wenn 24 eine weniger böse politische Analyse liefert als NIKITA. Surnow hat als erster erkannt, dass sogenannte „Verschwörungstheorien“ (ein Terminus, der Aufklärung verleumden soll) erstklassigen Stoff für TV-Serien hergeben. Surnow weiß, dass die Wahrheit in der Krise steckt dank der permanenten Desinformation durch die Medien. Also nutzt er das mehr oder weniger unterbewusste Bedürfnis des Publikums nach Aufklärung als Subtext für seine Serien. Von einer derartig intellektuellen Tiefe sind die geistig heimatlosen deutschen TV-Produzenten meilenweit entfernt. Joel Surnow würde es bei uns sicherlich nicht einmal zum LINDENSTRASSEN-Redakteur schaffen. Ein Interviewer fragte ihn, ob er je daran gedacht hat, Unterstützung durch Geheimdienste oder andere Institutionen der Regierung zu verlangen. Darauf Surnow zynisch: „Die Regierung war tatsächlich sehr kooperativ. Wir haben sie nie um etwas gebeten, und sie hat uns nie etwas gegeben. Sie nahm lediglich die Steuern von unseren Honorarschecks, so kooperativ war die Regierung.“

Die letzte Folge der 2. Staffel war in den USA die Folge mit der höchsten Einschaltquote: 14,2 Millionen Haushalte sahen sie. In den USA wird 2004 die dritte Staffel ausgestrahlt, die mit enttäuschenden, rückläufigen Einschaltquoten zu kämpfen hat. Trotzdem wird die vierte und wahrscheinlich letzte bereits gedreht. Und Surnow und sein Creative-Team brüten bereits über neue Konzepte.

12 Darsteller in harten Rollen, die immer das Einschalten wert sind

(in alphabetischer Reihenfolge)
von Werner Schmitz

Joe Don Baker
(Charley Varrick, Walking Tall,
Edge of Darkness, Golden Eye)

Charles Bronson
(Death Wish, Mr Majestyk etc)

J. D. Cannon
(McCloud)

Tony Doyle
(Between The Lines)

John Forgeham
(The Sweeney, Shoestring, The Professionals)

Robert Forster
(The Don Is Dead, Vigilante)

Al Lettieri
(Getaway, Mr Majestyk, McQ)

Billy Murray
(The Sweeney, Target, The Professionals)

Don Stroud
(Coogan's Bluff, Death Weekend,
The Streets of San Francisco)

Fabio Testi
(Il Grande Racket, Luca Il Contrabbandiere)

John Thaw
(Redcap, The Sweeney, Inspector Morse)

Lino Ventura
(Adieu Poulet, L'Emmerdeur,
The Medusa Touch etc.)

etc.

tHe gEnIuS oF tHe hOlE

Betrachtungen über die Max Payne-Reihe

von Myron Bünnagel

Ende 2003 erschien mit *Max Payne 2: The Fall of Max Payne – A Film Noir Love-Story* die lang erwartete Fortsetzung des Ego-Shooters. Der Titel hält, was er verspricht und verschafft dem Noir eine moderne Variante.

Bewusstsein. Weiß und Grün fließen zusammen, reißen sterile Krankenhauseindrücke aus der Dunkelheit hervor: Lange Korridore, Linoleumboden, Betten, Schränke, leuchtende Monitore. Das Erwachen ist voller Schmerz, Klarheit stellt sich nur mühsam ein. Regen und Blitze vor den Fenstern, die unscharfen Umrisse der Stadt. Wispernde Stimmen in der Luft, stechende Erinnerungsfragmente – Anklagen, Ahnungen. Nur hinaus, irgendwie davonkommen. Entkommen. Den Erinnerungen entgehen. Wankend in den Flur. Plakate und Hinweisschilder an den blassgrünen Wänden, weitere Türen. Keine Menschenseele. Weiter in den nächsten Raum. Erinnerung? Trugbild? In heftiger Umarmung mit einer Killerin. Der Eindruck zerfällt. Dann ein Untersuchungszimmer, Chromtische, grelle Lampen. Das Mobiliar tritt zurück, gleitet hinter den Toten auf dem Boden. Blut auf den Fliesen, leere, starre Augen. Die Erlösung neben der Leiche – eine glänzende Beretta. Eine Stimme aus dem Nebenzimmer, ihr Besitzer ein bewaffneter Mann. Schwarze Kleidung, Sturmmaske. Duellmoment, die Automatik spuckt Feuer, reißt den Killer herum, wirft ihn in Zeitlupe gegen die Wand, bis der Körper in einem Regen aus Dosen und Schachteln zusammenbricht. Das mörderische Spiel hat begonnen ...

aN aMeRiCaN dReAm

[Die Macher]

Als sich 1995 das finnische Entwicklerteam Remedy gründete, war noch nicht abzusehen, welchen genreweisenden Erfolg ihre Arbeit haben würde. Erst einmal schufen sie im Folgejahr mit *Death Rally* ein ungewöhnliches, detailreiches Rennspiel. Gleichzeitig kam man mit 3D Realms (einer texanischen Entwicklergruppe) überein, sich an einen Third Person Shooter mit außergewöhnlicher Story zu wagen: *Max Payne*. 3D Realms übernahm die Finanzierung, Designunterstützung und die Marketingstrategie, Remedy die Entwicklung des Spiels.

2001 kam der Noir-Shooter auf den Markt und verkaufte sich seither auf verschiedenen Plattformen weit über 4 Million mal. Er überzeugte durch eine durchdachte, atmosphärische Geschichte, cinematische Action und Slow-Motion-Sequenzen. Bereits 2002, die Rechte für *Max Payne* waren gerade von Take Two Interactive gekauft worden, wurde bekannt gegeben, dass der nächste Teil um den hart gesottenen Polizisten entwickelt wurde – wiederum unter der Führung von Remedy.

Ende 2003 wurde *Max Payne 2* veröffentlicht und mischte das Genre mit einer atemberaubenden Mischung aus Action und komplexer Handlung auf.

Max Payne 2: The Fall of Max Payne wurde mit Hilfe der New Yorker Produktionsfirma Rockstar verwirklicht, die sich um professionelle Synchronisation, das Fotoshooting für die fantastische Grafik Novel, um Motion Capturing und digitales Matrial aus dem Big Apple kümmerte.

Der eigens für das Spiel entwickelte Engine *Max-FX* wurde verbessert, um aufwendige Leveldetails, Lichteffekte, Regen, Feuer, Patronenflug und lippensynchrones Verhalten der Figuren zu ermöglichen. Durch Einbindung der Havok Physik Engine gewährleistete man ein Höchstmaß an Realismus in Sachen Physik (Auswurf der Patronen, Explosionen, Trümmerflug).

tOo sTuBbOrN tOo dIe

[Eine kurze Geschichte der Ego-Shooter]

Die Vergangenheit der Ego-Shooter reicht bis ins Jahr 1992 zurück. Zwar gab es schon vorher diverse Computerspiele in denen es Ziel war, Gegner abzuschießen, aber erst mit id-Softs *Wolfenstein 3D* kam die Geburtsstunde der First Person Shooter. Sie zeichnen sich dadurch aus, dass der Bildschirm die Sicht des Helden darstellt, man zumeist nur dessen Hände und Bewaffnung sieht, um Räume zu durchlaufen, Ausgänge zu finden oder Gegner abzuschießen. Diese Ich-Perspektive schuf eine eindringliche, actiongeladene Atmosphäre. Als Variante davon gibt es die sogenannten Third Person Shooter (z. B. *Max Payne* oder *American McGee's Alice*), in der die Sicht leicht versetzt hinter der Spielfigur bleibt. Das erlaubt eindrucksvolle, kinoähnliche Actionsequenzen und Kamerafahrten. *Wolfenstein* war bereits ein enormer Erfolg (und eine Indizierung) beschieden, als ein Jahr später *Doom* – ebenfalls von id-Soft – auf den Markt gebracht wurde.

Durch seine Verbreitung via Internet, die verbesserte Atmosphäre durch eine Grafikengine, überzeugenden Sound und die Möglichkeit, sich im Mehrspieler-Modus nicht nur gegen Computergegner, sondern auch gegen menschliche Kontrahenten durchzusetzen, festigte *DOOMs* Ruhm. Und ebnete in der Folgezeit den Weg für unzählige Shooter. Es folgten *DOOM 2* und *Hexen*, in denen die Story eine sehr untergeordnete Rolle spielte – es ging nur darum, mit einem umfangreichen Arsenal Feinde niederzumachen. Der StarWars-Shooter *DarkForces* versuchte sich damals als einer der wenigen erfolgreich an einer aufwendigeren Geschichte.

1996 legte 3D Realms *Duke Nukem 3D* vor, der zwar ebenfalls keine nennenswerte Story aufwies (wieder bedrohten Aliens die Welt), aber nunmehr durch fesselnde Handlungsfreiheit verblüffte: der Spieler konnte im Gegensatz zu *DOOM* nicht nur Laufen und Ausweichen, er vermochte es, zu springen, den Blickwinkel zu ändern und zu fliegen. Zudem war das (überzogen blutrünstige) Spiel durchsetzt mit amüsanten Kleinigkeiten (Klospülungen ließen sich betätigen, Bardamen tanzten für ein paar Dollar, TV-Geräte zeigten anrüchige Szenen, Duke Nukem sang *Born to be wild*).

Es folgten *Quake* (1996) – dessen Soundtrack von Nine Inch Nails Frontman Trent Reznor komponiert wurde, *Jedi Knight* (1997), schließlich *Unreal* und *Half Life* (1998). Die beiden letzten warteten mit revolutionärer Grafik auf, *Half Life* verwendete In-Play-Szenen um die Story zu transportieren (es gab nicht nur Zwischensequenzen). Zudem zogen diverse Abwandlungen der GameEngine weite Kreise im Internet-Spiel (*CounterStrike, TacticalOps*).

Die Liste der Shooter wuchs weiter an. Erwähnenswert hierbei noch Clive Barker's *Undying* (2001) aus dem Hause EA, ein Horrorspektakel erster Güte, und *American McGee's Alice* (ebenfalls EA aus dem Jahre 2001), eine psychotische Adaption der Alice im Wunderland-Geschichte (Alice liegt als junges Mädchen im Irrenhaus und ihre Geisteskrankheit pervertiert und bedroht das Wunderland), zu dem Chris Vrenna (ein ehemaliges Nine Inch Nails-Mitglied) einen außergewöhnlichen Soundtrack lieferte. 2000 und 2002 die charmante 60er-Jahre Agentin Kate Archer in *No one lives forever*, 2001 *Max Payne* und 2002 gab es schließlich in *Return to Castle Wolfenstein* ein Wiedersehen mit den Ursprüngen. Dabei hielten nun auch lenkbare Fahrzeuge und wahre Massenschlachten im Internet Einzug in das Genre der Ego-Shooter. Die Geschichte ist noch lange nicht abgeschlossen …

Die Einflüsse des Noir auf das Computergenre lassen sich in Abwandlungen sehr oft finden, zumeist aber nur in klischeehaften Anlehnungen: der überzogen hartgesottene Held mit markigen Sprüchen, einem zähen Gerechtigkeitssinn, ätzendem Sexappeal und natürlicher Gewaltbereitschaft (*Duke Nukem 3D*). Regnerische, abweisende Hochhausschluchten, heruntergekommene Nachbarschaften, Femme Fatales und typische Schurken. Die Adventure-Spiele *Bladerunner* (Westwood Studios, 1998) und *Post Mortem* (Microids, 2002) bildeten dabei eine gelungene Ausnahme. Bereits 1986 fand sich mit *Deja Vu: A Nightmare Comes True* und der Fortsetzung *Lost in Las Vegas!!* (1989) eine Variante des Hard-boiled-Detectives.

Mit der *Hitman*-Saga (2000 & 2003) stand ein weiterer Third Person-Shooter im Blickpunkt des Interesses und bald auf dem Index. Die Story um den geklonten Auftragskiller Nummer 47 besticht durch hervorragende Grafik, eine gute Geschichte und zweifelhaften moralischen Inhalt.

Den bisher krönenden Höhepunkt in Sachen „Noir trifft Computerspiel“ bildet die *Max Payne*-Saga.

tHe dEpThS oF mY bRaIn

[Max Payne 1]

Es ist ein regnerisches, dunkles New York, in dem der Zivilpolizist Max Payne Dienst schiebt. Glücklich verheiratet, eine kleine Tochter und ein nettes Eigenheim stehen auf der Habenseite. Bis das Böse in sein Leben dringt und einen Reigen aus Gewalt und Mord in Gang setzt. Die Designerdroge Valkyr überschwemmt die Straßen, verwandelt ihre Konsumenten in psychotische Killer. Zwei davon dringen ins Haus der Paynes ein und ermorden Frau und Tochter, ehe Max sie zur Strecke bringen kann. Der Verlust sitzt tief und im Gefühl, nichts mehr zu verlieren zu haben, meldet er sich für einen gefährlichen Undercover-Einsatz. Doch als sein Partner erschossen wird, gerät er selbst ins Kreuzfeuer der Polizei.

Während Payne mit seinen schmerzlichen Erinnerungen kämpft, dringt er immer tiefer in ein kompliziertes Geflecht aus Korruption und Verschwörung ein, in dessen Mittelpunkt der Innere Kreis, eine verbrecherische Organisation aus hochrangigen Politikern, steht.

Nichts geschieht aus Zufall, alles fügt sich zu einem komplexen Gefüge aus Verrat, Lügen und Mord zusammen. Payne bringt die Hintermänner schließlich gnadenlos zur Strecke, aber der Preis ist hoch. Er paktiert mit den Verschwörern, nimmt ein kleineres Übel in Kauf, um ein größeres auszulöschen, und sich irgendwie daraus zu retten.

tHeRe aRe nO hApPy eNdInGs

[Max Payne 2]

Alfred Woden, Mitglied des verschwörerischen Inneren Kreises, der seinerseits gegen die Valkyr-Droge operierte, hielt Wort und machte seinen Einfluss geltend, um Paynes Weste rein zu waschen. Trotz der Spur aus Leichen, die er hinter sich hergezogen hat, darf der Cop wieder in den aktiven Dienst zurück – als Zivilfahnder auf den Straßen New Yorks. Aber sein Leben ist leer, der Alkohol verzerrt die quälenden Erinnerungen an seine tote Familie, deren Dämonen nur unter dem Lärm seiner Beretta schweigen.

Als sein Freund Stanislav Lem, ein russischer Waffenschieber, in einen blutigen Bandenkrieg mit der örtlichen Mafia verwickelt wird, steht Payne ihm zur Seite. Doch die Verhältnisse sind keineswegs so klar, wie sie den Anschein haben. Die mysteriösen Cleaners, Killer in der Verkleidung einer Reinigungsfirma, räumen in der Unterwelt der Stadt auf (und putzen auch gleich noch den Tatort mit). Die Profikillerin Mona Sax säubert wiederum die Reihen der Cleaners. Und Payne selbst gibt zu, seine Partnerin erschossen zu haben. Ganz zu schweigen davon, dass sich eine Liebesbeziehung zwischen Cop und Killerin anbahnt. *Love hurts* – denn das Misstrauen stirbt nie und die Protagonisten geraten unaufhaltsam in einen blutigen Sog, in dem Lug und Trug regieren. Bis die Vergangenheit endgültig ruhen kann, ist es ein weiter, schmerzhafter Weg für Max Payne, der mehr dem Sturz in einen finsteren Abgrund gleicht.

nO 'uS' iN tHiS

[Die Charaktere]

Max Payne, Protagonist und Off-Erzähler der Saga, ist die Personifizierung des hart gesottenen Einzelkämpfers. Und auch nachdem er zusammengeschlagen, angeschossen und in die Luft gesprengt wurde, sieht er noch verdammt gut aus. Lederjacke, legeres Hemd und Bügelfaltenhose, dazu Waffen aus dem Arsenal zwischen Beretta und Kalashnikov. *„I had a permanent, constipated grimace on my face. / I was revenge personified."*

Paynes Geschichte folgt klassischen Vorgaben des Genres. Der gute Cop, rau, aber ehrlich, Straßenkämpfer und Familienvater. Bis seine Welt zusammenbricht, zerschlagen wird und nur noch ein bodenloses Loch wartet. Max wird zum Ritter inmitten einer verkommenen, gewalttätigen Welt, deren Dunkelheit nie weicht, deren Bewohner kaputt und korrupt sind. Und die einzige Antwort, die bleibt, der einzige Weg, der zu gehen ist, besteht aus Gegengewalt. Der Body Count beginnt.

Vom ersten Teil der Saga zur Fortsetzung vollzieht sich sein Sturz: quälende Erinnerungen, Alkohol und eine bittere Einsamkeit. Paynes Inneres gleicht der Stadt, in der er zu überleben versucht. Eine Seelenlandschaft (Mindscreen), die ebenso voller Verzweiflung und Wahn steckt (symbolisch dargestellt durch den bedrückenden, heruntergekommenen Themenpark *AddressUn-*

known). Er selbst wird zur Metapher des Noir, kaum fähig, sich davon zu lösen. „*The rain was coming down like all the angels in heaven had decided to take a piss at the same time. / In a situation like mine, you can only think in metaphors.*“

Enter Mona Sax. War sie im ersten Teil nur eine Nebenfigur (wie Max auf der Jagd nach einem Mafiaboss, der ihre Zwillingsschwester ermorden ließ), avanciert sie schließlich zu einer Handlungsträgerin. Zwar stößt sie Max durch ihr geheimnisvolles Auftauchen auf einige Spuren im Verschwörungsspiel, aber ihr wirkliches Motiv bleibt bis zum Schluss undurchschaubar. Selbst die aufflammende Begierde zwischen beiden, die sich zu Liebe wandelt, kann kaum das Misstrauen vertreiben. Dennoch töten sie schließlich für einander, opfern sich auf.

Mona leidet ebenso wie Max unter dem Verlust eines wichtigen Menschen. Trauer und Schmerz (und die Kugel in ihrem Kopf) lassen sie Unterschlupf in einem verlassenen, durchgeknallten Vergnügungspark suchen, der ebenso wie ihre Träume schließlich in Flammen aufgeht. Sie ist einsam und unfähig, über ihre Emotionen zu reden. Linderung verschafft nur das Töten.

Aber auch im *Max Payne*-Universum gibt es einen Hoffnungsschimmer, eine Klinge, die bemüht ist, die Finsternis aus Verbrechen und Gewalt zu durchtrennen: Lieutenant Jim Bravura, Paynes Vorgesetzter. Ein Mann der Straße, ein Kämpfer für Gerechtigkeit, der sich für seine Untergebenen einsetzt und seinen Posten als Deputy Chief aufgab, um dem kleinen Mann nahe zu sein. Bravura ist das Sinnbild des raubeinigen, alten Polizisten, hart, aber gerecht. Doch führt er einen Kampf gegen Windmühlen. Unfähig, die wahren Zusammenhänge der Verschwörung zu durchschauen, verbeißt er sich im Valkyr-Skandal an Max Payne, wird im zweiten Teil der Saga sogar angeschossen und kämpft um sein Leben, anstatt gegen Verbrecher. Gerade wegen seiner Ehrlichkeit und seines guten Kerns, ist Bravura ein Hindernis im Gefüge, der Payne blockiert, wenn auch nur aus Unwissenheit. Klassische Wege der Polizeiarbeit, ein Operieren aus der Legalität heraus, so zeigt Bravura, führen kaum zu einem Erfolg im Krieg gegen das organisierte Verbrechen. Lügen und Verschleierung sind stärker als der sture Wille eines ehrlichen Bullen.

Freundschaft ist ein fragiles Konstrukt in einer Noir-Umgebung, aber im Gegensatz zur verbrennenden, zumeist gefährlichen Liebe, ein kleiner Ankerpunkt im Meer der Hoffnungslosigkeit. Nachdem Max während dem Valkyr-Job mit dem smarten, russischen Waffenschieber Vladimir Lem zusammengearbeitet hat, entstand daraus eine Freundschaft, die sich im Laufe der Jahre gefestigt hat. Zwar stehen beide auf unterschiedlichen Seiten des Gesetzes, aber das tut ihrer Freundschaft keinen Abbruch. Zudem ist Vlad bemüht, mit seinem mondänen Nobelrestaurant Vodka den Sprung aus der Illegalität zu schaffen. Dennoch bleiben auch seine Beweggründe während des blutigen Bandenkrieges im Unklaren. Nichts ist, wie es scheint.

Schließlich ist da noch Alfred Woden, geheimnisvolles Mitglied des Inneren Kreises, der Max von allen Beschuldigungen befreit hat. Doch seine Ziele sind so fragwürdig wie die Mitglieder seines Syndikats, seine Hinweise trügerisch und intrigant.

a lInEaR sEqEuNcE oF sCaRs

[Noir-Elemente in *Max Payne*]

Aufgelöste Chronologie, Off-Erzählung, Erinnerungsfragmente und Traumsequenzen, eine überzeichnet dunkle Stadt als Handlungsschauplatz, Verbrechen, Mord und Verrat, schließlich eine Liebe unter einem unheilvollen Stern. Noir-Elemente gibt es unzählige in der *Max Payne*-Saga. Hielt sich der erste Teil noch an einen klassischen Handlungsablauf, ließen sich die Macher des Spiels, allen voran Schreiber Sam Lake, in – für ein Computerspiel – ungewöhnlichem Maße auf noch mehr Noir ein.

Die komplexe Geschichte springt von der Vergangenheit in die Gegenwart, wieder zurück zu den Anfängen, greift Erinnerungen und Träume auf, um sich schließlich Stück für Stück zusammenzufügen. Die Chronologie wird zersetzt, was für Irritationen und überraschende Wendungen sorgt. Kleine, unscheinbare Details gewinnen im Verlauf der Geschichte an Bedeutung, nehmen die Ereignisse vorweg oder deuten sie zumindest an, ohne dass sie der Betrachter im ersten Durchlauf völlig erfassen kann. Die Verknüpfungen sind vielschichtig, teilweise verwirrend und irritierend. Zu Beginn gibt Payne zu, seine Kollegin erschossen zu haben, stellt sich selbst als Polizistenmörder hin. Aber so einfach sind die Zusammenhänge nicht. Die Fallstricke einer dunklen Verschwörung durchdringen sämtliche Kreise der Gesellschaft – Polizei, Politik, Freundschaften und das organisierte Verbrechen. Nichts scheint Gehalt zu haben, Verlass ist nur auf sich selbst – und doch steht zu befürchten, dass auch die eigene Wahrnehmung, die eigenen Erinnerungen verzerrt und fehlgeleitet sind.

Die Handlung wird auf mehreren Ebenen transportiert. Zum einen mit den Actionlevels selbst, in denen Payne sich voran schießt und der Dunkelheit Stück für Stück die Wahrheit entreißt – auch wenn ihn das wohlmöglich näher an den Abgrund treibt. In-Play-Szenen, d.h. Gespräche und Ereignisse werden in der Actionumgebung abgespielt, finden ebenso Verwendung, wie gelegentliche Off-Kommentare des Protagonisten. Dann gibt es die Grafic Novel (von Sami Saramäki und Marko Leinonen), basierend auf nachbearbeiteten Fotografien (von Tim Womack), ein ausgezeichnetes Machwerk, das die dunklen Untertöne der Geschichte perfekt wiedergibt und Haupthandlungsträger ist. Payne-Darsteller Timothy Gibbs (im ersten Teil war es noch Sam Lake selbst, der den Max Payne mimte) gibt dem hart gesottenen Cop genau das Richtige an Körperhaltung und Mimik mit auf den Weg in die Dunkelheit. Die Stimme von James Caffrey, der auch Paynes Texte der Grafic Novel erzählt, klingt rau und hart wie die

Inkarnation allen Noirs. Die Off-Erzählung erzeugt die klassische Hardboiled-Stimmung wie in den Romanen von Cain, Hammett oder Thompson.

Besonders atmosphärisch sind Paynes Träume, durchzogen von seinen Erinnerungen und Ängsten. In der Umgebung der Actionlevels wird die Sicht unscharf, verschwimmt, während die Bewegungen der Figur verlangsamt sind. Schattenspiele, scheinbar endlose Gänge und Treppen, verzerrte Selbstreflexionen und bedrückende Stimmen, die Vermischung von Realität und Traum. Für einen Ego-Shooter ist es dabei mutig, häufig auf diese In-Play-Träume zurückzugreifen, in denen die Figur nichts anderes tun kann, als zu Laufen.

Eine Besonderheit des Helden Max Payne ist die BulletTime, eine In-Play-Zeitlupe (ähnlich wie in den Matrix-Filmen), in die er verfallen kann, um sich in brenzligen Situationen zu behaupten. Dabei verlangsamt sich die Umgebung, Payne kann in Slow-Motion verfallene Gegner aus dem Weg räumen. Im Zusammenspiel mit der Third Person-Perspektive (der Spieler „sitzt" versetzt hinter Max) ergeben sich daraus eindrucksvolle Kinoeffekte und Blickwinkel. Die Kamera folgt in den meisten Fällen Payne, löst sich gelegentlich jedoch auch von ihm, um besondere Ereignisse ins Auge zu fassen (beim Einsatz des Scharfschützengewehrs folgt sie dem Verlauf der Kugel) und den Betrachter tiefer ins Geschehen zu ziehen.

Wie bereits erwähnt, greift die Geschichte auf viele Elemente der Hard-boiled- und Noir-Erzählungen zurück. Payne als hart gesottener Einzelgänger à la Marlowe und Spade, Mona Sax als eine Variante der Femme fatale, Mafia-Schläger und Profikiller, ehrliche Bullen und korrupte Politiker. Max selbst vegetiert nach dem Tod seiner Familie in einem heruntergekommen Apartment dahin, sieht zu viel Fern, säuft und versucht seine Einsamkeit mit Anrufen bei Sexhotlines zu dämpfen. Seine Sprüche sind zynisch und oft ein angenehmes Klischee des Noir. *„The genius of the hole. / No matter how long you spent climbing out, you can still fall back down in an instance."*

Ihm gegenüber steht Mona, schon ihrem Beruf nach auf der falschen Seite, ebenso gezeichnet wie Payne, gemartert vom Tod ihrer Zwillingsschwester und mit einer Kugel im Kopf, sucht sie Zuflucht im heruntergekommenen Themenpark der längst abgesetzten TV-Serie *Address Unknown*.

Beide sind gefangen in ihrer eigenen Dunkelheit, aus der selbst ihre Liebe keinen sichtbaren Ausweg bietet. Ihrer beider Weg ist die Gewalt, das blutige Aufbegehren gegen die Übel des Schicksals. Payne auf der Seite des Gesetzes, oder zumindest in seinem Kielwasser, Mona gänzlich losgelöst davon. Während es Mord und Totschlag in geraumen Mengen innerhalb des Spiels gibt – es ist nun mal ein Ego-Shooter, wird sie in der Grafic Novel ausgezeichnet in die Atmosphäre eingebunden.

Weitere Stilelemente fließen gleichermaßen in beide Erzählebenen ein. Schauplatz ist ein dunkles, regnerisches New York (in einer TV-Serie nicht umsonst als Noir York City betituliert). Die Szenen springen zwischen einem miesen Wohnkomplex, verlassenen Baustellen, Hinterhöfen, Hochhausapartments und einem abgewrackten Vergnügungspark hin und her. Darin zeichnen sie ein deprimierendes Stadtbild – unfreundlich, kalt und zumeist schmutzig. Dabei ist die Detailtreue des Spiels verblüffend – Graffiti an den Wänden, Werbetafeln, Bilder, Müll auf den Straßen, Regen. Mobiliar lässt sich verrücken und umwerfen, Toiletten und Wasserhähne benutzen. Die wenigen neutralen Bewohner der Stadt sind Polizisten, alte Damen, Nutten und Alkoholiker. Ansonsten wimmelt es nur so von Mafia-Schlägern, Killern und Verschwörern. Die wiederum sind fernab stupider Shooter-Gegner. Sie unterhalten sich untereinander über TV-Serien und ihren Job oder persiflieren die Härte des Genres (ein Killer traut sich nicht in den Vergnügungspark, ein anderer spielt seinen Kumpels etwas am Klavier vor oder wagt ein Tänzchen, ein paar Mafia-Schergen halten Payne selbst für die angeforderte Unterstützung im Bandenkrieg gegen die Russen).

Schließlich noch die musikalische Untermalung von Kimmo Kajatso und Kärtsy Hatakka, durchsetzt von einem klagenden Cello, und dem Titelsong *Late Goodbye* der *Poets of the Fall*, ein Lied, das im Spiel immer wieder aufgegriffen wird (verschiedene Figuren singen oder pfeifen es).

tHe dArKnEsS iNsIdE

[Eine Welt in der Welt in der Welt.]

Die Autoren von *Max Payne* bedienen sich nicht nur des In-Plays und der Grafic Novel, um die Handlung zu transportieren.

Vielmehr setzen sie sehr geschickt ein Metaelement ein – das Fernsehen. Innerhalb des Spiels stößt man immer wieder auf TV-Geräte, die einen in die Welt der Historienschnulze *Lords & Ladies*, der achtziger Mystery-Serie *Address Unknown*, dem Zeichentrick *The Adventures of Captain Baseballbat-Boy* oder auf die Straßen des 70er-Jahre-PI *Dick Justice* entführen. Die Darstellung der Mini-Serien ist dabei übertrieben schlecht (Schreiber Sam Lake posiert in Perücke als Lord Valentine), wird aber von ausgezeichneter Synchronisation und Musik begleitet. Die beiden Hauptserien seien hier kurz in ihrer Bedeutung auf den Spielablauf skizziert. *Lords & Ladies* ist das Drama um die unglückliche Liebe zwischen Lord Valentine und einer hübschen Lady (unglücklich auch die Liebe zwischen Max und Mona), deren Beziehung von seinem Bruder Jack und seiner hinterhältigen Mutter sabotiert wird. Lord Jack spioniert Valentine nach (auch Max wird beständig observiert – im Spiel durch die Verschwörer, übergeordnet durch den Spieler selbst), verbietet ihm den Kontakt und provoziert schließlich ein Duell. Valentine tötet ihn (auch Max muss sich einer sehr vertrauten Gestalt zum tödlichen Duell stellen) und lädt damit für seine Geliebte eine schwere Schuld auf sich (Max erschießt seine Partnerin Winterson aus ähnlichen Motiven). Schließlich werden beide gestellt, der ehrenwerte Lord verhindert, dass seine Geliebte von seiner Mutter vergiftet wird und stirbt dabei den Heldentod (Max opfert sich für Mona).

Keineswegs schnulzig hingegen ist *AddressUnknown*, die Geschichte um den Serienkiller John Mirra. Darin wird der namenlose Protagonist in die finsteren Morde des geheimnisvollen Mirra verstrickt und für dessen Verbrechen angeklagt. So für den Tod seiner Freundin, von der er jedoch glaubt, dass sie ihn verraten habe und zu Mirra übergelaufen sei (auch Paynes Frau wurde im ersten Teil der Saga getötet und im zweiten bleibt es fraglich, ob Mona Sax wirklich auf Paynes Seite steht). Dem paranoiden und schizophrenen Protagonisten gelingt eine brutale Flucht aus dem Pink Bird Mental Institut (einem Sanatorium, dem ein Teil des Vergnügungsparks nachempfunden ist) und er begibt sich auf die Suche nach dem Serienkiller. Dabei sind ihm die Verfolger des Sanatoriums dicht auf den Fersen (sie weisen deutliche Ähnlichkeit zu den Cleaners auf, die hinter Max her sind) und Mirra mordet weiter. Seine Suche führt ihn tief in eine alternative Welt –

Noir York: *„I was lost in Noir York City. I couldn't find my way back home."* (auch Max verliert sein Heim und driftet immer tiefer in die Dunkelheit der Stadt), die mehr und mehr das Ausmaß eines Computerspiels annimmt: *„I was part of some elaborate game, complex for its own sake."* Im Finale muss er schließlich erkennen, dass er selbst zu John Mirra geworden ist.

Die Episoden tauchen innerhalb des Spiels oft an Stellen auf, an denen sich Spielhandlung und TV-Inhalte überschneiden, gleichzeitig unterstützt die TV-Realität wiederum die Spielrealität durch Werbeplakate und Wandbilder (im Spielfinale zieren nicht umsonst Bilder des Duells zwischen Jack und Valentine die Wände) oder perfekt durch den Besuch im Themenpark zu *Address Unknown*, Monas Versteck.

Ein weiteres Metaelement wurde bereits angedeutet: die Hinweise auf ein Computerspiel innerhalb des *Max Payne*-Spiels, ein Spiel im Spiel, die Realität verschwimmt. In *Address Unknown* akzeptiert der Protagonist schließlich sein Schicksal: *„John Mirra?"* / *„Yes. This is he."* / *„This is John Mirra."* / *„Welcome to the next level."* – er ist Teil des makaberen Spiels geworden. Und auch Max Payne wird darauf hingewiesen, dass seine Wirklichkeit fragwürdig ist – in einer Traumsequenz findet er eine Tafel mit der Aufschrift: *„Wake up! You are in a computer game."*

Schließlich endet auch die Geschichte mit einem solchen Hinweis – der erste Teil der Saga beginnt mit dem Kapitel *„The American Dream"* und der zweite endet mit *„Waking up from the American Dream"*.

wAkInG uP fRoM tHe aMeRiCaN dReAm

[Schlusswort & Aussicht]

Das Erwachen aus dem Noir-Alptraum des Max Payne kommt viel zu abrupt. Einer der Hauptkritikpunkte. Zu schnell sind die Actionsequenzen durchlaufen, zu dominant ist dabei die Geschichte. Zwar darf es dem Handlungsverlauf nach gar nicht mehr sein, ist die Story einem Film nachempfunden – und an dem würde sich Überlänge auch nicht gut ausnehmen. Für einen Shooter jedoch ist die Kost etwas mager. Zwar ist Max Payne reizvoll und detailreich genug, es erneut durchzuspielen, aber da es keine Zufälligkeiten im Levelaufbau gibt, verliert sich der Spaß bald. Die Option, einzelne Karten auf Zeit zu spielen, ist da nur ein schwacher Trost. Immerhin haben die Programmierer den Fans die Möglichkeit gegeben, problemlos so genannte Mods (Modifikationen des Spiels) einzufügen, aber ob das genügt ... Die Spielwelt – Karten und Handlungsschauplätze – sind begrenzt, die Handlungsfreiheit des Spielers läuft gegen null. Der Ablauf der Geschichte kann in keiner Weise beeinflusst werden (auch hier wieder große Ähnlichkeit mit einem Film) – abgesehen von einem alternativen Ende nach dem dritten Durchspielen (*Max Payne 2*). Zudem gab es vom ersten zum zweiten Teil der Saga keine wirklichen Neuerungen im Gameplay. Das Waffenarsenal ist beinahe identisch und die Handlungsschauplätze wiederholen sich gelegentlich. Störend wirkt sich auch der fehlende Multiplayer-Modus aus. Payne ist ein Einzelgänger, zugegeben, aber heutige Ego-Shooter haben einen schweren Stand, wenn sie nicht über LAN oder Internet spielbar sind.

Eine Besonderheit der Max Payne-Reihe, vor allem des zweiten Teils, ist, dass es keine klassischen Endgegner gibt. Natürlich passt dies auch nur sehr begrenzt in eine stark realistisch gezeichnete Spielumgebung. Dieser Mangel tut dem Spiel zum einen sehr gut, da es ganz der Geschichte entspricht und eine eigene Atmosphäre schafft, zum anderen fehlt dadurch aber eine harte Herausforderung. Immerhin haben die Macher sich sowohl im ersten wie auch im zweiten Spiel besondere Umstände für das Finale einfallen lassen, um zumindest die Idee eines Endgegners zu geben.

Die Ankündigung eines dritten Abenteuers hingegen hinterlässt ein zweischneidiges Verlangen. Aufgrund seiner ausgezeichneten und komplexen Story, der exzellenten Grafic Novel, der detailreichen, ausgeklügelten Querverbindungen und der gelungenen Übernahme klassischer (Film) Noir-Elemente, macht *Max Payne* Hunger auf mehr. Eine ungewöhnliche Ausnahme in der allgemeinen Shooter-Kost.

Jedoch steht eine Fortsetzung großen Erwartungen gegenüber und läuft Gefahr, das Erreichte zu zerstören. *Max Payne* kann schnell zu einem simplen Serienhelden verkommen, die Geschichte erneut in spannende und vor allem sinnvolle Bahnen zu lenken, wird dabei immer schwieriger. Die Möglichkeit eines Spin Offs, ein Spiel um andere Figuren des *Max Payne*-Universums, bietet dabei vielleicht einen guten Ausweg.

„The past is a gaping hole. / You try to run from it, but the more you run, the deeper, the more terrible it grows behind you, its edges yawning at your heels. / Your only chance is to turn around an face it. / But it's like going down into the grave of your love."

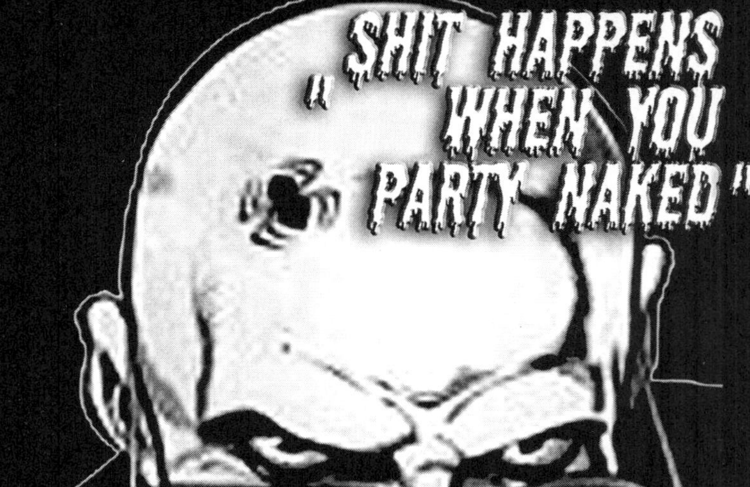

Über die Noir-Comics des Warren Ellis

von Peter Hiess und Thomas Ballhausen

„Barkeeper, die sich darüber beklagen, daß Passivrauchen ihre Gesundheit gefährdet, machen mich krank. Ihr bringt die Leute dazu, sich mit Hochprozentigem zu vergiften, mischt euch in Schlägereien ein, besauft euch selbst, wischt Kotze auf, laßt euch die Krankheiten alter Männer ins Gesicht blasen, wenn sie über die Theke nach dem nächsten Bier brüllen, werdet Tag für Tag tätlich bedroht – und da macht ihr euch Sorgen übers Passivrauchen? Ihr braucht keine neuen Gesetze, ihr braucht neue Jobs.“

aus: „Things I'm sick of“ (Online-Kolumne von Warren Ellis)

Reload. Gleich auf den ersten Seiten begeht eine abtrünnige Geheimagentin ein erfolgreiches Attentat auf den US-Präsidenten. Sie tötet professionell, gnadenlos und wann immer sie muß. Und als ein Mitarbeiter des Secret Service ihr endlich von Angesicht zu Angesicht gegenübersteht, erfährt er auch, warum: Die Mafia hat (wie sich das ja heute schon abzeichnet) die Macht im Staate übernommen, regiert nicht mehr nur Slum-Bezirke, sondern auch das Pentagon und das Weiße Haus. Aber jetzt wird aufgeräumt – und wenn's mit dem Raketenwerfer sein muß.

Two-Step. „Mir ist so langweilig, ich könnte Blut furzen“, meint Rosi Blades in ihrer ersten Dialogzeile. Rosi ist Camgirl und soll für einen der unzähligen Rund-um-die-Uhr-Reality-TV-Sender irgendwas Interessantes aufnehmen. Aber da ist nichts. Bis sie in diesem London der nahen Zukunft den Zen-Gangster Tony Ling trifft (immer in Action, immer auf der Flucht) – und der hat wiederum einen abgeschnittenen Schwanz geklaut. Am Schluß von Band zwei sagt der Chef der Bande, die den Pimmel zurückhaben will, zu seinem debil-monströsen Schläger: „Ron, ich will, daß du jemanden für mich zu Tode fickst.“

Global Frequency. When the going gets tough, sind die Toughen im Sondereinsatz. Die supergeheime und wahrscheinlich von allen wichtigen Nationen finanzierte Organisation Global Frequency hat zu jeder Zeit 1001 Mitglieder (möglicherweise auch

Sie?), verteilt über die ganze Welt und bestehend aus allen Berufsgruppen, vom Psychologen über den MIT-Hacker bis zum Athleten. Leiterin der Organisation ist die mysteriöse Miranda Zero, die Einsätze werden von der Superhackerin Aleph koordiniert. Und da gibt es viel zu koordinieren – vom Angriff gegen Terroristen mit Ebola-Viren bis zur Entschärfung von „Wurmloch-Bomben“ aus ex-sowjetischen Beständen; all den Müll eben, der vom 20. Jahrhundert übriggeblieben ist. „You’re on the global frequency!“

Strange Killings. William Gravel heißt nicht nur so – er hat wahrscheinlich auch eine Stimme, die nach mahlendem Schotter klingt. Er war Sergeant Major bei der britischen Spezialtruppe SAS und dort solange für Black-ops zuständig, daß ihn heute keiner seiner Vorgesetzten mehr kennen will. Brauchen tun sie ihn trotzdem, weil er eine Killermaschine ist und mit schwarzmagischen Kindermördern, Zombies auf der Kannibaleninsel und anderen okkulten Schreckensgestalten umzugehen weiß. Wie? Er foltert sie und bläst ihnen die Schädeldecken weg. Nur die Verantwortlichen aus Regierungen und Konzernen bleiben leider (fast) immer ungeschoren.

This is Pulp Fiction.

Nein, nicht was Sie jetzt denken und fürchten. Keine halbgaren, postmodernen Zitatensammlungen, die von eierlosen, pseudointellektuellen Feuilletonlesern in aller Welt mit gespitzten Lippen goutiert werden. Keine „Kill Bills“ und „Once Upon A Time in Mexicos“ und wie all der pubertäre Dreck heißt.

Stellen Sie sich stattdessen einen Quentin Tarantino vor, dem man ein Hirn implantiert hat. Einen, der sich nicht nur von fettigem Ami-Junkfood ernährt hat, sondern auch das gute alte europäische – speziell britische – Kulturerbe von Kindheit an in sich hineingeschlungen hat: die Abgeklärtheit, den Zynismus, den tiefschwarzen Humor, die Depression, den Blick auf den Totenschädel unter der lachenden Fernsehvisage. Kurz gesagt: ein Tarantino, der alles andere ist als ein Tarantino. Dann haben Sie Warren Ellis.

„Laying open the guts of the world and sniffing the entrails, that's what we do."

Spider Jerusalem in der Ellis-Serie „Transmetropolitan"

In der angloamerikanischen Comic-Szene ist Warren Ellis ein Star. Soll heißen: Sie haben noch nie von ihm gehört, weil sie ja keine Bildergeschichten lesen. Ihr Pech.

Dank „Global Frequency" könnte sich Ellis' Bekanntheitsgrad aber in nächster Zeit deutlich steigern. Das amerikanische WB Network kaufte die Rechte an seiner hartgesotten-verspielten Agentenserie; die Dreharbeiten zur gleichnamigen TV-Produktion begannen im August 2004 in Vancouver. Ein weiterer Schritt in den kreativen Expansionsplänen des Autors: Neben Comics, Drehbüchern, Computerspiel-Treatments und Filmscripts will er demnächst auch „richtige" Romane schreiben. Und neben alledem betreibt er noch ein Weblog („die puny humans"), veröffentlicht Essays zur Unterhaltungskultur auf seiner und manch anderer Website und schickt an die paar tausend Empfänger seines Newsletters „bad signal" oft mehrmals täglich Ideen- und Storyfragmente, Berichte über seine Arbeit, Tagebucheintragungen und gelegentlich auch irrwitzige Auslassungen über Gott und die Welt, die er spätnachts – und entsprechend abgefüllt – aus dem Pub um die Ecke versendet.

Ellis ist ein Nachzügler der „british invasion" der Comics-Szene (angeführt von Autoren wie Neil Gaiman und Alan Moore, die die stagnierende US-Superheldeneintönigkeit auf den Kopf stellten). Zusammen mit Garth Ennis (zynische Hardcore-Brutalität in „Preacher", „Punisher" und anderen Serien) und Brian Michael Bendis (dank „Jinx", „Torso" und anderer Frühwerke einer der wichtigsten Erneuerer der amerikanischen Crime-Comics) zählt er heute zu den wichtigsten Noir-Autoren der Branche – wobei sich bei Ellis in die Krimihandlung immer auch Popkultur-, SF-, High-Tech- und Cyberpunk-Elemente mischen.

„Warren doesn't like ‚nice' things. He distrusts ‚nice' people. They make him suspicious. And I know how he feels."

Garth Ennis im Vorwort zu
„Transmetropolitan: Back on the Street"

Warren Ellis ist 36 Jahre alt und lebt mit Frau und Tochter im Südosten Englands. Schon als Teenager war er von Comics begeistert und begann in jungen Jahren für diverse Zeitschriften über sie zu berichten. Vom Schreiben über Comics kam er so zum Schreiben von Comics. Zu seinen Einflüssen gehören aber nicht nur die Superhelden von Marvel und DC, sondern auch klassische und moderne Vertreter des Noir-Krimis, von Raymond Chandler bis James Ellroy – wie man bereits an seinen großartigen Frühwerken „Lazarus Churchyard“ und „City of Silence“ erkennen kann. Später schrieb er für die Serien „X-Men“ und „Batman“, schuf eigene (Mini-)Serien und Helden und wird heute nicht nur von den zwei großen US-Verlagshäusern, sondern auch von den Independents so umworben, daß er es sich leisten kann, langweilige Aufträge einfach abzulehnen.

Ellis wurde von „Entertainment Weekly“ zu einem der 100 kreativsten Menschen des Planeten ernannt; auch die Fachwelt zeichnete ihn bereits mehrmals aus, etwa mit dem Don Thompson Award als „Best Writer“ 1998 und 1999 oder mit dem begehrten World Horror Guild Award für „Best Graphic Work“. In den Comics von Warren Ellis sind zwei wesentliche Motive des Noir-Genres besonders deutlich auszumachen: der gebrochene (Anti-)Held und die anonyme, ebenso bedrohliche wie faszinierende Großstadt, die den idealen Rahmen für die Handlung abgibt.

> *„People say to me, where do you get your ideas from? I get my ideas from being a bastard.“*
>
> *Warren Ellis*

Inhaltlich ist „Comic“ in Übersetzung der ursprünglichen Bedeutung als „drolliger, lustiger Streich“ zu verstehen. Die ersten Comics richteten sich folglich auch in betont witziger Art an Zeitungsleser, die bei der Lektüre aber nicht auf die uns vertraute Strip-Form stießen. Vielmehr dienten Comics in Form der sogenannten Sonntagsseite zur Aufwertung der Wochenendbeilagen. Hier wurden in sich geschlossene Handlungen präsentiert, die im Zusammenhang die Realisierung eines größeren erzählerischen Rahmens erlaubten.

Formal innovative Werke – wie etwa die Arbeiten von Winsor

McCay („Little Nemo“), Lionel Feininger („The Kin-Der-Kids“) und George Herriman („Krazy Kat“) – waren wesentlich für die Entwicklung des klassischen Strips, bei dem, von wenigen Ausnahmen abgesehen, ein relativ starres Muster der einzelnen Bilder (der sogenannten Panels) verfolgt wird. Später wurde diese Struktur auch zur Grundlage unzähliger „comic books“ (wöchentlich bzw. monatlich erscheinende Heftchen, die amerikanische Kinder und Jugendliche auch von ihrem Taschengeld bezahlen konnten), die nicht mehr nur „funnies“ mit vermenschlichten Tieren waren, sondern sich in zahlreiche Subgenres wie Crime, Horror, War, Science Fiction, Romance und vor allem Superheroes aufteilten.

Dank der US-Comic-Zensur, die bereits in den 50er Jahren begann (ein Senator Kefauver brachte die bunten Hefte schon damals mit Jugendkriminalität in Verbindung, was schließlich zum berüchtigten „Comics Code“ führte), reduzierte sich das Feld für die kommenden Jahrzehnte auf ein paar „funnies“ und das immer weiter ausufernde Treiben der Superhelden. In unzähligen Serien der großen Verlage Marvel und DC, aber auch etlicher mehr oder weniger erfolgreicher Imitatoren durften Superman, Batman, Spiderman und andere kostümierte Übermenschen Woche für Woche absurde Superbösewichte bekämpfen und dabei stets amerikanische Werte hochhalten.

> *„I want to travel back in time and lop the goddamn heads off all your innocent mommies and daddies.“*
>
> *Spider Jerusalem in „Transmetropolitan: I Hate It Here“*

Die bereits in den Siebzigern von einigen Pionieren künstlerisch umgesetzte Fragwürdigkeit und Brüchigkeit des Heldentypus im Medium Comic – denn als Medium müssen die Comics einfach verstanden werden – führte 1986 zu einer deutlichen Zäsur im Genre. Damals erschienen zwei Werke, die den Superhelden-Comic von innen heraus revolutionierten: Frank Millers „The Dark Knight Returns“ und Alan Moores „Watchmen“. In beiden Serien findet sich ein Abweichen von traditionellen Präsentationsmodi und Erzählmustern – ein Gestus, den der Literaturwissenschaftler Geoff Klock zusammenfassend und sehr prägnant als „revisionary superhero narrative“ bezeichnete. So sind diese Arbeiten durch ein stärkeres Betonen der historischen Entwicklung der jeweiligen Charaktere gekennzeichnet. Zwar wird auf gewohnten Konzepten aufgebaut, doch die düsteren Seiten der Figuren kommen deutlicher hervor. Dieser Transformationsprozeß, der auch für Ellis' Comics von besonderer Bedeutung ist, ist bei Miller auf den (hier düsteren, gealterten und in seiner Rechtsauffassung eindeutig faschistoiden) Charakter des Batman und das entsprechende Figureninventar angewandt, bei Moore hingegen wesentlich umfassender und komplexer angelegt – dehnte letzterer doch die Frage nach der Verantwortung und Verantwortlichkeit der Helden auf das gesamte Genre aus.

Derart neue Inhalte verlangten nach neuen Begrifflichkeiten. Neben Will Eisners Begriff der „sequential art" setzte sich für die in Buchform gesammelten Einzelhefte dieser und ähnlicher Serien die Bezeichnung „graphic novel" durch. Diese geht auf Bill Spicer, den Herausgeber des einflußreichen „Graphic Story Magazine", zurück. Bereits 1967 kommt es in einer der Ausgaben dieser Fachzeitschrift zur Ausformulierung des Begriffs, dessen Wert vor allem in der Erzeugung einer notwendigen Distanz zu den „funnies" lag – und immer noch liegt. Die „graphic novel" soll als „adult-oriented" verstanden werden und geht in ihrer tatsächlichen Umsetzung des Prinzips weit über „Comic" in der ursprünglichen Bedeutung hinaus.

Innerhalb der „graphic novel" wird die Starrheit in obenerwähnter Panel- und Erzählstruktur aufgelöst. Doch der Begriff an sich wurde inzwischen fälschlicherweise zu einer Bezeichnung für die Sammelausgaben sämtlicher Serien – sogenannter „trade paperbacks". Es gibt zwar keine fixe Axiomatik, doch ein paar wesentliche Bestandteile, die eine „graphic novel" ausmachen: etwa die Ernsthaftigkeit der Thematik sowie der hohe Anspruch an Zeichnungen und Text.

Über die angeführten Neuerungen durch die „graphic novel" kommt es auch in den klassischen Verlagshäusern zu einschneidenden Veränderungen. Diese Schritte der Emanzipation, die sich auch auf den beinahe schon industrialisierten Produktionsprozeß der Comics in den USA auswirkt, führt zu einer Adaption der Superhelden, einer längst überfälligen Dekonstruktion – oder auch Destruktion – des typischen Heldenbildes, das noch aus den patriotisch gefärbten Comics der 40er Jahre herrührt.

Deutlich wird die Abkehr von der klassischen Heldenthematik etwa in der DC-Serie „Crisis on Infinite Earths“ (1985–1986) in der einige Helden sogar den Tod finden. Gesteigert und problematisiert wird sie auch in der Serie „Powers“ (ab 2000) von Brian Michael Bendis, der überdies die moralische Fragwürdigkeit der Superhelden ins Spiel bringt – ein Aspekt, den er auch in früheren Arbeiten, wie dem brillanten „Spawn“-Spin-off „Sam and Twitch“ (ab 2000) behandelte.

> *„I read odd stuff sometimes. A big part of this game is reading as much as possible, filling up your brain with it and letting it all fuse together until it turns into a story.“*
>
> *Warren Ellis*

Ellis reagierte, ganz in diesem Sinne, mit zwei sehr unterschiedlichen Methoden auf die Allgegenwart der Superhelden in den Comics, die von der Masse der Leser so unkritisch hingenommen wurde: Einerseits unterminierte er mit Verve und Subversion das bestehende, bekannte Universum der Figuren, andererseits erarbeitete er mit eigenen Charakteren eine Möglichkeit, das enge Genre zu transzendieren – und auch zu revolutionieren.

Mit dem Zweiteiler „Ruins“ betrieb er eine humorige Zerstörung der Marvel-Superhelden: Themen wie Drogenmißbrauch, Kriminalität und Prostitution erlaubten eine sukzessive, von Ironie und Satire bestimmte Zertrümmerung und Destruktion klassischer Heldenfiguren und ein Abrücken von klassischen Erzählweisen.

Auch in späteren Arbeiten blieb Ellis dieser Haltung treu. So erschrieb er für die Serie „Stormwatch“ (über eine schnelle Heldeneingreiftruppe im Dienste der UN) ein rasches Ende für die Mehrzahl der Figuren, um daraus die politisch wesentlich aggressivere, gereiftere Truppe „The Authoritiy“ machen zu können. In einem Interview erwähnte Ellis, man könnte sich von dieser Serie vor allem „property destruction on a massive scale“ erwarten – doch das ist nur die Oberflä-

che. Ähnlich wie mit der als Ergänzung zu verstehenden Serie „Planetary“, die sich um eine im Geheimen operierende Gruppe außergewöhnlicher Individuen dreht, gelingt es Ellis das eigene medienspezfische Erzählen kritisch zu hinterfragen – nicht zuletzt auch mit den Mitteln und dem Motivinventar des Noir-Genres, das hier als „set of possibilities“ (Elizabeth Cowie) verstanden wird, mit dem bestehende Strukturen revolutioniert werden können.

Mit grimmigem Humor und unerwarteten Wendungen werden die Gebrochenheit der Helden und das Abweichen von konventionellen Normen vorangetrieben: Hier gibt es kein rotes Telefon mehr, das die Helden gemäß der zu erhaltenden Ordnung auf den Plan ruft. Vielmehr sind diese Charaktere gar nicht mehr an der Erhaltung eines fragwürdigen Status quo interessiert; sie stehen eher für das Konzept radikaler Veränderung im Schatten einer allgegenwärtigen Desillusionsgewißheit. In Zeiten, in denen religiöse und ideologische Ideologien versagen, die Erwartung einer umfassenden Krise und das Verbrechen allgegenwärtig sind, erweisen sich die neuen Noir-Protagonisten als die neue und einzige Supermacht eines untergehenden Planeten. Sie halten sich nicht mehr an die verlogene Moral eines Superman, niemanden zu töten (selbst den übelsten Bösewicht nicht), sondern werden mit den Bedrohungen für den Planeten – seien dies nun viktorianische Kolonial-Briten aus einem Paralleluniversum, außerirdische Roboterarmeen, Tentakelwesen aus dem Lovecraft-Mythos oder umweltverschmutzende Diktatoren – auf ihre eigene, völlig gnadenlose und den Fall ein für allemal erledigenden Art fertig. Wer nicht in irgendeinem Gefängnis darauf wartet, wie die Panzerknacker immer wieder ausbrechen zu können, kann nicht mehr schädlich werden. Weil er nämlich tot ist. In „Authority" und „Planetary" ist eines völlig klar: Wenn man die Macht und die Fähigkeiten besitzt, eine Welt zu führen, zu gestalten und in eine bessere Zukunft zu geleiten, dann soll man das auch tun – wenn notwendig, auch ohne den demokratischen Prozeß.

Wahres Heldentum, abseits aller pathetischen Schönfärberei, liegt für Ellis in letzter Konsequenz also im Mut, die Dinge zu verändern und die Wahrheit über die Dinge nicht nur herauszufinden, sondern mit dieser Wahrheit zu konfrontieren und zu verstören – ganz so wie die vielen Schriftsteller, Musiker und Künstler, die er als seine Einflüsse nennt. Hier überschneiden sich auch seine doch sehr unterschiedlichen Figuren, die auf ihre ganz eigene, bestechende Art mehr sind als bloß die Summe ihrer Teile; sie sind vielmehr der vielköpfige, unbändige und freche Ausdruck einer schmutzigen und blutigen Suche nach Wahrheit: „Sie suchen nach der Wahrheit in einer Situation, jeder Situation, und setzen ihren gnadenlosen Intellekt für die Wahrheitsfindung ein. Und wir ignorieren sie und tun so, als könnten wir ohne Wahrheit leben. Sicher, wir können ohne sie überleben – aber leben können wir nicht ohne sie."

„My name's Spider Jerusalem. I am the most beloved man in this City. I am a journalist. I write a column for a newspaper called THE WORD entitled I HATE IT HERE. Because I do. I hate it and I hate you. And you love me for it. That's the way it works. And if you argue with the way it works, I'll kick off the top of your head and shit on your living brain.

And you will love me for it.
Thank God for me.“

Aus „Transmetropolitan: 21 Days in the City“

Spider Jerusalem ist schlecht gelaunt.

Auch er hat sich zwar in seiner ganzen Existenz und Arbeit der Suche nach der Wahrheit verschrieben – aber sowas strengt eben an. Zudem ist er kein Superheld, sondern einfach nur ein Medien-Superstar. Und das als Journalist...

Als solcher arbeitet Spider in der „City“, einer Megalopolis der fernen oder näheren Zukunft (welches Jahr man schreibt, das weiß nicht einmal die Einwohnerschaft genau, weil A. in den Umweltkatastrophen und Kriegen der zukünftigen Vergangenheit anscheinend viel verlorengegangen ist und B. Werbung, Massenmedien und Politiker sich darauf verlassen müssen, daß die Bevölkerung einzig und allein im Augenblick lebt, ohne jedes historische Bewußtsein). Es ist eine Stadt mit unglaublich vielen Subkulturen, mit permanenter Überwachung, mit kannibalischen Fastfood-Ketten („Long Pig“), mit revolutionären Gruppen und Sekten, die sich gentechnisch in Aliens verwandeln lassen, mit dauernder massenmedialer Informationsüberflutung via Web, Holo-TV und Nanotransmittern. Und es ist natürlich eine Stadt, in der korrupte, von Konzernen gesteuerte Politiker regieren. Die City ist eindeutig New York, auch wenn das nie erwähnt wird – doch die Parallelen zur Gegenwart sind in „Transmetropolitan“ unübersehbar.

„Diese Stadt hat nie zugelassen, daß sie verfällt oder verkommt“, schreibt Spider Jerusalem in einer seiner Kolumnen. „Sie wächst permanent, wild und heftig. Sie ist ein lautes, helles, stinkendes Chaos. Sie bezieht ihre Stärke aus tausenden Kulturen – und den tausenden neuen, die Tag für Tag entstehen. Sie ist nicht perfekt. Sie lügt und betrügt. Sie ist alles andere als eine Utopie. Aber sie lebt, das kann ich nicht leugnen.“

Spiders eindeutiges Vorbild aus der wirklichen Welt ist Gonzo-Journalist,

Schriftsteller und Amerikas genialer Parade-Irrer Hunter S. Thompson. Wie dieser raucht er einen karzinogenen Glimmstengel nach dem anderen, schüttet Unmengen Alkohol in sich hinein und konsumiert jede Droge, die er kriegen kann. Das braucht er, um „normal“ funktionieren zu können. Zu seiner journalistischen Ethik gehört es naturgemäß, der Wahrheit mit allen Mitteln auf die Spur zu kommen – auch wenn er seinen Informanten gegenüber brutale Gewalt anwenden oder mit seinem „bowel disruptor“ lästige Security-Service-Typen dazu bringen muß, die Kontrolle über ihre Schließmuskel zu verlieren. Er schlägt sich mit zwei weiblichen Gehilfinnen herum („my filthy assistants“), mit denen ihn eine Haßliebe verbindet, und beißt bei jeder Gelegenheit die Hand, die ihn füttert – also seinen Chefredakteur. Sein Motto: „I am a fucking journalist and you'll have to kill me to stop me.“

Nach seinem letzten großen Erfolg (einem Buch über den Präsidentschaftswahlkampf) war Spider so ausgebrannt, daß er sich in eine Berghütte zurückzog, umgeben nur von Selbstverteidigungsanlagen und ordentlichen Rauschgiftvorräten. Doch ewig kann solch ein Idyll nicht halten. Offene Buchverträge zwingen ihn zurück in die City. Der wilde, tätowierte Mann vom Berge rasiert sich Haare und Bart ab, kleidet sich in einen dezenten schwarzen Anzug, sprengt die Hinterwäldler-Bar, wo er sich gelegentlich betrank, mittels eines Raketenwerfers in die Luft („If I'm miserable, everybody's miserable“) und fährt in die Stadt, um zu schreiben und zu recherchieren. Bald läßt er sich auch darauf ein, wieder eine mehr oder weniger regelmäßige Kolumne für „The Word“ zu verfassen. Und da er ein „political animal“ (wie auch Hunter S.) ist, dauert es auch nicht lange, bis er sich anläßlich der bevorstehenden Wiederwahl neuerlich mit der Politik beschäftigt.

„You people don't know what the truth is! It's there, just under their bullshit, but you never look! That's what I hate

most about this fucking city – lies are news and the truth is obsolete!"

Spider Jerusalem

Die von 1997 bis 2003 erschienene Serie „Transmetropolitan" ist mit ihren 60 – sämtlich in Trade-Paperbacks gesammelten und heute noch verfügbaren – Einzelheften und ein paar Zusatzprojekten (gesammelte Kolumnen etc.) das bisherige Hauptwerk von Warren Ellis. Jedes einzelne Heft strotzt nur so vor Ideen, schwarzem Humor, tragischen und Noir-Elementen – und was Spider Jerusalem im neuen Präsidentschaftswahlkampf erlebt, weckt die Wut des Lesers, der sich plötzlich – aufgeweckt aus dem medieninduzierten Tiefschlaf – wieder die gute alte Gerechtigkeit herbeiwünscht.

Der amtierende Präsident (den Jerusalem stets nur „The Beast" nannte und dessen Wahl er mit einem 8000-Wort-Artikel, der ausschließich aus dem Wort „Fuck" bestand, kommentiert) muß weg, weil er ein völlig skrupelloses Werkzeug des Großkapitals ist und die Armut, das Elend und die soziale Ungerechtigkeit, die durch seine Maßnahmen erzeugt werden, einfach ignoriert. „Alles, was die Leute wollen, ist ein halbwegs ordentliches Fernsehprogramm, ein bißchen Kleingeld für Fusel und jeden Samstagabend einen Blowjob", meint er in einem äußerst offenen Gespräch mit dem Protagonisten. Und mehr wird er ihnen auch nie geben.

Spider Jerusalem sieht sich also gezwungen, den Gegenkandidaten – wegen seines starren Lächelns nur als „The Smiler" bezeichnet – zu unterstützen, um mit der derzeitigen Regierungsmafia aufzuräumen. Zu spät bemerkt er, daß der Smiler ein haltloser Psychopath ist, dem es einzig und allein darum geht, an die Macht zu kommen, ohne Skrupel und Rücksicht auf Verluste, damit er das dumme einfache Volk endlich nach allen Regeln der Kunst fertigmachen kann. Doch da hat er nicht mit Spider gerechnet. Der tritt nämlich auch nach der Wahl für die Rechte des bunten Lumpenproletariats der City („The New Scum") ein und schwört bei seiner Ehre, den Smiler zu vernichten. Wie er das gegen alle Widerstände schafft, das weckt bei „Transmetropolitan"-Fans wie -Neueinsteigern nicht nur den idealistischen Glauben an die gesellschaftsverändernde Kraft des Journalismus wieder (weil Spider – anders als Woodward und Bernstein, damals bei Watergate – sich nicht auf gezielte Informationslecks verläßt, sondern seine Recherchen betreibt wie ein echter Noir-Detektiv, der vor Dreck und Desillusion nicht zurückscheut), sondern auch neue Hoffnung für das Comic-Genre insgesamt.

> *„Don't look for media-approved ideologically sound Right Causes where there are none. Look out the window instead, and do something about what you see there."*
>
> *Spider Jerusalem*

Auch nach „Transmetropolitan" hört Warren Ellis nicht auf, sich in dunkle Gefilde zu begeben. Sein neuestes Projekt sind die „Apparat Books" – vier Startausgaben von nichtexistierenden Comic-Serien für ein ebenfalls nichtexistierendes Imprint.

Eines der Apparat-Heftchen trägt den Titel „Frank Ironwine", und Ellis bemerkt dazu: „Die Crime-Pulps zählten zu den einflußreichsten Vertretern der gesamten Pulp-Szene. Raymond Chandler, Dashiell Hammett – Autoren, die das Antlitz der Literatur entscheidend veränderten, publizierten in den Crime-Pulps. Und als deren große Zeit vorbei war, begannen sie Bücher zu schreiben statt Comics, bevor sie den Schritt nach Hollywood wagten. Verbrechen sind die Landkarte, auf der wir unsere Häsuer errichten. Alles baut auf Verbrechen auf. So sieht Frank Ironwine die Welt. New York steht auf den Knochen jener Menschen, die für die Errichtung dieser Stadt ermordet wurden. Es gibt keine neuen Verbrechen in New York City, nicht wirklich. Sie waren alle schon da – und wer ihre Muster versteht, versteht auch die Stadt besser. Aber es gibt keine gewöhnlichen Verbrechen."

PS:

> *„Did you ever want to set someone's head on fire, just to see what it looked like? Did you ever stand in the street and think to yourself, I could make that nun go blind just by giving her a kiss? Did you ever lay out plans for stitching ba-*

bies and stray cats into a perfect New Human? Did you ever stand naked surrounded by people who want your gleaming sperm, squirting frankincense, soma and testosterone from every pore? If so, then you're the bastard who stole my drugs Friday night. And I'll find you. Oh, yes.“

Spider Jerusalem

10 meiner liebsten Eröffnungssätze aus Noir-Romanen

von Martin Compart

When a fresh-faced guy in a Chevy offered him a lift,
Parker told him to go to hell.
Richard Stark, *The Hunter*

He had the kind of face that said „hate me",
and I wasn't arguing.
Max Allan Collins, *No Cure for Death*

Sheriff Dan Rhodes knew it was going to be a bad day when
Bert Ramsey brought in the arm and laid it on the desk.
Bill Crider, *Shotgun Saturday Night*

The office of the university president looked like the front parlor
of a succesful Victorian whorehouse.
Robert B.Parker, *The Godwulf Manuscript*

Some women give birth to murderers, some go to bed
with them, and some marry them.
Francis Iles, *Before the Fact*

They were trying to kill me, and I had to pee.
Frank McConnell, *The Frog King*

We were about to give up and call it a night when somebody
dropped the girl off the bridge.
John D.MacDonald, *Darker than Amber*

Temptation came to Novikov as suddenly, as unexpectedly,
as an assassin's bullet.
Peter O'Donnell, *The Impossible Virgin*

This story begins where I did something illegal, had two rows
with women, one pub fight, and got a police warning,
all before mid-afternoon.
Jonathan Gash, *Firefly Gadroon*

The winter before he was sixteen,
Pup sold his soul to the devil.
Ruth Rendell, *The Killing Doll*

Noir-Elemente in der Science Fiction

von Werner Fuchs und André Wiesler

Sucht man nach einer einheitlichen Beschreibung für die Besonderheiten der „Gattung Noir“, die von der *Série Noir* über den *Film Noir* bis zu entsprechenden Ausformungen beispielsweise in der Comic-Kunst oder dem Videospielsektor reicht, dann stellt sich schnell heraus, dass die Definitionen so unterschiedlich sind wie die Rezipienten, die sich an ihnen versuchen.

Noir schlägt in jedem Leser und/oder Zuschauer andere Seiten an, packt ihn oder sie auf eine ganz eigene Weise. Formale Aspekte spielen dabei – abgesehen von einer Low-Key-Beleuchtung im klassischen *Film Noir* der 40er Jahre, die das „Schwarz“ des Namens auf die Bilder der Leinwand übertrug – kaum eine Rolle. Jeder Versuch, das Genre *Noir* an Formalitäten festzumachen, muss scheitern, das zeigt schon die Bandbreite der Werke, die man dazu zählen kann, ohne Einspruch zu ernten.

Die übergreifenden, vereinenden Eigenschaften der Gattung müssen also inhaltlicher Natur sein, sich im Personal, in der Art der Geschichten und im Hintergrund finden lassen.

Werfen wir also einen Blick auf die Gemeinsamkeiten, die sich offenbaren: Der Protagonist einer *Noir*-Geschichte, – man scheut sich, den Begriff Held zu verwenden – ist eine ambivalente Figur. Seine Interessen und sein Vorgehen decken sich nicht mit den gängigen Moralvorstellungen, doch im Vergleich zur korrupten, verkommenen Welt gehört er dennoch zu den „Guten“. Er klammert sich an einige, wenige Prinzipien und bietet einem degenerierten System die Stirn, in dem die öffentlichen Stellen den Verbrechersyndikaten in nichts nachstehen.

Dabei sind die Absichten des Protagonisten nie edel, selten helfend, oft ausgesprochen egoistisch, und es ist keineswegs sicher, dass er am Ende siegreich aus seinem Clinch mit der Welt und der Gesellschaft hervorgeht.

Er hofft trotz hoffnungsloser Lage und lehnt sich in einer fast tragödienhaften Vorbestimmung gegen die größeren Übel der Welt, auch wenn er dafür die geringeren in Kauf nehmen muss.

Im Anbetracht dieses kleinsten gemeinsamen Nenners aller *Noir*-Werke, von der *hard-boiled fiction* der 30er über den *Film Noir* der 40er bis zur *Série Noir*, die ja heute noch unter diesem Namen vom französischen Verlagshaus Gallimard fortgeführt wird, erscheint es zurecht legitim, den Cyberpunk als Science Fiction-Entsprechung der Gattung *Noir* anzusehen.

Vorläufer und Vorbilder

Die ursprüngliche Science Fiction und *Noir* passen aber nicht so recht zusammen. Das liegt in erster Linie daran, dass *Noir* im Kriminalroman sich – vereinfacht dargestellt – um die taktischen Belange der Gesellschaft kümmert, während sich die SF den strategischen widmet. Das Augenmerk der Kriminalliteratur gilt Individuen, die innerhalb ihrer Gesellschaft mit deren Reglementierungen in Konflikt geraten, oder Individuen, die diese Reglementierungen vertreten und durchsetzen. In der Science Fiction werden hypothetische Gesellschaften beschrieben – natürlich auch durch die Augen von einzelnen Protagonisten gesehen – aber Schwerpunkt sind eben ganze Systeme. Die Patronatswissenschaft des Kriminalromans ist die Soziologie oder die Pädagogik, die der Science Fiction die Philosophie.

Gleichwohl gibt es eine ganze Reihe von SF-Romanen, die als Vorbilder für die spätere Untergattung Cyberpunk dienten und *Noir*-Elemente aufweisen.

In der Frühphase der SF bis hin zum *Golden Age* (40er Jahre des 20.Jahrhunderts) war das Genre von der phantastischen Idee geprägt, von unglaublichen Reisen in Raum und Zeit. Die Wunder des Universums waren das Thema der Autoren. Aber diesem imaginativen Expansionskurs folgte später eine Rückbesinnung auf die Erde und gesellschaftlich relevantere Probleme (50er Jahre) und noch später die „Erforschung des Inneren Weltraums" (60er Jahre, New Wave). Die Science Fiction befasste sich also zunächst mit den harten Naturwissenschaften, wandte sich dann den weichen Geisteswissenschaften zu und landete schlussendlich beim Stil. Nach den 60er Jahren war keine lineare Entwicklung mehr erkennbar, das Genre war zum Kontinuum geworden, in dem sich Sub-Genres neu ordneten, alles nebeneinander existierte und fast alles möglich war. Nun dominierte das Geschäft.

Im ausgehenden 19. Jahrhundert war die Stimmung in der Wissenschaft und damit in den industrialisierten Ländern optimistisch gewesen. Vor diesem Background hatte sich die Science Fiction überhaupt erst entwickelt. Verne und Wells hatten das Genre definiert, und auf der Basis hageldicht prasselnder Erfindungen und sich rasant entwickelnder Technologien eine große Zeit für die Menschheit vorausgesagt. Bald würde man alle Probleme in den Griff bekommen, war der allgemeine Tenor der Wissenschaftler und und vor allem der Wissenschaftsautoren. Aufbruchstimmung herrschte allerorten.

Aber in der ersten Hälfte des zwanzigsten Jahrhunderts wendete sich das Blatt. Die Schattenseiten der offenbar außer Kontrolle geratenen technologischen Entwicklungen und die Bedrohung durch menschenverachtende Diktaturen fanden ihren Widerhall in den Anti-Utopien Samjatins (*My*, 1924), Huxleys (*Brave New World*, 1932) und Orwells (*1984*, 1949). Diese düsteren Zukunftsvisionen sind nicht unbedingt Genre-SF, aber die beiden letzteren sind Schullektüre und hatten erheblichen Einfluss auf den Zeitgeist – und auf die jungen SF-Autoren.

Nach zwei Weltkriegen, nach Auschwitz und Hiroshima, war in den 50er Jahren der Glaube an Wissenschaft und Fortschritt schwer erschüttert, das „Wir sind nicht zu bremsen-Feeling" des *Golden Age* war plötzlich wie weggeblasen. Kritische Töne wurden laut, Satiren hoffähig, finstere Gesellschaftsmodelle standen am Pranger.

Beeinflusst von Huxley und Orwell zeigten sich eine ganze Reihe gesellschaftskritischer SF-Titel der fünfziger Jahre, so Kurt Vonneguts *Player Piano* (1952, *Das höllische System*) in dem der Protagonist Paul Proteus die Revolte gegen einen computer/maschinengesteuerten Zukunftsstaat führt, nur um herausfinden zu müssen, dass nach erfogreichem Umsturz die Menschen die sie unterdrückende Maschinerie zurückhaben wollen.

In Ray Bradburys *Fahrenheit 451* (1953) sind Bücher der Garant für Individualismus und Freiheit. Sie werden von der Feuerwehr des von ihm geschilderten totalitären Systems verbrannt. Die Handlung folgt der Entwicklung des Feuerwehrmanns Guy Montag vom Buchverbrenner zum Bewahrer.

Ein bitterböser Abgesang auf Werbung und Monopolkapitalismus ist Fredrik Pohls/C. M. Kornbluths *The Space Merchants* (1952, *Eine Handvoll Venus und ehrbare Kaufleute*). Umsatz um jeden Preis, heißt es hier, und rohe Methoden werden angewandt, um einfältigen Leuten Land auf der Venus zu verkaufen. Aber Mitchell Courtenay, der den Werbefeldzug seiner Firma führt, wird von Gegnern entführt und ans „Arbeiten" gebracht. Eine der besten Satiren aus der Ruhmeshalle der SF.

Ebenfalls Opfer der Werbeindustrie ist eine Gruppe von Menschen in Pohls Kurzgeschichte *The Tunnel under the World* (1955, *Tylerton, 15. Juli*). Sie sind Probanden in einem Experiment, bei dem sie ohne ihr Wissen verkleinert wurden und in einer Puppenstubenwelt Experimente werbetechnischer Art über sich ergehen lassen müssen.

Das Duo Pohl/Kornbluth war noch für weitere satirisch-zynische Kollaborationen gut, aber Kornbluth solo schuf mit *The Syndic* (1953, *Schwarze Dynastie*) den vielleicht kompromisslosesten Noir-SF-Roman der 50er. Hier nimmt er kein Blatt vor den Mund, denn die USA werden direkt von der Mafia regiert. Grundaussage: Die Welt ist in der Hand von Verbrechern – eine Tatsache, die heute kaum noch jemand bestreiten würde.

Mehr Gewicht auf die individuellen Schicksale Ihrer Protagonisten legen in dieser Zeit Alfred Bester, Robert Sheckley und Philip K. Dick. Bester überzeugt gleich mit seinem Erstlingsroman *The Demolished Man* (1953, *Sturm aufs Universum*), einem SF-Krimi der besonderen Art. Kein „Who done it", denn der Täter ist von Anfang an bekannt, sondern die Suche nach dem Motiv ist das Thema. Dieses versucht der Mörder zu verbergen, indem er einen Ohrwurm-Schlager als Gedankenschirm einsetzt, denn der ihn verfolgende Polizist ist Telepath. Der erste Hugo-Preisträger ist gespickt mit sprachlichen und typographischen Effekten und wird diesbezüglich nur noch von Besters nächstem Roman, dem pyrotechnischen *The Stars my Destination* (1956, *Die Rache des Kosmonauten*) übertroffen. Er stellt mit Gully Foyle den ersten echten Anti-Helden der SF vor, einen primitiven Maschinenmaat 3. Klasse, der in unmittelbarer Todesgefahr teleportieren lernt und danach einen Rachfeldzug startet, der den Graf von Monte Christo wie Mutter Theresa erscheinen lässt. Ein Protopunk als gefährlichster Machtfaktor im ganzen Universum.

Robert Sheckley war nie ein großer Romancier, aber *The Status Civilisation* (1960, *Planet der Verbrecher)* ist ein spannender Abenteuerroman, dessen Titel schon alles sagt: düstere Action auf einer Strafkolonie. Bekannter wurde der Autor durch seine Kurzgeschichten, die oft durch Originalität und unvorhersehbare Pointen bestechen. Am berühmtesten wohl *The Prize of Peril* (1958, *Der Tod spielt mit*), in der Sheckley eine pervertierte Fernsehserie (heute schon fast Realität) schildert, in der ein ausgesuchter Kandidat vor schwerbewaffneten Jägern fliehen muss, die ihn „legal" abknallen dürfen. Lohn fürs Überleben – 1 Million Dollar. Diese zynische Geschichte wurde in den 70ern erfolgreich von Wolfgang Menge als *Das Millionenspiel* für die ARD verfilmt und von Stephen King unter seinem Pseudonym Richard Bachmann mit *The Running Man* gnadenlos abgekupfert – Sheckley hatte in beiden Fällen nichts davon, allein das prädestiniert ihn für einen *Noir*-Artikel.

Der 1982 verstorbene Philip K. Dick ist seit etwa zwei Jahrzehnten das Vorzeigebaby der SF, weil seine Romane und Geschichten von Hollywood gleich reihenweise verfilmt werden. Mit *Do Androids Dream of Electric Sheep* (1968, *Träumen Roboter von elektrischen Schafen*) lieferte er die Vorlage für Ridley Scotts Film *Blade Runner* (1982), der seinerseits wieder visuelles und stilprägendes Vorbild für die Cyberpunk-Bewegung war. Dick war der wohl beste SF-Romancier nach dem 2. Weltkrieg und der philosophische *Noir*-Autor schlechthin. Neben J. G. Ballard (ihn zu thematisieren, würde den Rahmen dieses Artikels sprengen) ist er der Lieblingsautor der Cyberpunks. Immer wieder sind Illusionswelten und die Suche nach der Realität seine Themen. Mit Vorliebe beschreibt er Universen, in denen wenig funktioniert und die sich im Lauf der Handlung auflösen, alles aus der Sicht von kleinen Leuten, „kosmischen Schuhverkäufern" sozusagen, die gegen die Windmühlen tückischer Systeme ankämpfen, um dann hinterher feststellen zu müssen, dass die Welt ganz anders ist, als sie bisher gedacht haben. So verdient Ragle Gumm in *Time out of Joint* (1959, *Zeit ohne Grenzen*) seinen Lebensunterhalt mit dem Lösen von Kreuzworträtseln, bis er bemerkt, dass seine ganze Umwelt Illusion ist und er in Wirklichkeit die Flugbahnen von Interkontinentalraketen berechnet.

Der Schwerpunkt von Dicks Schaffen lag in den 60er und 70er Jahren. Psychedelische Fetzer wie *The Three Sigmata of Palmer Eldritch* (1964, *LSD-Astronauten*) oder *Ubik* (1969,*Ubik*), worin Dick die totale Demontage der Realität betreibt, sind eine Offenbarung für jeden Noir-Fan. Noch größere Relevanz hat allerdings *Flow my Tears, the Policeman said* (1974, *Eine andere Welt*) das die zukünftigen USA als Überwachungsstaat mit offenem Polizeiterror schildert. Dieses Buch schien den Behörden in Kalifornien zuviel Zündstoff zu enthalten: Dicks Wohnung wurde in seiner Abwesenheit nach dem Manuskript durchwühlt – aber der hatte es, paranoid wie er war, bei einem Notar hinterlegt.

Auf Dicks Spuren wandelte auch Daniel F. Galouye, dessen *Simulacron –3* (1964, *Welt am Draht*, von Fassbinder verfilmt) das Nonplusultra aller Simulationsweltenromane darstellt, eine zutiefst pessimistische Studie in Relativität und Geworfensein, die Kafka sicher gefallen hätte und die von der Ausarbeitung auf einer Stufe mit der Kultfernsehserie *The Prisoner* steht.

Komplexe Welten mit Myriaden von Möglichkeiten stellen John Brunners Romane *Stand on Zanzibar* (1968, *Morgenwelt*), *The Sheep Look Up* (1972, *Schafe blicken auf*) und *The Schockwave Rider* (1977, *Schockwellenreiter*) dar. Im ersten, von John DosPassos beeinflussten Roman wendet der Autor einen multiperspektivischen Stil an, um den Wahnsinn einer aus den Angeln geratenen Welt darzustellen, der zweite, die vielleicht kompromissloseste Anti-Utopie seit Orwell, entfaltet vor dem Leser ein Kontinuum des Schreckens, während der dritte mit seinen prophetischen Ausblicken auf die elektronische Kontrolle des Individuums, ein weltumspannendes Datennetz und Hackerumtrieben in demselben Computerentwicklung und Internet antizipiert und als direktes Bindeglied zum Cyberpunk gesehen werden muss.

Das gilt auch für Anthony Burgess' *A Clockwork Orange* (1962, *Uhrwerk Orange*), das gewaltätige Jugendbanden und deren nicht weniger gewalttätige Resozialisierung durch den Staat zum Thema hat. Spätestens nach Stanley Kubricks Verfilmung trat ein Effekt ein wie später bei *Blade Runner* – die Geschichte wurde zum Kult, diesmal aber weniger wegen der stil- und lifestyleprägenden Elemente, sondern wegen der Coolness der Hauptakteure und ihrem rotzigen Verhalten – Protopunk. Iggy Pop hätte eigentlich den Alex spielen müssen.

Ebenfalls starken Einfluss auf den Cyberpunk übte Norman Spinrad aus. Sein *Bug Jack Barron* (1968, *Champion Jack Barron*) ist eine Satire auf Politik und Medien, ein Tabubrecher im schnodderigen Stil voller *four letter words*, der in England Thema einer Unterhausdebatte wurde. Politik und Medien sind korrupt, aber das war nichts Neues. Schon ein paar Jahre später zeigte Watergate, wie richtig Spinrad lag.

High Tech and Low Life – Der Cyberpunk

Der Begriff Cyberpunk wurde 1984 von dem amerikanischen SF-Herausgeber und Autor Gardner Dozois auf der Suche nach einer griffigen Bezeichnung für den Debut-Roman von William Ford Gibson geprägt. Das Werk hieß *Neuromancer*, und auch wenn es nicht die erste literarische Beschäftigung mit dem damals noch unbenannten Genre war, avancierte es doch zu dem weitaus bekanntesten Vertreter und machte seinen Verfasser über Nacht weltweit bekannt. *Neuromancer* und die beiden Fortsetzungstitel *Count Zero* (1986, *Biochips*) und *Mona Lisa Overdrive* (1988, *Mona Lisa Overdrive*) zeigen deutlich die Gemeinsamkeiten des Cyberpunk zur *Schwarzen Serie* auf: Auch hier ist der Held ein Außenseiter, ein Paria, der am Rande der Gesellschaft versucht, zu überleben und sich dabei gegen die Hauptströmungen stellt. Dass die Geschichten in der Zukunft spielen, mindert ihre gesellschaftskritische Relevanz nicht – im Gegenteil, durch die Vision, zu was sich unsere Gesellschaft entwickeln kann, ist sie allgegenwärtig.

Was die *Neuromancer*-Trilogie für die Literatur war, stellte schon zwei Jahre früher, 1982, der Film *Blade Runner* für die Cineasten dar. Der von Ridley Scott verfilmte Dick-Roman mit Harrison Ford als Replikanten-Jäger Deckard, der erkennen muss, dass er selbst ebenfalls ein Roboter ist, war den Hollywood-Studios zu düster. Darum wurde ein fröhlicheres Ende gedreht und dem Zuschauer durch Schnitte die Erkenntnis um Deckards wahre Natur verwehrt.

Dessen ungeachtet hat *Blade Runner* für den Cyberpunk einen Stil geprägt, eine visuelle Richtung und ihm so ein Gesicht gegeben. Doch *Blade Runner* war nicht der einzige Film, der das medienhungrige Genre beeinflusste, das in der Geschwindigkeit und Kompromisslosigkeit seiner Darstellung an Rasanz kaum zu übertreffen ist. Filme wie *Mad Max 2*, *Tron*, *Die Klapperschlange*, Serien wie *Max Headroom* und Comics wie *2000 A.D.* (u.a. *Judge Dredd*) dienten als Inspiration für die Stil-Melange des Cyberpunk.

Seit seiner Hochzeit in den 80ern diente der Cyberpunk seinerseits vielen Künstlern als Inspiration und hat Elemente geprägt, die mittlerweile losgelöst vom Cyberpunk im engsten Sinne verwendet werden. Allen voran kann hier die Virtuelle Realität genannt werden, die – um ein prominentes Beispiel zu nennen – in der Filmtrilogie *Matrix* weg vom Schwarzen hin zur klassisch-seichten Heldengeschichte getragen wurde.

Auch Cyberware, die Verbindung des menschlichen Körpers mit künstlichen Gliedmaßen und Maschinen über ein direktes Computerinterface, hat weite Kreise gezogen. Die Filme *Robocop* oder *Johnny Mnemonic* sind nur Beispiele für diese Richtung, die nicht zuletzt Wegbereiter für diverse Forschungen waren, die mittlerweile zu Prothesen geführt haben, die tatsächlich durch Gedankenimpulse gesteuert werden können.

Wichtige, den Cyberpunk prägende Autoren waren neben Gibson:

- John Shirley, der schon vor Gibson Romane veröffentlichte und in *City Come A' Walkin'* (1982, *Rebellion der Stadt*) die Spiegelbrille als Symbol für das Subgenre einführte,
- Bruce Sterling, dessen Anthologie *Mirrorshades* (1986, *Spie gelschatten*) eben dieses Untensil der Coolness zum Buchtitel machte und eine Bestandsaufnahme der Szene anhand von Kurzgeschichten lieferte und darüber hinaus mit den Romanen *Schismatrix* (1985, *Schismatrix*) und *Islands in the Net* (1988, *Inseln im Netz*) zum zweitwichtigsten Cyberpunk-Autor avancierte,
- Walter Jon Williams, dessen Romane *Hard Wired* (1986, *Hardware*) und *Voice of the Whirlwind* (1987, *Die Stimme*

des Wirbelwinds) Sterlings Titeln kaum nachstanden,
- und Michael Swanwick, der mit *Vacuum Flowers* (1987, *Vakuumblumen*) die exotischeren Gefilde des Cyberpunks auslotete.

Im Cyberpunk – und das ist mehr oder weniger allen oben genannten Werken gemein – gesellen sich zum Reigen der Leute und Institutionen, gegen die der (Anti)Held sich behaupten muss, die Großkonzerne. Diese wirtschaftlichen Moloche tragen die wirkliche Macht, haben die Länder der Welt von sich abhängig gemacht und die Abgründe ihrer skrupellosen, nur auf Profit ausgerichteten Untaten hinter einer glitzernden Fassade versteckt. Auch hier nutzt die Hauptfigur die Waffen der Übeltäter und wendet sie gegen ihre Meister – im Noir waren es Intrigen, Revolver und Bestechung, im Cyberpunk sind es Intrigen, automatische Waffen und der Cyberspace.

Die „Straße", also die (Klein)Kriminellen, Unangepassten, Anarchisten und durch das soziale Netz Gefallenen, greift auf die bizarre High-Tech zurück, mit der die Konzerne den normalen User an sich gefesselt haben und kontrollieren, und brilliert im kreativen Missbrauch der okkupierten Mittel.

Shadowrun – Finstere Schatten

Auf diesen Grundvoraussetzungen basiert auch das 1989 veröffentlichte Rollenspiel *Shadowrun*, das bis heute bald 100 Romane inspiriert hat. Doch es geht noch einen Schritt weiter: *Shadowrun* fügt der düsteren, am Rande des Zusammenbruchs stehenden Welt des Cyberpunk das mystische Element der Magie hinzu.

Das sogenannte „magische Niveau" der Erde schwankt. Zu unserer Zeit ist es, unbemerkt, im Steigen begriffen und führt im Jahr 2011 dazu, dass Menschen sich von jetzt auf gleich in seltsame Kreaturen verwandeln – Orks, Trolle, Zwerge und Elfen sind in die Welt zurückgekehrt und mit ihnen die Macht, der Realität den eigenen Willen aufzuzwingen.

Diese Gabe wird natürlich auch von den namensgebenden *Shadowrunnern* (*Schattenläufern*) angewandt, die in den tiefen Straßenschluchten der riesigen Stadtkomplexe, verborgen vor den suchenden Augen der entmachteten Regierungen und der wirklichen Herrscher der Welt, den Großkonzernen, ihrem illegalen Geschäft nachgehen.

Sie führen Aufträge aus, die es offiziell nicht gibt, und wenn sie erwischt werden, hat keiner je von ihnen gehört. Sie tun es, um zu überleben, aber auch aus einem oft verzweifelten und ziellosen Bedürfnis, der etablierten Welt den Mittelfinger zu zeigen.

Paranoia wird zur zweiten Natur der Shadowrunner und sie lernen, jedem zu misstrauen. Eine der Mantra-artigen Lebensweisheiten der Schattengemeinde lautet: „Leg dich nicht mit Drachen an", denn auch diese magisch-sagenhaften Wesen sind aus ihrem Jahrtausende währenden Schlaf erwacht und mischen kräftig in der Weltpolitik mit. Sie stellen eine Personifizierung des undurchsichtigen Marionettenspielers und des bösartigen doppelten Spiels dar.

Shadowrun Noir

Wenn man die Liste der Romane durchforstet, die auf Deutsch im Heyne Verlag und bei Fantasy Productions (teilweise unter dem Label *Phoenix*) erschienen sind, trifft man auf eine große Zahl an Geschichten, die ihre Wurzeln in der schwarzen Serie nicht verbergen können – noch es wollen. Sie schöpfen ihren Reiz gerade aus diesem Spiel mit den bekannten Klischees eines altgedienten Genres vor einem neuen und schnellen Hintergrund. Einige Beispiele sollen im folgenden erwähnt werden.

Klassische Detektivfiguren, wie sie Humphrey Bogart als Sam Spade in *The Maltese Falcon* (*Der Malteser Falke*) oder als Philip Marlowe in *The Big Sleep* (*Der große Schlaf*) verkörpert hat, begegnen einem beispielsweise in den folgenden Werken.

Im 1992 erschienenen *2XS* (ein englisches Wortspiel: 2XS steht für „to excess", also „bis zum Exzess") macht sich der Detektiv Derek (Dirk) Montgomery auf die

Suche nach seiner Schwester Theresa, die in Drogenkreise abgerutscht zu sein scheint. Eine neue Sorte BTL-Chips (Better-Than-Life, „Besser als das Leben"), die dem Nutzer eine simulierte Welt vorgaukeln, die mehr Stimuli und Freude für ihn zu bieten hat als das wirkliche Leben, hat etwas damit zu tun. Nigel Findley, der für einige der besten *Shadowrun*-Romane verantwortlich zeichnet, legt seine Figur gezielt so an, dass die Ähnlichkeiten zu Spade und Marlowe nicht zu übersehen sind. *2XS* und der 1995 folgende Band *House of the Sun* (*Haus der Sonne*) mit dem gleichen Protagonisten sind, auch in ihrem spöttischen Grundton, eine erkennbare Hommage an den *Film Noir*. Doch der besondere Hintergrund von *Shadowrun* erlaubte es dem 1995 verstorbenen Findley das bekannte Grundthema mit Elementen zu vermischen, die einem bei Bogart nicht unterkommen. In *2XS* sind dies Insektengeister, die von Menschen Besitz ergreifen, ihren Körper für sich in Beschlag nehmen und ihn grässlich entstellen. In dieser grausamen Vergewaltigung der Opfer spiegelt sich in mystischer Symbolik die Einflussnahme der allmächtigen Konzerne wieder, die ihre Opfer/Kunden ebenfalls mit ihren Zielen impfen und sie so ein Stückweit ihres eigenen Willens berauben.

In *Shelley* hat André Wiesler durch den Ork-Detektiv Martin T. Simmons dem *Film-Noir* ein Denkmal gesetzt – bis hin zum Trenchcoat und der ruppigen, respektlosen Attitüde des hauertragenden Lebemanns. Er bekommt es mit einer Mordermittlung zu tun, die ihn sehr schnell zum Hüter der Gerechtigkeit werden lässt.

Einen Detektiv anderer Art – Magier und Amerindianer – präsentiert *Nuke City* von Tom Dowd. Auf der Suche nach einem verschwundenen Kind wird er durch die Umstände gezwungen, mit den paramilitärischen Sicherheitstruppen eines Konzerns zusammen zu arbeiten. Doch getreu der Tradition stellen auch diese sich als weniger integer heraus, als man erwartet – befürchtet? – hätte. Das äußert sich unter anderem darin, dass sie im Zuge der Entwicklung eine Atombombe zünden – zugegebenermaßen erst, als die Lage aussichtslos erscheint.

Auch Polizeibeamte können unangepasst und aufmüpfig sein, nachzulesen in *XX* (*Das neunte Leben*), wo der Wolfsgestaltwandler Romulus seine „Spürnase" in den Dienst der Polizei stellt. Dass er es mit Konventionen dabei nicht sehr eng nimmt, beweisen die Welpen, die er mit seiner Schäferhündin gezeugt hat und die nun im Dienst des Polizei-Konzerns LoneStar stehen. Auch sonst verhält er sich wie der Wolf, der vergessen hat, sich den Schafspelz überzuwerfen.

Die *Femme fatale*, deren Aufgabe es ist, den Protagonisten in Schwierigkeiten zu locken, hat in den *Shadowrun*-Romanen weitgehend ausgedient – hier übernehmen sogenannte „Mr. Johnsons", anonymisierte Auftraggeber, diese Aufgabe.

Eine andere Art der *Femme fatale* begegnet uns aber mit der Figur Striper, geschaffen von Nyx Smith und nach einem kurzen Auftritt in *Into the Shadows* (*Der Weg in die Schatten*) in *Striper Assassin* (*Die Attentäterin*) zu Ehren als Protagonistin gekommen. Die Auftragsmörderin stellt die Ambivalenz zwischen unkontrolliertem Instinkt und oktroyierter Zivilisation dar, denn auch sie ist eine Gestaltwandlerin – ein Wertiger, um genau zu sein – und so halb Mensch, halb Tier.

In *Fade to Black* (*In die Dunkelheit*) von Nyx Smith begegnet dem Leser mit Rico ein Runner, der sich verzweifelt an einen Ehrenkodex klammert, um nicht von dem schmalen Grat zu fallen, den er bei seiner täglichen (oder besser: nächtlichen) Arbeit beschreitet. Auf der einen Seite droht die Gesellschaft mit verstaubten Normen und dem engen Zwang, auf der anderen der Abgrund der Skrupellosigkeit und der Verhärmung. Immer wieder muss er seine Ansichten neu prüfen und bedenken und reflektiert auf diese Weise über die Gesellschaft.

Auch Argent, Anführer der Runnergruppe Wrecking Crew, eine von Nigel Findley geschaffene Figur (u.a. *Nuke City*), die später u.a. von Mel Odom in *Run Fast, Die Hard* (*Runner sterben schnell*) verwendet wurde, hat seinen Ehrenkodex. Das hindert ihn zwar nicht daran, Menschen zu töten oder Verbrechen im großen Maßstab zu begehen, sorgt aber für eine große Loyalität zu Personen, die er als Freunde ansieht.

Wie aus einem treuen Konzernsklaven ein Shadowrunner werden kann, wird am Beispiel von Andy Walker in *Just Compensation* (*Gerade noch ein Patt*) von Robert N. Charrette erzählt. Eigentlich ein Testfahrer im Riggerbereich – Rigger verbinden sich neural mit ihren Fahrzeugen – gerät er durch widrige Umstände in Shadowrunnerkreise und erkennt die Verlogenheit und Gedankenlosigkeit seiner bisherigen Ansichten.

Dieses Erwachen muss auch Mark Henberg in André Wieslers Roman *Im Namen des Herrn* durchleben, der als Christ nicht nur an der Gesellschaft und der Kirche, sondern auch an seinen grundlegenden Glaubensüberzeugungen zweifelt, als er gezwungen ist, mit Runnern zusammen zu arbeiten.

Cyberpunk-Porträt: John Shirley

Cyberpunk-Pionier, Garagen- und Punkmusiker (übte starken Einfluss auf Portlands Vorzeigekrawallband *Miracle Workers* aus), Plattenrezensent bei „Heavy Metal“, enfant terrible der SF-Szene (unvergessen seine verbalen Prügeleien mit Harlan Ellison) – mit John Patrick Shirley hielt die Straße Einzug in die SF, und die hatte plötzlich einen Noir-Autor par excellence.

Er sagt bürgerkriegsähnliche Zustände für Europa und die USA voraus und bezeichnet Singapur als Modellstaat für die Zukunft. Damit befindet sich der Science-Fiction-Autor John Shirley in guter Gesellschaft. Wie viele seiner Kollegen versucht er sich gerne in Zukunftsprognosen. Doch abgesehen davon entspricht der 1953 geborene Shirley so gar nicht den Vorstellungen, die man sonst von Autoren dieses Genres hat. Seine Storys und Romane sind nicht durch gedankliche Weltraumspaziergänge am Schreibtisch entstanden, sondern reflektieren die, in eine oft bedrohliche Zukunft transportierten, Erfahrungen eines Einzelgängers, mit kaputter Kindheit und Drogenvergangenheit. „Da ist Gewalt in mir, was nicht heißen soll, dass ich diese Gewalt auslebe. Früher bin ich in Barschlägereien geraten. Ich weiß nicht, woher diese Gewalt kommt, aber sie wird in meiner Arbeit sichtbar.“

Seit seinem achtzehnten Lebensjahr schreibt und veröffentlicht er seine düstere Prosa – „Alles was ich sonst noch konnte, hätte mich nur ins Gefängnis gebracht“ – und erklärt, dass bereits seine frühen Shortstorys eine bestimmte Punk-Qualität haben. Er bezeichnet dies als eine gebrochene, chaotische Energie, die auf der anderen Seite sehr geordnet ist. „Cyberpunk hat dieselben Qualitäten. Er benützt auch die Energie der Straße und formt sie gleichzeitig zu etwas mit sehr dichtem Informationsgehalt.“ Shirleys Roman *City Come A' Walkin'* (1980) wird oft als das erste Cyberpunk-Buch bezeichnet. „Der Held der Geschichte ist die Stadt San Francisco, deren Kollektivbewusstsein sich in einer Person manifestiert. Diese hat verspiegelte Sonnengläser, die aus ihrem Kopf wachsen.“ Die Spiegelbrille wurde zum Symbol des Cyberpunk und John Shirley zur Legende der Cyberpunk-Literatur.

Nach Beendigung seiner *Eclipse*-Trilogie (1985-1990) zog sich

Shirley aus der SF-Szene zurück und das Thema Cyberpunk sollte für ihn mit seiner Story Sammlung *The Exploded Heart* abgeschlossen sein. Die Faszination an neuen Technologien ist aber geblieben, und der Autor hält die Cyberpunk-Literatur für ein ausgezeichnetes Medium, um diese psychologisch zu adaptieren. Mit seinem neuesten SF-Roman, *Silicon Embrace*, kehrte er zur ironischen Metapher von *Splendid Chaos* (1988) zurück und nahm den ganzen UFO-Boom ordentlich auf die Schippe. Mehrere Story-Sammlungen, diverse Drehbücher und zwei Horror-Romane folgten. Als Autor fühlt er sich dem Horror-Genre zugetan, was vielleicht auch daran liegen mag, dass er sowohl in seiner Person als auch durch seine Schreibe wenig SF-Fan-kompatibel ist. Shirley ist kein gefälliger Autor. Er knallt dem Leser seine Prosa nach dem Motto „lies es, oder lass es" ins Gesicht. Wer die volle Dosis von Shirleys abgedrehter Phantasie genießen will, sollte unbedingt seine Kurzgeschichten lesen. In Deutschland ist bislang nur eine Sammlung (*Hitzefühler*) erschienen. Die bereits erwähnte Sammlung *The Exploded Heart* gewährt außerdem noch sehr persönliche Einblicke in den Menschen John Shirley. So ist jeder Geschichte eine Einleitung vorangestellt. Und diese Anekdoten sind so haarsträubend, dass sie von Verlegern als zu unglaubwürdig rausgestrichen wurden, als er sie in seine Romane einbaute. Shirleys wilde Jahre – inklusive exzessiver Drogensucht – reichen dann auch für mehr als ein Schriftstellerleben. So ist es nur folgerichtig, wenn er diese Aussage macht: „Ich will ein produktives Mitglied der menschlichen Gesellschaft sein. Ich identifiziere mich zwar mit der Punk-Bewegung, aber innerlich bin ich immer noch das kleine Kind, das von allen geliebt werden möchte.

Aktuelle Titel von John Shirley in deutscher Sprache sind die bei Argument erschienen Romane:
Es werde Licht (*Silicon Embrace*).
Stadt geht los (*City Come A' Walkin'*) und die
Eclipse-Trilogie

Anlässlich der deutschen Neuveröffentlichung von *City Come A' Walkin'* gab der Autor Myra Çakan Ende 1999 folgendes Interview:

Myra Çakan: In jedem Interview werde ich gefragt: „Was ist Cyberpunk?“, „Wie würden Sie Cyberpunk definieren?“, „Warum schreiben Sie Cyberpunk?“. Ich könnte wetten, dass dir das bekannt vorkommt und du diese Fragen viel besser beantworten kannst als ich. Schließlich hast du den Cyberpunk sozusagen „erfunden“.

John Shirley: Soweit würde ich nicht gehen, aber ich habe dazu beigetragen, ihn zu definieren, insbesondere mit meinem Roman *City Come A' Walkin'*. Vielleicht lässt sich dieser Begriff auch gar nicht definieren, und diese Vorstellung des kommenden Jahrhunderts lag einfach ‚in der Luft'. Eine eher sozialrealistische Sicht auf die Dinge – ein Gefühl für die Einsetzbarkeit der Technologien auf der Straße, ein Gefühl für die Bezüge zu alternativen Medien, zu radikaler Rockmusik; überhaupt das Gespür für die Energie des Rock – der Energie des Punk. Das Schattendasein innerhalb des schnell verkommenden städtischen Umfeldes, das wir geschaffen haben. Dieses Gefühl, dass man sich beeilen muss, dass man das Leben eines Outlaws führen muss, um zu überleben.

MÇ: Diese Energie des Punk und der Straße …

JS: *Stadt geht los* verbindet das bis zu einem bestimmten Punkt mit ‚Magischem Realismus' – Borges und J.G. Ballard haben mich beeinflusst – und metaphysischen Vorstellungen, die in meinen Sachen nie ganz fehlen. In *Es werde Licht* sind sie noch offensichtlicher. Als ich mitgeholfen habe, den Cyberpunk zu definieren, habe ich ihn in gewissem Sinne neu definiert, verändert. Was soll eine Bewegung, wenn sie sich nicht bewegt?

MÇ: Ich sage immer: Cyberpunk liest sich so, wie *Blade Runner* aussieht.

JS: William Gibson hat mir erzählt, dass er beim ersten Mal das Kino vorzeitig verlassen hat, weil Atmosphäre und Ausstrahlung des Filmes seinem Buch zu sehr glichen.

MÇ: In *Es werde Licht* geht es unter anderem um Außerirdische, und auf dem Titelbild ist ein „Grauer“ zu sehen. Warum Aliens?

Zurzeit scheint jeder über Aliens zu schreiben. Ketzerisch gefragt: Wolltest du dich an den Erfolg von *Akte X* anhängen?

JS: Nein, ich habe ein Symbol aus der Popkultur übernommen und habe es in eine metaphysische Metapher verwandelt. Die Grauen symbolisieren einen gesellschaftlichen und geistigen Zustand der Menschen – einen sehr niedrigen Zustand. Ich habe Forschungen über UFOs angestellt, um herauszufinden, ob irgendetwas an der Sache dran ist, und bin zu dem Schluss gekommen, dass 98 Prozent davon, Roswell eingeschlossen, in die Welt der Mythologie gehört. Aber was für eine Mythologie! Das war der ureigene „Roman" der Öffentlichkeit, die Kunst des Zeitgeistes. Ich habe aus Spaß ein paar Anspielungen auf *Akte X* und dergleichen eingebaut – um die Leute aufzuziehen, sie zum Nachdenken anzuregen.

MÇ: Liest du eigentlich noch Science Fiction, und was hast du als letztes gelesen?

JS: Sehr selten. Damit will ich nicht sagen, dass die heutige SF nichts taugt – aber ich muss für meine Arbeit als Drehbuchautor so viel recherchieren, dass ich fast nur noch Zeit für Sachbücher finde. Ich schreibe gerade ein Script über das Leben von Salvador Dali, und ich lese Bücher über ihn und sein Umfeld. Ich denke, Dan Simmons (*Hyperion*) und Lucius Shepard (*Beast of Heartland*) gehören im Augenblick zu den besten SF-Autoren. Sicher gibt es eine ganz Menge großartige Autoren auf diesem Gebiet. Ich habe die neuesten Sachen von Jack Vance gelesen, ich bin aber auch süchtig nach ihm.

MÇ: Das ist komisch, dass du gerade Vance erwähnst. Als ich angefangen habe, SF zu schreiben, gehörte er zu den Autoren, die mich beeinflusst haben, zusammen mit Eric Frank Russell (*The Great Explosion*). Mir hat die Art und Weise sehr gefallen, wie Vance fremde Planeten und Kulturen und Außerirdische beschrieben hat, und ich halte Russells Witz für den originellsten innerhalb der Science Fiction. Warst du jemals versucht, eine typische Space Opera zu schreiben?

JS: Mein Roman *Ein herrliches Chaos* kommt dem am Nächsten

– ich habe ihn eine „interplanetare Phantasie“ genannt. Aber er ist wahrscheinlich eher von Marcel Duchamp und Max Ernst beeinflusst worden, als von Eric Frank Russell. Ich habe allerdings eine Space Opera geschrieben – für Kinder. Sie heißt *Stardogs* und handelt von einer Zeit, als die Menschen rätselhafterweise verschwunden sind, Hunde und Katzen sich weiterentwickelt haben und wie Menschen denken und sprechen. Sie machen sich daran, in Raumschiffen die Sterne zu erforschen, auf der Suche nach ihren alten Herren, der Menschheit. Das klingt ziemlich albern – nun ja, es ist für Kinder so ungefähr zwischen zehn und dreizehn.

MÇ: Wie kam es dazu, dass du SF und Horror schreibst?

JS: Einer der Hauptgründe ist wahrscheinlich, dass ich das als junger Mann gelesen habe, und weil es leichter war, da einen Fuß in die Tür zu bekommen – aber auch, weil es so ‚weit offen‘ ist, man kann damit zu allem Stellung beziehen – wie eine Hure bietet es sich für den Symbolismus an.

MÇ: In deinen Romanen – *Es werde Licht*, der *Eclipse*-Trilogie und anderen – kämpfen die Protagonisten oft gegen eine korrupte Regierung. Würdest du sagen, dass deine Romane eine politische Botschaft haben? Oder kommt darin deine Sorge über eine mögliche Zukunft zum Ausdruck?

JS: Ich denke, in ihnen steckt oft eine politische Botschaft – und die metaphysische Botschaft ist die Kehrseite der Medaille. Es hat sich weitgehend herumgesprochen, dass die Konzerne zu viel Macht an sich reißen; dass Kultur ausverkauft wird; dass eine Spielart des Faschismus sich wieder auszubreiten versucht; dass unsere Gesellschaft labil ist. Wenn das gesellschaftliche Chaos ausbricht – wie in den *Eclipse*-Romanen und *Es werde Licht* –, werden sich auch die faschistischen Kräfte wieder durchsetzen und an die Macht kommen. Und dann gibt es immer noch das unlösbare Problem, wie sich der Wille des Kollektivs mit dem des Individuums vereinbaren lässt. Meine Bücher dramatisieren diese Fragestellungen.

MÇ: Alle reden von der Jahrtausendwende. Was sind deine Hoffnungen und Befürchtungen für diesen Planeten im nächsten Jahrhundert?

JS: Meine Befürchtungen – ich habe Angst, dass einige Großstädte, in den USA und in Europa, von Terroristen unter Einsatz von Atomwaffen oder biologischen Kampfstoffen zerstört werden. Ich habe Angst, dass die steigenden Bevölkerungszahlen zu erhöhtem Druck auf die Ressourcen führen werden und die internationale Gemeinschaft im Krieg zerbricht. Ich habe Angst vor ökologischen Katastrophen, die von unserem wahnsinnigen Gebrauch von Pestiziden und unserer Vergiftung der Biosphäre ausgelöst werden, Hungersnöte und erhöhtes Kriegsrisiko nach sich ziehen.
Ich befürchte eine weitergehende Balkanisierung, eine Fragmentierung, die zu falschen Formen der Einheit führen wird. Einheit kann gut oder schlecht sein – wir müssen sinnvolle Lösungen finden, globale Regulierungsmechanismen, die nicht auf eine Weltregierung hinauslaufen, die aber Menschenrechte und Umweltschutz viel effektiver durchsetzen als die UNO oder die NATO. Wir brauchen nur ein paar allgemein anerkannte Regeln, die international strikt durchgesetzt werden, denn alles wird immer globaler, wir leben mehr und mehr in einer Welt, und das bedeutet, dass wir sowohl unsere Probleme als auch unsere Errungenschaften teilen. Ich glaube, es wird aufgrund dieser Probleme zu einigen Katastrophen kommen. Doch die Menschheit wird das überstehen und, hoffentlich, eine intelligentere Version der Zivilisation in die zweite Hälfte des 21. Jahrhunderts retten. Ich glaube auch, dass eine der großen Hoffnungen der Welt in der Befreiung und Ausbildung der Frauen besteht. Das würde dazu führen, dass Frauen selbst über ihren Körper und ihr Leben bestimmen, weniger Kinder und ein größeres Mitspracherecht bekommen. Das kann nur gut sein.

MÇ: In deinen Büchern kommen starke weibliche Charaktere vor, aber Handlung und Veränderungen werden von Männern bestimmt. Könnte diese Hoffnung – der größere Einfluss von Frauen – Thema eines neuen Romans sein?

JS: Nun, die Figur der Catz Wailen aus *Stadt geht los* (die in etwa Patti Smith nachempfunden wurde), ist ziemlich aktiv und wichtig. In Eclipse gibt es Frauen als Kriegerinnen, die für die Geschichte durchaus eine Bedeutung haben. Aber im Allgemeinen schreibe ich aus männlicher Sicht, weil ich mir nicht sicher bin, ob ich eine weibliche Protagonistin ein ganzes Buch hindurch glaubwürdig schildern kann, schließlich bin ich selbst keine Frau, und erfahrungsgemäß ist es der Protagonist, der die Entscheidungen fällt und die Geschichte vorwärts bringt. Mir ist vorgeworfen worden, dass ich manchmal dominant männliche Charaktere beschreibe, die sexuell sehr dominant orientiert sind oder so ähnlich, insbesondere in *Eclipse* – aber das ist ein Missverständnis, denn eine der Hauptfiguren, Rickenharp, ist ein Art Destillat aller männlichen Rockstars, die ich je verehrt habe: Iggy Pop und Frank Zappa, Mick Jagger und Lou Reed, Jimi Hendrix und John Lydon. Ich werde mich bemühen, in meinen zukünftigen Büchern stärkere weibliche Charaktere einzuführen.

MÇ: Was schreibst du als nächstes?

JS: Ich habe einen Roman angefangen, der SF und Horror vermischt – eigentlich nichts Neues. Denk nur mal an *Invasion of the Body Snatchers, Die Farben des Alls* von Lovecraft oder *Alien*. Manchmal tun die Leute allerdings so, als ob ich einen Marketing-*faux pas* begehen würde, weil ich einen Mischmasch aus SF und Horror/Fantasy schreibe. Ich bin mir noch nicht sicher, wie das Buch heißen wird. Darin kommt eine sehr wichtige Frau vor, die bedeutende Entscheidungen fällt und Dinge voranbringt.

MÇ: In Deutschland läuft zurzeit eine Auseinandersetzung, die Wolfgang Jeschke (damals SF-Herausgeber bei Heyne. A.d.H.) mit der Behauptung losgetreten hat, SF sei tot. Andererseits hat dein deutscher Verlag gerade eine SF-Reihe gestartet. Was denkst Du: Ist die Science Fiction tot?

JS: Manche Leute spielen dieses Spiel mit schöner Regelmäßigkeit: „Der Roman ist tot", „Die Kunst ist tot", und jetzt ist eben die SF tot. Und so weiter. Es wird immer eine Zukunft geben. Fantasy wird immer ihren Platz haben. Ich glaube an den Tod des Genres, wenn nichts mehr veröffentlicht wird. Aber vielleicht meinen sie tot im Sinne von *leblos* – wie bei den lebenden Toten. Die herumlaufen, aber eigentlich nicht leben – nicht lebhaft sind. Wie viel lesen die, frage ich mich da. Es stimmt natürlich, dass die konventionelle SF voraussehbar und leblos ist. Schau dir nur an, wie Veröffentlichungen wie die *Star Wars*-Romane von Kevin Anderson oder die *Wüstenplanet*-Aufgüsse den Markt dominieren. Das verdrängt natürlich die intelligenten, kreativen Autoren. Doch jedes Genre, jede Kunstform, die für tot erklärt wird, erholt sich wieder, unabhängig von irgendwelchen ästhetischen Theorien – und kehrt immer zurück.

Übersetzung: Hannes Riffel

Myra Çakan lebt als Autorin (When the Music's Over) und Journalistin in Hamburg.

Web Noir

Deutschsprachige Seiten

Allgemein

Mordlust
http://www.mordlust.de
Site um Film Noir, Roman Noir und Hard-boiled-Literatur. Die komplette Websiten-Liste gibt es dort unter der Rubrik Web Noir.

Film Noir

Film Noir
http://people.freenet.de/noirmovie/index1.htm
Ein kurzer Aufsatz über den Film Noir, Scans von Filmpostern und einige Zitate grafisch ansprechend aufbereitet.

ZDF - Archiv

http://www.zdf.de/ZDFde/inhalt/8/0,1872,2012584,00.html
Im Archiv „Unterhaltung und Kultur" der ZDF-Internetpräsenz findet sich „Die amerikanischen Detektive", eine kleine Übersicht zum Thema *Film Noir* und Dashiell Hammett.

Englischsprachige Seiten

Allgemein

The Thrilling Detective
http://www.thrillingdetective.com/
Rund um Detektivhelden in Film, Radio, Comics und Literatur. Dazu Kurzgeschichten, Comics und diverse Artikel zum Thema. Grafisch ansprechend, allerdings etwas unübersichtlich.

Literatur

RARA AVIS
http://www.miskatonic.org/rara-avis/
Die Mailinglist zum Thema Noir/Hard-boiled. Über die Suchfunktion im Archiv lassen sich Informationen zusammentragen.

Hard-boiled Detective Fiction
http://www.cwru.edu/artsci/engl/marling/hardboiled/
Von Buchautor William Marling. Über die Geschichte der Hard-boiled-Literatur und ihre Autoren.

Black Mask Online
http://www.blackmaskmagazine.com/
Die offizielle Variante des einstigen pulp-Magazines. Grafisch ansprechend gestaltet mit Kurzgeschichten (aus den alten Heften), etlichen Essays und schöner Coverart.

Hardboiled Heaven
http://members.tripod.com/~writer89/
Hardboiled Crime and Mystery Checklist, Paperback Cover, etc. zusammegestellt vom Autor Brad Lang.

Murder Out There
http://www.murderoutthere.com/
Aufsatz über den Film Noir, Buchbesprechungen sowie Kurzgeschichten und Gedichte.

Noir Zine
http://www.allanguthrie.co.uk/
Ein Noir Zine mit Kurzgeschichten, Rezensionen und Artikeln zum Thema auf der Seite von Allan Guthrie (inklusive Informationen über den Autor selbst).

Hard Boiled Mysteries
http://www.panix.com/~mfs/pulp_hard.html
Über die Autoren der pulps, inklusive einer Zeitleiste und einer näheren Betrachtung der Hard-boiled-pulps.

Hard-boiled Mysteries
http://www.geocities.com/Athens/6384/
Artikel zum Thema Nippon Noir, Hard-boiled-Dames und Hard-boiled-Comics.

The Violent World of Parker
http://www.geocities.com/SoHo/Nook/5171/

Über die Parker-Romane von Richard Stark (aka Donald Westlake).

Noir City
http://noircity.com
Site von Eddie Muller mit einigen wenigen Artikeln (Extra: Special Features). Hauptsächlich Informationen zum Autor selbst.

Film Noir

The Palace
http://www.moderntimes.com/palace/
Schöne Site mit etlichen Artikeln und Bildern zum Thema Film Noir.

Ten Shades of Film Noir
http://www.imagesjournal.com/issue02/infocus.htm
Artikel im In Focus-Magazine bei imagesjournal.com. Einführung und Betrachtung von 10 wichtigen Film Noirs der klassischen Periode.

Film Noir Essay
http://www.filmsite.org/filmnoir.html
Umfangreiches Essay zum Film Noir mit einer langen Liste von Filmen.

Film Noir als Spiegel der amerikanischen Kultur?
http://odur.let.rug.nl/~usa/E/noir/noirxx.htm
Does Film Noir mirror the culture of contemporary America? Ein Artikel aus „A Hypertext on American History from the colonial period until Modern Times".
No Place for a Woman: The Family in Film Noir
http://www.lib.berkeley.edu/MRC/noir/np01intr.html
Ein Aufsatz über die Rolle der Familie im Film Noir.

Dark City: Film Noir and Fiction
http://www.eskimo.com/~noir/
Filmbetrachtungen, Informationen über Regisseure und Autoren.

Classic Noir
http://www.classicnoir.com/
Linksammlung zu Filmen, einige Artikel.

The German-Hollywood-Connection
http://www.germanhollywood.com/noir.html
Über den Einfluss deutscher und europäischer Exilanten auf den amerikanischen Film Noir.

The Dark Room
http://www.cinepad.com/filmnoir/noir_intro.htm
Eine unterhaltsame Annäherung an den Film Noir und seine Symbolik. Leider nie fertig gestellt worden. Der Eingang findet sich ganz am unteren Ende der Startseite.

Fairbanks: Film Noir
http://www.angelfire.com/oh2/writer/film.html
Brian W. Fairbanks über die Schattenspiele des Film Noir und Richard Widmark. Bedauerlicherweise sehr unübersichtlich.

Suspense Movies
http://www.suspense-movies.com/
Über Film Noir, Suspense and Classic Action Movies, zum Beispiel: Fabulous Forgotten Forties Femme Fatales, Anthony Mann – The Films of Anthony Mann

You sure you don't see what you hear?
http://wwwmcc.murdoch.edu.au/ReadingRoom/5.2/Caputo.html
Aufsatz von Raffaele Caputo.

Web Noir
http://wesclark.com/ubn/web_noir.html
Ein Artikel und Bilder zum Film Noir von Wes Clark.

Crime Culture
http://www.crimeculture.com/
Über Film Noir, Neo-Noir und True Crime.

The Maltese Falcon FAQ
http://www.ejmd.mcmail.com/-1.htm
Fragen und Antworten zum John Huston Klassiker.

Noir Film
http://www.noirfilm.com/
Site für Sammler zum Thema Film Noir.

Internet Movie Database
http://www.imdb.com/
Eine umfangreiche Informationssammlung über Filme, Regisseure und Schauspieler, oft kommentiert von den Besuchern.

Diverses

Freedom of Information Act des FBI
http://foia.fbi.gov/gangster.htm
Die Originalakten (als PDF-Scans) diverser „Unterwelthelden" (Dillinger, Bonnie und Clyde, Bugsy Siegel, etc.).

Crime Library
http://www.crimelibrary.com/gangsters_outlaws/
Essays rund ums Verbrechen: Organized Crimes und Outlaws der amerikanischen Geschichte.

Die Autoren

Thomas Ballhausen

Geboren 1975 in Wien. Studium der Vergleichenden Literaturwissenschaft und der Germanistik an der Universität Wien, Lektor ebendort. Leiter des Studienzentrums im Filmarchiv AUSTRIA, Mitherausgeber der Reihe *Materialien zur österreichischen Filmgeschichte*. Mitarbeit an literatur- und filmspezifischen Forschungsprojekten, literarische und wissenschaftliche Publikationen. Mehrere selbständige Veröffentlichungen. Zuletzt erschienen u.a. : *Der letzte Sommer vor der Eiszeit*. Essays und Aufsätze.(Wien, 2003), *Leibeserziehung. Hundert Übungen*. Erzählung.(Wien, 2003).

5 Bücher für den Knast:
William Shakespeare: *Gesammelte Werke*
Dante Alighieri: *Die Göttliche Komödie*
Ovid: *Die Metamorphosen*
Henry David Thoreau: *Die Pflicht zum Ungehorsam gegen den Staat*
Die Bibel, in der Übersetzung von Martin Luther
Fünf Bücher scheinen mir sehr knapp bemessen; in guter Manier (mythologisch als auch hafttechnisch gedacht) sollten zumindest noch zwei weitere Bücher hereingeschmuggelt werden können:
Michel de Montaigne: *Die Essais*
Robert Burton: *Die Anatomie der Melancholie*

Ulrich von Berg

Geboren 1955 in Berlin. Nach der in 14 langen Schuljahren gewonnenen Erkenntnis, dass regelmäßige Arbeit kein Lebensziel sein kann, diverse unvollendet gebliebene Studiengänge in verschiedenen Städten. Regelmäßige Filmpublizistik seit 1980, u.a. Monografien über Sam Fuller, Sam Peckinpah und Roland Klick. Mitarbeit an vielen Filmbüchern und fast regelmäßiger Mitarbeiter der Zeitschrift „steady cam". (Und Besitzer einer äußerst beeindruckenden Sammlung von Tonträgern! M.C.)

5 Bücher für den Knast:
Nimmt man das Auswahlkriterium ernst, dann können das natürlich nicht die fünf persönlichen Lieblingsbücher sein. Also:
Zur Eingewöhnung, die unsereinem mit Sicherheit verdammt schwer

fallen würde, *Stone City* von Mitchell Smith, den vielleicht besten unbekannten Knastroman aller Zeiten.
Zur Erinnerung daran, dass es einmal ein Leben vor dem Knast gab, Mark Twains *The Adventures of Tom Sawyer* und *The Adventures of Huckleberry Finn*, die zum Größten zählen, was die Menschheit an Kulturleistungen hervorgebracht hat (nur bitte im Original, alle deutschen Übersetzungen sind schauderhaft).
Zur Erheiterung, die ja wohl oft genug nötig sein dürfte, Peter Kupers *Hamlet oder die Liebe zu Amerika*, das lustigste Buch in meinem Kosmos.
Zur Einsicht, das wahrscheinlich trotzdem alles böse enden wird, Cesare Paveses Tagebuch *Das Handwerk des Lebens*.
Der neueste *Kicker Almanach*, weil fußballstatistische Quizspielchen mit sich selbst nicht nur gutes Gedächtnistraining sind, sondern auch ein grandioses Mittel um die Zeit totzuschlagen.

Erwin Berlin

liest und sammelt Musikkrimis. Er lebt und arbeitet als Jurist im Großraum München. In den 80er Jahren war er als Rechtsanwalt in einem Anwaltsbüro in München angestellt, das sich u. a. auf Musikurheberrecht spezialisiert hatte. Zu jener Zeit pflegte er einen intensiven Kontakt zum Musikbusiness und der Musikszene.

Fünf Bücher für den Knast:
Friedrich Glauser, *Matto regiert* (1936);
Ted Lewis, *Jack's return home,* 1970; deutsch: Jack rechnet ab, 2002;
John Franklin Bardin, *Devil take the blue-tail fly,* 1948;
deutsch: *Die Bärengrube,* 1983;
Dan J. Marlowe, *Strong arm,* 1963; deutsch: *Geheime Dokumente,* 1965;
Pat Barker, *Blow your house down,* 1984; deutsch: *Die Lockvögel,* 1992.

Fünf Musikstücke für den Knast:
FSK, Casino (CD: FSK, X, 2000);
The Lovin' Spoonful, Coconut Grove
(CD: The Lovin' Spoonful, Summer in the City, 1994);
Actronic (Bert Wrede), Hamlet Belleforest
(CD: Actronic Bert Wrede, Hamlet, 2002);
Jori Hulkkonen, You're my excuse for being me
(CD: Jori Hulkkonen, Different, 2002);
Sidsel Endresen/Bugge Wesseltoft, Try
(CD: Sidsel Endresen/Bugge Wesseltoft, Out here. In there, 2002).

Myron Bünnagel

selber Jahrgang wie Polanskis *Chinatown*. Schriftsteller, Webdesigner und Herausgeber von www.mordlust.de, der deutschsprachigen Site um Roman Noir, Hard-boiled-Literatur und Film Noir.

5 Bücher für den Knast
Alice im Wunderland (Lewis Carroll)
Der Malteser Falke (Dashiell Hammett)
Geschlossene Gesellschaft (Jean-Paul Sartre)
Der Tod ist ein einsames Geschäft (Ray Bradbury)
Auf der schiefen Ebene (Evelyn Waugh)

Martin Compart

Herausgeber bei Ullstein, Bastei-Lübbe, Dumont und Strange. Autor für Print, Hörfunk, Fernsehen. Letzte Buchveröffentlichung: *2000 LIGHTYEARS FROM HOME - Eine Zeitreise mit den Rolling Stones.*

5 Bücher für den Knast:
Ernst von Salomon: *Die Geächteten*
André Malraux: *Der Königsweg*
Trevanian: *Shibumi*
George MacDonald Fraser: *Die Flashman-Paper*
Alfred McCoy, *Die CIA und das Heroin*
(Bevor man das Buch nicht gelesen hat, darf man nicht mehr vor die Tür gehen.)

Werner Fuchs

wurde am 17. 8. 1949 in Aalen geboren. Er war 1972-74 zus. mit Ronald M. Hahn Herausgeber der SF-Taschenbuchreihe *Fischer Orbit*, und von 1980-86 betreute er die SF im Hause Droemer-Knaur. Gemeinsam mit Hans Joachim Alpers und Ronald M. Hahn verfasste er Heynes „Lexikon der Science Fiction Literatur (1980, 1987), „Reclams Science Fiction Führer“ (1982) und das bei FanPro erschienene „Lexikon der Horror-Literatur“ (1999). Für 2004 ist bei FanPro das „Lexikon der Fantasy-Literatur“ desselben Autorenteams angekündigt. Außerdem war er als Autor von Sachbüchern, Hörspielautor, Herausgeber von Anthologien,

Übersetzer und literarischer Agent tätig. 1977 eröffnete er in Düsseldorf den Fantastic Shop, Deutschlands erstes Fachgeschäft für Abenteuerspiele. 1983 gründete er zusammen mit H. J. Alpers den Verlag Fantasy Productions (FanPro). Im selben Jahr schuf er mit H. J. Alpers und Ulrich Kiesow das umfangreichste Rollenspiel in deutscher Sprache: „Das Schwarze Auge".
Werner Fuchs ist Rockmusikfan, verheiratet und hat zwei Töchter.

Fünf Bücher für den Knast:
Selma Lagerlöf, *Nils Holgersson*
Ludwig Bechstein, *Der kleine Däumling*
Alfred Bester, *Die Rache des Kosmonauten*
Tuli Kupferberg (The Fugs), *Jack Off Blues* (kein Buch, Song)
Marcel Proust, *Auf der Suche nach der verlorenen Zeit*
(nur bei lebenslang!!!)

Dr. Hans Gerhold

Lebt in Münster. Melvillianer.

5 Bücher für den Knast (alphabetisch):
Georges Bataille: *Das obszöne Werk*
Ambrose Bierce: *Mitten im Leben*
Alphonse Boudard: *Die Metamorphose der Kellerasseln*
Louis-Ferdinand Céline: *Reise ans Ende der Nacht*
Gilles Neret: *1000 Dessous*

Peter Hiess

Geb. 1959 in Wien, lebt und arbeitet dortselbst. Hauptberuflich Journalist, nebenbei Buchautor (u. a. „Die zarte Hand des Todes" mit Christian Lunzer und „Peep-Show" mit Günter Brödl) und -übersetzer. Passionierter Leser und gelegentlich auch Vorleser. Seit März 2004 – spät,aber glücklich – verheiratet. Chefredakteur der Netzzeitschrift EVOLVER (www.evolver.at)

5 Bücher für den Knast
Mark Twain, *The Adventures of Tom Sawyer & Huckleberry Finn*
Donna Tartt, *Die geheime Geschichte*
Chuck Palahniuk, *Choke*

J. G. Ballard, *Collected Stories*
Kinky Friedman, *More Kinky Friedman*

CHRIS HYDE

Jahrgang 1940, war Halbstarker u. Rock'n'Roller, Kulissenmaler für Striptease-Shows, Pornobuchillustrator, Designer von Schallplattenhüllen, Zeitzeuge und Selbstdarsteller in 2 Doku-Filmen, Autor des Szenesellers ROCK'N'ROLL-TRIPPER u.d. autobiographischen Text u. Bildbandes SCHEISS DRAUF! (beide Verlag Archiv der Jugendkulturen, Berlin). Er lebte 19 Jahre über einem Puff im Hanauer Rotlichtbezirk und stand 9 Jahre unter Mordverdacht.

5 Bücher für den Knast:
Erich Maria Remarque: *Im Westen nichts Neues*
Jacques Mesrine: *Der Todestrieb*
Nik Cohn: *Pop from the Begining*
Josef Roth: *Radetzkymarsch*
Philip K.Dick: *The three stigmata of Palmer Eldritsch*

Dr. Sabine Janssen

Geboren 1967. Redakteurin bei der *Rheinischen Post*, Düsseldorf. Studierte Englisch und Französisch an der Universität Duisburg. Volontariat bei der *Rheinischen Post*, Düsseldorf. Promoviert über Daniel Pennacs *Malaussène*-Serie. Anschließend viermonatige Expeditionsreise durch Afrika von Namibia bis Kenia. Themenschwerpunkte: Reiseberichte, Rechtsradikalismus in der Region, und Kriminalliteratur.

Fünf Bücher für den Knast:
Daniel Pennac: *La fée carabine/ Wenn nette alte Damen schießen*
Umberto Eco: *Der Name der Rose*
William Shakespeare: *Hamlet*
Albert Camus: *L'étranger/ Der Fremde*
Nelson Mandela: *Long walk to freedom*
(und noch ein fetter Bildband über Afrika, aber das zählt ja wohl nicht als Buch)

Joachim Kalka

Geboren 1948, lebt als Übersetzer (unter vielen anderen Texten: Angela Carter, *Die infernalischen Traummaschinen des Dr. Hoffman*; Gilbert Sorrentino: *Mulligan Stew*; Antoinette Peské: *Das beinerne Rätsel*; Martin Amis: *Information*) und Kritiker in Stuttgart. Er schreibt regelmäßig für die FAZ und für Zeitschriften wie „Kursbuch" und „Sprache im technischen Zeitalter". Die Deutsche Akademie für Sprache und Dichtung verlieh ihm 1996 ihren Übersetzerpreis und wählte ihn im folgenden Jahr zum Mitglied.

> Wenn man die freie Wahl hätte, aber andererseits nur fünf Titel ins Gefängnis mitnehmen dürfte – Lichtenbergs *Sudelbücher*, Nabokovs *Pale Fire*, Pynchons *Gravity's Rainbow*, die *Quaderni del carcere* von Gramsci und *Grimms Märchen*.

Michael Molsner

Starker Zauber ist der Titel meines neuen Kriminalromans, der im Herbst 2004 erscheint – ich hoffe natürlich, daß alles, was ich seit 1968 erzählt habe, starken Zauber ausstrahlt. In Romanen (meist Krimis), Fernsehfilmen (Tatorte, einige Serienfolgen) und Hörspielen (überwiegend Krimis) erzähle ich von Menschen, die in einer Falle sitzen. Und ihren Versuchen, da rauszukommen. Was es kostet und vor allem, was es bringt.

> In den Knast nehme ich zunächst einmal die vier Bücher mit, die hierliegen, um gelesen zu werden. In beliebiger Reihenfolge je nach Stimmung:
> *Georg Büchner,* eine Biografie von Jan Christoph Hauschild.
> *Dear Scott, dearest Zelda,* The Love Letters of
> F. Scott & Zelda Fitzgerald.
> *Mystic River,* Dennis Lehane (von Clint Eastwood verfilmt
> mit Sean Penn u.a.)
> *Geschichte des Peloponnesischen Krieges,* Thukydides
> Und dann noch fürs Herz, zum Wiederlesen und als schönes Beispiel dafür,daß man trostlose Situationen erträgt, wenn man es versteht, sich in noch viel trostlosere hinein zu fingieren, und wegen des unvergeßlichen. Anfangs: *Nichts Niemand Nirgends Nie! : Nichts Niemand Nirgends Nie!* – womit das Geräusch einer realen landwirtschaftlichen Dreschmaschine gemeint ist, aber auch das Geschnaufe jener kosmischen Dreschmaschine, die uns alle irgendwann in unsere Bestandteile zerlegen wird: *Kaff* auch *Mare Crisium,* Arno Schmidt

Werner Schmitz, M.A.

Geboren 1968. Studium der Englischen Philologie, Afrikanistik, Politikwissenschaft. Seit 1996 Freier Mitarbeiter bei der *Deutschen Welle*, Bonn. Fernsehhistoriker mit Schwerpunkt Großbritannien. Homepage: http://www.mediagems.de

Fünf Bücher für den Knast:
Manuel Alvarado/John Stewart: *Made for Television: Euston Films*
Peter Ackroyd: *Chatterton*
Raymond Chandler: *The Little Sister*
Heinrich Mann: *Der Untertan*
Werner Schmitz: *Die Profis – Das große Buch zur Serie* (in Vorb.)
Plus
Ronald M. Hahn: *Das Heyne-Lexikon des Erotischen Films* (mit im Knast sicher sehr nützlichem Bildmaterial)

André Wiesler

wurde am 25. 9. 1974 in Wuppertal geboren, wo er bis heute mit seiner Frau Janina und seinem Kuvasz-Rüden Sandor nebst drei Schildkröten lebt und als Schriftsteller arbeitet.
Neben seinem literarischen Schaffen, das bisher die *Shadowrun*-Romane *Shelley* und *Im Namen des Herrn*, die *Schwarze Auge*-Romane *König der Diebe* und *Rhiana – Das Artefakt* sowie zahlreiche Kurzgeschichten umfasst, ist er als Literatur- und Fachübersetzer u.a. für FanPro und Heyne tätig. Seine Comedy-Beiträge wurden bislang in einem guten Dutzend Fernsehformaten, dem MAD-Magazin und auf der Internetseite *www.tooonfug.de* verwirklicht.
Weitere Informationen unter *www.andrewiesler.de*

STRANGE VERLAG

THRILLER

Jack Carter, Troubleshooter einer Londoner Verbrecherfirma, kehrt in seine Heimatstadt zurück, um den Tod seines Bruders aufzuklären – und um seine schöne Nichte aus dem Dreck zu holen. Tief muss er in die Kloake abtauchen, die schlimmer ist als der Schwefelpfuhl des Jüngsten Tages und in der elende Kreaturen brutal und sittenlos existieren. Denn dieser Ort ist eine Freistatt des Lasters und Verbrechens. Also genau die Umgebung, in der sich Jack so richtig wohl fühlt.

Der Klassiker und Schlüsselroman des Brit-Noir ist Guerilla-Literatur.
Es gibt wohl kein Buch und keinen Film, der einen so starken Einfluss auf das britische Noir-Genre hatte wie JACK RECHNET AB und die Verfilmung GET CARTER.
Mit mehreren Anhängen zum Autor und den Filmen.

€ 20,00 • ISBN 3-89064-816-9

www.strange-verlag.de